LEVANTADO DO CHÃO

Obras do autor publicadas pela Companhia das Letras

Alabardas, alabardas, espingardas, espingardas (com ilustrações de Günter Grass)
O ano da morte de Ricardo Reis
O ano de 1993
A bagagem do viajante
O caderno
Cadernos de Lanzarote
Cadernos de Lanzarote II
Caim
A caverna
Claraboia
Com o mar por meio: Uma amizade em cartas (com Jorge Amado)
O conto da ilha desconhecida
Don Giovanni ou O dissoluto absolvido
Ensaio sobre a cegueira
Ensaio sobre a lucidez
O Evangelho segundo Jesus Cristo
História do cerco de Lisboa
O homem duplicado
In Nomine Dei
As intermitências da morte
A jangada de pedra
O lagarto (com xilogravuras de J. Borges)
Levantado do chão
A maior flor do mundo
Manual de pintura e caligrafia
Memorial do Convento
Objecto quase
As palavras de Saramago (org. Fernando Gómez Aguilera)
As pequenas memórias
Que farei com este livro?
O silêncio da água
Todos os nomes
Último caderno de Lanzarote — O diário do ano do Nobel
Viagem a Portugal
A viagem do elefante

JOSÉ SARAMAGO

LEVANTADO DO CHÃO
Romance

2ª edição
2ª reimpressão

PRÊMIO NOBEL
COMPANHIA DAS LETRAS

1ª edição, Editorial Caminho S.A., Lisboa, 1979

A editora manteve a grafia vigente em Portugal, observando as regras do Acordo Ortográfico da Língua Portuguesa de 1990.

Capa:
Silvadesigners,
autorizada por *Porto Editora S.A.* e
Fundação José Saramago

Caligrafia da capa:
Mia Couto

Revisão:
Márcia Moura

Dados Internacionais de Catalogação na Publicação (CIP)
(Câmara Brasileira do Livro, SP, Brasil)

Saramago, José, 1922-2010
Levantado do chão : romance / José Saramago. — 2ª ed.
— São Paulo : Companhia das Letras, 2020.

ISBN 978-85-359-3383-3

1. Ficção portuguesa I. Título.

20-42097 CDD-869.3

Índice para catálogo sistemático:
1. Ficção : Literatura portuguesa 869.3

Cibele Maria Dias – Bibliotecária – CRB-8/9427

EDITORA SCHWARCZ S.A.
Rua Bandeira Paulista, 702, cj. 32
04532-002 — São Paulo — SP
Telefone: (11) 3707-3500
www.companhiadasletras.com.br
www.blogdacompanhia.com.br
facebook.com/companhiadasletras
instagram.com/companhiadasletras
twitter.com/cialetras

À memória de Germano Vidigal e José Adelino dos Santos, assassinados

E eu pergunto aos economistas políticos, aos moralistas, se já calcularam o número de indivíduos que é forçoso condenar à miséria, ao trabalho desproporcionado, à desmoralização, à infância, à ignorância crapulosa, à desgraça invencível, à penúria absoluta, para produzir um rico?

Almeida Garrett

O que mais há na terra, é paisagem. Por muito que do resto lhe falte, a paisagem sempre sobrou, abundância que só por milagre infatigável se explica, porquanto a paisagem é sem dúvida anterior ao homem, e apesar disso, de tanto existir, não se acabou ainda. Será porque constantemente muda: tem épocas no ano em que o chão é verde, outras amarelo, e depois castanho, ou negro. E também vermelho, em lugares, que é cor de barro ou sangue sangrado. Mas isso depende do que no chão se plantou e cultiva, ou ainda não, ou não já, ou do que por simples natureza nasceu, sem mão de gente, e só vem a morrer porque chegou o seu último fim. Não é tal o caso do trigo, que ainda com alguma vida é cortado. Nem do sobreiro, que vivíssimo, embora por sua gravidade o não pareça, se lhe arranca a pele. Aos gritos.

Não faltam cores a esta paisagem. Porém, nem só de cores. Há dias tão duros como o frio deles, outros em que se não sabe de ar para tanto calor: o mundo nunca está contente, se o estará alguma vez, tão certa tem a morte. E não faltam ao mundo cheiros, nem sequer a esta terra, parte que dele é e servida de paisagem. Se no mato morreu animal de pouco, certo que cheirará ao podre do que morto está. Quando calha estar quieto o vento, ninguém dá por nada, mesmo passando perto. Depois os ossos ficam limpos, tanto lhes faz, de chuva lavados, de sol cozidos, e se era pequeno o bicho nem a tal chega porque vieram os vermes e os insectos coveiros e enterraram-no.

É uma terra ainda assim grande, se formos comparar, primeiro em corcovas, alguma água de ribeira, que a do céu tanto lhe dá para faltar como para sobejar, e para baixo desmaia-se em terra fita, lisa como a palma de qualquer mão, ainda que muitas destas, por fado de vida, tendam com o tempo a fechar-se, feitas ao cabo da enxada e da foice ou gadanha. A terra. Também como palma de mão coberta de linhas e caminhos, suas estradas reais, mais tarde nacionais, senão só da senhora câmara, e três manifestas são elas aqui porque três é número poético, mágico e de igreja, e todo o mais deste destino está explicado nas linhas de ir e voltar, carris de pé descalço e mal calçado, entre torrões ou mato, entre restolho ou flor brava, entre o muro e o deserto. Tanta paisagem. Um homem pode andar por cá uma vida toda e nunca se achar, se nasceu perdido. E tanto lhe fará morrer, chegada a hora. Não é coelho ou gineto para apodrecer ao sol, mas imaginando que a fome, ou o frio, ou o calor o deitem a terra onde não deram por ele, ou uma doença daquelas que não dão sequer o tempo de pensar nisso, menos ainda de chamar alguém, mesmo tarde o hão-de achar.

De guerra e outras pestes se morreu muito neste e mais lugares da paisagem, e no entanto quanto por aqui se vai vendo são vivos: há quem defenda que só por mistério insondável, mas as razões verdadeiras são as deste chão, deste latifúndio que por corcova de cima e plaino de baixo se alonga, aonde os olhos chegam. E se deste não é, doutro há-de ser, que a diferença só a ambos importa, pacificado o teu e o meu: tudo em tempo devido e conveniente se registou na matriz, confrontações a norte e a sul, a nascente e a poente, como se tal houvesse sido decidido desde o princípio do mundo, quando tudo era paisagem, com alguns bichos grandes e poucos homens de longe em longe, e todos assustados. Por esse tempo, e depois, se resolveu o que o futuro haveria de ser, por que vias retorcidas da mão, este presente agora de terra talhada entre donos do cutelo e consoante o tamanho e o ferro ou gume do cutelo. Por exemplo: senhor rei ou duque, ou duque depois real senhor, bispo ou mestre da ordem, filho direito ou de saborosa bastardia, ou fruto de concubinato, nódoa assim lavada e honrada, compadre por filha manceba, e também o outro condestável, meio remo por contado, e algumas vezes amigos meus esta é a minha terra, tomai-a, povoai-a para meu serviço e vosso prol, guardada de infiéis e outras inconformações. Livro de santíssimas horas, magníficas, e de sacratíssimas contas trazidas ao paço e ao mosteiro, rezadas nos térreos palácios ou torres de segurança, cada moeda um padre-nosso, às dez ave-maria, chegando a cem salve-rainha, maria é rei. Profundas arcas, tulhas abissais, celeiros como naus da Índia, dornas e tonéis, arcas senhora minha, tudo isto medido em côvados, varas e alqueires, em almudes, moios e canadas, cada terra com seu uso.

Correram assim os rios, quatro estações pontuais por ano, que essas estão certas, mesmo variando. A grande paciência do tempo, e outra, não menor, do dinheiro, que, tirante o homem, é a mais constante de todas as medidas, mesmo como as estações variando. De cada vez, sabemos, foi o homem comprado e vendido. Cada século teve o seu dinheiro, cada reino o seu homem para comprar e vender por morabitinos, marcos de ouro e prata, reais, dobras, cruzados, réis, e dobrões, e florins de fora. Volátil metal vário, aéreo como o espírito da flor ou o espírito do vinho: o dinheiro sobe, só para subir tem asas, não para descer.

O lugar do dinheiro é um céu, um alto lugar onde os santos mudam de nome quando vem a ter de ser, mas o latifúndio não.

Madre de tetas grossas, para grandes e ávidas bocas, matriz, terra dividida do maior para o grande, ou mais de gosto ajuntada do grande para o maior, por compra dizemos ou aliança, ou de roubo esperto, ou crime estreme, herança dos avós e meu bom pai, em glória estejam. Levou séculos para chegar a isto, quem duvidará de que assim vai ficar até à consumação dos séculos?

E esta outra gente quem é, solta e miúda, que veio com a terra, embora não registada na escritura, almas mortas, ou ainda vivas? A sabedoria de Deus, amados filhos, é infinita: aí está a terra e quem a há-de trabalhar, crescei e multiplicai-vos. Crescei e multiplicai-me, diz o latifúndio. Mas tudo isto pode ser contado doutra maneira.

Começou-lhes a chover para o fim da tarde, com o sol meio palmo acima dos cabeços baixos, à mão direita, estavam portanto as bruxas a pentear-se, que este é o tempo que escolhem. O homem fez parar o burro, e com o pé, para o aliviar da carga no teso da encosta breve, empurrou uma pedra até à roda da carroça. Esta chuva, que ideia terá dado ao regedor das celestes águas, não é da estação. Por isso há tanta poeira no caminho e alguma bosta seca ou bonicos de cavalo, que por longe de lugares habitados ninguém veio apanhar até aqui. Nenhum rapazito de cesta enfiada no braço se aventurou tão longe no rabisco do estrume natural, colhendo cuidadoso com as pontas dos dedos a esfera estaladiça, às vezes fendida como um fruto maduro. Sob a chuva, o chão pálido e quente salpicou-se de estrelas escuras, súbitas, caindo surdamente na poeira fofa, e depois uma pancada de água deu de chapa e alagou. Mas a mulher tivera tempo de tirar a criança da carroça, do côncavo que o enxergão de riscas fazia entre duas arcas. Aconchegou-a ao peito, cobriu-lhe a cara com a ponta desatada do lenço, e disse, Não acordou.

De cuidados foi este o primeiro, outro logo, Vai-se molhar tudo. O homem estava a olhar para as nuvens altas, a franzir o nariz, e decidiu em seu saber de homem, Isto passa, é aguaceiro, mas por sim por não desenrolou uma das mantas, estendeu-a por cima dos móveis, Logo hoje havia de chover, raios partam.

Um rufo de vento fez correr as gotas agora esparsas. O burro sacudiu com força as orelhas quando o homem lhe assentou uma palmada no lombo, deu um esticão aos varais, e o homem ofereceu sua ajuda empurrando na roda. Recomeçaram a subir a pequena ladeira. A mulher seguia atrás, com o filho ao colo, e gostosa do sossego do infante espreitou-lhe o rosto, murmurando, Meu menino. De um lado e do outro do caminho carreteiro, a terra era de mato, com algumas azinheiras perdidas e sufocadas até meio tronco, ao abandono ou acaso ali nascidas. As rodas da carroça calcavam a terra molhada, faziam um ruído áspero de trituração, e de vez em quando batiam uma pancada bruta, de ressalto, se uma pedra levantava o ombro. Os móveis rangiam debaixo da manta. O homem, ao lado do burro, com a mão direita pousada no varal, seguia calado. E assim chegaram ao alto da encosta.

Do sul, ao encontro deles, vinha uma enorme massa de nuvens, densa e enrolada, sobre a planície cor de palha. O caminho mergulhava a direito, mal definido entre os valados que se esboroavam, rasoirados pelos ventos do descampado. Ao fundo, ia juntar-se a uma estrada larga, maneira ambiciosa de dizer em terras de tão má serventia. Para a esquerda, quase no roço do horizonte rebaixado, uma pequena povoação virava a poente as paredes brancas. A planície era imensa, como já foi dito, lisa, arrasada, raras azinheiras isoladas ou aos pares, e pouco mais. Daquela pequena altura, não era difícil acreditar que o mundo não tem fim conhecido. E a povoação, lugar de destino, vista dali, à luz amarelada e sob a grande placa de chumbo das nuvens, parecia inatingível. São Cristóvão, disse o homem. E a mulher, que nunca viajara tanto para o sul, Monte Lavre é maior, pareceu só um dizer de comparação, seria talvez saudade.

Iam a meio da encosta quando a chuva voltou. Caíram primeiro umas bagadas grossas, ameaça de cordas de água, onde é que já ia o aguaceiro. Depois o vento rapou a planície, varejou-a toda como uma vassoura, levantou a palha e o pó, e a chuva avançou do horizonte, cortina parda que em pouco tempo ocultou a paisagem distante. Era uma chuva regular, daquelas que vêm para muitas horas, caindo e alagando, chegou e não se vai embora, e quando a terra já não pode com tanta água, nem cuidamos de saber se é o céu que nos molha, se a terra que nos encharca. O homem tornou a dizer, Raios partam, são os desabafos da humanidade quando outros de melhor consonância se não aprenderam. Estão longe os abrigos, mesmo sem horta nas costas, não há outro remédio que receber nelas quanta chuva caia. Dali à povoação, com este passo de burro que vem cansado e vai de pouca vontade, não será menos de uma hora de caminho, e entretanto se fará noite. A manta, que mal protege os móveis, escorre, empapada, pinga-lhe a água dos fios brancos, como estarão por baixo as roupas dentro das arcas, os parcos bens migratórios desta família que por suas razões vai atravessando o latifúndio. A mulher olha o céu, é um jeito antigo e rural de ler esta grande página aberta sobre a nossa cabeça, agora a ver se estava aclarando o ar, e não estava, antes mais carregado de tinta escura, não temos outra tarde. A carroça corre lá adiante, é um barco a dar de bordo no dilúvio, vai cair tudo, parece que de propósito o homem está sovando o burro, e é só a pressa de alcançar aquela azinheira, sempre nos resguardamos da maior. Já lá chegaram, homem, carroça e burro, e ainda a mulher aqui vai, patinhando na lama, não pode correr, acordaria a criança, assim é o mundo feito que não se apercebem uns do mal dos outros, mesmo quando tão perto estão como mãe e filho.

Debaixo da azinheira, o homem abria gestos grandes de braços, impaciente, bem se vê que não sabe o que é trazer um filho ao colo, melhor fará cuidando de esticar as cordas, que com este correr certamente se deslaçaram os nós ou escorregaram os móveis, era o que faltava partir-se o pouco que temos. Debaixo da árvore chove menos, mas caem grossos pingos das folhas, nem isto é copa de laranjeira, estes enormes e desgarrados braços, é como estar sob um alpendre todo esburacado, não sabe uma pessoa onde pôr-se, e ainda bem que a criança começou a chorar, sempre é um trabalho mais urgente, desapertar a blusa, dar-lhe o peito já de pouco leite, pouco mais do que o engano da boca. Cortou-se-lhe o choro em meio e à boa paz ali estiveram mãe e filho, envolvidos no largo rumor da chuva, enquanto o pai dava volta à carroça desfazendo e tornando a fazer os nós, fincando o joelho nos taipais para puxar as cordas, enquanto o burro, alheado, sacudia as orelhas com força e olhava as poças de água e o enxurro do caminho. Então o homem disse, Quase a chegarmos, e logo veio esta chuva, foram palavras de zanga mansa, lançadas com desprazer mas sem esperança, não será por me enfadar a mim que a chuva irá parar, é um dito do narrador, que bem se dispensava. Atenda-se antes ao movimento do pai, que enfim pergunta, E o menino, e se aproxima, espreita sob a dobra do xale, são liberdades de marido, mas tão depressa a mulher de recato se tapou, que ele não pôde saber se realmente quisera ver o filho, ou o seio exposto. Porém, distinguira, na tépida penumbra, na cheirosa mornidão das roupas amarrotadas, fitando-o lá daquele dentro íntimo, o olhar muito azul do filho, insólita luz clara que do berço costumava fitá-lo, transparente e severa, como alguém que exilado se sentisse entre olhos escuros, castanhos, em que família vim nascer.

A nuvem grossa desmanchara-se um pouco, quebrara-se o primeiro ímpeto da chuva. O homem saiu ao caminho, interrogou os ares, virou-se aos quatro pontos cardeais, e disse à mulher, Temos de ir, não podemos ficar aqui até à noite. E a mulher respondeu, Vamos. Puxou o bico do peito à boca do filho, a criança sugou em falso, pareceu que ia chorar, mas não, esfregou a cara no seio já recolhido e, suspirando, adormeceu. Era um menino sossegado, de bom feitio, amigo da sua mãe.

Agora iam juntos, calhados com a chuva, tão molhados que nem mesmo um palheiro confortável os faria parar, só em casa. A noite precipitava-se, vinha depressa. A poente apenas havia uma última luz baça que enfim se avermelhava, e ainda lá estava já se apagara, tornou-se a terra como um poço negro, silenciosa e cheia de ecos, como é grande o mundo nesta hora do anoitecer. O ranger das rodas ouviu-se melhor, a respiração do animal, sacudida, era tão inesperada como um segredo subitamente dito em voz alta, e até o roçar das roupas molhadas parecia uma conversação seguida, murmurada, sem pausas, um falar de boa companhia. Em todas aquelas léguas ao redor, não se via uma luz. A mulher persignou-se, fez o sinal da cruz sobre o rosto do filho. A estas horas é melhor que se defenda o corpo e se proteja a alma, começam a vir aos caminhos as assombrações, passam num remoinho ou sentam-se numa pedra à espera do viajante a quem farão as três perguntas para que não há resposta, quem és, donde vens, para onde vais. O homem que segue ao lado da carroça gostaria de cantar, mas não pode, todo o esforço se lhe gasta em fingir que não o assusta a noite. Já falta pouco, disse, chegando à estrada, é tudo a direito e melhor caminho.

Em frente deles, muito distante, um clarão iluminou as nuvens, ninguém adivinharia que estavam tão baixas. Depois, a pausa, e enfim o atroar surdo do trovão. Só faltava isto. Disse a mulher, Valha-nos Santa Bárbara, mas a trovoada, se não era um resto da que por muito longe andara, parecia seguir outro rumo ou Santa Bárbara aqui invocada a espantara para lugares de menos fé. Estavam já na estrada, sabiam-no porque era mais largo caminho, que outras diferenças só com grande paciência e luz de dia se encontrariam, de buracos e lama vinham, sobre buracos e lama andavam, e agora, tão escuro fazia, nem se podia ver onde os pés pousavam. O burro avançava por instinto, acompanhando o valado. Homem e mulher patinhavam atrás. Lá de vez em quando, o homem dava uma corrida meio às cegas, se a estrada fazia uma curva, para adivinhar São Cristóvão. E foi quando entre a escuridão alvejaram os primeiros muros, que a chuva, de súbito, parou, tão bruscamente que mal se aperceberam. Chovia, e deixara de chover. Como se um grande telheiro se estendesse sobre a estrada.

Está bem que a mulher pergunte, Onde é a nossa casa, são ansiedades de quem já lhe tarda tratar de um filho e, podendo ser, colocar os móveis em seus sítios, antes de na cama estender o corpo cansado. E o homem responde, Do outro lado. Estão todas as portas fechadas, só por algumas frinchas de luz mortiça se tem notícia de habitantes. Num quintal qualquer ladrou um cão. É o costume, há sempre um cão que ladra quando passa alguém, e os outros, que talvez confiados estivessem, pegam na palavra da sentinela e cada qual de cão faz sua obrigação. Um postigo foi aberto e logo fechado. E agora que a chuva parara e a casa está perto, melhor houve de sentir-se este vento frio que correu toda a rua, se engolfou pelas pequenas travessas laterais, sacudiu ramadas que passavam acima dos telhados baixos. A noite, efeito do vento, ficou mais clara. A grande nuvem afastava-se e agora o céu luzia aqui e além. Já não chove, disse a mulher ao filho que dormia e era, dos quatro, o único que ainda não sabia a boa notícia.

Havia um largo, umas árvores que ramalhavam, bruscas. O homem parou a carroça, disse à mulher, Espera aí, e atravessou por baixo das árvores, na direcção duma porta iluminada. Era uma taberna e lá dentro estavam três homens sentados num escano, outro a beber ao balcão, segurando o copo entre o polegar e o indicador, assim como se estivesse parado para um retrato. E atrás do balcão um velho magro, seco, virou os olhos para a porta, era o homem da carroça que entrava e dizia, Boas noites a toda a companhia, esta é a saudação de quem chega e quer amizade de quantos sejam, por fraternidade ou interesse de negócio, Venho viver aqui em São Cristóvão, chamo-me Domingos Mau-Tempo e sou sapateiro. Disse um dos homens sentados sua graça, Mau tempo trouxe vossemecê, e o outro que bebia estava no fim do copo, deu um estalo com a língua e acompanhou, Não traga ele más solas, e os mais riram porque havia de quê e a propósito. Não seriam palavras de mal querer ou mal receber, é noite em São Cristóvão, todas as portas estão fechadas, e se chega um estranho que tem nome de Mau-Tempo, só um tolo não aproveita, demais tendo chovido. Domingos Mau-Tempo juntou aos risos um sorriso de pouca vontade, mas enfim. Valeu abrir o velho uma gaveta e tirar de lá uma chave grande, Tem aqui a chave, já estava a cuidar que não viesse, estão todos a olhar para Domingos Mau-Tempo, a avaliar o novo vizinho, um sapateiro faz sempre arranjo e São Cristóvão estava precisado. Deu Domingos Mau-Tempo sua explicação, É longe de Monte Lavre aqui, choveu-me no caminho, enfim não teria que dar contas da sua vida, mas convém-lhe a simpatia e então diz, Pago um copo a todos, é uma boa e sabida maneira de chegar aos bolsos do coração. Levantam-se os que estavam sentados, assistem ao encher dos copos, é uma cerimónia, e depois, sem precipitação, toma cada qual o seu, num gesto lento e cuidadoso, isto é vinho, não é aguardente que se atire para a goela. Beba também o meu senhorio, diz Domingos Mau-Tempo, e o velho responde, À sua saúde, meu inquilino, é um taberneiro sabedor dos usos sociais das grandes vilas. E estão nestas contumélias quando a mulher se chega à porta, não entra, a taberna é sítio para homens, e diz brandamente, conforme o seu costume, Domingos, o menino está inquieto, e as coisas, tudo molhado, tem que se descarregar.

Boas razões são as dela, mas Domingos Mau-Tempo não gostou de ser chamado pela mulher à frente de homens, o que é que vão pensar, e enquanto atravessa o largo vai ralhando, Se tornas a fazer isto, zango-me. Não respondeu a mulher, ocupada a sossegar o menino. A carroça seguia à frente, aos solavancos, devagar. O burro, com o frio, entorpecera. Meteram por uma travessa onde as casas alternavam com quintais, e parou diante de um casinhoto baixo. É aqui, perguntou a mulher, e o marido respondeu, É.

Com a grande chave, Domingos Mau-Tempo abriu a porta. Para entrar, tiveram de curvar-se, isto não é nenhum palácio de altos portões. A casa não tinha janela. À esquerda era a chaminé, de lareira rente ao chão. Domingos Mau-Tempo petiscou lume, soprou um punhado de palha e pôs-se a girar o fugaz archote para que a mulher visse a nova habitação. Havia lenha ao canto da chaminé. Isso bastava. Em poucos minutos, a mulher deitou o filho a um canto, juntou gravetos e achas, e o lume estalou, abriu-se sobre a parede de cal. A casa então ficou habitada.

Pela cancela do quintal, Domingos Mau-Tempo fez entrar o burro e a carroça e começou a descarregar a mobília, a metê-la para dentro de casa, sem arrumar, até que a mulher pôde ir ajudá-lo. O enxergão estava molhado de um lado. A água entrara na arca da roupa, a mesa da cozinha tinha uma perna partida. Mas havia uma panela ao lume com umas folhas de couve e uns bagos de arroz, o menino tornara a mamar e adormecera no lado seco do enxergão. Domingos Mau-Tempo foi ao quintal para uma necessidade. E no meio da casa, Sara da Conceição, mulher de Domingos, mãe de João, ficou atenta, olhando o lume, como quem espera que um recado mal entendido se repita. No seu ventre houve um pequeno movimento. E outro ainda. Mas quando o marido entrou, não lhe disse nada. Tinham mais em que pensar.

Domingos Mau-Tempo não chegará a velho. Um dia, quando já tiver feito cinco filhos à mulher, mas não por essa razão tão comum, passará uma corda pelo ramo duma árvore, num descampado quase à vista de Monte Lavre, e enforcar-se-á. Entretanto, andou com a casa às costas por outros lugares, fugiu por três vezes à família e da última não pôde tornar às boas pazes porque tinha chegado a sua hora. Fim desgraçado lhe futurara o sogro Laureano Carranca quando teve de ceder à teimosia de Sara, enquerençada ao ponto de jurar que se não casasse com Domingos Mau-Tempo, não casaria com ninguém. Bem clamou Laureano Carranca em suas cóleras, É um landim relaxado, com fama de bêbedo e que mal acabará. Andava nisto a guerra familiar, eis que Sara da Conceição apareceu grávida, argumento derradeiro e em geral eficaz quando os da persuasão e imploração se gastaram. Certa manhã, Sara da Conceição saiu de casa, era Maio o mês, e atravessou os campos até ao lugar onde combinara encontrar-se com Domingos Mau-Tempo. Ali estiveram nem tanto como meia hora, deitados entre o trigo alto, e quando Domingos regressou às suas formas e Sara a casa dos pais, ele ia assobiando de comprazido e ela tremia como se o sol não queimasse já. E, quando atravessou a ribeira a vau, teve de ir agachar-se e lavar-se debaixo duns salgueiros porque o sangue não parava de escorrer-lhe pelas pernas.

João foi feito, ou, para biblicamente falar, concebido, nesse mesmo dia, o que, segundo parece, é raro, pois da primeira vez, por razões do desconcerto da ocasião, não costuma a semente pegar, só depois. E é certo que os seus olhos azuis, que ninguém na família tinha ou se lembrava de ter visto em parente chegado ou afastado, grande espanto causaram, senão suspeita, sabemos nós que injusta esta era em mulher que só para rectamente casar se desviara do direito caminho das virgens e fora deitar-se no meio duma seara de trigo com aquele único homem, abrindo de sua vontade as pernas, com muito sofrimento. Já de vontade não fora aquela outra rapariga, quase quinhentos anos antes, que estando um dia sozinha na fonte a encher sua infusa, viu chegar-se um daqueles estrangeiros que viera com Lamberto Horques Alemão, alcaide-mor de Monte Lavre por mercê do rei Dom João o primeiro, gente de falar desentendido, e que, desatendendo aos gritos e rogos da donzela, a levou para uma espessura de fetos onde, a seu prazer, a forçou. Era um galhardo homem de pele branca e olhos azuis, que não tinha outra culpa que o atiçado do sangue, mas ela não foi capaz de lhe querer bem e sozinha pariu como pôde ao fim do tempo. Assim, durante quatro séculos estes olhos azuis vindos da Germânia apareceram e desapareceram, tal como os cometas que se perdem no caminho e regressam quando com eles já se não conta, ou simplesmente porque ninguém cuidou de registar as passagens e descobrir a sua regularidade.

Está a família na sua primeira mudança. Vieram de Monte Lavre a São Cristóvão em dia de Verão que acabou chuvoso. Atravessaram todo o concelho de norte a sul, que ideia teria dado na cabeça de Domingos Mau-Tempo mudar-se para tão longe, este homem é um remendão, um landim relaxado, mas em Monte Lavre já a vida se lhe ia dificultando, era o vinho e alguns tratos de mão canhota, Senhor sogro, empreste-me a sua carroça e o seu burro, que eu vou viver para São Cristóvão, Pois vá e veja se cobra juízo para seu bem, de sua mulher e filho, e traga-me depressa o burro e a carroça, que me fazem falta. Vieram atalhando caminho, por carreteiros, aproveitando quando podiam a estrada real, mas logo para encurtar metendo ao campo, pelo sopé dos cabeços. Almoçaram à sombra duma árvore, e Domingos Mau-Tempo emborcou uma garrafa de vinho que se perdeu com o suor da jornada. Viram Montemor de longe, a banda esquerda, e continuaram para o sul. Choveu-lhes a uma hora de São Cristóvão, foi um dilúvio de mau prenúncio, mas hoje o dia está de sol e Sara da Conceição, sentada no quintal, ponteia uma saia, enquanto o filho, ainda pouco seguro nas pernas, vai tenteando ao longo da parede da casa. Domingos Mau-Tempo foi a Monte Lavre levar o burro e a carroça ao sogro e dizer que estão a morar numa boa casa, que já os fregueses começaram a ir bater-lhe à porta, não faltará o trabalho. Tornará no dia seguinte, por seu pé, queira Deus não se embebede, que ele não é homem ruim, tem este defeito da bebida, mas, Deus querendo, há-de tomar caminho, que outros casos se têm visto piores e ganham emenda, tem de ser assim, se há justiça na terra, com este filho pequeno e outro para vir, um pai que se respeite, que eu por mim faço o que posso para termos um bom viver.

João chegou ao fim da parede, onde começa a cerca de paus a pique. Agarra-se com firmeza, mais sólido de braços do que de pernas, espreita para fora. O seu horizonte é curto, uma faixa de rua enlameada, com poças de água que reflectem o céu, e um gato amarelo esparramado na soleira em frente, a apanhar o sol na barriga. Um galo canta em qualquer parte. Ouve-se uma voz de mulher gritar, Maria, e outra voz de quase criança responde, Senhora. E depois o silêncio do grande calor que recomeça, não tarda que as lamas endureçam e voltem ao pó que foram. João solta-se da cerca, basta por agora de paisagem, faz uma difícil meia-volta e recomeça a sua longa caminhada na direcção da mãe. Sara da Conceição dá por ele, pousa a costura no regaço, estende os braços para o filho, Vem cá, meu menino, vem cá. Os braços dela são como dois valados protectores. Entre eles e João há um mundo confuso, inseguro, sem começo nem fim. O sol desenha no chão uma sombra hesitante, uma hora trémula que avança. É um ponteirito no latifúndio.

Quando Lamberto Horques Alemão subia ao eirado do seu castelo, não lhe chegavam os olhos para tanto ver. Era senhor da povoação e seu termo, dez léguas de comprido e três de largo, com franqueza e liberdade de tributo, e embora tivesse recebido o encargo de povoar a terra, não foi por seu mandado que na fonte foi a moça forçada, mas tendo assim calhado, melhor. Ele próprio, ali com sua mulher honrada e já seus filhos, haveria de espalhar semente aonde lhe aprouvesse, por gozo vagante de seu sentido, Que esta terra assim desabitada não pode estar, pois de um lado ao outro do senhorio se contam pelos dedos os lugares e pelos cabelos da cabeça os matos de brava natureza, Sabei, senhor, que estas mulheres são escuras, restos danados da mourisma, e os homens calados e às vezes vingativos, ademais que não vos chamou el-rei nosso senhor para fecundardes e procriardes como Salomão, mas para que cuidásseis da terra e a regêsseis, em modo de a ela vir gente e nela se fixar, Isso faço e farei, e quanto mais me aprouver, que minha é a terra e quanto nela há, porém não hão-de as gentes ser de mais que embaracem e causem alvoroço, como já antes se viu, Tendes razão, senhor, e quanta, aprendida nessas frias terras donde viestes, onde muito mais se sabe que neste desterro ocidental do mundo, Pois que enfim comigo concordais, falemos agora dos tributos que é mister lançar nas terras de meu senhorio e alcaidaria. Episódio menor da história do latifúndio.

Este sapateiro é remendão. Deita tombas, cardeia, remancha a obra quando lhe falta o apetite do trabalho, larga formas, sovela e faca de ofício para ir à taberna, questiona com os fregueses impacientes, e por tudo isto bate na mulher. Por deitar tombas e cardear, por isso também, que dentro de si não consegue encontrar paz, é um homem frenético que ainda bem não está sentado, já pensa em levantar-se, ainda bem não chegou a uma terra, já pensa noutra. É um filho do vento, um maltês, Domingos do seu mau tempo, que volta da taberna e entra em casa aos bordos de parede a parede, de má mente olha para o filho, e porque não me deste aquela palha, mulher malvada, toma para aprenderes. E torna a sair, vai ao vinho, de gorra e alforje com os compadres, deite isso ao rol, senhor senhorio, pois cá vai, senhor inquilino, mas olhe lá que a conta está carregada, pois que tem, sou homem de boas pagas, nunca a dever fiquei nem cinco réis furados. E não foi uma nem duas vezes que Sara da Conceição, tendo deixado o filho na vizinha, se meteu dentro da noite à procura do marido, rebuçando as lágrimas no lenço e na escuridão, de taberna em taberna, que em São Cristóvão não eram muitas, mas de mais, e sem entrar, de largo buscava com os olhos, e se o marido estava, ali se punha na sombra, apenas à espera, como outra sombra. E também aconteceu dar com ele perdido no caminho, sem tino da casa, deixado pelos amigos, e então o mundo ficava de repente bonito, porque Domingos Mau-Tempo, de gratidão por ser encontrado em desertos de assustar, entre cordões de afantasmas, lançava um braço sobre o ombro da mulher e deixava-se levar como criança que provavelmente continuava a ser.

E um dia, porque o trabalho crescia e os braços não davam vencimento, Domingos Mau-Tempo contratou um ajudante, mais vagar assim se oferecendo para os seus gostos de maltesia, mas depois, em outro dia de má lembrança, entrou-lhe na cabeça que a mulher, pobre Sara da Conceição inocente, o enganava nas ausências, e foi o acabar do mundo em São Cristóvão, que o ajudante sem culpa teve de fugir à ponta de faca, e Sara, grávida no fim, de legítima gravidez, sofreu todos os vexames da via dolorosa, e a carroça voltou a ser carregada, mais uma ida a Monte Lavre, tanto andar, Senhor sogro, de saúde estamos bem, sua filha e neto felizes, e outro para nascer, mas agora arranjei melhor vida em Torre da Gadanha, vive lá meu pai, que dará ajuda. E outra vez para o norte peregrinaram, mas à saída de São Cristóvão estava o senhorio à espera, Alto aí, Mau-Tempo, que me estás a dever da casa e do vinho que bebeste, e se não pagas, eu e estes meus dois filhos que aqui vês te faremos pagar, ou perdes a vida.

Foi a viagem curta, e ainda bem, porque mal Sara da Conceição pôs o pé em casa, ali lhe nasceu o filho, que veio a ser Anselmo, não se sabe porquê. De berço foi esta criança bem servida porque o avô, o paterno, era carpinteiro de ofício e teve muito em gosto ir nascer-lhe ali o neto, quase porta com porta. Era mestre de obra rústica, sem oficial nem aprendiz, também sem mulher, e vivia entre barrotes e tábuas, perfumado de serradura, praticando um vocabulário particular de ripa, galeota e fasquia, de malhete e enxó. Homem grave e de pouco falar, não se perdia com o vinho e por isso olhava mal-encarado o filho que lhe desacreditava o nome. Não teve, consoante seria de esperar, sabidos os antecedentes de Domingos Mau-Tempo, muito vagar para ser avô. Ainda lhe chegaram os dias para ensinar ao neto mais velho que um certo martelo era de orelhas e que isto é plaina e isto formão, mas Domingos Mau-Tempo não podia suportar-lhe nem as palavras nem o silêncio, e ala que se faz tarde, para a Landeira, no extremo poente do concelho, como um pássaro que se atira de peito contra os ferros da gaiola, que prisão é esta na minha alma, com trinta demónios. E outra carroça, agora com um macho a puxar, mas desta vez alugados por bom dinheiro, que já o sogro haveria de estranhar tantas andanças e tão poucas seguranças, melhor seria calar e mandar dizer depois. Homem, que não temos sossego nem assento, de um lado para o outro como o judeu errante, com estas crianças pequenas, é uma aflição, Cala-te aí, mulher, que eu bem sei o que faço, na Landeira é boa gente, há trabalho que compense, e eu sou homem de arte, não ando agarrado ao rabo da enxada como teu pai e teus irmãos, aprendi ofício e sou capacitado, Não digo que não, homem, não digo que não, sapateiro eras quando casei contigo e assim te quis, mas quem dera que tivéssemos paz e se acabasse este desassossego. Que dos maus-tratos não falou Sara da Conceição, nem justo era que falasse, porque Domingos Mau-Tempo caminhava para a Landeira como para o paraíso e levava às cavaleiras o filho mais velho, segurava-o pelos tornozelos tenros, sujitos pois claro, que importância tinha. Mal lhe sentia o peso nos ombros que o puxar da linha dobrada reforçara de músculos e tendões de ferro. Com o macho atrás, trope-trope, um solzinho de manta aconchegada, até Sara da Conceição tinha arranjado lugar na carroça. Mas quando chegaram à nova casa, viram que os trastes mostravam mais gravosos danos, Por este andar, Domingos, ainda acabamos sem móveis.

Foi na Landeira que João, já servido de padrinhos em Monte Lavre, arranjou padrinho novo e mais cabível. Era ele o padre Agamedes, que, por viver com uma mulher que dizia ser sua sobrinha, lha deu também por madrinha emprestada. Não faltavam portanto benesses ao infante, tão protegido agora no céu como defendido na terra estivera até aí. E mais ainda quando Domingos Mau-Tempo, aliciado pelo padre Agamedes, tomou deveres de sacristão, ajudando na missa e nos enterros, que por mercê disto é que o padre compadrou com ele e a João afilhou. Ao recolher-se ao seio da igreja, não teve Domingos Mau-Tempo mais fito que encontrar motivo respeitável de folga ao trabalho e refrigério para as suas persistentes inquietações de vagamundo. Mas Deus o premiou em tanto o viu no seu altar, fazendo lerdamente os aprendidos passes do ritual, e foi que sendo o padre Agamedes bom estimador de vinho, ali se encontraram oficiante e acólito nesse outro sacrifício. Tinha o padre Agamedes, não longe da igreja, uma tenda de comércio, que nas horas vagas das obrigações sacerdotais administrava, e quando não, descia a sobrinha ao térreo e atrás do balcão governava o negócio terreno da família. Domingos Mau-Tempo passava e bebia um copo, tomava a passar e bebia outro, enquanto o padre não vinha para beberem juntos. Deus vivia com os anjos.

Mas todos os céus têm os seus luciferes e todos os paraísos as suas tentações. Deu Domingos Mau-Tempo em pôr olhos cobiçosos na sua comadre, que, ofendida nos brios de sobrinha, disse meia palavra suficiente ao tio, e isto bastou para que se instalasse o mau viver entre os dois servos da santa madre igreja, um de seu direito, outro de passagem. Não ousou o padre Agamedes usar de franqueza que pudesse autorizar os sabidos maus pensamentos dos paroquianos que duvidavam do parentesco, mas firmou-se no estado de casado do ofensor para afastar a ameaça à sua honra. Privado do pipo fácil, escarmentado no seu arrastar de asa e gáspea, Domingos Mau-Tempo clamou em casa que havia de tirar vingança do padre. De quê a vingança, não disse, nem Sara da Conceição perguntou. Vivia sofrida e calada.

Tinha a igreja poucos fregueses e nem todos constantes. Não dava remédio a males, do que enfim não tinha obrigação, uma vez que também os não aumentava que se visse. Não estava aí o defeito. A debilidade da acção apostólica não estimulava as devoções, não tanto por viver o padre Agamedes assobrinhado ou comerciar em secos e molhados, que só quem não é povo ignora o que são precisões, mas por maltratar o missal, despachar neófitos, nubentes e defuntos com a mesma truculência com que matava e comia o seu porco e com muito menos atenção à letra do templo e ao seu espírito. São melindres populares. Soube por isso Domingos Mau-Tempo como havia de encher a igreja gloriosamente. Que a próxima missa ia ser coisa fina, que o padre Agamedes prevenira que daqui por diante iria apurar-se nos sacros preceitos, nas pausas sublimes e nos garganteios, tolo seria quem à prática faltasse, não viesse depois queixar-se. Pasmou o padre Agamedes quando viu a nave cheia. Não era dia de orago nem a seca tanta que se precisasse duma intervenção celeste. Mas calou. Se as ovelhas vinham por seu pé ao redil, melhores contas daria o pastor a seu amo. Contudo, por não parecer ingrato, aprimorou-se e, sem o saber, confirmou Domingos Mau-Tempo no seu pregão. Mas o sapateiro arvorado em sacristão, e já com outra viagem na mente, tinha o golpe preparado. Na altura de tocar a santos, nos cumprimentos da missa, levantou serenamente a campainha e agitou-a. Foi o mesmo que acenar com uma pena de galinha. Os fiéis terão começado por julgar que ali se instalara uma surdez geral, alguns, pelo hábito do gesto, curvaram-se, outros ficaram a olhar desconfiados, enquanto Domingos Mau-Tempo, em completo, dramático silêncio, continuava a remexer a campainha, mostrando um rosto de inocente. Estranhou o padre, rumorejaram os fiéis, chegaram a rir-se os mais novos. Uma vergonha, com os santos todos a olhar, e Deus que tudo vê. Não se conteve então o padre Agamedes e, interrompido ali o sacrifício por mor de maior urgência, deitou mão à campainha, meteu a outra dentro, apalpou. Não havia badalo. E não cai um raio que castigue a impiedade. Terrível em seu religioso furor, deu o padre Agamedes um safanão de mão grossa a Domingos Mau-Tempo, ali no sagrado recinto, como é possível. Mas Domingos Mau-Tempo deu troco imediato como se continuasse a ajudar à missa. E não tardou que paramentos de padre e opa de sacristão se envolvessem em turbilhão confuso, qual de baixo, qual de cima, sacrilegamente rolando nos degraus do altar, amachucando as costelas, sob a circular mirada da custódia. Subiu o povo a separar os poderes desavindos e houve ali quem se aproveitasse do enredo de pernas e braços para matar uma sede antiga, para um lado ou para o outro. As velhas haviam-se juntado a um canto, rezando a toda a corte celestial, e tendo enfim cobrado forças físicas e ânimo espiritual, avançaram sobre o altar para salvar o seu padre, ainda que indigno. Foi, para tudo dizer em poucas palavras, o triunfo da fé.

No dia seguinte, Domingos Mau-Tempo saía da terra com um cortejo ruidoso de garotos que o acompanharam, mais à família, até aos ermos. Sara da Conceição baixava a cabeça, de vergonha. João deitava para fora o seu severo olho azul. O outro menino dormia.

Então chegou a república. Ganhavam os homens doze ou treze vinténs, e as mulheres menos de metade, como de costume. Comiam ambos o mesmo pão de bagaço, os mesmos farrapos de couve, os mesmos talos. A república veio despachada de Lisboa, andou de terra em terra pelo telégrafo, se o havia, recomendou-se pela imprensa, se a sabiam ler, pelo passar de boca em boca, que sempre foi o mais fácil. O trono caíra, o altar dizia que por ora não era este reino o seu mundo, o latifúndio percebeu tudo e deixou-se estar, e um litro de azeite custava mais de dois mil réis, dez vezes a jorna de um homem.

Viva a república, Viva. Patrão, quanto é o jornal agora, Deixa ver, o que os outros pagarem, pago eu também, fala com o feitor, Então quanto é o jornal, Mais um vintém, Não chega para a minha necessidade, Se não quiseres, mais fica, não falta quem queira, Ai minha santa mãe, que um homem vai rebentar de tanta fome, e os filhos, que dou eu aos filhos, Põe-nos a trabalhar, E se não há trabalho, Não faças tantos, Mulher, manda os filhos à lenha e as filhas ao rabisco da palha, e vem-te deitar, Sou a escrava do senhor, faça-se em mim a sua vontade, e feita está, homem, eis-me grávida, pejada, prenhe, vou ter um filho, vais ser pai, não tive sinais, Não faz mal, onde não comem sete, não comem oito.

Então, porque entre o latifúndio monárquico e o latifúndio republicano não se viam diferenças e as parecenças eram todas, porque os salários, pelo pouco que podiam comprar, só serviam para acordar a fome, houve aí trabalhadores que se juntaram, inocentes, e foram ao administrador do concelho pedir melhores condições de vida. Alguém de boa letra lhes redigiu a petição, notando as novas alegrias portuguesas e esperanças populares filhas da república, muita saúde e fraternidade, senhor administrador, cá ficamos à espera da resposta. Despedidos os suplicantes, Lamberto Horques sentou-se no seu cadeirão hanseático, profundamente meditou sobre o que conviria ao bem das fazendas, a sua própria e a pública administrada, e, tendo corrido os olhos pelas cartas onde estavam marcadas as herdades, assentou o dedo na mais bem provida de gente e chamou o comandante da guarda. Pertencera este à polícia civil, e era uma marcial figura no seu uniforme novo, de memória curta e portanto já deslembrado do tempo em que usara a fita azul e branca na manga esquerda. Por seu zelo e vigilância soubera Lamberto que os camponeses andavam agitados, protestavam contra as geiras e outras servidões, reclamavam contra o mau passadio a que eram condenados por impostos e tributações várias, o que, enfim, mais ou menos se exprimia na petição em tom de comedimento, talvez para disfarçar outras piores intenções. Por todas as herdades corria um vento mau de insurreição, um rosnar de lobo acuado e faminto que grande dano causaria se viesse a transformar-se em exercício de dentes. Havia pois que dar um exemplo, uma lição. Terminada a conferência, recebidas as ordens, retirou-se o tenente Contente, deu de pala e calcanhares, e na parada mandou tocar a bota-sela. Ali se aprumou a guarda nacional republicana, de sabre ao lado e rédea tesa, brilhante de arreios, bigode e crina, e tendo chegado Lamberto à janela da câmara, saudou a guarda a autoridade e fez esta adeuzinho com as pontas dos dedos, reunindo assim num só gesto afecto e disciplina. Feito o que a seus aposentos se recolheu e mandou chamar sua esposa, com quem folgou.

Eis que voa a guarda nacional republicana por esses campos fora. Vão a trote, a galope, bate-lhes o sol nas armaduras, fraldejam as gualdrapas nos joelhos das bestas, ó cavalaria, ó Roldão, Oliveiros e Ferrabrás, ditosa pátria que tais filhos pariu. À vista está a herdade escolhida, e o tenente Contente manda desdobrar o esquadrão em linha de carga, e, à ordem do cornetim, a tropa avança lírica e guerreira, de sabre desembainhado, a pátria veio à varanda apreciar o lance, e quando os camponeses saem das casas, dos palheiros, dos lugares do gado, recebem no peito o peitoral dos cavalos e nas costas por enquanto as pranchadas, até que Ferrabrás, excitado como boi picado de mosca, roda o punho do sabre e cerce corta, talha, pica, cego de raiva, porquê não sabe. Ficaram os camponeses estendidos naquele chão, gemendo suas dores, e recolhidos aos casebres não folgaram, antes cuidaram das feridas o melhor que puderam, com grande gasto de água, sal e teias de aranha. Mais valia morrer, disse um. Só quando a hora chegar, disse outro.

Já lá vai adiante o esquadrão da guarda, amorosa filha desta república, ainda os cavalos tremem e a espuma fica pelo ar em flocos repartida, e agora passa-se à segunda fase do plano da batalha, é ir por montes e montados em rusga e caça aos trabalhadores que andam incitando os outros à rebelião e greve, deixando os trabalhos agrícolas parados e o gado sem pastores, e assim foram presos trinta e três deles, com os principais instigadores, que deram entrada nas prisões militares. Assim os levaram, como a récua de burros albardados de açoites, pancadas e dichotes vários, filhos da puta, vê lá onde é que vais dar com os cornos, viva a guarda da república, viva a república da guarda. E iam presos os camponeses, cada um em suas cordas, e todos a uma corda só, como galés, que isto tem de se compreender, pois são histórias de épocas bárbaras, do tempo de Lamberto Horques Alemão, século quinze, não mais.

E a Lisboa, quem vai levar a Lisboa os cabeças de motim? Sai infantaria dezassete, um tenente dela, também Contente, e dezoito praças, pela calada do comboio da noite, trinta e oito olhos para vigiar cinco trabalhadores rurais acusados de sedição e incitamento à greve. Vão ser entregues ao governo, informa o nosso solícito correspondente, este governo é uma misericórdia, um mãos largas para entregas tais. E é outra vez Maio, senhores. Lá vai o comboio, lá vai, lá vai ele a assobiar, lá vão os cinco rurais, ao Limoeiro penar. Nestas barbarescas eras andam os comboios devagar, param nos descampados sem nenhum motivo que se saiba, talvez um apeadeiro de emboscada e morte súbita, e a carruagem fechada em que são transportados os malfeitores vai de cortinas corridas, se há cortinas em tempo de Lamberto Horques, se tais desvarios se usam em carruagens de terceira classe, e as praças de infantaria dezassete levam as espingardas aperradas, talvez baioneta, quem vem lá passe de largo, saindo ao campo dez de cada vez que o comboio para, por prevenção de assaltos e tentativa de libertação dos presos. Não estão autorizados a dormir os pobres soldados e fitam nervosos os rostos duros e sujos dos cinco malandrins, tão parecidos contigo. E quando se me acabar o tempo da tropa, sei lá, irmão, se não haverá outro soldado que me prenda e leve desta maneira a Lisboa, no comboio da noite, na escuridão desta terra, Hoje sabemos que dia é o nosso, amanhã quem o dirá, Emprestam-te uma espingarda, mas nunca te disseram que a apontasses ao latifúndio, Toda a tua instrução de mira e fogo está virada contra o teu lado, é para o teu próprio e enganado coração que olha o buraco do cano da tua arma, não percebes nada do que fazes e um dia dão-te voz de atirar, e matas-te, Calem essa boca, sediciosos, que em Lisboa vos cantarão o recado, nem imaginam quantos anos vão estar à sombra, Sim, Lisboa é uma grande cidade, têm-nos dito que a maior do mundo, é lá que mora a república, por direito nos hão-de pôr em liberdade, Há leis.

Estão agora dois grupos de trabalhadores frente a frente, dez passos cortados os separam. Dizem os do norte, Há leis, fomos contratados e queremos trabalhar. Dizem os do sul, Sujeitam-se a ganhar menos, vêm aqui fazer-nos mal, voltem para a vossa terra, ratinhos. Dizem os do norte, Na nossa terra não há trabalho, tudo é pedra e tojo, somos beirões, não nos chamem ratinhos, que é ofensa. Dizem os do sul, São ratinhos, são ratos, vêm aqui para roer o nosso pão. Dizem os do norte, Temos fome. Dizem os do sul, Também nós, mas não queremos sujeitar-nos a esta miséria, se aceitarem trabalhar por esse jornal, ficamos nós sem ganhar. Dizem os do norte, A culpa é vossa, não sejais soberbos, aceitai o que o patrão oferece, antes menos que coisa nenhuma, e haverá trabalho para todos, porque sois poucos e nós vimos ajudar. Dizem os do sul, É um engano, querem enganar-nos a todos, nós não temos que consentir neste salário, juntem-se a nós e o patrão terá de pagar melhor jorna a toda a gente. Dizem os do norte, Cada um sabe de si e Deus de todos, não queremos alianças, viemos de longe, não podemos ficar aqui em guerras com o patrão, queremos trabalhar. Dizem os do sul, Aqui não trabalham. Dizem os do norte, Trabalhamos. Dizem os do sul, Esta terra é nossa. Dizem os do norte, Mas não a querem fabricar. Dizem os do sul, Por este salário, não. Dizem os do norte, Nós aceitamos o salário. Diz o feitor, Pronto, temos conversado, arredem lá para trás e deixem os homens pegar ao trabalho. Dizem os do sul, Não enregam. Diz o feitor, Enregam, que mando eu, ou chamo a guarda. Dizem os do sul, Antes que a guarda chegue, correrá aqui sangue. Diz o feitor, Se a guarda vier, ainda mais sangue correrá, depois não se queixem. Dizem os do sul, Irmãos, deem ouvidos ao que dizemos, juntem-se a nós, por alma de quem lá têm. Dizem os do norte, Já foi dito, queremos trabalhar.

Então o primeiro do norte avançou para o trigo com a foice, e o primeiro do sul deitou-lhe a mão ao braço, empurraram-se sem agilidade, rijos, rudes, brutos, fome contra fome, miséria sobre miséria, pão que tanto nos custas. Veio a guarda e separou a briga, bateu para um lado só, empurrou à sabrada os do sul, amalhou-os como animais. Diz o sargento, Quer que os leve todos presos. Diz o feitor, Não vale a pena, são uns desgraçados, segure-os aí um pedaço, até desanimarem. Diz o sargento, Mas há ali um ratinho com a cabeça rachada, houve agressão, a lei é a lei. Diz o feitor, Não vale a pena, meu sargento, sangue de bestas, tanto faz de norte como de sul, é o mijo do patrão. Diz o sargento, Por falar em patrão, estou precisado de um bocado de lenha. Diz o feitor, Lá lhe irá uma carrada. Diz o sargento, E umas poucas telhas. Diz o feitor, Não será por causa disso que dormirá ao relento. Diz o sargento, A vida está cara. Diz o feitor, Mando-lhe uns chouriços.

Os ratinhos já avançaram pela seara dentro. Caem as espigas louras sobre a terra morena, que beleza, cheira a corpo que não se lavou nem sabe quando, e ao longe vem passando e parou um tílburi. Diz o feitor, É o patrão. Diz o sargento, Agradeça por mim, e sempre às ordens. Diz o feitor, Tenha-me olho nesses malandros. Diz o sargento, Vá sem receio, com eles sei eu lidar. Dizem uns do sul, Deitamos fogo à seara. Dizem outros, Seria uma dó de alma. Dizem todos, Não há dó para estas almas.

Já por Landeira andaram, Santana do Mato, fora e dentro do concelho, Tarrafeiro e Afeiteira, e em meio destas viagens nasceu terceiro filho, que filha era, Maria da Conceição, e outro, filho mesmo, que teve nome Domingos, como seu pai. Melhor fado lhe viesse a dar Deus, porque do progenitor não havia que dizer senão mal, entre o vinho e a aguardente, entre o martelo e a carda, cada vez a pior. E da mobília o melhor seria nem falar, de casa para a carroça, da carroça para casa, e entretanto os encontrões por cabeços e regueiros, de terra em terra, chegou um sapateiro novo, Mau-Tempo se chama ele, vamos a ver que tal nos sai o operário, ora bebe vinho o ano todo como tu bebes água em Agosto, o raio do homem, que melhor mestre podia ser. A Sara da Conceição, agora vivendo em Canha com seu marido e filhos, deram-lhe as sezões por dois anos, quartãs foram, dia sim, dia não, para quem não souber. Por isso, em dias de estar a mãe acamada, ia João Mau-Tempo, o dos olhos azuis, que não repetiram os irmãos a balda, ia João Mau-Tempo à fonte, e uma vez, ao mergulhar a cantarinha, foram-se-lhe os pés, quem acode ao inocente, e caiu à água, que era funda para o seu tamanho, setanitos. Voltou para casa ao colo da mulherzinha que o salvara, e o pai bateu-lhe enquanto a mãe tremia de febre na cama, que até as maçanetas de latão abanavam, Não batas no menino, Domingos, mas era o mesmo que falar a um surdo.

E chegou um dia em que Sara da Conceição chamou o marido e ele não respondeu. Foi essa a primeira vez que Domingos Mau-Tempo desprezou a família e desnorteou para longe. Então, Sara da Conceição, que tanto tempo calara o seu viver, rogou a uma vizinha letrada que lhe escrevesse uma carta, e foi como se lhe estivessem repuxando a alma, não fora para isto que quisera o seu homem, Meu pai, pelo amor de Deus lhe peço me venha buscar com os seus burritos e o carro, para ao pé de si, para a minha terra, e me perdoe os trabalhos e desgostos que lhe tenho dado, também a sua resignação, com o meu grande arrependimento de não obedecer aos conselhos que tantas e tantas vezes me deu, que não fizesse este infeliz casamento, um homem que só amarguras me tem dado, do pior tenho sofrido, misérias e desgostos e pancadas, bem avisada fui, mal avisada andei, frase final que de seu cabedal literário a vizinha acrescentou, conciliando o clássico e o moderno com louvável desplante.

Pai merecedor do nome, que faria, mesmo não esquecendo escândalos, que fez Laureano Carranca? Mandou seu filho Joaquim, homem casmurro e de não boas vontades, mandou-o a Canha buscar a irmã e quantos netos por junto lá houvesse. Não por muito os estimar, todos eles eram filhos do sapateiro bêbedo, amor não lhes tinha, filhos cadilhos, netos impecilhos, sobretudo quando outros há mais favoritos. Chegaram os tristes abandonados de marido e pai a

Monte Lavre, outra vez vieram em montão os pobres trastes domésticos, só ruínas, e uns ficaram por piedade contrariada em casa dos pais e avós, os outros atirados a eito para dentro de um palheiro, enquanto casa própria se não encontrava. E quando adregou achar-se o preciso abrigo, esteiras no chão fizeram o dormitório, e para comer foram os mais velhos à esmola, que Nosso Senhor também pediu, vergonha é roubar. Trabalhava Sara da Conceição como de justiça, que não é só pôr filhos no mundo, e os pais repartiam com ela alguma coisa, a mãe mais abundosa, como natural, sempre era mãe. E assim foram vivendo. Mas poucas semanas eram passadas apareceu Domingos Mau-Tempo a rondar em Monte Lavre, a seguir de longe mulher e filhos, e depois saindo-lhes ao caminho, contrito e arrependido, consoante suas próprias palavras, provavelmente decoradas no tempo da sua sacristania. Laureano Carranca entrou em grande cólera, que nunca mais queria ver a filha se ela fosse juntar-se com o relaxado landim do genro, escusasse de pensar. Veio Domingos Mau-Tempo à fala com grandes precauções e protestou que estava emendado dos seus erros e pecados, que esta ausência lhe bastara para ver, ceguinho fosse, quanto bem queria a sua mulher e seus queridos filhos, Senhor sogro, aqui faço jura, ajoelhado se for preciso. Quebraram-se seu tanto as zangas, amolecidas pelas gerais lágrimas derramadas, e a família abalou para uma povoação perto, Cortiçadas de Monte Lavre, quase à vista da casa paterna. Domingos Mau-Tempo, perdido de outros haveres que lhe permitissem trabalhar por sua conta, como gostava, houve de aceitar servir na oficina de mestre Gramicho, e Sara da Conceição trabalhava de ajuntadeira, a ombro cheio, para ajudar o marido e defender os filhos. E os fados? Começou

Domingos Mau-Tempo a cair em tristeza, como um monstro desterrado, que é essa a maior de todas as tristezas, tal se vê na história da bela e a fera, e não tardou que dissesse para a mulher, Temos de abalar daqui para fora, que já não me encontro cá bem, ficas uns dias com os nossos filhos enquanto eu vou procurar trabalho noutra terra. Sara da Conceição, que remédio, desenganada de que o marido lhe tornasse, esperou dois meses e já outra vez se via viúva abandonada, quando Domingos Mau-Tempo apareceu, alegre como um pintarroxo, com maviosas palavras, Sara, arranjei trabalho e habitação muito boa, vamos para o Ciborro. Foram dali para o Ciborro e não foram mal, que a gente de lá era pacífica e de pagas prontas. Trabalho não faltava e o sapateiro parecia ter perdido o sentido da taberna, senão de todo, que não se lhe pedia tanto, o bastante para o tomarem por homem de respeito. E veio este tempo em boa estação porque entretanto ali se inaugurou uma escola de primeiras letras, e João Mau-Tempo, que estava na idade, foi aprender a ler, escrever e contar.

E os fados? Correm os lobisomens os seus desatinados, por encruzilhadas, má sina que lhes vem, meus senhores, não saberei de que mistérios, são encantamentos, em dia certo da semana saem de suas casas e na primeira cruz dos caminhos despem-se e rojam-se no chão, espojam-se, transformando-se na causa do rasto que por ali haja, Qualquer rasto, ou só de animal mamífero, Qualquer rasto, meu senhor, que até uma vez houve um homem que se transformava em roda de carro, andava por aí a girar, a girar, uma aflição, mas o mais de costume é tornarem-se bichos, como foi o caso muito falado e verdadeiro daquele homem, não me lembro é o nome, que morava com a mulher no Monte do

Curral da Légua, para as bandas da Pedra Grande, e o fado dele era sair todas as noites de terça-feira, mas esse sabia do seu estado e por isso avisava a mulher que nunca abrisse a porta quando ele estivesse por fora, ouvisse ela o que ouvisse, e nessas alturas eram gritos e barulhos que faziam gelar o sangue a um cristão, ninguém era que dormisse, mas uma vez a mulher encheu-se de coragem, é que as mulheres são muito curiosas, tudo querem averiguar, e resolveu abrir a porta, Que foi que viu, Ai Jesus, viu na sua frente um enorme porco, assim como um varrasco de cobrição, com uma cabeçorra deste tamanho, assim, e vai ele atirou-se a ela como um leão para a devorar, sorte foi ela ter conseguido fechar a porta, porém não tão depressa que o porco, ao abocar, lhe não tivesse arrancado um bocado da saia, ora agora imagine-se o horror da infeliz, quando o marido voltou para casa, já madrugada, trazia na boca o bocado de pano arrancado, o que valeu é que tudo ficou assim explicado, ele contou-lhe que de todas as vezes que saía se transformava num animal, e daquela fora em porco, e que lhe podia ter feito mal, para a outra vez não abrisse a porta, que ele não podia responder por si, Grande caso, A mulher foi falar aos sogros, que ficaram muito incomodados por filho seu ter dado em lobisomem, não havia outro na família, e então procuraram uma virtuosa que lá fez as rezas e os esconjuros próprios para estes acidentes e disse que lhe queimassem a copa quando ele estivesse transformado em lobisomem, que nunca mais tornaria, e assim foi, remédio santo, queimaram-lhe o chapéu e curou-se, Seria porque sendo o mal na cabeça, sarava-se queimando o chapéu, Isso não sei, que a mulherzinha não disse, mas ainda lhe conto outro caso, aqui bem perto do Ciborro viveu há pouco tempo um casal numa quinta, são tudo acontecidos de entre marido e mulher, porque será, esses criavam galinhas e outros animais de capoeira, e então todas as noites o marido, este era todas as noites, levantava-se da cama, ia para o quintal e punha-se a cacarejar, imagine para o que lhe daria, quando a mulher o espreitava do postigo via-o transformado numa galinha muito grande, Do tamanho do porco, Ah, não acredita, então ouça o resto, este casal tinha uma filha e como a filha ia casar, mataram muitas galinhas para a boda, era a riqueza deles, mas nessa noite a mulher não sentiu levantar-se o marido nem o ouviu cacarejar, nem calcula o que tinha sucedido, o homem foi ao sítio onde tinham matado as galinhas, pegou numa faca, ajoelhou-se ao pé do alguidar e enterrou a faca na garganta, ali se ficou, quando a mulher deu com a cama vazia e foi à procura do marido, encontrou-o já sem vida e o sangue às golfadas, são os fados, é o que lhe digo.

Domingos Mau-Tempo voltou ao seu, vinho, desleixo, pancadas, tratos maus de mão e de boca. Minha mãe, o pai parece que está excomungado, Não digas isso, filho, que é teu pai. São palavras que sempre se dizem nestas e afins circunstâncias, não se devem tomar a sério, nem umas nem as outras, tanto as que acusaram como as que quiseram absolver. Mas a miséria empoeirava o rosto a esta gente, e as crianças que já tinham sentido para isso pediam esmola. Que ainda gente havia bondosa e de consciência, como os senhorios da casa onde moravam os Mau-Tempos, muitas refeições de comida lhes deram, mas a infância é cruel, e então era o caso que quando em casa dos senhorios se cozia pão, reservavam a João Mau-Tempo uma merendeira, mas os rapazes da família, que também andavam na escola e eram todos amigos, faziam pirraça com a comida, prendiam João

Mau-Tempo com uma corda à manjedoura e a merendeira à frente, e enquanto ele a não comesse, não o soltavam. E dizem que há Deus.

Então, o que devia acontecer, aconteceu. Domingos Mau-Tempo chegava ao fim das suas malandanças. Uma tarde, estava sentado no banquinho a brunir um tacão, de repente pousou tudo quanto tinha nas mãos, desatou o avental, foi dentro e fez um rolo de roupa, tirou da arca um quarto de pão, meteu tudo no alforje e saiu. A mulher andava no trabalho com os dois filhos mais novos, João estava na escola, o outro a gandaiar. Foi a última vez que Domingos Mau-Tempo saiu de casa. Tornará a aparecer ainda para dizer algumas palavras e ouvir outras, mas a sua história terminou. Durante dois anos será maltês.

Cria a natureza as suas diversas criaturas com admirável brutidade. Entre mortos e aleijados, considera, não faltará quem escape para garantir os resultados da gerência, modo ambivalente e portanto equívoco de substantivar o gerir e o gerar, com aquela confortável margem de imprecisão que produz as mutações do que se diz, do que se faz e do que se é. Não marca a natureza coutadas, mas aproveita delas. E se depois das ceifas os mil formigueiros da seara não têm celeiro igual, os ganhos e perdas vão todos à grande contabilidade do planeta e nenhuma formiga fica sem a sua estatística parte de alimento. Ao apuramento do saldo importa pouco que tenham morrido aos milhões por inundação natural, revolvimento de enxada ou desafio de micções: quem viveu, comeu, quem morreu deixou aos outros. A natureza não conta mortos, conta vivos, e, quando estes lhe sobejam, arranja uma nova mortandade. É tudo muito fácil, muito claro e muito justo, porque, de memória de formiga ou elefante, ninguém tal contestou no grande reino dos animais.

Felizmente, o homem é o rei deles. Pode portanto fazer

as suas contas de papel e lápis, ou essas outras mais subtis que se exprimem em murmúrios, meias palavras subentendidas, relances de olhos e acenos de cabeça. Nesta mímica e onomatopeia se juntam, em mais grosseiro, as danças e cantares de luta, sedução e aliciamento que usam certos animais para obtenção de seus fins. Assim melhor se entenderá o jogo de pesos e medidas que Laureano Carranca, homem rígido e de princípios, haja visto a intolerância, o desprazer inflexível com que viu o casamento de sua filha Sara da Conceição, pratica no seu quotidiano viver, agora que tem em casa o neto João, em verdade por esmola contrariada, e um outro neto, chamado José Nabiça, doutra maneira predilecto. Digamos porquê, ainda que não importe muito ao entendimento da história, só o bastante para nos conhecermos melhor uns aos outros, que é preceito evangélico. Era este José Nabiça filho duma irmã de Sara da Conceição e de um pai que de incógnito só tinha o gosto de que assim o tomassem, porque, de ciência pública, qualquer pessoa o poderia apontar a dedo. Em tais casos não é raro estabelecer-se uma geral cumplicidade, assente na evidência do que toda a gente sabe, na curiosidade de ir vendo como se comportam os actores, o que, enfim, se não deve censurar, tão poucas são as distracções. Fazem-se estes filhos pelo amor de Deus e andam por aí abandonados, às vezes de pai e mãe, vão para a roda, ficam pelos caminhos, comem-nos os lobos ou os irmãos da Misericórdia. Mas o fortunado José Nabiça, não obstante a mazela do nascimento, tinha a sorte de um pai com alguma coisa de seu e avós ambiciosos da futura herança, probabilidade remota, em todo o caso com alguma consistência, a suficiente para lucrar do bom passadio em casa dos Carrancas. A João Mau-Tempo tratavam-no como se não lhes pertencesse nem de água nem de sal: dali, filho ele de pai sapateiro e agora maltês, não viria cruzado nem quintal. Mas ao outro, embora filho duma ofensa não emendada pelo casamento, trazia-o o avô nas palminhas, cego e surdo às vozes e às evidências da honra manchada, na mira de um proveito que afinal não viria nunca. Para que se saiba que há uma justiça divina.

João Mau-Tempo fez mais um ano de escola, e depois acabaram-se-lhe as letras. O avô Carranca mirou aquele corpinho de musaranho, duvidou pela milésima vez dos olhos azuis que assustados se baixavam para o chão, e decretou, Vais com teu tio para as arrancas, e vê como te portas, que eu cá estou para te castigar quando for preciso. De arrancas porventura lhe tinha vindo o nome, que eram arroteias, surribas, trabalhos de força bruta que não se deveriam pedir a um infante, mas só lhe faria bem começar a saber que lugar lhe estava destinado em crescendo. Bruto era Joaquim Carranca, que o deixava de noite nas searas, de guarda à cabana, ou na eira, quando tal obrigação não havia de competir a tanta fraqueza. E mais, noite adiante, por judiaria maldosa, ia ver se o sobrinho dormia e atirava-lhe com um saco de trigo para cima, que ficava o pobre a gemer, e como se isto não fosse bastante e até de sobra, espetava-lhe no corpo um cajado ferrado com uma choupa, e quanto mais o sobrinho gritava e chorava, mais ele ria, o desalmado. Que são casos verdadeiros, estes, por isso custam tanto a crer a quem se pauta por ficções. Tivera entretanto Sara da Conceição uma outra filha que em oito dias morreu.

Correram vozes em Monte Lavre de que havia uma guerra na Europa, sítio de que pouca gente no lugar tinha notícias e luzes. Guerras também as havia ali, e não pequenas, todo o dia a trabalhar, se trabalho havia, todo o dia a ganir de fome, houvesse ou não houvesse. Só as mortes não eram tantas, e no geral os corpos iam para a cova inteiros. Uma, porém, chegava na sua hora, como já foi antes anunciado.

Quando Sara da Conceição ouviu dizer que o marido tornara a aparecer em Cortiçadas, arrebanhou os filhos que consigo viviam e, pouco segura da protecção do pai Carranca, recolheu João de caminho e foi esconder-se em casa de uns parentes Picanços que eram moleiros num sítio arredado da povoação meia légua, chamado Ponte Cava. Era esta ponte apenas o que restava dela, um arco partido e grandes pedras no leito da ribeira, mas na represa a montante tomava João Mau-Tempo, com os da sua criação, banho em pelota, e quando de costas na água fitava o céu, tudo nos seus olhos era céu e água. Ali se escondeu a família, temerosa das ameaças que pela boca de conhecidos alviçareiros vinham de Cortiçadas. Talvez Domingos Mau-Tempo nem tivesse vindo a Monte Lavre se mensageiro de torna-viagem o não informasse da espavorida fuga da família. Um dia atirou para o ombro o alforje, desceu por carris e chapadas, cegado pelo destino, e apareceu em frente do moinho a pedir satisfação e a exigir os seus. Saiu José Picanço ao caminho, enquanto a mulher guardava nos fundos da casa os asilados. E diz Domingos Mau-Tempo, Bons dias, Picanço. E diz José Picanço, Bons dias, Mau-Tempo, que queres. E diz Domingos Mau-Tempo, Ando à procura da minha gente, que fugiram de mim e houve quem me dissesse que estão em tua casa. E diz José Picanço, Quem to disse, não te enganou, estão em minha casa. E diz Domingos Mau-Tempo, Então manda-mos para cá, que se acabou a maltesia. E diz José Picanço, Tu a quem queres enganar, Mau-Tempo, olha que não a mim, bem te conheço. E diz Domingos Mau-Tempo, A família é minha, não é tua. E diz José Picanço, Em melhores mãos estaria, mas daqui não sai ninguém porque ninguém te quer acompanhar. E diz Domingos Mau-Tempo, Eu sou o pai e o marido. E diz José Picanço, Vai-te, homem, que eu bem vi como trataste tua mulher quando fui teu vizinho, a ela que honradamente trabalhava e aos teus filhos, pobres meninos, e a miséria que passaram, se não fosse eu e alguns matarem-lhes a fome, não precisavas de estar agora aqui, que já teriam morrido todos. E diz Domingos Mau-Tempo, Eu sou o pai e o marido. E diz José Picanço, Vai, torno a dizer, para onde te não ouçam, nem te vejam, nem te falem, que és um homem sem perdão.

Está o dia tão bonito. Manhã hoje de sol, mas tendo já chovido, que é Outono. Domingos Mau-Tempo risca com o cajado o chão à sua frente, ao parecer é um desafio, sinal de briga, e Picanço assim o entende, por isso se prepara, deita a mão a um pau. Não são suas estas dores, mas quantas vezes um homem não pôde escolher e se achou no campo certo. Nas suas costas, por trás da porta, estão quatro crianças assustadas e uma mulher que se pudesse as defenderia com o seu próprio corpo, mas são desiguais as forças, por isso Picanço toma o seu risco e traça-o também no chão. Porém, não valeu a pena. Domingos Mau-Tempo não diz palavra, não faz outro gesto, ainda está a ouvir o que lhe foi dito, e para tudo entender bem não pode ficar ali. Volta costas, desanda por onde veio, percorre o caminho ao longo da ribeira, passa a deslado de Monte Lavre. Há quem o veja e pare, mas ele não olha. Talvez murmure, Terra maldita, só por grande tristeza o estará dizendo, que de razões particulares não encontraria uma, ou todas são, e então nenhuma terra escapará à sentença, todas malditas, condenadas e condenadoras, dor de estar nascido. Desce a um relvão, passa sobre três pedras um ribeiro afluente, e sobe. Há ali um cabeço fronteiro ao de Monte Lavre, cada qual tem seu monte de oliveiras e sua razão de lá ir. Domingos Mau-Tempo deita-se numa sombra rala, e olha o céu sem saber o que olha. Tem os olhos escuros, fundos como minas. Não está a pensar, salvo se pensamento é esta passagem lenta de imagens, para trás, para diante, e uma palavra solta, indecifrável, que de vez em quando rola como pedra que sem porquê caísse do monte. Apoia-se nos cotovelos, tem Monte Lavre na sua frente como um presepe, no ponto mais alto, sobre a torre, está um homem muito grande a bater sola, levantando o martelo e baixando-o com estrondo. Ver coisas destas, e nem bebido está. Apenas dorme e sonha. Agora é uma carroça que vai passando, toda acogulada de móveis e Sara da Conceição sentada, cai não cai, é ele próprio que vai a puxar, tanto peso, senhor padre Agamedes, e leva ao pescoço uma campainha sem badalo, agita-se muito para que ela toque, é preciso que toque, é um sino de cortiça, chiça para a missa. E o primo Picanço aproxima-se, tira-lhe o chocalho e põe no lugar dele uma mó de moinho, homem sem perdão.

Poderia ter sido a tarde toda neste sonhar e foram poucos minutos. O sol mal se mexeu, não há diferença nenhuma nas sombras, Monte Lavre não cresceu nem minguou. Domingos Mau-Tempo levantou-se, passou a mão direita pela barba crescida e no gesto veio-lhe uma palha agarrada aos dedos. Rolou-a entre as polpas, partiu-a, lançou-a fora. Depois meteu a mão no alforje, tirou uma corda, meteu-se pelo olival, já escondido das vistas de Monte Lavre. Andou, mirou, parecia um proprietário a avaliar a colheita, calculou alturas e resistências, e enfim determinou o lugar onde iria morrer. Passou a corda pelo ramo, atou solidamente, e sentado nele fez o laço e atirou-se para baixo. De enforcamento nunca ninguém morreu tão depressa.

Agora João Mau-Tempo é o homem da casa, o mais velho. Morgado sem morgadio, dono de coisa nenhuma, pequena é a sombra que faz no chão. Arrasta os tamancos que sua mãe mandou fazer, mas os troços pesados caem-lhe dos pés, e ele inventa uns suspensores toscos que passando por baixo do rasto se vão prender a uns buracos na bainha das calças. É uma figura grotesca, de enxadão às costas, maior do que ele, que de madrugada se levanta da enxerga, na luz oleosa e fria da candeia, e tudo é tão confuso, tão espesso o sono, tão sem norte os gestos, que provavelmente já de enxadão às costas sai da enxerga, já de tamancos, maquineta primitiva de um só movimento, levantar o enxadão e deixar cair, onde estão as forças. Sara da Conceição lhe disse, Meu filho, por esmola me deram trabalho para ti, para ganhares alguma coisita, pois a vida é uma carestia e não temos donde nos venha. E João Mau-Tempo, sabedor da vida, pergunta, Vou cavar, minha mãe. Sara da Conceição, pudesse ela, diria, Não vais, meu filho, tens só dez anos, não é trabalho para uma criança, mas que há-de ela fazer se neste latifúndio não sobram outros modos de viver e o ofício do pai defunto é mal-assombrado. Noite ainda fechada se levanta pois João Mau-Tempo e por sorte sua o caminho para a herdade da Pedra Grande passa pela Ponte Cava, lugar ainda assim de bem-aventurança como ficou demonstrado no episódio anterior, onde se salvaram os pobres da ira de Domingos Mau-Tempo, lugar duas vezes bem-aventurado porque, mesmo suicidado de tão bruta maneira, e não obstante os seus muitos pecados, não há misericórdia se o sapateiro não estiver a esta hora sentado à mão direita do Pai Deus. Domingos Mau-Tempo foi um triste homem desgraçado, não o condenem as boas almas. Vai pois o filho a passar no lusco-fusco de um sol ainda longe, sai-lhe ao caminho a mulher do Picanço, e diz-lhe, Então, João, para onde vás. Responde o dos olhos claros, Ora, vou para a Pedra Grande arrancar mato. E a Picança, Ai coitadinho, tu não podes com o enxadão e o mato é tão grande. Facilmente se vê que é uma conversa de pobres, entre uma mulher feita e um homem no princípio, e falam destas coisas de pouca substância e nenhum voo espiritual, porque já se viu que tudo isto é gente rude, sem letras que iluminem, ou, se as há, aos poucos se vão apagando. João Mau-Tempo sabe que resposta dará, ninguém lha ensinou, mas outra certamente estaria fora do tempo e do lugar, Seja o que Deus quiser, vou experimentar para ajudar a minha mãe, coitadinha, porque a nossa vida é o que vossemecê sabe, e o meu irmão Anselmo vai pedir uma esmola pelo amor de Deus para depois me levar alguma coisita aonde eu ando a trabalhar, porque minha mãe não tem dinheiro para comprar o avio. Diz a Picança, Então, vais sem farnel, menino de Deus. Responde o menino de Deus esquecido, Sim senhora, vou.

Aqui seria ocasião de clamar o coro grego os seus espantos para criar a atmosfera dramática propícia aos grandes rasgos generosos. A melhor esmola, ainda assim, é a do pobre, ao menos fica tudo entre iguais. Estava o Picanço a trabalhar na azenha e a mulher chamou-o, Ó marido, anda cá. Veio o moleiro, Olha o João. Tornaram-se a dizer as palavras já ditas, e tudo visto e pensado, ficou João Mau-Tempo naquela casa pelos dias que trabalhou na herdade da Pedra Grande, e a mulher do Picanço aviava-lhe a alcofinha como santa criatura que era. Também está à mão direita do Pai, decerto em boa conversa com Domingos Mau-Tempo, a tentarem saber os dois porque é a desgraça tanta e o prémio tão pequeno.

João Mau-Tempo ganhava dois tostões, salário de homem feito quatro anos antes, mas hoje mísera paga, de tal maneira a vida encarecera. Beneficiava das boas graças do capataz, ainda parente, que fazia de contas que não reparava na pobre luta do moço contra as raízes das moitas, rijas de mais para se deixarem cortar por aquela debilidade. O dia inteiro, horas e horas de enfiada, quase escondido entre o sarçal, moendo à pancada as raízes com o enxadão, mas as crianças, senhor, porque lhes dais tanta dor. Aquele moço, ó capataz, que anda ele a fazer aí, rendimento não dá nenhum, dizia Lamberto de passagem. E o outro, uma esmola que se lhe faz, o pai era o Domingos Mau-Tempo, uma miséria. Bem, rematou Lamberto, e entrou na estrebaria a visitar os cavalos, cujos muito estimava. Estava quente ali e cheiroso de palha, Este chama-se Sultão, este Delicado, este Tributo, esta Camarinha, e este poldro que ainda não tem nome vai chamar-se Bom-Tempo.

Acabou a surriba e João voltou para casa da mãe. Mas

andava em maré de sorte porque não tardaram duas semanas estava outra vez com trabalho, numa herdade doutro patrão, Norberto era ele, e debaixo da alçada dum capataz que era Gregório de nome e Lameirão de sobrenome. Era este Lameirão uma fera das piores. Para ele, o pessoal duma contrata não fazia diferença duma matilha amotinada que só a pau e chicote podia ser tratada. Norberto nestas coisas não punha os olhos, tinha mesmo fama de pessoa excelente, já idoso, de cabelos brancos, porte distinto e família abundante, gente fina, ainda que campestre, que nos verões iam a banhos à Figueira. Tinham prédios em Lisboa, e os mais novos da família, aos poucos, começavam a afastar-se de Monte Lavre. O mundo tinha sido para eles uma grande paisagem, falavam por ouvir dizer, claro está, e estava chegando a hora de tirar os pés da leiva e ir à procura dos empedrados da civilização. Norberto não se opunha e dava-lhe até recatado contentamento o gosto novo dos descendentes e colaterais. Entre cortiça e algum trigo, entre bolota e porco de montanheira, o latifúndio alimentava a família com largos excedentes, trocado tudo isso em dinheiro de correr. Desde que, naturalmente, corressem os contratados, estes e todos os outros. Para tanto lá estavam os capatazes, paisanos tenentes Contentes, sem direito a cavalo ou sabre, mas com igual autoridade. De verdasca passada no sovaco, a fazer de pingalim cavaleiro, Gregório Lameirão seguia ao comprido da fila dos trabalhadores, de olho alerta ao mais leve sinal de calaceirice ou puro extenuamento. E era um homem de regulamentos, louvado seja, porque para dar exemplos se servia dos próprios filhos. Ali se lastimavam eles e logo os outros, falamos dos mais novos, porque raro era o dia em que não se lambiam com uma ou duas sovas, ou três, se andavam mais turvos os ventos. Quando Gregório Lameirão saía de casa ou do quartel, deixava o coração pendurado atrás da porta e ia mais leve, sem outro cuidado que não fosse bem merecer a confiança do patrão e ganhar merecidamente as mais moedas e melhores comedorias que lhe valia o cargo de capataz e carrasco do rancho. Cobardote era, em todo o caso. Uma vez saiu-lhe ao caminho o pai duma sua desgraçada vítima e ali ficou declarado e assente que se ele tornasse a castigar sem justiça, veria, se ainda fosse capaz de ver, os próprios miolos espalhados à porta de casa. Aproveitou a ameaça por aquele lado, mas o castigo dos sobrantes redobrou.

Em casa de Norberto, as senhoras tinham as delicadezas do sexo, bebiam seu chá, faziam sua malha e eram madrinhas das filhas dos criados mais próximos. Sobre os canapés da sala demoravam-se as revistas de modas, ai Paris, aonde estava decidido que a família iria mal acabasse a estúpida guerra que, entre outros danos de maior e menor grandeza, lhes viera atrasar o projecto. Enfados que não está em nossa mão evitar. E o idoso Norberto, quando ouvia o seu capataz dar-lhe notícias do andamento dos vários trabalhos da terra, num mastigar de palavras que tinha por fito valorizar o fiscal, impacientava-se como se estivesse a ler na gazeta os comunicados de guerra. Era germanófilo por simpatia imperial e memória não consciente da pátria de Lamberto Horques, talvez seu antepassado. E um dia, por puro divertimento sábio, disse-o a Gregório Lameirão, que ficou bronco a olhar, sem entender linguagem, ele bruto, ele analfabeto. Por sim, por não, redobrou de humildade e cresceu de rigor. Os filhos mais velhos já se recusavam a trabalhar no rancho do pai, procuravam outras herdades, feitores de maior humanidade, melhores seguranças, nem que fosse apenas para morrer um pouco mais tarde.

Eram bons tempos, esses, para a disciplina. Sara da Conceição, com razão remordida dos maus exemplos do marido e mais ainda do bicho que por dentro a roía de culpada da morte mofina, pregava a todo o instante e hora, Vê lá, olha se não andas na linha, dou-te uma sova, temos de olhar pela vida. Isto lhe dizia a mãe, e o Lameirão reforçava, Ó Mau-Tempo, olha que a tua mãe disse-me que de ti só queria os ossos para fazer uma cadeira e a pele para fazer um tambor. Falando assim conjuntas e afinadas duas autoridades, que mais faria João senão acreditar. Mas um dia, moído de pancada e de trabalho excessivo, desafiou a ameaça de ser esfolado e desossado, e abriu-se com a mãe estupefacta. Pobre Sara da Conceição, que não aprendia o mundo. Tudo ali foram gritos e ais, Maldito homem, que lhe não disse tal coisa, dá uma mãe um filho à luz para isto, todos os opulentos fazem pouco da miséria, nem aos próprios filhos tem amor esse dragão. Mas isto já ficara dito antes.

João Mau-Tempo não tem corpo para herói. É um pelém de dez anos retacos, um cavaco de gente que ainda olha as árvores mais como alpendruradas de ninhos do que como produtoras de cortiça, bolota ou azeitona. É uma injustiça que se lhe faz obrigá-lo a levantar-se ainda noite fechada, andar meio a dormir e com o estômago frouxo o pouco ou muito caminho que o separa do lugar de trabalho, e depois dia fora, até ao sol-posto, para tornar a casa outra vez de noite, morto de fadiga, se isto é ainda fadiga, se não é já transe de morte. Mas esta criança, palavra só por comodidade usada, pois no latifúndio não se ordenam assim as populações em modo de prever-se e respeitar-se tal categoria, tudo são vivos e basta, que os mortos é só enterrá-los, não é possível fazer trabalhar os mortos, esta criança é apenas uma entre milheiros, todas iguais, todas sofredoras, todas ignorantes do mal que fizeram para merecerem tal castigo. Pelo lado do pai, é de raiz operária, sapateiro este, carpinteiro o avô, mas veja-se como os destinos se preparam, e aqui não há galeota nem sovela, é tudo terra áspera, calor de morte, frio de morrer, as grandes securas do Verão, o transimento do Inverno, a dura geada da manhã, renda de bilros diz dona Clemência, frieiras roxas gretadas sangrentas, e se a mão inchada roça no tronco ou na pedra, rasga-se mole a pele, e por baixo, quem poderá dizer esta dor e miséria. Não haverá mais vida que este arrastamento, bicho que ao cimo da terra compadreia com os outros bichos, os domésticos e os ariscos, os úteis e os nocivos, e ele próprio, com seus semelhantes humanos, tratado como nocivo ou útil, consoante as necessidades do latifúndio, agora te quero, agora te aborreço.

E há o desemprego, primeiro os mais moços, depois as mulheres, por fim os homens. Vão caravanas pelos caminhos à procura de um salário miserável. Não se veem nestas alturas feitores nem capatazes nem manajeiros, muito menos se veriam patrões, todos fechados em suas casas, ou longe na capital e noutros resguardos. A terra é só crosta seca ou lamaçal, não importa. Cozem-se ervas, vive-se disso, e os olhos ardem, o estômago faz-se tambor, e vêm as longas, dolorosas diarreias, o abandono do corpo que se desfaz de si próprio, fétido, canga insuportável. Apetece morrer, e há quem morra.

Guerra na Europa, já foi dito. E guerra também em África. Estas coisas são como gritar num cabeço, quem grita sabe que gritou, às vezes é a última coisa que faz, mas, dali para baixo, cada vez se vai ouvindo menos, e por fim nada. A Monte Lavre, de guerras, só chegavam notícias de jornal, e essas eram para quem as soubesse ler. Os outros, se viam subir os preços ou faltarem até os géneros grosseiros da sua alimentação, se perguntavam porquê, É por causa da guerra, respondiam os entendidos. Muito comia a guerra, muito a guerra enriquecia. É a guerra aquele monstro que primeiro que devore os homens lhes despeja os bolsos, um por um, moeda atrás de moeda, para que nada se perca e tudo se transforme, como é lei primária da natureza, que só mais tarde se aprende. E quando está saciada de manjares, quando já regurgita de farta, continua no jeito repetido de dedos hábeis, tirando sempre do mesmo lado, metendo sempre no mesmo bolso. É um hábito que, enfim, lhe vem da paz.

Em alguns lugares ao redor houve gente que pôs luto, o nosso parente morreu na guerra. O governo mandava condolências, sentidos pêsames, e dizia que a pátria. Fez-se o uso habitual de Afonso Anriques e Nuno Álvares Pereira, nós é que descobrimos o caminho marítimo para a Índia, a mulher francesa tem um fraco pelos nossos soldados, da mulher africana nada consta a não ser o que já se sabe, o czar foi deposto, as potências estão preocupadas com o que se passa na Rússia, grande ofensiva na frente ocidental, a arma do futuro é a aviação, mas a infantaria é a rainha das batalhas, nada feito sem a barragem de artilharia, o domínio dos mares é indispensável, revolução na Rússia, bolchevismo. Adalberto lia o seu jornal, olhava pela janela inquieto o tempo enevoado, partilhou das indignações da gazeta, disse em voz alta, Isto passa.

Nem tudo são rosas para um lado e para o outro, embora, como tem vindo a ser explicado, a distribuição dos espinhos se faça segundo as conhecidas regras da desproporção e seja um claro desmentido do ditado, talvez certo em coisas de navegação, que diz, Grande nau, grande tormenta. Em terra é diferente. Minúscula é a barca desta família Mau-Tempo, chato o seu fundo, e só por acaso e necessidade da história ainda não naufragaram todos quantos. Dava porém o batel seguros indícios de despedaçar-se em próximo recife ou esvaziamento do paiol, quando aconteceu enviuvar Joaquim Carranca, o irmão de Sara. Não lhe puxava o ânimo para outro casamento, nem à mão dele havia notícia de pretendentas, três filhos a criar, e um mau génio de sobra, e então juntou-se a fome com a vontade de comer, que foi unirem os dois irmãos as vidas e as proles. Veio a ser equilibrado o negócio, um deu novo pai, outro deu mãe nova, tudo primos e tios, a ver o que daria. Não foi pior do que poderia esperar-se, e talvez melhor. Deixaram os Mau-Tempos de pedir às portas e Joaquim Carranca ganhou quem lhe cuidasse das roupas, que é coisa que um homem não dispensa, e dos filhos, por acréscimo. E como não é costume bater irmão em irmã, mesmo que sim, não tanto como marido em mulher, melhor tempo começou para Sara da Conceição. Não faltará quem considere isto pouco. Diremos que são pessoas que nada sabem da vida.

Todos os dias têm a sua história, um só minuto levaria anos a contar, o mínimo gesto, o descasque miudinho duma palavra, duma sílaba, dum som, para já não falar dos pensamentos, que é coisa de muito estofo, pensar no que se pensa, ou pensou, ou está pensando, e que pensamento é esse que pensa o outro pensamento, não acabaríamos nunca mais. Melhor é declarar que estes anos de João Mau-Tempo vão ser os da sua educação profissional, no sentido tradicional e campestre de que um homem de trabalho tem de saber de tudo, tão bom para ceifar como para tirar cortiça, tão destro a valar como a semear, tão de bom lombo para carregar como de rins para cavar. Este saber transmite-se nas gerações sem exame nem discussão, é assim porque sempre assim foi, isto é uma enxada de gaviões, isto uma gadanha, e isto uma gota de suor. Ou cuspo branco espesso em tarde de fornalha, ou pancada de sol em cima da ganacha, ou jarretes desfalecidos de pouco alimento. Entre os dez anos e os vinte há que aprender tudo e depressa, ou não teremos patrão que nos aceite.

Joaquim Carranca disse um dia à irmã que bom seria arranjar patrão que os tomasse de soldada, e ela concordou, hábito que vinha dos seus submissos anos de mulher casada, mas neste caso luziu-lhe a esperança de ficarem todo o ano ao abrigo do desemprego, seria o pouco mas certo do pequeno ambicionar, que a outro certamente não aspirariam. Foi esse o tempo de herdarem três irmãos o Monte de Berra Portas, por morte do dono velho, dos três pai, que os fizera em barriga de amásia perspicaz, quanto parecia submissa aos caprichos temíveis do patriarca, trovejante de gritos e destemperos, mas aos poucos encarreirado, como cordeiro, para a submissão final de deserdamento de parentes chegados em benefício dos filhos naturais. Presidiam Pedro, Paulo e Saul à vez no monte, cada temporada um, e enquanto mandava Pedro acatavam os outros, era um despique que poderia ter sua graça se não fosse transformar-se cada mano em espião dos erros da irmandade, bramando Saul que sem o seu governo ia a casa em derrota, vociferando Paulo que só ele sabia de administrações, e todos se consumindo em alianças e traições caseiras, como é de uso nas famílias. Só a história deste triunvirato daria uma nau catrineta. Sem falar na mãe que gritava ter sido espoliada pelos filhos, roubada que é um dizer mais claro, depois de tanto se ter sacrificado por eles, feita criada do velho porco, e agora serva dos próprios filhos que lhe resumiam os tostões e a mantinham fechada. Às noites, quando o monte se cobria de silêncio para melhor se esconder nos grandes segredos da escuridão, ouviam-se berros de marrã degolada e patadas brutas nos soalhos, era a guerra da mãe e dos filhos.

Ajustou-se para estes patrões Joaquim Carranca, ficando João Mau-Tempo a trabalhar à jorna. Tudo junto era uma ridicularia, dava, se dava, para não gemerem de fome constante, e se alguma conveniência ali se achava, era estarem reunidos e terem o benefício dumas hortas para poderem castigar o corpo em domingos e dias santos. Pelo tarde deste período era a soldada de Joaquim Carranca de sessenta quilos de farinha de milho, cem escudos, três litros de azeite, cinco litros de feijão-frade, casa e lenhas, e ao fim do ano uma gorjeta consoante. Quanto à soldada dos mais novos, cifrava-se em quarenta quilos de farinha de milho, litro e meio de azeite, três litros de feijão-frade e cinquenta escudos. Era assim mês por mês. Levavam os sacos e saquitéis até às tulhas, a bilha à adega, media o feitor os víveres, pagava o patrão de escala o numerário, e com isto se haviam de governar os corpos e repor forças onde todos os dias se gastavam. Porém, claro está que nem todas elas se restabeleciam, não queriam mais nada, além de ser fatal que o tempo, passando, faça suas destruições, e daí que as caveiras em demasia se mostrassem por baixo da pele, para isto se nasce. Veio Joaquim Carranca a morrer sem ter estado doente de cama, um dia chegou de trabalhar na horta, era um daqueles domingos em que não custa acreditar em Deus, nem é preciso o padre Agamedes, pena pesar a enxada tanto, e sentou-se num cortiço à porta de casa, cansado como não era costume, e quando Sara da Conceição veio pelo mano para lhe dizer que a ceia estava pronta, já não havia nenhum apetite em Joaquim Carranca. Estava de olhos abertos, as mãos derrubadas no regaço, tão descansado como nunca pudera estar, e não era mau homem, não senhor, com os seus repentes, apesar de tão brutal ter sido para o sobrinho mais velho, o que lá vai, lá vai. E a morte é uma grande rasoira que passa sobre o alqueire da vida e põe para fora o que está a mais, embora muitas vezes se não saiba que critérios são os dela, como neste caso de Joaquim Carranca, que ainda fazia falta à família.

Quer a vida, ou quem nela manda, de mando certo ou indiferente, que ao mesmo tempo se faça a educação profissional e a educação sentimental. Há erro evidente nesta acumulação, provavelmente forçada pela brevidade das vidas, que não dão para que cada coisa se faça em seu tempo e descanso, com o que não ganha o ter e só perde o sentir. Mas, não podendo o mundo ser mudado nisto, João Mau-Tempo, enquanto se habilitava em trabalho, ia namorando por aqueles lugares em redor, bailaricando onde se ouvisse som de harmónia, e bom bailador que era, disputado pelas raparigas, quem havia de dizer. Tinha, como sabemos, olhos azuis, herdados do seu quadricentenário avô, que ali bem perto, sobre uns fetos antepassados destes, forçara a rapariga que fora só por água à fonte, à vista de pássaros de plumagem que não variou, olhando lá de cima os dois a debater-se na verdura, quantas vezes isto já foi contemplado pelas aéreas criaturas desde o princípio do mundo. E esses olhos buliam nas entranhas destas raparigas de agora, de repente derretidas numa volta do baile, quando a João Mau-Tempo se lhe escurecia a mirada, nem ele dava por que ao lume do olhar era a antiga sanha amorosa que subia, tão grande é a força escondida das acções passadas. Coisas da juventude. Em verdade, João Mau-Tempo namoriscava muito, mas aventurava pouco. E tudo se ficava pelos gestos, em dia de três copos um apalpão mais atrevido, ou um beijo desajeitado a que faltava ainda toda a ciência que o século ia então acumulando para futuro uso geral.

Estas éclogas são assim. Dedilham pastores os alaúdes,

fazem as pastoras capelas de flores, mas João Mau-Tempo se no tempo dum contrato que por dez semanas o levou para as bandas de Salvaterra a tirar cortiça, conseguiu libertar-se dos mosquitos ou conservar depois a ilusão disso, teve de consumir uma réstia de alhos e tresandar a dez passos de distância. Aprendeu o ofício, com sede de vir a ganhar os dezoito escudos que então se pagavam aos mestres corticeiros, mas felizmente esteve longe das namoradas, tolerantes em assunto de cheiros, mas talvez inimigas deste. De tão pequenas coisas depende, como se sabe, a felicidade das pessoas.

E agora vai João Mau-Tempo às sortes. Sonha acordado, já se vê longe de Monte Lavre, quem sabe se em Lisboa, e depois do serviço militar cumprido, tolo será se não conseguir arranjar emprego nos eléctricos ou na polícia ou na guarda, tem algumas letras, é só esforçar-se um pouco mais, não seria ele o primeiro. É um grande dia de festa, este da inspecção, haverá foguetes e vinho, passam os rapazes a merecer o verdadeiro nome de homens, todos de roupa lavada, e quando lá estão nus em pelota dizem brincadeiras de macho para disfarçar a vergonha e ficam em sentido, corados, diante do médico que faz perguntas. Depois reúne-se a junta e decidem. Foram uns quantos apurados, e dos quatro que ficaram livres, só um vinha triste. Era esse João Mau-Tempo, para quem se desvanecia no impossível o seu sonho de farda, dependurado nos balaústres dos eléctricos, repenicando o tacão na campainha, ou, se polícia, policiando as ruas da capital, ou, se guarda, guardando, para quem, os campos onde agora penava, e esta hipótese, de tanto que o perturbava, ajudou-o a curar-se da decepção. Não se pode esperar que se pense em tudo e ao mesmo tempo.

Que há-de pensar João Mau-Tempo? Tem vinte anos feitos, livre da tropa, não deitou grande corpo, à proporção, desde os tempos em que lutava, anãozinho, com as raízes das moitas na Pedra Grande e comia as papas de milho que a Picança por caridade de parente lhe fazia. Comprou em Salvaterra o seu primeiro capote e passeia-se com ele tão vaidoso como um gato varado. Dá-lhe pelos calcanhares, todo manipanço, mas a terra não exige extremas elegâncias, que outra mais extrema não existe que roupa nova, valha o que valer. Quando João Mau-Tempo finca a enxada na terra, lembra-se do capote, dos bailes, das namoradas mais a sério ou mais a brincar, e esquece a mágoa de ali viver, preso àquele chão, tão longe de Lisboa, se a tanto alguma vez se atreveu a aspirar, se não foi tudo sonho de mocidade, que para isso a temos, para sonhar.

Vem aí uma época de grandes tempestades, umas que virão com seu estrondo natural, outras de mansinho, sem disparar um tiro, vindas de Braga que é longe, mas destas só haverá real notícia mais tarde, quando já não houver remédio. Mas como cada coisa se deve tratar em seu acontecido tempo, embora antecipada já esteja a morte de Joaquim Carranca, em verdade alguns anos mais adiante, e assim deve ser para não serem sempre ofendidas as regras da narrativa, mas como cada coisa, quando tal convém, se deve tratar em seu tempo, falemos daquele grande temporal que nas memórias ficou por razões de luto e outros estragados. E era Verão, senhores, quando de tal se não cuida, mesmo lá vindo por vezes essas solenes trovoadas que vão retumbando sobre os restolhos, catrapum, ora distantes e quase adormecedoras, ora por cima das nossas cabeças, coriscando, martelando a terra inerme, que seria de nós sem Santa Bárbara. Esta família Mau-Tempo parece escolhida pelo destino para negros casos, mas seria fruto de pouco entendimento assim supor. Afinal, até agora apenas morreu um, e se é em fome e misérias que estamos a pensar condoídos, qualquer outra família serviria, tão abundantes nisso são as populações. Ademais, nem de sangue é este tio. Casado com uma irmã de Sara da Conceição, carreiro de sua preferência em horas vagas e seareiro de mais continuada ocupação, Augusto Pintéu tinha o seu encontro marcado com a morte, mas veja-se como as coisas são, este homem simples, de mansas e poucas falas, teve um fim dramático, com grandes imponências celestes e terrestres, como personagem de tragédia. Não saiu da vida com a serenidade de Joaquim Carranca, ele tão sereno. Dão muito que pensar, estas contradições.

Já foi dito que Augusto Pintéu fazia também vida de recoveiro. Entre Vendas Novas e Monte Lavre, para sermos totalmente exactos. Havia a estação do caminho-de-ferro, para lá cortiças e carvão e madeiras, para cá merceanas, sementes, mais o mundo que calhasse, com sua parelha de muares e o carro, não havia muitos ali que tivessem melhor vida. Naquele dia, que deveria ter sido longo e claro, se Verão era, pôs-se pelo meio da tarde um tempo de nuvens negras, e logo uma trovoada de grande porte. Abriram-se os dilúvios do céu e descarregaram a água que Deus tinha. Não se inquietou muito Augusto Pintéu, que isto de tempestades de Verão, assim vêm, assim vão, e fez em paz os seus negócios de carga e descarga, sem cuidar de males piores que chegar a casa ensopado. Quando saiu de Vendas Novas fechara-se já a noite, cortada de relâmpagos que parecia haver arraial no céu e procissão de Nosso Senhor. As mulas conheciam o caminho de olhos fechados, capazes de o encontrar e reconhecer mesmo alagado como agora estava nas partes baixas. Protegido por duas grossas sacas enfiadas na cabeça, Augusto Pintéu consolava-se da chuva pensando que ao menos não haveria perigo de que lhe saltassem ao caminho, como em tempos acontecera. Com um temporal destes, estariam os salteadores nos seus fojos, assando a fêvera do porco roubado e chegando a boca ao pipo do vinho carrascoso, que no geral outros latrocínios não praticavam, porém excepções havia. Entre Vendas Novas e Monte Lavre vão três léguas, mas a última já Augusto Pintéu a não andaria. Nem ele, nem as mulas. Chegados à ribeira, se escuro fora, negro fazia, e a água carregava estrondos e rugidos de assustar. Ali se passava a vau, querendo, no bom tempo, com água pelo joelho, mas havia para os pedestres uma prancha de madeira que, de cada lado, ia da margem a um freixo gigantesco que ali nascera e se firmara em tempos que o leito da ribeira passava retirado. No meio da água o freixo ramalhava, defendia com as raízes grossas o seu torrão vital, agora ameaçado pela velocidade e força da corrente. Tantas vezes ali passara Augusto Pintéu com o seu carro de mulas. Não passaria outra. Logo a montante do vau, descaía o fundo em balcão para um pego fundíssimo, que era, porque a tudo se há-de dar nome, o Pego da Carriça. Confiou-se Augusto Pintéu à Virgem Santíssima e ao instinto das mulas e assim pôde chegar ao meio da ribeira, onde a água lhe babujava o fundo do carro. Mas ali, com medo da corrente que marulhava contra o obstáculo e temendo ir de água abaixo, sem esperança de salvação, torceu as mulas para cima. Resistiram as bestas quanto puderam, mas, obrigadas de chicote e rédea, sujeitaram-se. Num instante faltou o pé à mula da direita, a roda resvalou no balcão, e em grande alarido de grito e trovoada, afundaram-se Augusto Pintéu e as mulas, o carro, as mercearias e mais encomendas, mergulhando agora em silêncio na negrura espessa das águas, em mortal silêncio, sem remédio. Pousaram no fundo, quietos, preso Augusto Pintéu às rédeas e as mulas ao carro, porque ali as águas não corriam, paradas, como se outras nunca tivesse havido desde o princípio do mundo. No dia seguinte foram retirados, entre os gritos da viúva e as lágrimas dos órfãos, com grande esforço de homens corajosos e cordas, enquanto uma multidão de gente vinda de tudo quanto era lugar em redor se juntava nas duas margens da ribeira. Já não chovia. Foi um Verão de grandes aflições. Houve tais trovoadas que caíam dos sobreiros os homens que andavam a tirar a cortiça, e caindo se cortavam nos machados. Que esta vida é tribulada muito mais que quanto possa ser dito.

Moravam então os Mau-Tempos no Monte de Berra Portas com seu tio e irmão Joaquim Carranca. No ano seguinte, fizera já seis meses que Portugal tinha sido levado pelo caminho de Braga, foi João Mau-Tempo trabalhar de invernada, com seus irmãos Anselmo e Maria da Conceição, por conta de diferente patrão, num monte que se chamava Pendão das Mulheres, vá lá saber-se porquê. Eram quatro léguas arrastadas, a pé e por maus caminhos, isto contando do Monte de Berra Portas, que de Monte Lavre légua e meia seria. Havia mais raparigas, e não eram poucas, e por aqui se avaliará o contentamento dos rapazes, de invernada junto das moças, toda a semana, pois só ao sábado vinham a casa. Enfim, o mais que abundava era gente nova. Ferveram os namoricos e não faltou quem se queimasse. João Mau-Tempo tinha, então, namoro fora daquele rancho, mas a ele que se lhe dava, fazia de contas que estava descomprometido, além de que muito o ajudava a manha de bom bailador.

Entre a desmoita e o capricho lhe correram as semanas, até que ali foi dar, vinda de Monte Lavre, uma rapariga sua comadre, que o era pela reza da Quaresma, não por outras razões mais chegadas, com quem tinha muita confiança, tanto que vezes sem conto haviam bailado os dois e cantado ao desafio. Mas namoro, nenhum, fora coisa que nunca se lhes pegara. Meio sério, meio rindo, chamavam-se um ao outro compadre João, comadre Faustina, que era este o nome dela. Ao parecer, não haveria mais que pensar destes dois. Porém, não veio a ser assim. Fosse daquela boa liberdade, fosse porque enfim chegara o tempo de se atar aquele nó, pôs-se João a gostar de Faustina e Faustina a gostar de João. É que isto de amores, tanto desabrocham em solitários de cristal por trás das vidraças como florescem bravos nos carrapiteiros, só a linguagem é que difere. Começou o namoro a ganhar raízes, perdeu João Mau-Tempo o sentido da outra namorada, mas, sendo sério este, acordaram em não dizer, por enquanto, à família de Faustina, porque João Mau-Tempo, a quem ninguém tinha nada que censurar, herdara o mau nome do pai, que estas coisas pegam-se, quem sai aos seus não degenera, e o mais que costuma afirmar-se. Não foi porém o segredo tanto que não chegasse aos ouvidos dos pais de Faustina, e aí começou o mau viver da pobre. Que ele não pode ser bom, é de má pinta, com aqueles olhos azuis que nunca ninguém viu, e ainda por cima o pai que teve, um relaxado bêbedo que só fez uma coisa bem-feita, quando se enforcou. Assim às vezes vão passando os grandes serões de aldeia, debaixo do céu estrelado, enquanto livremente o gineto persegue a gineta e se une a ela entre os fetos. A vida dos humanos, por isso o somos, é muito mais complicada.

Janeiro era, e frio, o céu todo uma pegada nuvem, pelo caminho se estendia o rancho em direcção a Monte Lavre, ao descanso da quinzena, e João vinha conversando com Faustina, namoro de muito respeito, e ela, já temerosa do alarido doméstico que a esperava, confiava-se a ele de seus sofrimentos. Eis senão quando lhes salta ao caminho a voz irada e o gesto violento duma irmã de Faustina, conselheira da casa por velhice da mãe de ambas, em espera desleal que fez estremecer o par. E disse Natividade, que o nome era esse, Não tens vergonha, Faustina, que nem conselhos nem pancada te servem de ensino, grande teima a tua, que será da tua vida. E mais disse, mas Faustina não se retirou de João. Pôs-se Natividade à frente deles para cortar-lhes o rumo e o destino, se tal está no poder das irmãs, e foi então que João Mau-Tempo colocou por assim dizer a mão no mundo para lhe tomar o peso, porque a partir de agora, mais do que até aqui, iria ser um caso de mundo e homem, casa, filhos, vida dobrada. Pôs a mão no ombro de Faustina, esse seria afinal o mundo, e disse, tremendo do que ousava, Temos de acabar com este viver, ou finda o nosso namoro, para não sofreres mais, ou vens comigo para casa de minha mãe, até eu poder formar casa nossa, e de hoje em diante farei tudo o que puder por ti. Estava o céu uma nuvem pegada, consoante já foi dito, e como estava ficou, assim se demonstrando, por provas naturais, que não quer o céu saber de nós, ou então ali se teria aberto em glória. Porque Faustina, corajosa e confiante rapariga de quem nem sequer foi explicada a cor dos olhos ou a expressão do semblante, firmou a voz e alta disse, João, para onde tu fores, irei eu também, se prometeres dar-me carinho e fazeres por mim para sempre. E disse Natividade, Ah, desgraçada, e num rompante se afastou, direita a casa como uma seta, a anunciar catástrofes. Ficaram os dois namorados sós, já era pelo fim da tarde, e os mais do rancho, e João Mau-Tempo atou as duas pontas, Farei tudo por ti enquanto formos vivos, na saúde e na doença, e agora apartamo-nos, vai cada um por seu lado, e quando chegarmos à vila encontramo-nos para combinar a hora a que havemos de abalar.

Tinha João Mau-Tempo por companhia no Pendão das Mulheres seu irmão Anselmo e sua irmã Maria da Conceição, que perto vinham e assistiram a parte do lance. Foi para eles e disse, com firme voz, Vão indo para o monte e digam à mãe que eu vou levar a minha rapariga para casa, que conto com a licença dela e que depois lhe falarei e explicarei tudo. E disse Anselmo. Irmão, pensa bem o que fazes, olha que uma coisa destas. E disse Maria da Conceição, Eu nem quero pensar o que vão dizer a mãe e o tio. E disse João Mau-Tempo, Já sou um homem, fui às sortes, e se a minha vida tiver de levar novo rumo, o que se há-de fazer pelo tarde, faz-se pelo cedo. E disse Anselmo, Um dia passa uma coisa pela cabeça do tio Joaquim Carranca e vai-se embora, que ele não é certo, e tu fazes falta na casa. E disse Maria da Conceição, O passo que darás, quem sabe se será errado. Mas João Mau-Tempo rematou, Manos, tenham paciência, isto são coisas da vida. Afastaram-se os dois, levando Maria da Conceição sua lágrima.

Nestas idas e vindas semanais entre o Pendão das Mulheres e o Monte de Berra Portas tinham os Mau-Tempos poiso em Monte Lavre na casa da tia Cipriana, que era aquela mulher chorosa na margem da ribeira, quando das águas do Pego da Carriça lhe tiraram o marido, caso já relatado. Carrega luto e assim vai ficar até morrer, muitos anos mais tarde, perdida da nossa vista. Com este lance do sobrinho, ganhou gosto de casamenteira, honesta, não de alcovitice, e protegeu amores contrariados, sem nunca se arrepender nem sofrer da censura pública. Mas isso seria outra história. Quando João Mau-Tempo chegou, disse à tia, Tia, peço-lhe o favor de deixar que a Faustina venha aqui ter comigo à sua casa, para depois abalarmos para o Monte de Berra Portas, para casa da minha mãe. E respondeu Cipriana, Vê o que vás fazer, João, olha que eu não quero responsabilidades nem vou enxovalhar a memória do teu falecido tio. E respondeu João, Esteja descansada, é só pelo tempo de se fazer noite.

Tudo isto foi em tempo que pôde João combinar com Faustina, depois, indo ao encontro dela, que de propósito atrasara o passo, são manhas elementares, basta só estar namorado, mas não pôde demovê-la de ir primeiro a casa, pois não queria fugir sem ver a mãe, mesmo não lhe dizendo para onde. Decidiu pois João Mau-Tempo ir ao barbeiro, onde se pôs de noivo, quer dizer, escanhoado, para não entrar em vida nova com barba de quinze dias. Estas caras, que o mais do tempo andam barbadas, se lhes entra a navalha, ficam a modo que inocentes, sem defesa, aperta-se-nos o coração de tanta fragilidade. Quando tornou a casa da tia Cipriana Pintéu, já Faustina lá estava, à espera, chorosa dos ralhos da irmã, do arrebatamento fulminador do pai, da aflição magoada da mãe. Saíra às escondidas, mas era mais que certo andarem por Monte Lavre a ver onde se teria metido, e por isso tinham de fugir quanto antes. Disse Cipriana, Vai ser uma viagem de grande canseira, e a noite será de água e muito escura, tomem lá este guarda-chuva, e um bocado de pão e chouriço para comerem pelo caminho, e tenham juízo para se orientarem no futuro, já que fizeram esta graça com tão pouca graça, isto era o que Cipriana dizia, mas em seu íntimo estava-lhes lançando a bênção, comprazendo-se com estes desaforos de mocidade, ai quem ma dera.

Dali ao Monte de Berra Portas eram duas léguas e meia, a noite fechara-se de todo e a chuva ameaçava. Duas léguas e meia por caminhos, que é deles, tudo sombras e sustos, basta lembrar as histórias contadas de lobisomens, e têm de passar pelo pontão do Pego da Carriça, que não havia outro caminho, Um padre nosso por alma de meu tio, que era bom homem e não merecia uma morte tão triste. O freixo ramalhava devagarinho, as águas corriam como seda escura e rangideira, quem havia de dizer que naquele mesmo lugar, nem se acredita. João Mau-Tempo levava Faustina pela mão, tremiam-lhes os castigados dedos, guiava-a sob as árvores e ao rente dos matos e das ervas molhadas, e de repente, sem saberem como aquilo aconteceu, talvez canseira de tantas semanas de trabalho, talvez tremor insuportável, acharam-se deitados. Em pouco tempo perdeu Faustina a sua donzelia, e, quando terminaram, lembrou-se João do pão e chouriço, e como marido e mulher o repartiram.

Já se viu que Lamberto, alemão ele seja, tenha sido, ou agora português, não é homem para trabalhar esta grande terra com as suas próprias mãos. Quando a herdou, comprou de frades ou roubou estando a justiça cega, vieram agarrados, como o torrão às raízes, uns tantos animais de pernas e braços, que esses, sim, são de propósito criados para tal destinação, pela via da produção de filhos e sua conservação útil. Mesmo assim, quer a pragmática, ou regra consuetudinária, ou etiqueta, ou simples e interessada prudência, que Adalberto não trate directamente com aqueles que lhe hão-de fabricar as terras. E desta maneira é que está bem. Se o rei, no tempo dele, ou o presidente da república, em tempo dela, não andaram nem andam por aí a banalizar palavras e gestos em abusativos contactos com o povinho, mal havia de parecer que, no latifúndio, aqui mais presidente ou rei que os verdadeiros, Floriberto se desmazelasse em confianças. Que, alto lá, esta meditada reserva admitia, em todo o caso, bem calculadas excepções, destinadas a sujeitar com outro requinte as vontades e a atrair perfeitos vassalos, cujos são os subservientes que recebem os afagos em cima dos açoites, e tanto gostam duns como estimam os outros. Isto de relações entre patrão e empregado é negócio de muita subtileza, que não se decide e explica com meia dúzia de palavras, é preciso ir ver e ouvir, escondida mosca. Mete força bruta, ignorância, presunção e hipocrisia, gosto de sofrer, inveja muita, habilidade e arte da intriga, é uma perfeita diplomática para quem quiser aprender. Porém, umas quantas regras empíricas e comprovadas pela experiência dos séculos, ajudam a compreender melhor os casos.

Depois da terra, a primeira coisa de que Lamberto precisa é de um feitor. O feitor é o chicote que mete na ordem a canzoada. É um cão escolhido entre os cães para morder os cães. Convém que seja cão para conhecer as manhas e as defesas dos cães. Não se vai buscar um feitor aos filhos de Norberto. Alberto é Humberto, feitor é primeiro criado, com privilégios e benesses na proporção do excesso de trabalho que for capaz de arrancar à canzoada. Mas é um criado. Está colocado entre os primeiros e os últimos, é uma espécie de mula humana, uma aberração, um judas, o que traiu os seus semelhantes a troco de mais poder e de algum pão de sobra.

A grande e decisiva arma é a ignorância. É bom, dizia Sigisberto no seu jantar de aniversário, que eles nada saibam, nem ler, nem escrever, nem contar, nem pensar, que considerem e aceitem que o mundo não pode ser mudado, que este mundo é o único possível, tal como está, que só depois de morrer haverá paraíso, o padre Agamedes que explique isto melhor, e que só o trabalho dá dignidade e dinheiro, porém não têm de achar que eu ganho mais do que eles, a terra é minha, quando chega o dia de pagar impostos e contribuições, não é a eles que vou pedir dinheiro emprestado, que aliás sempre foi assim, e será, se não for eu a dar-lhes trabalho, quem o dará, eu e eles, eu que sou a terra, eles que o trabalho são, o que for bom para mim, bom para eles é, foi Deus que quis assim as coisas, o padre Agamedes que explique melhor, em palavras simples que não façam mais confusão à confusão que têm na cabeça, e se o padre não for suficiente, pede-se aí à guarda que dê um passeio a cavalo pelas aldeias, só a mostrar-se, é um recado que eles entendem sem dificuldade. Mas diga-me, senhora mãe, bate também a guarda nos donos do latifúndio, Credo, que esta criança não regula bem da cabeça, onde é que tal se viu, a guarda, meu filho, foi criada e sustentada para bater no povo, Como é possível, mãe, então faz-se uma guarda só para bater no povo, e que faz o povo, O povo não tem quem bata no dono do latifúndio que manda a guarda bater no povo, Mas eu acho que o povo podia pedir à guarda que batesse no dono do latifúndio, Bem digo eu, Maria, que esta criança não está em seu juízo, não a deixes andar por aí a dizer estas coisas, que ainda temos trabalhos com a guarda.

O povo fez-se para viver sujo e esfomeado. Um povo que se lava é um povo que não trabalha, talvez nas cidades, enfim, não digo que não, mas aqui, no latifúndio, vai contratado por três ou quatro semanas para longe de casa, e meses até, se assim convier a Alberto, e é ponto de honra e de homem que durante todo o tempo do contrato se não lave nem cara nem mãos, nem a barba se corte. E se o fizer, hipótese ingénua de tão improvável, pode contar com a troça dos patrões e dos próprios companheiros. É esse o luxo da época, gloriarem-se os sofredores do seu sofrimento, os escravos da escravidão. É preciso que este bicho da terra seja bicho mesmo, que de manhã some a remela da noite à remela das noites, que o sujo das mãos, da cara, dos sovacos, das virilhas, dos pés, do buraco do corpo, seja o halo glorioso do trabalho no latifúndio, é preciso que o homem esteja abaixo do animal, que esse, para se limpar, lambe-se, é preciso que o homem se degrade para que não se respeite a si próprio nem aos seus próximos.

E mais. Gabam-se os trabalhadores das pontadas que apanharam nos trabalhos de arroteia. Cada uma delas é medalha para vanglórias de taberna, entre o casco e o copo, Já apanhei tantas ou tantas pontadas a arrotear para Berto e Humberto. Estes é que eram os trabalhadores bons, os que, em tempo de chicote, mostrariam envaidecidos os vergões encarnados, e se sangrarem melhor ainda, gabarolas iguais ao rebotalho das cidades que presumiam de virilidade tanto maior quanto mais cavalos duros ou cancros moles adquirissem no comércio da cama alugada. Ah, povo conservado na banha ou no mel da ignorância, que nunca te faltaram ofensores. E trabalha, mata-te a trabalhar, rebenta se for preciso, que assim deixarás boa lembrança no feitor e no patrão, ai de ti se ganhas fama de malandro, nunca mais tens quem te queira. Podes ir pôr-te às portas das tabernas, com os teus companheiros de desfortuna, eles próprios te hão-de desprezar, e o feitor, ou o patrão, se lhe deu para isso, olhará para ti com nojo e tu só ficarás sem trabalho, para aprenderes. Que os outros decoraram a lição, vão matar-se todos os dias no latifúndio, e quando tu chegares a casa, se casa isso é, com que cara vais dizer que não arranjaste trabalho, que os outros sim, mas tu não. Emenda-te, se ainda vais a tempo, jura que já tiveste vinte pontadas, crucifica-te, estende o braço para a sangria, abre as veias e diz, Este é o meu sangue, bebei, esta é a minha carne, comei, esta é a minha vida, tomai-a, com a bênção da igreja, a continência à bandeira, o desfile das tropas, a entrega das credenciais, o diploma da universidade, façam-se em mim as vossas vontades, assim na terra como nos céus.

Ah, mas a vida é também um jogo, um exercício lúdico, brincar é um acto seríssimo, grave, filosófico até, para as crianças é condição de crescimento, para os adultos ligação à infância, a alguém proveitosa. Sobre estas matérias escreveram-se bibliotecas, e todas sólidas, ponderosíssimas, só os estúpidos chegariam por convencer ao fim delas. Mas o erro está em julgar que transcendências dessas só nos livros se encontram, quando, em verdade, basta um relance de olhos, um minuto de atenção, apreciar como brincam o gato e o rato, como este é comido por aquele. Porque a questão, a única questão que importa, é saber a quem aproveita realmente a inocência primeira do jogo, por exemplo, deste brincar que não foi nunca inocente, que é dizer o capataz aos trabalhadores, Vamos lá correr, para ver quem é o último. E os inocentes, esses sim, cegos ao claro engano, iam de Monte Lavre a Vale de Cães a trote, a galope, a rasto, para conquistarem a glória de chegar em primeiro lugar ou a satisfação conformada de não ser o derradeiro. Porque o último, há sempre um que é o último, não se pode evitar, vai ter de ouvir as vaias, as troças dos triunfadores esbaforidos, já sem fôlego, e mais não começou ainda o trabalho, uma grande algazarra de surriada, pobres tontos, Ai que foi o João Mau-Tempo que levou a gaita, que gaita seja não se sabe, é uma gaita qualquer, um sinal de malandrice, de pouca pressa nas pernas, não és homem nem és nada. Que Portugal é um país de homens, é o que não falta, só não o é o último de cada corrida, chega-te para lá molengão que não mereces o pão que comes.

Mas os brinquedos não acabaram. O último a chegar, se tem vergonha na cara, vai querer ser o primeiro a carregar, sempre é uma compensação. Está a armar-se o monte de lenha donde sairá feito o carvão, e tu dizes assim, depois de teres posto uma saca nas costas para não sentires tanto a dor que vem aí, Levantem lá esse pau, que quem o leva sou eu. Está o capataz a olhar, é preciso provar aos camaradas que és tão homem como eles, e além disso não podes ficar sem trabalho a semana que vem, tens os filhos, e então dois levantam o pau, não são os teus filhos mas é como se fossem, já eles gemem do esforço, e põem-to em cima dos ombros, tu baixaste-te como um camelo, parece que já viste algum, e quando sentes a carga vão-se-te os joelhos, mas fincas os dentes, retesas os rins e aos poucos vais-te aprumando, é um tronco enorme, uma pernada gigantesca, julgas até que tens aos ombros um sobreiro de cem anos, e dás o primeiro passo, que longe está o monte da lenha, os camaradas a olhar, o capataz, Sempre quero ver se aguentas, se aguentares és um valente. É isso mesmo, ser um valente, aguentar o pau e as omoplatas que rangem, o coração, para ficar bem visto pelo capataz, que irá dizer a Adalberto, Aquele Mau-Tempo, quem diz Mau-Tempo diz outro nome qualquer, é um valente, puseram-lhe o pau nas costas, e nem o patrão imagina, homem duma cana, foi uma acção bonita. Será, mas por enquanto só deste três passos. A tua vontade já é deitar a carga para o chão, mas isso pede-o o corpo violentado. A alma, se a ela tens direito, o espírito, se o pudeste parir dentro de ti, dizem-te que não podes, que preferirás rebentar a ficar malvisto na tua terra, fracalhote, tudo menos a vergonha. Grandes declamações se fazem desde há dois mil anos por ter levado Cristo a cruz ao Gólgota, e com ajudas do Cireneu, e deste crucificado que aqui vai ninguém fala, ele que mal ceou ontem e quase nada comeu hoje, ainda com meio caminho por andar, já os olhos se lhe turvam, é uma agonia, senhores, toda a gente a ver, e gritam, Ai que não é capaz, ai que não é capaz, e tu deixaste de ser tu, mas vá lá que não chegaste a animal, grande vantagem, porque este deixar-se-ia ir abaixo das pernas, ficaria deitado sob a carga, e tu não, tu és um homem, és o parceiro enganado de uma grande batota universal, brinca, que mais queres, o salário não dá para comer, mas a vida é este jogo alegre, Está quase, ouves dizer, e sentes-te como se não fosses deste mundo, um carrego assim, tenham piedade, deem aqui uma ajuda, camaradas, todos juntos custará menos a cada um, mas não, não pode ser, é uma questão de honra, nem tu falarias nunca mais na vida a quem quisesse ajudar-te, a este ponto vai o engano de todos vós. Largas para o chão a pernada no exacto sítio onde ela devia ficar, grande proeza, e os camaradas dão vivas, já não és o último, o capataz diz gravemente, Sim senhor, bonita acção. As pernas tremem-te, estás aguado como mula que muito carregou, e custa-te a respirar, a pontada, meu Deus, a pontada, és um ignorante, o que tu tens é uma distensão, uma ruptura muscular, não sabes as palavras, pobre besta.

Trabalho e trabalho. Agora vão para longe de Monte Lavre, levam alguns a família, a fazer carvoaria para as bandas do Infantado, arrumam-se os homens sem mulher neste barracão grande, e os que vieram acompanhados organizam-se neste, põem-se umas esteiras ou umas cortinas de chita ou uns panais a separar os matrimónios, dormem os filhos com o pai e a mãe, há quem não tenha tanto. Os melgões mordem furiosos, mas durante o dia é muito pior, os mosquitos vêm em nuvens, tantos tantos que baralham a vista, e caem sobre nós, zumbindo, como chuva de vidro moído, bem disseram as avós, tão experientes da vida, Ai os meus netinhos, que nunca mais os torno a ver, vão-me morrer longe de casa. Elas bem sabem, são coisas que não se devem esquecer, que todo o corpinho das crianças vai ficar em chaga viva, um tormento, pequenos lázaros que à noite se deitarão entre os trapos, com o estômago a ganir de fome insatisfeita, tudo é pouco, estão-se a criar, sem ao menos o consolo dos pais que devagarinho se apalpam, se remexem e suspiram, coisas necessárias para o silêncio assim-assim contentado dos sentidos, enquanto ao lado outro casal repete o apalpar, remexer e suspirar, por apetite próprio ou sugestão bem recebida, e todas as crianças da grande barraca estão de olhos abertos à escuta, experimentando os seus próprios gestos e enganos.

De cima destes sobreiros vê-se Lisboa, se está claro o dia, quem diria que é assim tão perto, afinal julgávamos que vivíamos no cabo do mundo, são erros de quem não sabe nem teve quem lhe ensinasse. Veio a serpente da tentação, subiu à ramada onde está João Mau-Tempo a ver Lisboa e prometeu-lhe as maravilhas e riquezas da capital a troco do pequeno dinheiro da passagem, não tão pequeno como isso para as posses, porém, morra Marta, morra farta, tolo é quem se negar. Desembarcaremos pois no Cais do Sodré e diremos, pasmados, Então isto é que é Lisboa, grande cidade, e o mar, olha o mar, tanta água, e depois entraremos por esta rua do arco, é a Augusta, tanto movimento, e nós sem prática destas calçadas, todo o tempo a escorregar no estupor das cardas, e a puxar-nos uns aos outros com medo dos eléctricos, e lá caíram vocês dois, uma risota para os lisboetas. Eh, saloio, Eh, Manel. E olha a Avenida da Liberdade, para que será este palito espetado no meio, isto são os restauradores, ah, não sabia, e em segredo comigo mesmo digo, E continuo a não saber, as vergonhas da ignorância são as que mais custam a confessar, porém coração ao largo, subiremos a Avenida da Liberdade e procuraremos a nossa irmã que está a servir, é nesta rua, sim senhor, no número noventa e seis, diz lá tu que sabes ler, É engano, não pode ser, aqui passa do noventa e cinco para o noventa e sete, não há noventa e seis, mas quem procura sempre alcança, é aqui, riram-se de nós porque não sabíamos que o noventa e seis ficava deste lado, muito riem as pessoas de Lisboa. Cá está o prédio, tão alto, em que trabalha a nossa irmã, que o dono dele e residente de primeiro andar é o senhor Alberto, nosso patrão às vezes, pertence tudo à mesma família, Olha quem aqui está, dirá Maria da Conceição, ai que grande alegria, e que gorda ela se pôs, não há nada como servir. Sairemos depois todos juntos, que a senhora é generosa e dá licença, a descontar na próxima saída, como as saídas são, uma tarde de quinze em quinze dias, entre o almoço e o jantar. Visitaremos uns primos que vivem espalhados por aí, em ruas e travessas, e em todos os sítios será a mesma festa, Olha quem aqui está, e combinaremos que à noite iremos todos à revista, mas antes não se pode perder o jardim zoológico, a graça dos macacos, e aquilo é um leão, olha o elefante, se nos aparecesse uma avantesma assim lá na charneca, borravas-te de medo, e a revista é O Burrié, com a Beatriz Costa e o Vasco Santana, diabo do homem que até chorei a rir. Dormiremos aqui na cozinha e no corredor, não se incomode, prima, a gente está habituada a tudo, são diferentes as noites que se dormem em Lisboa, é o silêncio, o silêncio não é igual, Então, dormiram bem, ninguém se atreve a dizer que dormiu mal, toda a noite a revolver, e agora vamos beber o café e depois sairemos a dar uma volta pela cidade, isto não é uma cidade, é um condado em tamanho, e em Alcântara encontraremos um grupo de homens a trabalhar nas linhas do caminho-de-ferro, e eles disseram, Eh, saloios, já é cisma, por isso o nosso cunhado deu sorte e foi discutir com eles, repita lá isso, houve sopapos, mas depois fugiremos corridos de vergonha, e os outros a gritar, Olha o da jaqueta, Olha o saloio, quando nós não somos saloios, e que fôssemos, não seria desprezo nenhum. Tornaremos a atravessar o rio, que grande mar, e um senhor que vai no barco diz com muito bom modo, Isto aqui é o Tejo, o mar é além, e apontou, e então é que reparámos, não se via terra, será possível. Quando desembarcarmos no Montijo ainda andaremos quantos quilómetros, oito, até ao aposento do nosso trabalho, gastou-se tanto dinheiro, mas valeu a pena, e quando voltarmos a Monte Lavre vamos ter muito que contar, para que não se diga que a vida não tem também coisas boas.

Quando estes casamentos se fazem, às vezes já vem um filho na barriga. Deita o padre a bênção a dois e ela cai sobre três, conforme se vê pelo redondo da saia, às vezes empinada já. Mas mesmo quando assim não é, vá a noiva virgem ou desvirgada, muito de estranhar será passar um ano sem filho. E, quando Deus quer, é um fora, outro dentro, mal a mulher pariu, logo ocupa. É uma brutidão de gente, ignorantes, piores que animais, que esses têm seu cio e seguem as leis da natureza. Mas estes homens chegam do trabalho ou da taberna, enfiam-se no catre, aquece-os o cheiro da mulher ou o rescaldo do vinho ou o apetite que dá a fadiga, e passam-lhe para cima, não conhecem outras maneiras, arfam, brutos sem delicadeza, e lá deixam a seiva a abeberar nas mucosas, nessa trapalhada de miudezas de mulher que nem um nem outro entendem. Bem está isto, que não é fazê-los em mulheres alheias, mas a família cresce, encheram-se de filhos, não tiveram cuidado, Mãe, tenho fome, a prova de que Deus não existe é não ter feito os homens carneiros, para comerem as ervas dos valados, ou porcos, para a bolota. E se mesmo assim bolotas e ervas comem, não o podem fazer em sossego, porque lá estão o guarda e a guarda, de olho fito e espingardada fácil, e se o guarda, em nome da propriedade de Norberto, se não ensaia nada para mandar tiro a uma perna ou tiro que mate mesmo, a guarda, que o mesmo também faz quando lhe dão ordem ou sem esperar por ela, tem os mais benignos recursos de prisão, multa e sova entre quatro paredes. Mas isto, senhores, é uma cesta de cerejas, tira-se uma, vêm três ou quatro agarradas, e não falta por aí latifúndio que tenha o seu cárcere privado e o seu código penal próprio. Nesta terra faz-se justiça todos os dias, onde é que iríamos parar se a autoridade faltasse.

Cresce a família, mesmo morrendo muitos infantes de suas doenças de caganeira líquida, desfazem-se em merda os pobres anjinhos, e extinguem-se como pavios, braços e pernas mais gravetos que outra coisa, e a barriga inchada, e estão assim, até que, chegada a hora, abrem pela última vez os olhos só para verem ainda a luz do dia, quando não acontece morrerem às escuras, no silêncio do casebre, e quando a mãe acorda dá com o filho morto e lá começam os gritos, sempre os mesmos, que estas mães a quem morrem os filhos não são capazes de inventar nada, estupores. Quanto aos pais, esses ficam secos, e no dia seguinte vão à taberna com o ar de quem vai matar alguém ou alguma coisa. Voltam bêbedos e não mataram nada nem ninguém.

Os homens vão trabalhar para longe, onde se pode ganhar mais algum dinheiro. No fundo, são todos malteses, andam por aqui e por ali, e voltam a casa semanas ou meses depois para fazer outro filho. Entretanto, nas arroteias de carvalheira, por conta dos seareiros, cada pingo de suor é uma gota de sangue perdida, e os desgraçados todo o santo dia penando e às vezes de noite, contam-se as horas de trabalho pelos dedos de três mãos, quando não se tem de ir à quarta mão da besta enumerar o que falta, não se lhes enxuga a roupa no corpo durante toda a quinzena. Para descansar, se tal verbo tem cabimento, deitam-se numa cama de carqueja com palha por cima, e pela noite fora gemem, sujos, pisados, assim não vale, não se pode acreditar no padre Agamedes que vem do seu almoço dominical em casa de Floriberto, e bom almoço foi, como se comprova pelo arroto que ressoa no latifúndio.

É este o poder dos céus. Além disso, note-se, a história repete-se muito. Estão os homens na cabana, derrubados de fadiga, vestidos, uns dormem, outros não podem, e pelas frinchas das canas que fazem as paredes entra uma claridade nunca vista, a manhã ainda vem longe, manhã não é, sai um deles fora e fica tolhido de temor, que todo o céu é um chuveiro de estrelas, caindo como lampiões, e a terra está clara como a não faz nenhum luar. Vêm todos ver, há quem se assuste de medo verdadeiro, e as estrelas descem silenciosamente, a terra vai acabar, ou enfim começar, já não é sem tempo. Diz um com fama de mais sábio, Movimentos nos astros, movimentos na terra. Estão muito juntos, olham para cima, com as gorjas esticadas, e recolhem na cara suja a poeira luminosa das estrelas-cadentes, chuva incomparável que deixa a terra com uma sede diferente e maior. E um maltês meio tonto que no dia seguinte ali passou, garantiu, por alma da própria mãe ainda viva, que aqueles celestes sinais anunciavam que numa malhada em ruínas, a três léguas dali, tinha nascido, mas doutra mãe, e provavelmente não virgem, uma criança que só não seria Jesus Cristo se a não baptizassem com esse nome. Ninguém acreditou, e graças a este cepticismo se viu facilitada a tarefa do padre Agamedes que no domingo seguinte, na igreja, repleta e ansiosa fora do costume, facilmente zombou dos parvos que julgam que Jesus Cristo vai voltar à terra assim sem mais nem menos, Para dizer o que ele diria cá estou eu que sou padre, tenho ordens e instrução, e estou mandatado pela santa madre igreja católica apostólica romana, entenderam todos, ou querem que lhes abra outro ouvido no alto da cabeça.

Razão tinha porém aquele mais sábio que futurara, Movimentos nos astros, movimentos na terra, confirmassem-no os abexins, que podiam, logo a seguir os espanhóis, e mais tarde metade do mundo. Por aqui vai-se a terra movendo segundo os antigos usos. Chega o sábado e traz a féria, mas tão mesquinha ela é que não se vê nem sabe como aviar o farnel para a semana seguinte, arrepia-se uma pessoa mesmo não estando frio. Ia a mulher ao merceeiro e requeria, Faz favor, fie-me lá o resto do avio, porque esta semana foi ruim por causa do mau tempo. Ou então dizia a mesma coisa por outras palavras, começando da mesma maneira, Faz favor, fie-me lá o resto do avio porque esta semana o meu marido não ganhou nada por não haver trabalho. Ou ainda, pondo de vergonha os olhos no balcão, como quem não tem outra moeda com que pagar, Senhor, o meu marido para o Verão já ganhará mais ordenado, depois faz contas consigo e paga-lhe o atrasado. E o merceeiro, batendo com o punho na costaneira, respondia, Essa conversa já eu ouço há muito tempo, depois passa o Verão e fica cá o cão a ladrar à mesma, as dívidas são cães, tem graça esta, quem teria sido o primeiro a lembrar-se de tal, isto é um povo de invenções miúdas e necessitadas, imagine-se o rol do merceeiro ou do padeiro, ali escrito em grossos números a lápis, tanto aquele, tanto este, um cachorro pequeno, todo felpa, pode crescer, e esta fera, de dentuça como lobo, dívida grossa já do passado ano, Ou paga ou corto-lhe o fiado, Mas os meus filhos têm fome, e as doenças, o meu homem sem trabalho, não temos donde nos venha, Quero lá saber, só leva depois de pagar. Ladram por toda esta terra os cães, ouvimo-los às portas, vêm atrás de quem não pagou, mordem-lhe nas canelas, mordem-lhe na alma, e o merceeiro vem à rua e diz para quem o quer ouvir, Diga lá ao seu marido, o resto já se sabe. Há quem espreite pelos postigos para ver quem é a da vergonha, são crueldades de pobre, hoje tu, amanhã eu, não se pode levar a mal.

Quando um homem se queixa, alguma coisa lhe dói. Queixemo-nos pois desta ferocidade sem nome, e é pena que o não tenha, Que vai ser de nós hoje, só com este dinheiro, e as semanas tão atrasadas, o merceeiro não fia, de cada vez que lá vou, ameaça que nos levanta o crédito, nem um tostão mais, Mulher, vai lá experimentar, isso são palavras da boca para fora, o homem não tem nenhuma pedra no lugar do coração, Eu sozinha não vou, que já não tenho cara de entrar aquela porta, só se tu fores comigo, Então vamos os dois, mas um homem não é muito para estas coisas, o seu dever é ganhá-lo, fazê-lo render é com a mulher, além de que as mulheres estão habituadas, protestam, juram, regateiam, fazem choradeira, capazes até de se atirarem para o chão, ai um copo de água que a pobrezinha teve um ataque, e um homem vai, mas vai a tremer, porque devia ganhar e não ganha, porque devia governar a família e não governa, Senhor padre Agamedes, como posso eu cumprir o que prometi quando casei, diga-me lá. Chegamos à loja e estão outros fregueses, uns saem, outros entram, nem todos de compra pacífica, e nós vamos ficando para trás, aqui neste canto, ao pé da saca do feijão, mas cuidado não pense ele que viemos para o roubar. Não há mais fregueses, aproveitemos agora, então avanço eu que sou homem, tenho as mãos a tremer, Senhor José, fazia-me o favor de me aviar, mas olhe que esta semana não lhe posso pagar o avio todo, porque tive uma semana ruim, depois em ganhando melhor ordenado pago-lhe tudo, esteja descansado, que não lhe fico a dever nada. Diga-se agora que estas palavras não são novas, já foram ditas na página de trás, ditas em todo o livro do latifúndio, como se haveria de esperar que a resposta fosse diferente, Não senhor, não lhe fio mais nada, mas antes que tal resposta fosse dada, a mão do merceeiro recolheu, foi um rapa, o dinheiro todo que para o abrandar eu pusera em cima do balcão, e depois é que respondeu. E eu disse, com toda a calma que podia e Deus sabe qual, que pouca era, Senhor José, não me faça uma coisa dessas, então o que vou eu dar de comer aos meus filhos, tenha dó de mim. E ele disse, Não quero saber, não lhe fio mais nada, e ainda me fica a dever muito. E eu disse, Senhor José, por favor, ao menos dê-me o avio no valor do dinheiro que me tirou, só para remediar, para dar alguma coisa de comer aos meus filhos, até que arranje outro rumo. E ele disse, Não lhe posso fiar mais nada, esta quantia que recebi nem dá para pagar a quarta parte do que me deve.

Deu um soco no balcão, desafia-me, e eu vou bater-lhe, dar-lhe com a rasoira do alqueire, ou espetar-lhe a faca, sim, a navalha, esta lâmina curva, esta adaga de mouro, Ai homem que te desgraças, olha os nossos filhos, não faça caso, senhor José, não leve a mal, isto é o desespero do pobre. Sou puxado até à porta, Mulher, larga-me, que eu mato este malandro, mas vai-me o pensamento pensando, não mato, não sei matar, e ele diz-me lá de dentro, Se eu fiar a toda a gente e não me pagarem, como é que eu vivo. Todos temos razão, quem é o meu inimigo.

Por causa destas faltas e outras semelhantes é que nos pomos a inventar histórias de tesouros escondidos, ou já as encontramos inventadas, sinal de muita necessidade antiga, não é só de hoje. E há avisos que devem ser entendidos com muita atenção, ao mais pequeno engano desfaz-se o ouro em pez e a prata em fumo, ou fica um homem ceguinho, têm-se visto casos. Há quem diga que em sonhos não há firmeza, mas se eu sonhar três noites seguidas com um tesouro e dele não falar a ninguém, nem do sítio que no sonho tiver visto, é garantido que vou dar com ele. Porém, se falar, não, porque os tesouros têm o seu destino marcado, não podem ser distribuídos por vontade de homem. Antigo é o caso daquela rapariga que três vezes sonhou que no ramo duma árvore estavam catorze vinténs e debaixo das raízes dela uma panela de barro cheia de moedas de ouro. Nestas coisas deve-se sempre acreditar, mesmo quando forem inventadas. Deu a moça conta do sonho aos avós com quem vivia, e foram todos à árvore. Lá estavam os catorze vinténs no ramo, meio sonho realizado, mas tiveram pena de cavar até às raízes, porque a árvore era bonita, e com as raízes ao sol iria morrer, são fraquezas de coração. Não se sabe como aconteceu, mas espalhou-se a notícia, e quando se decidiram a lá voltar, emendados da sua pena, estava a árvore por terra e no fundo do buraco uma panela de barro partida, e nada mais. Ou o ouro se sumira por magia, ou alguém, menos escrupuloso ou de curtida sensibilidade, levara dali o tesouro e com ele se calou. Pode ser.

Caso mais claro é aquele das duas arcas de pedra enterradas pelos mouros, uma cheia de ouro, outra cheia de peste. Diz-se que, com medo de abrir por engano a arca da peste, ninguém teve ânimo para as procurar. Não tivesse sido aberta, não estava o mundo como está, tão de peste cheio.

Está feito o casamento de João Mau-Tempo e Faustina, remate pacífico do romântico lance que por uma noite carregada e chuvosa de Janeiro, sem luar nem rouxinóis, em atrapalhações de roupas mal desapertadas, satisfez a vontade de ambos. Estão feitos três filhos. O mais velho saiu rapaz, chama-se António e é o pai por uma pena, quanto a feições, que de corpo promete mais, só não tem os olhos azuis, esses não tornaram a aparecer, por onde andarão. Os outros dois são raparigas, mansas e discretas como a mãe foi e continua a ser. António Mau-Tempo já vai trabalhando, anda de ajuda a guardar porcos, por enquanto não tem idade e braços para volteios de maior substância. O maioral não o trata bem, é o costume destas terras e destes tempos, não nos indignemos por tão pouco. Para não faltar ao outro sabido costume, a António Mau-Tempo mal lhe pesa o farnel que leva para o dia todo, um banquete de meio carapau e um bocado de pão de milho. Logo ao sair de casa, carapau viste-lo tu, porque há fomes que não podem esperar, e esta é velha. Fica o pão de milho para o resto do dia, migalho agora, logo migalho, escarrapatada a côdea com mil cautelas para que nem um cibozinho se perca entre as ervas do chão, onde as formigas, de focinho no ar como se fossem cães, desesperam de abastecer o celeiro com tais sobras e desprezos. Parava-se o maioral num arneiro, em sua autoridade de maioral, e punha-se aos gritos, Ó rapaz, vai além àquele lado, ó rapaz, ampara aí os animais, e António Mau-Tempo, vassourinha de varrer, girava em redor da vara como se fosse, ele, cão de pastor. O maioral, descansado em quem lhe fazia o serviço, entretinha-se a derrubar as pinhas maduras, assava-as, escascabulhava-as e extraía os pinhões, depois torrava-os cuidadosamente, metia-os no bornal, tudo à boa paz campestre, entre o belo arvoredo. Vermelhavam as brasas, abriam-se ao calor do lume as resinosas pinhas, e António Mau-Tempo, com água na boca, se acontecia achar alguma que a providência tivesse feito cair ao alcance dos seus olhos sôfregos, o melhor era escondê-la, não fosse ela em três tempos enriquecer o cabedal alheio, como algumas dramáticas vezes aconteceu. Grandes vinganças, e justas são as da infância. Um dia estava o maioral nesse seu preparo de assar as pinhas, em uns sítios de barros onde havia umas searas, e diz para António Mau-Tempo, ordem corrente nas obrigações de ambos, Vai tu amparando por aí, não vão eles às searas. Estava nesse dia um vento agreste, de barbeiro, não se aguentava, e então com o corpo mal enroupado, tudo tem sua explicação, deu António Mau-Tempo feriado aos porcos e escondeu-se por trás de um machuco, Que é um machuco, Um machuco é um chaparro novo, por aqui toda a gente sabe, E um chaparro, Um chaparro é um sobreiro novo, ora essa, Então um machuco é um sobreiro, Pois não se estava mesmo a ver, Ah, Ia eu dizendo, pôs-se António Mau-Tempo atrás do machuco, enrolado na saquita que era o agasalho dele para todas as tempestades, quer fosse de água, quer fosse de gelo, era o embrulho dele, uma saca de guano, dá Deus o frio conforme a roupa, enfim um contentamento geral, os porcos na seara, o maioral assando as pinhas, António Mau-Tempo em seu conchego, a roer a côdea, E ainda há quem diga mal do latifúndio, Pois é, o pior é que o maioral tinha um cão, esperto animal, deu-lhe para estranhar a postura de António Mau-Tempo, e por isso entrou em desaforos de ladrar, É bem certo o que se diz, que o cão é o amigo do homem, Amigo de António Mau-Tempo não foi este com certeza, veio o maioral ao alarme e ao dar com o inocente, então tu estás a dormir, aventa-lhe uma cachaporrada que, se lhe vai de mais perto, não haveria mais António Mau-Tempo, tolo seria o moço se ficasse para a segunda parte, foi-se ao pau e atirou-o para o meio da seara, agora achá-lo, e pernas para que te quero, Não durou muito o prazer dos porcos, Pois não, é sempre assim.

São episódios de pastorícia, graças da infância feliz. É preciso ver, e convir quanto é fácil viver satisfeito no latifúndio. O ar puro, por exemplo, um prémio a quem encontrar um ar como este. E os pássaros, todos a cantar por cima das nossas cabeças quando paramos para apanhar uma florinha ou estudar o comportamento das formigas, ou desta carocha preta e vagarosa que não tem medo de nada, atravessa em suas altas andas o carreiro, impávida, e morre debaixo da nossa bota, se estivermos para aí virados, questão de disposição, outras vezes dá-nos para considerar sagrada a vida e até as centopeias escapam. Ao chegar a hora das queixas, António Mau-Tempo vai ter o pai a defendê-lo, Não bata no rapaz, que eu sei tudo quanto se passa, vossemecê põe-se por lá a torrar pinhões, a conversar com quem encontra, e ele é que tem de ser o cão, correr e cercar tudo, o rapaz não é carocha para lhe pôr o pé em cima. Saiu o maioral a procurar outro ajuda e António Mau-Tempo foi guardar porcos para novo patrão, enquanto não crescia o resto.

Que os trabalhos de homem são muitos. Já ficaram ditos alguns e outros agora se acrescentam para ilustração geral, que as pessoas da cidade cuidam, em sua ignorância, que tudo é semear e colher, pois muito enganadas vivem se não aprenderem a dizer as palavras todas e a entender o que elas são, ceifar, carregar molhos, gadanhar, debulhar à máquina ou a sangue, malhar o centeio, tapar palheiro, enfardar a palha ou o feno, malhar o milho, desmontar, espalhar o adubo, semear cereais, lavrar, cortar, arrotear, cavar o milho, tapar as craveiras, podar, argolar, rabocar, escavar, montear, abrir as covatas para estrume ou bacelo, abrir valas, enxertar as vinhas, tapar a enxertia, sulfatar, carregar as uvas, trabalhar nas adegas, trabalhar nas hortas, cavar a terra para os legumes, varejar a azeitona, trabalhar nos lagares de azeite, tirar cortiça, tosquiar o gado, trabalhar em poços, trabalhar em brocas e barrancos, chacotar a lenha, rechegar, enfornar, terrear, empoar e ensacar, o que aqui vai, santo Deus, de palavras, tão bonitas, tão de enriquecer os léxicos, bem-aventurados os que trabalham, e que faria então se nos puséssemos a explicar como se faz cada trabalho e em que época, os instrumentos, os apeiros, e se é obra para homem ou para mulher e porquê.

Está portanto um homem em seu trabalho, calhou ser homem, ou melhor, está em sua casa depois de ter trabalhado, entra-lhe um podengo pela porta dentro, que não se chama Guadiana nem Piloto, tem duas pernas e nome de homem, mas é bicho de morder, e diz, Trago aqui um papel para vossemecê assinar, que é para ir a Évora no domingo, a um comício a favor dos nacionalistas espanhóis, é um comício contra os comunistas, e tem transporte de graça, vai de camioneta, tudo a pagar pelos patrões ou pelo governo, é o mesmo. A vontade é dizer não, mas a vontade não vê por onde chegar à palavra, fica um homem a mastigar, a fingir que não ouviu bem, mas que adianta, o outro repete, já em diferente tom, parece de ameaça, e João Mau-Tempo olha para a mulher, que ali está, e Faustina olha para o marido, que ali não queria estar, e o podengo com o papel na mão à espera da resposta, que vou eu dizer, bem me importam a mim essas coisas, não entendo nada destes comunismos, bem, não é tanto assim, ainda na semana passada estavam uns papéis debaixo dumas pedras, com a ponta de fora, como se estivessem a acenar, e eu deixei-me ficar para trás e fui apanhá-los, ninguém viu, porque estará este podengo a mostrar os dentes, alguém lhe foi dizer, veio aqui para ver se eu me atrevo a responder que não quero ir a Évora, que não assino, o pior é depois, que este cachorro toda a gente o conhece, é o Requinta, ouve e vai contar, não falta por aí quem se queixe, mas se eu arranjar uma desculpa, estou com a pontada, ou tenho de ir pôr uns paus na coelheira, não vai acreditar, sei lá se depois me vêm prender, Está bem, Requinta, assino.

João Mau-Tempo assinou onde outros já tinham assinado, ou a rogo por não saberem escrever, que era a maioria. E quando o Requinta saiu para prosseguir na colecta, de nariz no ar, a beber os ventos, o safado, João Mau-Tempo sentiu uma grande sede e bebeu mesmo da infusa, alagando de água o súbito fogo que era só um sinal de vergonha inexplicada, alguns beberiam vinho. Entendeu alguma coisa Faustina, não gostou do que ouviu, mas quis apajear, Ao menos vais a Évora, sempre é uma distracção, e sem gastar, de camioneta para lá e para cá, é pena que não possas levar o António, ele havia de gostar. Não disse Faustina apenas isto, continuou a murmurar, sem dar por que falava, e João Mau-Tempo sabia muito bem que as palavras, no fim de contas, eram como gestos de que não se espera salvação, mas que o doente agradece aqui na testa, suave mão, ou áspera, onde é que julga vossemecê que está, mas mesmo assim. Mas mesmo assim não está bem que venham forçar um homem, que isto são maneiras de forçar, a minha vontade seria fingir que estou doente. Disse Faustina, Deixa lá, é um passeio, e não nos caem os parentes na lama, acho eu que não caem, de certeza o governo não faz coisas malfeitas. Disse João Mau-Tempo, Não fará. E quem por este diálogo clamar que o povo está perdido, não sabe o que se passa, é tempo de dizer que o povo vive longe, não lhe chegam notícias, ou não as entende, só ele sabe o esforço que lhe custa manter-se vivo.

Chegou o dia, a hora combinada, os homens juntaram-se na barriga da estrada, e alguns enquanto esperavam entraram na taberna, e até onde o bolso do colete aguentou espumejaram os copos de três decilitros, esticando o bebedor os beiços para aparar o florir da espuma que crepitava debaixo do nariz, ah, vinho, no céu esteja quem te inventou. Outros, mais finos ou informados, esperavam maravilhas de Évora e guardavam o apetite para lá, mas esses bem escarmentados acabaram por ficar, que todos serão largados à porta da praça de touros e ali recolhidos no fim da festa. Candeia que vai adiante, alumia duas vezes, vale mais um toma do que dois te darei, com estes ditos se entretêm as pessoas, há até quem só desta sabedoria viva, e é feliz, e não morre por isso. Desta vez tiveram razão os tais, já felizmente aconchegados quando as camionetas chegaram, com o estômago cantando hosanas, o santo arroto do vinho, e este bom travo que fica na boca, que é o gosto do paraíso.

São viagens. Nas curvas, mesmo não aventuradas em velocidade, a camioneta bandeia a um lado, e os homens têm de agarrar-se uns aos outros para não irem todos no empuxão, os pés atropelam-se, dá o vento nos chapéus e é preciso segurá-los para que não voem pela borda fora, Ó da máquina, vá mais devagar, compadre, que ainda cai alguém à água. Foi um mais gracioso que disse isto, é o que vale, não fosse assim, seria a vida uma grande tristeza. Pararam em Foros para meter mais gente, e dali foi tudo a direito, Montemor à vista, não é tempo ainda de lá entrarmos, e Santa Sofia e São Matias, Aqui é que eu nunca vim, mas tenho cá família, um primo da minha cunhada, que é barbeiro, vai-se governando, estavam bem arranjados se não crescesse a barba aos homens, é como as putas, se a picha não crescesse. Quem assim fala, trá-la premeditada, um dia não são dias, desde a tropa que não tornei a ir às meninas, vai ser dar-lhe até fartar. São conversas de homens. A humanidade tem-se esforçado por melhorar a comunicação da espécie, no latifúndio já há camionetas, Évora está à vista, e o Requinta, também veio o podengo, clama, Quando sairmos, vão todos atrás de mim, e com estas fatais palavras começam a murchar os diversos apetites de vinho e fêmea, este de mulher saboreado na noite imaginosa e mal dormida, em sonhos não há firmeza.

É uma praça cheia. Vêm os rurais aos bandos, aos magotes, todos apascentados, às vezes é um patrão que se chega risonho à conversa, e há sempre um lacaio para servir de capacho e envergonhar a sisudez dos que ali foram só por temor de ficar sem trabalho. No geral, porém, dão de esporas a si próprios para parecerem felizes. Há destas bondades populares, não desiludir quem espera de nós contentamento, e se é certo que isto não parece bem uma festa, enterro também não é, então que cara hei-de eu fazer, se me ponho a gritar viva isto ou morra aquilo, é para rir ou para chorar, digam-me cá. Estão sentados nas bancadas, outros enchem a arena, melhor seria se houvesse toiros, e não sabem o que irá acontecer, que coisa é comício, Onde está o Requinta, Ó Requinta, quando é que começa a festa. Os amigos e conhecidos acenam, os tímidos mudam de lugar à procura de quem mais desafrontado se mostre, Anda para aqui, e então o Requinta diz, Não convém que se espalhem, e estejam todos aí com atenção, que isto é a sério, viemos cá para saber quem nos quer bem e quem nos quer mal, se assim fosse que bom era, ir pela mão do Requinta ao conhecimento do bem e do mal, tão simples, no fim de contas, senhor padre Agamedes, não pensar, sentar o rabo na bancada, Onde é que se mija, ó Requinta, falar assim é já uma primeira falta de respeito, e o Requinta franziu o sobrolho, fez de conta que não ouviu, e agora sim, é que vai começar, Minhas senhoras e meus senhores, tem a sua graça, afinal eu sou um senhor na praça de touros de Évora, não me lembro de ter sido senhor noutro lado, nem sequer da minha vontade, que diz o homem, Viva Portugal, não o entendo, Estamos aqui reunidos, irmanados no mesmo patriótico ideal, para dizer e mostrar ao governo da nação que somos penhores e fiéis continuadores da grande gesta lusa e daqueles nossos maiores que deram novos mundos ao mundo e dilataram a fé e o império, mais dizemos que ao toque do clarim nos reunimos como um só homem em redor de Salazar, o génio que consagrou a sua vida, aqui tudo grita salazar salazar salazar, o génio que consagrou a sua vida ao serviço da pátria, contra a barbárie moscovita, contra esses comunistas malditos que ameaçam as nossas famílias, que matariam os vossos pais, que violariam as vossas esposas e filhas, que mandariam os vossos filhos para a Sibéria a trabalhos forçados, e destruiriam a santa madre igreja, pois todos eles são uns ateus, uns sem Deus, sem moral nem vergonha, abaixo o comunismo, abaixo, morram os traidores à pátria, morram, a praça grita consoante o mote, há quem ainda não tenha percebido o que está ali a fazer, outros começam a entender e entristecem, também não faltam os convencidos, ou enganados, um operário que faz discurso, e agora vem outro orador, este é da legião, estende o braço e berra, Portugueses, quem manda, portugueses, quem vive, é boa a pergunta, manda o patrão, e viver que será. Mas a praça obediente dá a senha àquele santo, e ainda bem não se calou o legionário, já outro está de goela aberta, muito fala esta gente, são coisas de Espanha, dos nacionalistas contra os vermelhos e que nos campos de Castela e Andaluzia se defendem os sagrados e eternos valores da civilização ocidental, que o dever de todos nós é ajudar os nossos irmãos de crença, e o remédio contra o comunismo encontra-se no regresso à moral cristã cujo símbolo vivo é Salazar, caramba, temos um símbolo vivo, não pode haver contemplações com os inimigos, tanta palavra, e passa-se a falar do bom povo da região, ali presente para dar testemunho de gratidão ao imortal estadista e grande português que consagrou a vida inteira ao serviço da pátria, Deus lha conserve, e eu irei dizer ao senhor presidente do conselho o que vi nesta histórica cidade de Évora, levar-lhe a garantia de que estes milhares de corações batem em uníssono com o coração da pátria, eles são a pátria, imorredoura, sublime e a mais formosa de todas as pátrias, porque nós temos a felicidade de um governo que põe acima dos interesses de qualquer classe os superiores interesses da nação, porque os homens passam e a nação fica, morra o comunismo, abaixo, abaixo o comunismo, morra, que diferença faz, no meio de tanta gente nem se nota, e lembremo-nos de que a vida alentejana, ao contrário do que muita gente pensa, não é propícia ao desenvolvimento de ideias subversivas, porque os trabalhadores são verdadeiros sócios dos proprietários, partilhando com estes dos lucros e danos da lavoura, ah, ah, ah, Onde é que eu posso mijar, ó Requinta, isto são brincadeiras, não há aqui ninguém que ouse dizer tal coisa em tão grave momento, quando a pátria, ela que não mija nunca, está a ser assim invocada por aquele bem-posto senhor no palanque, que abre os braços como se nos quisesse abraçar a todos, e como não chega cá tão longe abraçam-se ali todos uns aos outros, o comandante da legião, o major que veio de Setúbal, os deputados, o da união nacional deles, o capitão de cavalaria cinco, um que é do i-ene-tê-pê, se não sabes pergunta, instituto nacional do trabalho e previdência, e todos os mais que vieram de Lisboa, parecem gralhas empoleiradas numa azinheira, mas este é o teu grande engano, gralhas somos nós todos, aqui alinhados nas bancadas, a bater as asas, a dar ao bico, e agora vem a música, é o hino, toda a gente de pé, uns por saberem que é de etiqueta, a maioria por imitação, o Requinta passa em revista a sua gente, Cantem todos, isso queria eu, quem é que sabe o hino, ainda se fosse a marianita ou vamos lá saindo, ainda não, não é a altura de sair, mais valera voar, abrir as asas e ir voando para longe daqui, sobre os campos, vendo do alto as camionetas que vão regressar, que tristeza, foi tudo tão triste, e a gente pôs-se para ali a gritar como se nos tivessem pago para isso, e eu nem sei o que teria sido pior, não é justo, parecia um entremez de dansa-la-ursa, Então não te distraíste, João, Nem um bocadinho, Faustina, fomos como carneiros, como carneiros viemos. Na camioneta, vai a tarde no fim e ajuda a melancolia, ainda há quem experimente a voz para cantar e dois acompanham, mas quando a tristeza é demasiada, até a voz triste se cala, e então só se ouve o barulho do motor da camioneta, e todos, em silêncio, vão sendo sacudidos de um lado para o outro, carga mal atada, carga a granel, isto não foi trabalho de homens, João Mau-Tempo. Despeja a camioneta os homens no pé de Monte Lavre, é um bando de pássaros escuros que se derrama sem jeito de saber andar, uns tantos ainda vão à taberna tratar da sede e da amargura, outros murmuram palavras aturdidas os mais tristes recolhem às suas casas, Somos para aqui uns bonecos de levar e trazer, quem é que nos paga o dia, tinha que fazer no quintal, se não fosse aquele diabo do Requinta, ainda um dia lhe hei-de tirar satisfação, ditos e promessas que valem apenas a dor que está por baixo, mas dela pouco podem exprimir, é uma coisa confusa, talvez nem doa mas aleija muito. Por isso Faustina pergunta, Vens doente. Responde João Mau-Tempo que não, e se diz tão pouco é por não saber dizer o que sente. Já deitados hão-de falar ainda, Então não te distraíste, Nem um bocadinho, e o maior desafogo e confissão será João Mau-Tempo pousar a cabeça no ombro de Faustina e assim adormecer.

Sobem os senhores do latifúndio ao outeiro para que o sol só a eles aqueça, tosco sonho sonhou João Mau-Tempo, pois não têm os senhores rosto e o outeiro nome, mas é assim de ciência certa quando João Mau-Tempo acorda, é assim quando readormece, vai uma procissão de senhores e ele à frente moendo com o enxadão as raízes do mato, a abrir caminho à bela companhia, arreda os tojos com as mãos, já o sangue lhe corre, e os senhores do latifúndio vêm conversando e rindo, são generosos e pacientes quando ele se atrasa na arroteia, ficam à espera, não maltratam nem chamam a guarda, ficam só à espera e enquanto esperam fazem piqueniques, e ele tira forças do coração e lança a enxada, agora sim, raspa a terra e corta as raízes, já é um homem, e dali de cima, da encosta do outeiro, vê passarem camionetas com um letreiro em que se diz Sobras de Portugal, destinam-se a Espanha, para os vermelhos nem a ponta dum corno, para os outros, os santos, os puros, os que me defendem a mim, João Mau-Tempo de meu nome e proveito, do perigo de cair no inferno, abaixo e morra, e agora vem atrás de mim um senhor a cavalo, e o cavalo, é a única coisa que neste sonho sei, chama-se Bom-Tempo, afinal os cavalos têm uma vida longa, Acorda João, que são horas, isto diz a mulher, e no entanto ainda é noite fechada.

Outros, porém, já se levantaram, não no sentido próprio de quem suspirando se arranca ao duvidoso conforto da enxerga, se a há, mas naquele outro e singular sentido que é acordar em pleno meio-dia e descobrir que um minuto antes ainda era noite, que o tempo verdadeiro dos homens e o que neles é mudança não se rege por vir o sol ou ir a lua, coisas que afinal só fazem parte da paisagem, não apenas terrestre, como por outras palavras já terá ficado dito. É bem verdade que há momentos para tudo, e este caso estava fadado para acontecer no tempo da ceifa. Às vezes requer-se uma impaciência dos corpos, senão um exaspero, para que as almas enfim se movam, e quando almas dizemos, queremos significar isso que não tem verdadeiramente nome, talvez ainda corpo, senão afinal inteiro corpo. Um dia, se não desistirmos, saberemos todos que coisas são estas e a distância que vai das palavras que as tentam explicar, a distância que vai dessas palavras ao ser que as ditas coisas são. Só escrito assim parece complicado.

Também complicada, por exemplo, parece esta máquina,

e é tão simples. Chamam-lhe debulhadora, nome desta vez bem posto, porque precisamente é isso que faz, tira os grãos da espiga, palha para um lado, cereal para outro. Vista de fora, é uma grande caixa de madeira sobre rodas de ferro, ligada por uma correia a um motor que trepida, estrondeia, retumba e, com perdão, fede. Pintaram-na de amarelo gema de ovo, mas a poeira e o sol bruto quebraram-lhe a cor, e agora mais parece um acidente do terreno, ao lado doutros que são os frascais, e com este sol nem se distingue bem, não há nada que esteja quieto, é o motor a saltar, a debulhadora a vomitar palha e grãos, a correia frouxa a oscilar, e o ar vibrando como se todo ele fosse o reflexo do sol num espelho agitado no céu por mãozinhas de anjos que não têm mais que fazer. Há uns vultos no meio desta névoa. Estiveram todo o dia nisto, e ontem, e anteontem, e mais para trás, desde que a debulha começou, são cinco, um mais velho, quatro de pouca idade, que para esta violentação não deveriam bastar os dezassete, dezoito anos que têm. Dormem na eira, na revessa dos fardos, mas é noite fechada quando o motor se cala e ainda vem longe o sol quando se ouve o primeiro tiro daquela besta que se alimenta de bidões dum líquido preto e pegajoso, e depois, todo o santo dia, diabos o levem, matraqueia os ouvidos. É ele que marca a cadência do trabalho, a debulhadora não pode mastigar em falso, dá-se logo por isso, vem o capataz do resguardo e brama. A boca da máquina é um vulcão para dentro, um gasgarro de gigante, e é o mais velho dos cinco que mais tempo a alimenta. Os outros fazem subir os frascais, giram como doidos naquela perdição de palha miúda, levam o trigo seco e áspero, os caules rijos, a espiga barbaçuda, o pó, onde vai já o verde tenríssimo da seara quando é primavera e a terra parece realmente o paraíso. Porém, não se aguenta este fogo. Desce o mais velho, sobe um dos novos, e a máquina é como um poço sem fundo. Só falta meter-lhe um homem dentro. Assim o pão apareceria com a sua justa cor vermelha, e não de inocente branco ou pardo neutro.

Vem o capataz e diz, Tu vais para a moinha. É a moinha aquele monstro sem peso, aquela palha poalha que se infiltra pelas ventas e as entope, que se mete por tudo quanto é abertura da roupa e se agarra à pele, uma pasta de lama, e a comichão, senhores, e a sede. A água que se bebe do quartão não tarda que fique mole, doentia, como se eu agora a estivesse a beber de um brejo, de borco, quero lá saber de vermes e bichas, que é esse o nome que damos aqui às sanguessugas. Vai o moço para a moinha, recebe-a na cara como um castigo, e o corpo começa de mansinho a protestar, para mais não me sobram as forças, mas depois, só não o sabe quem isto não tenha vivido, o desespero alimenta-se da extenuação do corpo, torna-se forte e a sua força regressa violenta ao corpo, e então, de dois feito, o rapaz, que se chama Manuel Espada e voltará a ser falado neste relato, deixa a moinha, chama os companheiros e diz, Vou-me embora, que isto não é trabalhar, é morrer. Em cima da debulhadora está outra vez o mais velho, Então os frascais, mas vai ficar com o grito no ar e os braços caídos, porque os quatro rapazes se afastam juntos, sacodem as roupas, são como bonecos de barro ainda por cozer, pardos, têm a cara coberta de riscos de suor, parecem mesmo uns palhaços, salvo seja, que isto não dá vontade de rir. O mais velho salta abaixo da debulhadora, desliga o motor. O silêncio dá um soco nos ouvidos. Vem o capataz a correr, esbaforido, Que é isto, que é isto, e Manuel Espada diz, Vou-me embora, e os outros, E nós também vamos, a eira está pasmada, Então vocês não querem trabalhar. Quem dali olha em redor vê tremer o ar, é a tremulina do calor, mas parece que é o latifúndio que treme, e afinal são apenas quatro rapazes, estes que se afastam movidos por suas razões de quem não tem que pensar em mulher e filhos a sustentar, Por causa deles, diz João Mau-Tempo a Faustina, é que eu me deixei ir a Évora. Responde a mulher, Não penses mais nisso, e levanta-te, que são horas.

Manuel Espada e os seus amigos vão dali ao feitor, é o Anacleto, de vista torta, a pedir o dinheiro dos dias feitos, e que se iam embora por não aguentarem mais. Envisga o Anacleto o olho vagabundo, vê os quatro manipanços, ah boa chibata quem te pudesse usar, Dinheiro não levam, e fiquem sabendo que os vou dar como grevistas. Do que tal seja não sabem os insurrectos por inocência da pouca idade e ignorância da prática. Desandam para Monte Lavre, que é longe, vão por caminhos velhos, a direito, nem contentes nem repesos, calhou assim, um homem não pode levar a vida toda a sujeitar-se, e estes quatro homens, não reparam no exagero, vão falando e dizendo as coisas próprias da idade, um deles joga mesmo pedrada a uma poupa que se espaneja ao atravessar o caminho, e pensando bem só lhes pesa deixarem aquelas mulheres do Norte que andavam com eles na eira, que a falta de braços era grande na estação.

Bem anda quem vai por seu pé, tem tempo para tudo, mas quando a pressa é grande e maior ainda a sede de justiça, quando malfeitorias e malfeitores põem em risco o latifúndio, melhor é que de carroça vá Anacleto a Montemor, irado e tremebundo, com aquele santo rubor que tinge as faces dos que lutam, acendidos, pela conservação do mundo, bem está que corra a Montemor onde estes assuntos se tratam e diga na guarda que quatro de Monte Lavre se declararam em greve. O que vai ser de mim, que contas dou da debulha ao patrão, agora com esta falta de pessoal. Disse o tenente Contente, Vá em paz, que nós vamos providenciar, e Anacleto em paz tornou à eira, e ainda ia no seu caminho, menos apressado, gozando o bem-estar de quem cumpriu um dever de seu gosto, passa-lhe à frente um carro de praça carregado de pessoal e alguém lhe acenou de dentro, era o administrador do concelho, e com ele iam, Adeus Anacleto, o tenente da guarda e uma patrulha, carregando sobre o inimigo, carro de combate panzer sherman eriçado de armas de todos os calibres, desde a pistolinha da ordem ao canhão sem recuo, e lá vão eles, a pátria sempre a contemplá-los, oferecem o peito às balas, toca a buzina e é um clarim à carga, enquanto em alguma parte do latifúndio, por caminhos velhos como já ficou dito, se demoram os quatro facínoras a ver quem é capaz de mijar mais alto e mais longe.

À entrada de Monte Lavre ladram os cães à maquineta, nem isto haveria de parecer verdadeiro sem o pormenor, e como a calçada é íngreme, desce o esquadrão e avança em linha de atiradores, com a autoridade civil desta vez à frente e as costas quentes. A primeira diligência, cometida com a limpeza de quem está em manobras e sabe que tudo é pólvora seca, leva-os ao regedor, que por assim dizer emudece de assombro vendo entrar-lhe na tenda o tenente e o administrador, enquanto a patrulha, do lado de fora da porta, examina desconfiada as cercanias. Já no outro lado da rua se juntaram uns garotos e de lugares dali invisíveis, ou não identificáveis, gritam as mães pelos filhos, como já o fizeram na matança dos inocentes. Deixá-las gritar, que sempre de pouco lhes valeu, e vamos nós à tenda, já o regedor recuperou a voz, todo ele agora é mesura e floreio, senhor administrador, senhor tenente, só não diz senhoras praças porque dá um ar esquisito, senhora praça, e o administrador puxa da nomina em que registou a identificação dos criminosos, denúncia do Anacleto, Vai-me dizer onde é que eles moram, o Manuel Espada, o Augusto Patracão, o Felisberto Lampas, o José Palminha, e o regedor não se contenta com o ofício de informador, chama a mulher para ficar a defender o balcão e a gaveta, e assim engrossada, a companhia lança-se pelos labirintos de Monte Lavre, de olho aberto às emboscadas, como anda a fazer em Espanha a guardia civil, Deus a proteja. Monte Lavre é um deserto à torreira do sol, até os garotos já desanimam, está um calorão, todas as portas estão cerradas, mas há as frinchas, as frinchas são a providência de quem não se quer mostrar, e por onde a guarda passa, seguem-na os olhos das mulheres e de qualquer velho mais curioso, que há-de ele fazer. Imagine-se que nos perdíamos agora a decifrar e explicar a expressão destes olhos, não chegaria a história ao fim, ainda que tudo isto, o que parece pouco e o que parece de mais, da mesma história faça parte, maneira tão boa como outra que o seja de contar o latifúndio.

Há coisas cómicas, por exemplo esta de vir a força armada e a autoridade civil buscar quatro perigosos agitadores e não levar nenhum. Ainda vêm muito longe os grevistas. Mesmo do ponto mais alto de Monte Lavre se não avistariam, mesmo da torre, se é torre e essa é, donde Lamberto Horques assistiu à carga da sua cavalaria naquele século quinze de que falámos. Nem o sol deixaria que se vissem, na confusão da paisagem, os quatro minúsculos fadistas, provavelmente deitados numa sombra, talvez dormitando, à espera que refresque a tarde. Mas quem à peripécia não acha nenhuma graça são as mães, avisadas por tenente e administrador de que no dia seguinte, pela manhã, hão-de ir os filhos a Montemor, ou a Monte Lavre virá a guarda buscá-los pelas orelhas e a pontapé no rabo, são desmandos de linguagem. Vai-se o carro de praça pela estrada fora, levantando a poeira, mas antes disso foi o administrador do concelho apresentar os seus cumprimentos ao maior dono de latifúndio ali residente, tanto faz Lamberto como Dagoberto, e ele os recebeu a todos, excepto às praças, mandadas para a adega, portanto ao tenente Contente e ao dos cumprimentos, numa fresca sala do primeiro andar, que regalo esta penumbra, as senhoras e as meninas bem, vossa excelência sempre o mesmo, mais um copo deste licor, e à saída o tenente faz uma perfeita continência, de parada, o administrador tenta falar de igual para igual, porém o latifúndio é tão grande, estende Alberto agora uma forte mão e diz, Não os deixem pôr o pé em ramo verde, e o administrador Goncelho, tem este singularíssimo nome, Vá lá uma pessoa entendê-los, quando não há trabalho, que não há trabalho, se há trabalho, não estão para isso. Não é um bom estilo de secretaria, mas saiu assim, são as liberdades do latifúndio, esta boa vizinhança rural, tanto que Norberto sorri com bonomia, Coitados, são uns pobres diabos que nem sabem o que querem, Uns ingratos, diz o administrador, e o tenente repete a continência, não sabe fazer outra coisa, ora essa, não ficam por aqui as suas sabedorias, em particular as militares, mas falta a oportunidade.

Rente ao sol-posto chegaram os condenados. Chegarem eles e gritarem as mães, tudo foi um, Que fizeram vocês, ai Jesus, e eles, Não fizemos nada, largámos o trabalho porque éramos subjugados pela máquina. Que mal não deviam ter feito, mas se mal fora, feito estava, amanhã vão lá, não hão-

-de ficar presos, disseram os pais. Passou assim a noite, calor de abafar, estariam agora a dormir na eira os rapazes, e talvez alguma mulher do Norte viesse mijar cá fora e se demorasse a respirar o ar nocturno ou à espera de que o mundo fosse melhor, e Vais lá tu ou vou lá eu, até que um deles se decide, com o coração aos saltos e as virilhas tensas, são dezassete anos, que se há-de fazer, e a mulher não se afasta, fica por ali, talvez o mundo vá ser mesmo melhor, e este espaço entre os fardos de palha, parece de propósito, dá para caberem dois corpos deitados um sobre o outro, não é a primeira vez, não sabe o rapaz quem é a mulher, não sabe a mulher quem é o rapaz, melhor assim, não haverá vergonhas à luz do dia se de noite as não houve também, e é um jogo jogado com lealdade, dando cada jogador quanto pode, e esta suave tontura quando se entra no buraco dos fardos de palha, este cheiro tão doce, e depois os membros que se agitam, o corpo todo a tremer, mas com isto se passam as noites sem dormir, e amanhã tenho de ir a Montemor.

Vão os quatro numa carrocita puxada por muar de fraca estampa mas de trote infatigável, riqueza da paternidade do José Palminha, é um grupo de rapazes calados, coração apertado, passam a ponte e a subida depois dela, e agora Foros, casa aqui, casa acolá, são assim estas terras foreiras, e antes, à mão esquerda, a Pedra Grande, e aos poucos se vai levantando do horizonte, na manhã já quente, o castelo de Montemor, o que resta das derrubadas muralhas, dá aquilo uma tristeza. Põe-se um homem de dezassete anos a futurar, que vai ser de mim, dado como grevista, denunciado pelo Anacleto, e estes meus três companheiros sem outra culpa que a culpa de terem vindo para o meu lado, e a outra culpa, imperdoável, de não termos forças para aguentar a mortificação de servir uma debulhadora que tanto vai debulhando o trigo como me vai debulhando a mim, entro pela boca da máquina e saem-me os ossos esburgados, e feito eu palha, poalha, moinha, e o trigo hei-de ter de o comprar por preço que não escolhi. O Augusto Patracão, que é grande assobiador, faz por espantar o nervoso, mas dói-lhe humanamente a barriga, não é nenhum herói nem sabe o que isso seja, e ao José Palminha o que lhe vale é a distracção de conduzir a besta, trabalho que vai de requinte, como se a mula fosse corcel de alta escola. Felisberto Lampas, tem nome de Felisberto, mas é um acaso, embezerrou, vai sentado com as pernas para fora, de costas para o destino, há-de ser assim toda a vida. E de repente estava Montemor em cima deles.

Arrumada a carroça debaixo dum plátano, posta a muar de alcofa ao focinho, não pode haver melhor vida, subiram os quatro à guarda e um cabo lhes disse, de mente má, que fossem à câmara sendo uma hora. Pasmaram os quatro por Montemor meia manhã, sem sequer, por tão novos, o refrigério da taberna, não se podem explicar as horas que antecedem os interrogatórios, tanto é o que nelas se passa, o que se cuida e teme, por dentro da cabeça de cada um, a aflição mal dominada do rosto, e este nó da garganta que nem vinho nem água são capazes de desfazer. Manuel Espada ainda diz, Por causa de mim é que vocês estão metidos nisto, mas os outros encolhem os ombros, tanto faz, e Felisberto Lampas responde, O que é preciso é a gente aguentar-se, não dar parte de fraco.

Para moços de tanta verdura, foi bonito. À uma hora estavam eles num corredor da câmara a ouvir os berros do administrador Goncelho, atroando o prédio todo, Estão aí os homens de Monte Lavre. Foi Manuel Espada quem respondeu como lhe competia, era ele o da rebelião, Estamos aqui, sim senhor, e ficaram os quatro em fila, à espera do que viesse. Fez o administrador o seu número de autoridade civil, e o tenente Contente estava com ele, Então vocês, seus malandros, não têm vergonha nessa cara, vão passar o mar ao outro lado, costa de África com vocês, para aprenderem a respeitar aqueles que mandam, entre para aqui o Manuel Espada, e o interrogatório começou, Quem é que vos ensina, quem é que vos ensinou, vocês têm bons mestres, vocês são grevistas, e respondia Manuel Espada, com a redonda força da sua inocência, Ninguém nos ensinou, não sabemos de ninguém, nem de greves, a máquina é que comia muito e os frascais eram muito grandes. E o administrador, Bem vos conheço, foi isso que vos ensinaram a dizer, e quem é que põe por vocês, dizia assim o administrador Goncelho, a preparar terreno, porque sabendo-se em Montemor que estavam ali uns rapazes de Monte Lavre dados como grevistas, duas ou três pessoas de bom senso tinham já dito uma palavra ao tenente Contente e a ele próprio, Que não vale a pena levar essas coisas a sério, são rapaziadas, sabem lá eles o que são greves. Não se evitou, porém, que todos fossem a perguntas, e acabada a roda o administrador fez um discurso para dizer o que já se sabe, Tenham juízo, aprendam a respeitar aqueles que vos dão trabalho, por esta vez passa, mas livrem-se de cá vir parar outra, dão com os ossos na enxovia, e não se deixem ir em cantigas, se aparecer alguém a querer dar-vos papéis ou de conversas subversivas, avisem a guarda que ela trata do assunto, e agradeçam a quem por vocês pediu, não deixem ficar mal os vossos benfeitores, e agora vão-se embora, dêem as boas tardes aqui ao senhor tenente Contente que é vosso amigo, e eu também só quero o vosso bem, nunca se esqueçam.

Esta terra é assim. A Lamberto Horques disse o rei, Cuidai dela e povoai-a, zelai pelos meus interesses sem vos esquecerdes dos vossos, e isto vos aconselho para conveniência minha, e se assim fizerdes sempre e bem, viveremos todos em paz. E o padre Agamedes, às ovelhas apascentadas, O vosso reino não é deste mundo, padecei para ganhardes o céu, quanto mais lágrimas chorardes neste vale das ditas, mais perto do Senhor estareis quando tiverdes abandonado o mundo, que todo ele é perdição, diabo e carne, ora andai lá que eu vos mantenho debaixo de olho, bem enganados estais se pensais que Deus Nosso Senhor vos deixa livres tanto no bem como no mal, que tudo há-de ser posto na balança em chegando o dia do juízo, melhor é pagar neste mundo que estar em dívida no outro. Boas doutrinas são estas, e provavelmente por causa delas é que os quatro de Monte Lavre tiveram de aceitar que o salário ganho e não pago, nove escudos por dia, três dias e um quarto por junto na semana daquele crime, fosse para o asilo dos velhos, ainda que Felisberto Lampas tivesse resmungado quando já vinham de regresso, Se calhar, vão gastar o nosso dinheiro em cervejas. E não era verdade, desculpe-se esta juventude que tão facilmente pensa mal de quem tem mais experiência. Graças aos cento e dezassete escudos que ficaram nas mãos do administrador do concelho, tiveram os velhos do asilo rancho melhorado, uma orgia autêntica, nem se imagina, tantos anos passados ainda hoje se fala do festim, e é citado aquele asilado velhíssimo que disse, Agora já posso morrer.

São bichos estranhos, os homens, e mais estranhos talvez os rapazes, que são uma outra espécie. De Felisberto

Lampas já foi dito o bastante, vai de mau humor e a questão do salário sonegado é apenas um pretexto. Mas todos regressam tristes a Monte Lavre, como se lhes tivessem sonegado outra coisa mais valiosa, quem sabe se o brio, não que o tivessem perdido, mas há aqui, sem dúvida, uma ofensa qualquer, foram tratados com desprezo, postos em fila a ouvir o sermão do administrador, enquanto o tenente os observava de lado, lhes decorava a cara e o feitio. E sentiam até raiva contra quem por eles tinha posto. Que talvez de nada lhes valessem pedidos, se este episódio não tivesse acontecido dois dias antes da bomba posta ao Salazar, que escapou.

No domingo foram os quatro à praça e não arranjaram patrão. E ao outro, e no outro também. O latifúndio tem boa memória e fácil comunicação, nada lhe escapa, vai passando palavra, e só quando muito bem lhe parecer dará o feito por perdoado, mas esquecido nunca. Quando enfim conseguiram trabalho, foi cada um para seu lado. Manuel Espada teve de ir guardar porcos e nessa vida pastoril se encontrou com António Mau-Tempo, de quem mais tarde, em chegando o tempo próprio, virá a ser cunhado.

Sara da Conceição não anda bem de saúde. Deu agora em sonhar com o marido, quase não se passa uma noite sem que o veja deitado no chão do olival, com o vinco da corda marcado no pescoço, arroxeado, não pode o corpo ir assim para a cova, e então põe-se a lavá-lo com vinho, porque se conseguir que o vinco desapareça, terá o marido outra vez vivo, coisa que nem por sombras quereria quando acordada, mas no sonho é isto, quem poderá decifrar. Esta mulher, que tanto peregrinou em nova, vive agora quieta e calada, mas isso em verdade sempre foi, ajuda em casa de seu filho João Mau-Tempo e de sua nora Faustina, cuida das netas Gracinda e Amélia, trata da capoeira, passaja a roupa e torna a passajá-la, deita fundilhos, que é ciência transposta do seu breve tempo de ajuntadeira, e tem uma mania que ninguém entende, vem a ser andar por fora de casa, noite fechada e todos os seus dormindo. É certo que não vai longe. Nem o medo lho consentiria, e para o efeito basta-lhe uma viagem até ao fim da rua. No dizer da vizinhança, a velha está meio amalucada, talvez esteja, porque se todas as mães velhas viessem para a rua à noite para que os filhos e as noras ou as filhas e os genros tivessem em sossego suas brincadeiras, seria coisa digna de registo na pobre história dos pequenos gestos humanos, verem-se as velhas andarilhando nas sombras ou ao luar, ou sentadas no chão, pelos muros baixos, ou nos degraus do adro à espera, caladas, que diriam elas, deitando contas à memória dos seus prazeres passados, como foi, como não foi, e o tempo que duravam, até uma delas dizer, Já podemos voltar, e todas erguendo-se, Até amanhã, chegando-se às casas, levantando de mansinho a tranqueta, e o casal se calhar dormindo e inocente do exercício conjugal, que não pode ser todas as noites, senhora mãe. Mas Sara da Conceição preferia errar por excesso, só lhe custava estando o tempo mau, caso em que se metia debaixo dum alpendre no quintal, e por misericórdia de Faustina, que bem a entendia, o que são mulheres, chamavam-na da porta, sinal duma noite tão de pureza como aquelas estrelas frias, se é que justamente nas estrelas não procura João Mau-Tempo sua legítima mulher debaixo dos lençóis.

Talvez Sara da Conceição, com todo este entrar e sair, apenas esteja fugindo aos sonhos que a esperam, mas é certo e sabido que pela madrugada há-de ir dar ao olival, é o dia seguinte ao da morte, que foi quando deram com o corpo, sabe-o ela sonhando, e com uma garrafa de vinho e um trapo repete o movimento, esfrega, torna a esfregar, e a cabeça bamboleia, e quando vem para cá fitam-na os olhos frios do marido, e quando vai para lá fica o cadáver sem rosto, pior ainda. Acorda em frio suor Sara da Conceição, ouve o ressonar do filho, o mau dormir do neto, não sente as netas nem a nora, são mulheres, por isso caladas, e chega-se para junto das duas meninas, com quem dorme; sabe-se lá para o que estarão guardadas, melhor sorte tenham do que esta de sonhar assim.

Foi o caso por diante, e uma noite saiu Sara da Conceição e não voltou. Foram dar com ela, manhã clara, fora da vila, sem tino de casa, a falar do marido como se ele estivesse vivo. Uma desgraça. Valeu a filha que em Lisboa estava a servir, Maria da Conceição, uma sua criada, que com muitas lágrimas pediu aos patrões que lhe valessem, e eles valeram, ainda há quem diga mal dos ricos. Veio Sara da Conceição de Monte Lavre para, pela primeira vez, viajar de táxi entre o barco do Terreiro do Paço, sul e sueste, e o manicómio de Rilhafoles, onde ficou até vir a morrer como um pavio a que se acabou o azeite. Às vezes, mas não muitas, temos a nossa vida, Maria da Conceição ia visitar a mãe, ficavam as duas a olhar uma para a outra, que mais podiam fazer. Quando, uns anos mais tarde, trouxeram João Mau-Tempo para Lisboa por motivos que logo saberemos, já Sara da Conceição se finara, rodeada pelo riso das enfermeiras, a quem a pobre tonta, humildemente, pedia uma garrafa de vinho, imagine-se, para um trabalho que tinha de acabar antes que se fizesse tarde. Que dor de coração, senhoras e cavalheiros.

No inventário das guerras tem o latifúndio a sua parte, ainda que não exagerada. Muito maior a têm essas Europas onde outra guerra agora começou, e, por quanto se pode saber, e não é muito, em terras de tanta ignorância e afastamento do mundo, está a Espanha em ruínas ao ponto de fazer chorar a alma. Mas toda a guerra é grande de mais, pensaria qualquer morto dela, que tal não quis.

Quando Lamberto Horques tomou senhorio das terras de Monte Lavre e seu termo, ainda o torrão estaria fresco do sangue de castelhanos, frescura só por metáfora açougueira aqui citada, se formos a comparar com muito mais antigos sangues de lusitanos e romanos, de toda a balbúrdia e confusão de alanos, vândalos e suevos, se cá chegaram, que os visigodos sim, e mais tarde os árabes, essa cáfila infernal de cara preta, e ora pois lá vieram os borgonheses a derramar o seu e o dos outros, e uns tantos cruzados não só osbernos, e mouros outra vez, Virgem Maria, tanto morrer viu afinal estas terras, e se de sangue português ainda não se falou, é porque é todo este ou o passou a ser depois do tempo conveniente para valer a naturalização, por isso não foram citados franceses e ingleses, em verdade estrangeiros.

Não mudaram as coisas depois de Lamberto Horques. A fronteira é uma porta aberta, com uma pernada se passa o Caia, e a planície parece ter sido amorosamente e de propósito alisada pelos anjos guerreiros para que nela bem pudessem enfrentar-se os combatentes e não tivessem empacho os virotões e mais tarde tudo quanto balas veio a ser. Gostosas são estas palavras de arsenal, desde a celada à sabata, desde a bisarma ao arcabuz, desde o esmerilho ao falcão pedreiro, e só de saber um cristão que por estas terras andaram, pisaram e bateram tantas armarias, se de temor se arrepia o dito, outro arrepio lhe dará o merecimento de tais invenções. Afinal, o sangue fez-se para correr, desta ferida do pescoço ou do ventre rasgado ao sol, boa tinta é para escrever enigmas tão secretos como esse de saber se morreu tal gente sabendo por que morria e aceitando a morte. Levantam-se dali os corpos ou enterram-se no lugar onde caíram, varre-se o latifúndio e fica a terra pronta para nova batalha. Hão-de por isso os ofícios ser bem aprendidos e bem praticados, sem cuidar de gastos, como quando o conde de Vimioso escrevia por miúdo a sua majestade, Senhor, as armas da cavalaria devem ser uma carabina e duas pistolas para cada soldado, as carabinas terão bala de mosquete ou pouco menos e não terão o cano mais que de três palmos de comprimento, e assim fica bastante para, porque havendo de ser reforçadas como esta bala pede, se tiverem o cano mais comprido não se poderão manejar como é necessário, e terão seu ferro para a bandola como se usa, as pistolas serão de boa bala e terão perto de dois palmos de cano e suas bolsas para se porem nos arções, e nas selas haverá duas correias em que se prendam, das pistolas e das carabinas será bom que me venham também algumas para por elas se fazerem outras e venha quantidade de ferro a Vila Viçosa para daí o mandar repartir pelos oficiais espingardeiros, deste ferro pode ficar algum em Montemor e em Évora, isto é o que se me representa sobre a cavalaria, porém o que vossa majestade mandar dispor será o mais conveniente.

Mas sua majestade, por dificuldades do erário, acontecia às vezes não ser de boas pagas e prontas, Em Montemor se tem trabalhado até agora nas fortificações com os dois mil cruzados que vossa majestade foi servido dar e com os dois que deu o povo, e como o concerto foi que vossa majestade daria seis e o povo outros tantos, me escreveu a câmara era necessário que vossa majestade desse os dois para ele dar outros, eu lhe respondi que tratassem de lhe dar os seus dois que eu faria aviso a vossa majestade de mandar dar os dois para o povo contribuir com os seus. São escritas burocráticas estas de grande desconfiança e jogo de empurra, mas nelas não se regateiam sangues, não se diz, Dê vossa majestade um litro do seu, vermelho ou azul tanto faz, que depois de estar derramado no chão por meia hora, da cor dele se torna. Não ousam os povos pedir tanto, pois não chegaria o sangue de toda a casa real, metendo na mesma dorna o de infantes e infantas, incluindo os bastardos do rei e da rainha, para as necessidades da guerra. Ponha o povo o sangue e os cruzados, que sua majestade contados cruzados dará dos que o povo antes lhe deu por taxação e fiscal de imposto.

Nunca faltam as calamidades ao rol. Estas coisas de cavalaria, cruzados e fortificações, mais o sangue que tudo liga, são lá do século dezassete, o que aí vai de anos, um ror deles, mas as coisas não melhoram nunca, como foi que na guerra das laranjas perdemos Olivença e não tornámos a achá-la, e assim, sem disparar um tiro, uma vergonha, entra Manuel Godoy por aí dentro, sem resistência, e de escárnio nosso e galantaria sua manda um ramo de laranjeiras à amante rainha Maria Luísa, só faltou servirmos de colchão aos dois. Desgraça infinita, desgosto sem consolação, que do século dezanove vieram até anteontem, alguma coisa má têm as laranjas e mau efeito nos destinos pessoais e colectivos, pois se não fosse assim decerto não mandaria Alberto enterrar as que no tempo frio caem, e tornar a dizer ao feitor, Enterrem as laranjas, se algum for apanhado a comê-las é despedido ao sábado, e assim foram despedidos alguns porque às escondidas, fruto proibido, comeram as laranjas que ainda estavam boas em vez de se irem estragar e apodrecer debaixo da terra, enterradas vivas, coitadinhas, que mal fizemos, nós e elas. Mas tudo isto tem sua razão de ser assim, vamos observando melhor as coisas, porque, lá para o final desta guerra que começou agora na Europa, um Hitler Horques Alemão mandará ajuntar crianças de doze e treze anos para fazer delas os últimos batalhões da derrota, com fardas que lhes caem dos braços e enrolam nas pernas, também manipanços, e a boa arma de coice, sem ombro que a aguente, e isto é o mesmo que clamarem os patrões do latifúndio que já não há crianças de seis e sete anos para irem guardar os porcos ou os perus, aonde vai isto parar se não ganham os garotos o seu sustento, dizem-no eles aos brutos pais que já deram o sangue e os cruzados e ainda não entenderam nada, ou começam a desconfiar, como desconfiaram noutro século das esquivanças de sua majestade.

E ainda se fossem só as guerras. Um homem habitua-se a tudo, e entre uma e outra dá para fazer uns filhos e os entregar ao latifúndio, sem vir lançada ou escopeta cortar o fio das promessas, que talvez o rapaz tenha sorte e chegue a capataz ou feitor ou criado de confiança, ou prefira ir viver nas cidades, que é um morrer mais limpo. O pior são as pestes e as fomes, ano sim, ano talvez, que vêm a dar numa derrocada de povo, ficam os campos vazios de gente, as aldeias fechadas, léguas sem ver vivalma, e de vez em quando bandos de miséria e farrapos, por caminhos que o diabo só às costas dos homens. Vão ficando pela rota perdida, é um itinerário de cadáveres, e quando a peste levanta e a fome se acomoda, contam-se os vivos até onde chega a aritmética e acham-se tão poucos.

Tudo isto são males, e grandes males. Diríamos, para usar a linguagem do padre Agamedes, que são os três cavaleiros do apocalipse, cujos eram quatro, e, começando a contar, mesmo pelos dedos para quem não souber melhor, temos o primeiro que é a guerra, o segundo que é a peste, o terceiro que é a fome, e agora sempre chegou o quarto, que é o das feras da terra. Mas este é o de mais assistência e tem três rostos, primeiramente o rosto que o latifúndio tem, depois a guarda para defender a propriedade no seu geral e o latifúndio em seu particular, depois o rosto terceiro. É uma bicha de três cabeças e uma só vontade verdadeira. Quem mais ordena não é quem mais pode, quem mais pode não é quem mais parece. Mas o melhor ainda será falar claramente. Em todas as cidades, em todas as vilas, em todas as aldeias e lugares, este cavalo está e passeia com os seus olhos de chumbo e as suas patas que são iguais às mãos e aos pés dos homens, mas de homens não são. Não é homem aquele que dirá a Manuel Espada, anos mais tarde, serviço militar nas ilhas dos Açores, não sofra o relato com a antecipação,

Em abalando daqui, vou para a polícia de vigilância e defesa do estado, e Manuel Espada perguntou, Que é isso, e o outro respondeu, É a polícia política, não imaginas, um tipo vai para lá, e se há um gajo qualquer de quem a gente não gosta, prende-o, leva-o para o governo civil, e se entenderes espetas-lhe um tiro na cabeça, dizes que ele queria resistir, e pronto. É um cavalo que rebenta as portas das casas a coice, come à mesa do latifúndio com o padre Agamedes e joga às cartas com a guarda enquanto o poldro Bom-Tempo dá patadas na cabeça do preso. Por cidades, vilas, aldeias e todos os mais lugares os cavalos encontram-se, relincham, esfregam os focinhos uns nos outros, trocam segredos e denúncias, inventam violências persuasivas e persuasões violentas, e por causa disto mesmo já todos vimos que não pertencem à raça cavalar, tolo é o padre Agamedes que só porque leu na bíblia cavalos julgou que de cavalos realmente se tratava, erro primário de que nos Açores foi retirado Manuel Espada pelo seu prometedor colega de companhia. As raízes da árvore do conhecimento não escolhem terrenos nem se arreceiam de distâncias.

Mas o padre Agamedes também clama, Certos homens que por aí andam em segredo a tirar-vos do vosso sentido, e que a graça de Deus Nosso Senhor e da Virgem Maria quis que em Espanha fossem esmagados, vade retro satanás e abrenúncio, hei-de vos dizer que fujais deles como da peste, da fome e da guerra, pois são a pior desgraça que sobre a nossa santa terra podia cair, praga digo como os gafanhotos no Egipto, e é por isso que não me cansarei de vos dizer que deveis dar atenção e obedecer aos que mais sabem da vida e do mundo, olhai a guarda como vosso anjo da guarda, não lhe guardeis rancor, que até o pai é às vezes obrigado a bater no filho a quem tanto quer e ama, e todos nós sabemos que mais tarde o filho dirá, Foi para meu bem, só se perderam as que caíram no chão, assim, meus filhos, é a guarda, e já nem falo das outras autoridades civis e militares, o senhor presidente da câmara, o senhor administrador do concelho, o senhor comandante do regimento, o senhor governador civil, o senhor comandante da legião, e outros senhores que têm encargo de mandar, a começar por quem vos dá trabalho, sim, que seria de vós se não houvesse quem vos desse trabalho, como haveríeis de alimentar as vossas famílias, dizei lá, respondei, que é para isso que vos pergunto, bem sei que na missa não se fala, mas à vossa consciência é que deveis responder, e por tudo isto enfim vos recomendo, conjuro e emprazo a que não deis ouvidos a esses diabos vermelhos que andam por aí a querer a nossa infelicidade, que não foi para isso que Deus criou a nossa terra, foi para que ela se conservasse no regaço amantíssimo da Virgem Maria, e se derdes fé de que alguém vos quer desencaminhar com falinhas mansas, ide dali ao posto da guarda que assim fareis obra de Deus, mas se não tiverdes coragem, por medo de vinganças, eu vos ouvirei no confessionário e em minha alma e consciência providenciarei, e agora rezemos todos um padre-nosso pela salvação da nossa pátria, um padre-nosso pela conversão da Rússia e um padre-nosso por intenção dos nossos governantes, que tanto se sacrificam e tanto bem nos querem, padre nosso que estais no céu, santificado seja o vosso nome.

Tem toda a razão o padre Agamedes. Andam homens pelo latifúndio, encontram-se aos três e aos quatro em sítios escondidos, nos ermos, às vezes em casas abandonadas, vigiando, outras vezes na abrigada de um vale, dois de aqui, dois de além, e mantêm grandes conversações. Fala sempre um de cada vez e todos os mais ouvem, quem os visse de longe diria, São malteses, são ciganos, são apóstolos, e quando acabam dispersam-se na paisagem, quando possa ser por caminhos desviados, levando papéis e decisões. A isto tudo chamam organização, e o padre Agamedes está roxo de cólera, é a santa ira, Amaldiçoados sejam eles, caiam-lhes as almas nas profundas dos infernos, daninha infecção que só quer o vosso mau viver, ainda ontem em conversa com o senhor presidente da junta ele me disse, Senhor padre Agamedes, olhe que a fatal doença já pegou na nossa vila, é preciso fazer qualquer coisa contra as perniciosas doutrinas que os inimigos da nossa fé e civilização andam a propagar entre as famílias, Ingratos, vos digo eu agora, que ignorais que o nosso país é a inveja das outras nações, esta paz, esta ordem, e agora vinde-me cá dizer se é tudo isto que quereis perder, falais de fartos, é o que é.

João Mau-Tempo nunca foi homem de missas, mas morando agora em Monte Lavre vai de vez em quando à igreja, por comprazimento da mulher e necessidade. Ouve estes dizeres inflamados do padre Agamedes, compara-os em sua cabeça com o que conseguiu fixar da leitura de papéis que às escondidas lhe têm dado, faz o seu juízo de homem simples, e se dos papéis acredita alguma coisa, das palavras do padre não acredita em nenhuma. Parece que até o próprio padre Agamedes tem dificuldade em acreditar, de tanto que esbraveja, a espumar pela boca, que nem fica bem a um ministro do senhor. Quando a missa acaba, João Mau-Tempo sai para o adro com o resto da assistência, encontra-se com Faustina, que esteve entre as mulheres, desce com ela até meio da rua e depois vai juntar-se aos amigos para um copo, que é sempre a sua conta, por mais que riam dele, Ó Mau-Tempo, isso é beber como um cachopo, e ele sorri apenas, é um sorriso que diz tudo, tanto assim que os outros se calam, é como se de uma das vigas da taberna acabasse agora mesmo de despenhar-se um corpo enforcado. E diz-lhe um dos amigos, Então o padre falou bem, pergunta que nem tem resposta porque este é um dos dois ou três que em Monte Lavre nunca vão à missa, perguntou por judiaria. João Mau-Tempo torna a sorrir, A prédica é sempre a mesma, e mais não diz porque já vai no caminho dos quarenta, não bebe tanto que perca o freio da língua. Mas das mãos deste que falou é que lhe vieram os papéis, e então olham um para o outro, e o Sigismundo, é esse o nome, pisca-lhe o olho e levanta o copo do vinho, À saúde.

Em dias que António Mau-Tempo andava na guarda dos porcos, apareceu-lhe por lá Manuel Espada, sujeitado a trabalho de tão pouca ciência por outro não ter podido encontrar depois de ter sido declarado grevista no redondel de duas léguas, ele e os companheiros. Como toda a gente em Monte Lavre, soubera António Mau-Tempo do feito, para o qual, em seu devanear mal saído da infância, encontrava algumas parecenças na rebelião que o levantara contra o maioral assador de pinhas e aventador de paus, mas não ousou ser confiado, tanto mais que mediavam seis anos entre os seus que tinha e os de Manuel Espada, o bastante para separar um gaiato de um rapaz e um rapaz de um homem. O maioral destes porcos não se mexia mais do que o outro, mas tinha a boa desculpa de ser velho, e os moços não lhe levavam a mal as ordens, alguém há-de mandar, ele em nós e nós no gado. Os dias de pastorícia são grandes, mesmo de Inverno, as horas passam tão devagar, não têm pressa nenhuma, primeiro que uma sombra vá daqui para ali, e então se de porcos é o gado, tem o porco a virtude da pouca imaginação, sempre de focinho rente, se se arreda um pouco não é por mal, e uma pedrada bem apontada ou uma cachaporrada de largo, a cair nos lombos, logo o faz juntar-se ao aglomerado da vara, a sacudir a orelheira. Daí a pouco não é nada com ele, bendito seja, que não é de rancores e tem a memória pobre.

Sobravam assim uns tempos para a conversa, adormecido o maioral debaixo da azinheira ou distante a amparar o gado por aquele lado. Manuel Espada falou das suas aventuras de grevista, sem exageros que não lhe estavam no feitio, e deu umas luzes de explicação teórica sobre o que pode passar-se nas eiras à noite com mulheres do rancho, em particular se são do norte e vieram sem homem. Tornaram-se amigos e António Mau-Tempo grande admirador da serenidade do mais velho, que por ele a não tinha, sempre de pé alçado para mudar de sítio, como logo se verá. Herdara o gosto vagabundo do avô Domingos Mau-Tempo, com a grande e louvável diferença de ser de humor alegre, porém não da maneira costumada, que é de carinha na água e riso solto. Tem por enquanto os gostos e as contrariedades comuns da sua idade, tomou para si a antiquíssima e nunca resolvida questão que separa os rapazes e os pardais, e sobretudo manifesta um dizer independente e certos rompantes que precisamente farão dele um tanto de maltês e insofrido. Há-de gostar de bailes como o pai em sua mocidade, mas estimará pouco os ajuntamentos. Será grande contador de histórias, vistas e inventadas, vividas e imaginadas, e terá a arte suprema de apagar as fronteiras entre umas e outras. Mas será sempre, por sua própria natureza, grande trabalhador em todas as artes rurais. Não é isto sina que lhe estejamos lendo na palma da mão, antes são dados elementares duma vida que outras coisas teve e algumas que não pareciam prometidas à sua geração.

António Mau-Tempo não andou muitos dias com os porcos. Deixou na obrigação Manuel Espada e foi aprender disciplinas que o outro já conhecia, por mais velho, e com treze anos viu-se a acompanhar os homens maduros a queimar rama, a cavar, em obra de açude, que é trabalho que demanda muito esforço e braço. Tão cedo como quinze anos foi que aprendeu a tirar cortiça, prenda preciosa em que veio a sair mestre, como tudo em que se metia, sem vaidade. Muito novo abandonou as vistas do pai e da mãe e andou por lugares onde o avô deixara as suas marcas e algumas más lembranças. Porém, tão diferente era do antepassado que ninguém juntou o apelido de um e o apelido do outro para fazer a mesma família. Puxava-o muito o lado do mar, descobriu as margens do Sado e aventurou-se, que não era pequena viagem, toda feita a pé, só para ganhar uns tostões de acréscimo que em Monte Lavre se regateavam. E um dia, muito mais tarde, cada coisa em seu tempo, irá a França trocar anos de vida por moeda forte.

O latifúndio tem às vezes pausas, os dias são indiferentes ou assim parecem, que dia é hoje. É verdade que se morre e nasce como em épocas mais assinaladas, que a fome não se distingue na necessidade do estômago e o trabalho pesado em quase nada se aligeirou. As maiores mudanças dão-se pelo lado de fora, mais estradas e mais automóveis nelas, mais rádios e mais tempo a ouvi-los, entendê-los é outra habilidade, mais cervejas e mais gasosas, porém quando o homem se deita à noite, ou na sua própria cama, ou na palha do campo, a dor do corpo é a mesma, e muita sorte sua se não está sem trabalho. De mulheres nem vale a pena falar, tão constante é o seu fado de parideiras e animais de carga.

E, contudo, olhando nós este brejo que parece morto, só cegos de nascença ou por vontade própria não verão o frémito de água que do fundo vem subitamente à superfície, obra das tensões acumuladas no lodo, entre o fazer, desfazer e refazer químico, até ao rebentar do gás enfim liberto. Mas para o descobrir é preciso estar com atenção, não dizer, passando apenas, Nem vale a pena parar, vamos indo. Se por um tempo nos afastarmos, distraídos em paisagens diferentes e casos pitorescos, veremos, ao voltar, como tudo estava afinal mudando e não parecia. Assim há-de acontecer quando deixarmos António Mau-Tempo à sua vida e regressarmos ao fio da história começada, ainda que tudo isto sejam histórias de ouvir, até a do José Gato, para seu mal tão só dele e dos que o acompanhavam, como António Mau-Tempo é boa testemunha e certificador.

Que isto não são eventos aborrecidos de Lampião brasileiro, conforme já ouvi contar, nem outros cá de mais perto, como foi o caso do João Brandão ou do José do Telhado, gente má ou gente errada, vá lá saber-se. Não quero eu dizer que no latifúndio não tenha havido pessoal de mau carácter, salteadores de estrada que por um nada deixavam o viajante morto e roubado, mas que eu tivesse conhecido, só o José Gato seguia esse ofício, ele e os companheiros, quadrilha será mais bem dito, que eram, se me lembro, o Parrilhas, o Venta Rachada, o Ludgero, o Castelo, e outros que já se me varreram, um homem não pode guardar tudo. Que eu nem acho que fossem salteadores. Malteses, sim, será o nome justo. Se lhes dava para trabalhar, trabalhavam como qualquer outro, tão bem e tanto, não eram malandros, mas lá vinha o dia, era como se lhes desse o vento na cara, largavam a enxada ou a picareta, iam ao feitor ou ao encarregado pedir a paga dos dias, que a eles não se atrevia ninguém a ficar a dever, e sumiam-se. Com estes foi assim, até certa altura, cada um por si, homens sozinhos e calados, e então juntaram-se e formaram quadrilha. Quando os conheci, já o José Gato era o chefe, nem acredito que outro se abalançasse estando ele. O mais que roubavam, eram porcos, que nisso é a terra farta. Roubavam para comer, e também para vender, claro está, que um homem não se governa só com aquilo que come. Naquela altura tinham um barco fundeado no Sado, era ali o talho deles. Matavam os animais, e conservavam-nos na salgadeira, para as faltas. A propósito de salgadeira, há até um caso que vou contar, faltou-lhes uma vez o sal, estava-se nisto, como é que vai ser, como é que não vai ser, e o José Gato, que era homem só falador quando preciso, disse ao Parrilhas que fosse buscar sal às marinhas. Em geral, bastava dizer o José Gato, Faça-se isto, eram palavras de Deus Nosso Senhor, aparecia logo feito, mas daquela vez não sei que deu ao Parrilhas, disse que não ia. Bem se arrependeu. O José Gato deitou-lhe mão ao chapéu, aventou-o ao ar e enquanto a copa ia e vinha puxou da espingarda e esfarrapou-a com dois tiros, e depois disse ao Parrilhas, com voz muito sossegada, Vais ao sal, e o Parrilhas albardou o burro e foi ao sal. O José Gato era assim.

Para quem andasse nos ranchos ali por perto e tivesse atrevimento, o fornecedor de carne de porco era o José Gato. Uma vez apareceu-me o Venta Rachada no rancho onde eu andava, vinha clandestino, a saber se alguém queria carne. Quis eu, quiseram mais dois camaradas, e combinou-se que nos havíamos de encontrar num sítio que era a Silha dos Pinheiros. Lá fomos ao encontro, cada qual com a sua saquinha de linhagem, dinheiro pouco, pelo sim, pelo não, algum que tínhamos forro ficou escondido no rancho, imagine-se que íamos à lã e voltávamos tosquiados. Eu levei cinquenta mil réis e os outros pouco mais ou menos. Noite fechada, e o sítio era feio, o Venta Rachada já estava à nossa espera, retirado, e até fez uma graça, a gente ia a passar e ele armou um salto, Então agora se eu quisesse, e apontava a espingarda, a gente riu-se, mas com o estômago apertado, eu ainda disse, Também não levava muito, aí quem deu um riso foi o Venta Rachada, rematou, Bom, não tenham medo, vamos lá embora.

Quando foi deste caso, o talho do José Gato era na serra do Loureiro, em terras de Palma, há-de ter ouvido falar. Aquilo eram medronheiros mais altos que um prédio, ninguém se aventurava por lá. Havia uma barraca de seareiros doutro tempo, abandonada, era ali o talho. Viviam na barraca todos juntos, só quando sentiam alguma mexida, gente pela vizinhança ou notícias da guarda, é que se mudavam para outro lado. Fomos indo, fomos indo, e quando chegámos à vista da barraca estavam dois artistas, cada um com sua espingarda, guardando. O Parrilhas deu-se a conhecer e nós entrámos, vimos o José Gato com os outros, a tocar gaita e a bailar o fandango, não sou conhecedor, mas acho que bailavam bem, toda a gente tem o direito de se distrair. Havia uns arames ligados a uma trave da barraca, com uma caldeira valente pendurada, e um lume, estavam a cozer as fressuras dos porcos. Diz o José Gato, Então estes é que são os compradores. Diz o Venta Rachada, São estes, não vieram mais. Diz o José Gato, Estejam à vontade, rapazes, antes de tratarmos do negócio hão-de comer da nossa caldeirada, foram boas palavras, sim senhor, que já me estava a crescer a água na boca, só do cheiro. Tinham vinho, tinham tudo. Para fazer boca, fomos arrumando umas leivas e umas copadas, o José Gato tocava a gaita e ia olhando pela caldeirada, tinha uns grandes safões de pele de borrego, com grandes botões, como se usava, de casaquinha, parecia um lavrador, o maroto. Ao canto da barraca havia umas quantas espingardas, era o arsenal deles, que uma até era de cinco tiros e tinha sido do Marcelino, já por lá passo. Estávamos neste preparo, e a folhas tantas ouvimos um guizinho a tocar, derlim, derlim, hei-de confessar que tremi, querem ver que isto acaba mal. Diz o José Gato, que deu pelo meu susto, Estejam descansados, que é gente conhecida, vêm ao mercado. Era o Manuel da Revolta, tinha esse nome por causa duma loja que governava no Monte da Revolta, e até há umas histórias com ele, que não me hei-de esquecer de contar. Chega então o amigo Manuel da Revolta, põe seis porcos em cima da carroça e levou-os, no outro dia, já se sabia, daria a volta aos ranchos a vender, fazia de conta que era artigo seu, que os matava ele, passava pela guarda, sim senhor, e até à guarda vendia, ainda hoje estou para saber se a guarda desconfiava ou lhe convinha o negócio. Depois chegou um sardinheiro que nós conhecíamos, era ele que nos abastecia de peixe e também grande estafeta de tabaco e algumas coisas que o José Gato precisasse. Esse levou um porco na bicicleta, não levou foi a cabeça, não lhe interessava. Depois chegou mais um, vinha sem guizo, deu uns assobios e responderam-lhe os que estavam de vigia, era assim o combinado, trabalhavam pelo seguro. Levou dois, um de cada lado da mula, também sem cabeça, o porco, pois claro, a mula precisava da cabeça para ver onde punha os pés. Aquilo foi desaparecendo, e por fim ficaram só dois porcos em cima de uns sacos velhos. Fabricou-se a caldeirada, às tantas toca de fritar toucinho e deitar os temperos, cebola e tal, e vá o material para dentro da barriga, estava boa a caldeirada, e vinho foi mais de um jarro. Então diz o José Gato, Vamos lá a ver, quanto é que trazes, isto era comigo, António Mau-Tempo, e eu respondi, Trago cinquenta escudos, é quanto tenho. Diz o José Gato, Não é que seja muito, mas não te irás embora desaviado, e toca de rachar um porco ao meio, devia ter aí umas quatro e meia, cinco arrobas, Abre lá a saca, mas primeiro que tudo tratou de enfiar a nota no bolsinho. Com os outros foi o mesmo, avisados todos, Agora calem a boca, senão arrependem-se, e assim abalámos governados de carne, bom foi irmos prevenidos e ameaçados, como depois se viu, porque os porcos tinham sido roubados na herdade onde andávamos a trabalhar, e o feitor não nos largou com perguntas. Mas portámo-nos bem, os três. Eu, a minha carne, fiz um barranco no chão, com um cortiço, uma rolha por baixo e um trapo a vedar, salguei-a toda, cortada aos bocadinhos. E não se estragou, imagine, tive ali comida para um ror de tempo.

Este foi um caso. Estivesse o João Brandão nesta volta, seria assim, não seria, quis-me com o José Gato, com outro não tenho a certeza. Mais tarde a quadrilha mudou-se para a zona de Vale de Reis, quem é da cidade não imagina os sertões que por aí há. Eram umas grutas, umas covas nuns brejos malignos, quem é que se atrevia a chegar-se para aquelas bandas, nem a guarda, a guarda não se habilitava. Lá estavam alojados, e no Monte da Revolta havia sempre um sinal de aviso, quando a guarda aparecia, a mãe do Manuel da Revolta tinha já uma vara dentro da chaminé, com um trapo atado na ponta, em ela estendendo a vara para fora da chaminé, já se sabia. Havia sempre um da quadrilha que, ainda bem não, estava com o olho na chaminé, assim que via o trapazolho na ponta da vara avisava os outros, então escondiam-se todos, desapareciam, nem rasto deixavam. A guarda nunca chegava a apanhar ninguém. Até nós que sabíamos do combinado, quando andávamos a trabalhar e víamos o sinal, dizíamos, Está o arado encalhado.

Boa, então, foi a do Marcelino, vou contar agora. O Marcelino era o feitor de Vale de Reis e tinha uma famosa espingarda que o patrão lhe comprou para, se encontrasse alguém do José Gato a roubar, pregar-lhe um tiro. Mas antes deste caso ainda quero contar um outro, também de espingarda, ia o Marcelino na égua, salta-lhe o José Gato de arma apontada e disse, em modo de escárnio, que era muito maneira de ele falar, É só abrires os braços, que eu apanho-a, e o Marcelino não teve outro remédio, bem lhe custou. O José Gato era um homem pequeno, mas tinha um coração assim, grande galhé. Depois é que foi a de cinco tiros, a gente começa a contar um caso, mas metem-se outros adiante. Vinha o Marcelino lá por umas chapadas abaixo, só mato, ninguém limpava aquilo, tiravam a cortiça, fabricavam uns bocaditos pequenos, enfim havia mato de respeito. Vinha o Marcelino todo vaidoso com a sua espingarda de cinco tiros e com cinco cartuchos dentro dela, a pensar, Agora apareça quem quiser, que tal disseste, pegado a um chaparrinho delgado estava o José Gato, com o olho em pontaria, Larga-a já, que essa é-me precisa, e lá foi. Dizia mais tarde o patrão ao Marcelino, Compro-te uma carabina, não te deixo ficar em pouco, e o Marcelino, agastado, Patrão, não quero, não quero carabina nenhuma, agora guardo só a cavalo na égua, só com o meu cajado, que é maneira de guardar mais.

Que o Marcelino era de pouca sorte com espingardas, parecia de propósito. Uma que tinha, sua dele, não do patrão, mesmo guardada em casa, ficou sem ela. Uma vez os cães do porqueiro puseram-se a ladrar, adivinhavam, cheirava-lhes fora do costume, e vai o porqueiro diz ao Marcelino, Os cães a ladrar, anda aí alguém a querer assaltar as porcas. Marcelino que tal ouviste, pega na espingarda, na cartucheira, e põe-se de guarda às porcas. De vez em quando atirava tiros, e os companheiros do José Gato, lá dum brejo, entenderam por bem que aquilo era com eles, mal sabia o Marcelino, e respondiam, mas sem gastar muita munição. Onde é que havia de estar o José Gato, em cima do telhado, tinha subido sem darem por ele e ficou toda a noite, acachapado como um lagarto para que não o descobrissem, era um homem atrevido. Chega-se a manhã, ao romper, ou um bocadinho já depois, estava a aclarar, diz o Marcelino, tinham-se calado os tiros do outro lado há muito tempo, De certeza que abalaram, mas eu volto já, é só tomar o café. E o porqueiro, tendo-lhe dado o apetite a conversa, pensou, Também vou comer qualquer coisa, não era menos que os outros. Livre o campo de inimigos, o José Gato salta do telhado, esquecia-me de dizer, o Marcelino tinha deixado a espingarda dentro da casinha, salta do telhado, deita a mão à espingarda e a umas botas novas do porqueiro, a uma manta, se calhar também tinham dificuldades de mantas, e enquanto fez isto, os cinco companheiros, nessa altura eram cinco, agarraram em cinco porcas e mudaram-nas dali para dentro dum brejo. As porcas são como nós, têm aqui uma dobradiça, em lha cortando os bichos ficam quietos, foi o que sucedeu com estas, perto da malhada, aí uns cento e cinquenta metros, nem tanto. Sempre com alguém a vigiar. Deram os outros por falta das porcas, foram à procura delas muito longe, pela estrada, e ao sítio ninguém se lembrou de ir. À noite, o José Gato foi buscá-las. E assim desapareceu mais uma espingarda.

Outra história, ainda mais importante, andava o Marcelino a guardar sem espingarda, tinham-se sumido todas, e o José Gato pensou em ir-lhe às favas, estavam as favas ceifadas, numa eira. Aquilo foi perto do aposento da quadrilha, ninguém desconfiava, e a gente só veio a saber quando se houve de fazer uma limpeza de árvores lá no sítio, já eles tinham desaparecido daqueles lugares. Achámos os alojamentos, numas cavernas muito bem-feitas, dentro de um buraco, a uma profundidade maluca. Eram uns cabeços altos, por cima tudo salgueiros, e eles furavam uma vereda quase como os saca-rabos, faziam buracos na barreira, tinham lá camas, feitas de junca e rama, um conforto. E de maneira que o José Gato ia às favas, e o Marcelino achava mexida nas favas, havia favas debulhadas, estava lá a palha. Dizia o Marcelino, Filhos da puta, vêm-me aqui às favas, de que é que se havia de lembrar, Vou para lá, prendeu a égua numa cova, levou uma saca, que no Verão não se requerem mantas, e o porrete. Chega a folhas tantas, ouve resmalhar, era o José Gato, com um panal carregava três ou quatro paveias de favas, esborrachava-as com os pés, aquilo estava tudo ressequido do calor, passava-as a vento, e depois vinha um companheiro para ajudar a levar a carga, a hora combinada, levavam aí uns cem litros de fava. Se calhar iam levá-las ao Manuel da Revolta em troca de pão ou doutras coisas necessárias, não sei. Estava o José Gato muito distraído a pisar aquilo e o Marcelino foi indo, foi indo, mas descalço, ele a contar isto é que tinha graça, dizia assim, Fui descalço, pé ante pé, e cheguei mesmo perto dele, uns seis ou sete metros desviado do gajo, que se me deixa chegar mais três ou quatro metros largava-lhe uma cachaporrada, mas ele também me pressentiu, fino que era, parecia eu que o tombava com a cachaporra, mas não, já não o achei, aquilo não era gato, era lebre, foi isso, vou pilha não pilha, pois olha, dá-me ali dois pulos, eu também não corria pouco, mas dá-me ali dois pulos e fica de frente comigo com uma espingarda. O José Gato diz que disse para o Marcelino, isto conta o Marcelino, A tua sorte é teres feito bem a um amigo, foi ali numa altura em que a guarda andou mesmo bruta, o Marcelino agasalhou um da quadrilha lá em casa e deu-lhe de comer, É a tua sorte, senão tombava-te já, desanda. Mas o Marcelino também foi homem de coragem, Espera aí que em todos os trabalhos se fuma, puxou da onça de tabaco, fez um cigarro, pô-lo no bico, acendeu-o, Agora é que me vou embora.

Mais tarde a quadrilha foi sendo presa. Começou ali nas Piçarras, entre Munhola e Landeira, numa zona mais escondida. Houve um confronto com a guarda, tiros, parecia uma guerra. Prendiam-nos, mas empregaram-nos a todos por conta dos lavradores, o Venta Rachada foi para guarda da vinha do Zambujal, mas houve outros. Se há coisas que eu gostava de ter ouvido era as conversas entre a guarda e os lavradores, Temos aqui um homem, Fico com ele, não sei quem é que tinha menos vergonha. O José Gato é que só foi preso uns tempos depois, em Vendas Novas. Estava amantizado com uma mulher que vendia ali hortaliça e andava sempre disfarçado, por isso os guardas nunca o pilhavam, há quem diga que foi ela quem o denunciou, que isso eu não sei. Foi preso em casa da amante, num sótão, quando dormia, ainda disse, Se não me apanham a dormir, podem ter a certeza que não era desta. Depois falou-se que o levaram para Lisboa, e, assim como empregaram todos os outros por conta dos lavradores, disseram que o José Gato tinha ido para as colónias como agente da polícia de vigilância e defesa do estado. Não sei se ele aceitaria, custa-me a crer, ou se o mataram e deram essa desculpa, outros casos se têm visto, não sei.

Tinha boas coisas o José Gato, essa justiça deve de se lhe fazer. Nunca roubou nada aos pobres, a orientação dele era só roubar onde o havia, aos ricos, como dizem que fazia o José do Telhado. Mas uma vez aconteceu encontrar o Parrilhas uma mulher que tinha ido buscar o aviozito para a família, e então o Parrilhas tirou-lho, diabo do homem. A pouca sorte dele foi o José Gato encontrar a mulher a chorar, coitada. Perguntou por que chorava ela e pelos sinais percebeu que tinha sido o Parrilhas o da afronta. A mulher recebeu logo ali dinheiro que dava para três avios e o Parrilhas levou a maior sova da sua vida. Foi bem feito.

Este José Gato era um homem desenganado, pequeno de estatura, mas valente. Esta deu-se no Monte da Revolta, que era um sítio muito internacional, passava por ali gente de todas as partes, basta dizer um algarvio que andava a trabalhar nas arrancas, arranjou lá uma barraquinha e ali vivia, gente assim, que não tinha casa nem vida, ou se as tinha não dizia. Foi aqui que um tipo quis arranjar um enredo ao José Gato com o Manuel da Revolta, dizendo ao Manuel da Revolta que o José Gato tinha dito que havia de ser amigo da mulher dele. Mas o Manuel da Revolta, que fazia muita confiança no José Gato, disse-lhe em palavras abertas, Fulano contou-me isto. Disse o José Gato, Filho da puta, vamos à barraca dele, e então foram, chegaram lá, Ó Fulano, tu que disseste aqui ao Manuel as palavras tais e tais, agora dizes as mesmas palavras para eu ouvir. Diz o outro, Eu estava com uns copos e disse isso, mas tu não me tinhas dito nada, a verdade é só essa. Disse o José Gato, muito sereno, Então anda lá cem passos para diante, assim que apanhou o outro a jeitos de não o matar, trás, trás, manda-lhe duas carapinhadas ao espinhaço, só para ficarem entre a pele alguns e os outros espirrarem para trás, não era para matar, deu-lhe duas verdascadas que aventou com ele abaixo, É para saberes que te portas como um homem, que aqui não se trata de rapazices. Ao José Gato conheci-o sempre como um homem que se meteu naquela vida porque não ganhava para comer.

Chegou a andar por aqui, era eu gaiato pequeno. Foi capataz desta terraplenagem, de Monte Lavre a Coruche. A estrada foi feita só por maltesaria ambulante, havia muita gente então que trabalhava assim, hoje faziam três, quatro semanas, em arranjando capital razoável desandavam, vinham outros. O José Gato apareceu, mostrou ter golpe de vista, de forma que arranjou lugar de capataz, mas nunca andava nas partes baixas. Eu andava por ali com os porcos, foi antes do tempo do Manuel Espada, e assisti. Veio-se a saber que já tinha havido tomares com a guarda, e então a guarda descobriu, ou alguém lhe foi dizer, que ele estava por estas zonas, puseram-se à caça e caçaram-no mesmo. Mas então ainda não sabiam bem quem era o José Gato. Vinha ele à frente da patrulha, muito mansidão, e os guardas satisfeitos com a caçada, quando dá um salto, aventa uma mão cheia de terra para os olhos de um deles, salto aqui, salto ali, e leva-te. Até o prenderem de vez, nunca mais lhe puseram a vista em cima. O José Gato era um maltês sério. Acho que foi sempre um homem muito só, esta é a minha ideia.

O mundo, com todo este seu peso, esta bola sem começo nem fim, coberta de mares e de terras, toda esfaqueada de rios, ribeiras e regatos, a escorrer a aguazinha clara que vai e volta e é sempre a mesma, suspensa nas nuvens ou escondida nas nascentes por baixo das grandes lajes subterrâneas, o mundo que parece uma brutidão aos tombos no céu, ou silencioso pião como um dia o hão-de ver os astronautas e já podemos ir antecipando, o mundo é, visto de Monte Lavre, uma coisa delicada, um relogiozito que só pode aguentar um tanto de corda e nem uma volta mais, e se põe a tremer, a palpitar, se um dedo grosso se aproxima da roda balanceira, se vai roçar, mesmo de leve, a mola de cabelo, ansiosa como um coração. Um relógio é sólido dentro da sua caixa polida, inoxidável, à prova de choques até ao limite do que lhe for suportável, à prova de água para quem tiver o finíssimo gosto de tomar banho com ele, garantido por uns tantos anos, que poderiam ser muitos se não viessem as modas rir-se do que comprámos ontem, são maneiras de manter a fábrica o seu fluxo de mecanismos e o seu fluxo de dividendos. Mas, se lhe tiram a casca, se o vento, o sol e a humidade começam a girar e a bater por dentro dele, entre os rubis e as engrenagens, qualquer um de vós pode apostar, e ter a certeza de ganhar, que acabaram os dias venturosos. Visto de Monte Lavre, o mundo é um relógio aberto, está com as tripas ao sol, à espera de que chegue a sua hora.

Posto em seu devido tempo na terra, o trigo nasceu, cresceu e agora está maduro. Na orla da seara arrancamos uma espiga, esfregamo-la entre as palmas das mãos, que é gesto antigo. Desfaz-se o palhiço seco e quente, reunimos no côncavo da mão as dezoito ou vinte sementes daquele pé, e dizemos, É tempo de ceifar. Estas são as mágicas palavras que hão-de pôr em movimento as máquinas e os homens, este é o momento em que a serpente da terra, para não continuarmos a chamar-lhe relógio, perde a casca e fica sem defesa. É preciso agarrá-la antes que se esconda, se quisermos que alguma coisa mude. De Monte Lavre, alto lugar, olham os donos do latifúndio as grandes vagas amarelas que rangem sob a mansa rajada do vento, e dizem para os feitores, É tempo de ceifar, e, tendo dito, ou avisados para Lisboa indolentemente o proferiram, se não se limitaram a dizer, Pois sim, confiaram que o mundo desse outra volta pelo mesmo lugar, que o latifúndio repetisse a regularidade dos usos e das estações, e também de alguma maneira descansando na urgência que a terra tem destes partos. A guerra ainda agora acabou, vai começar o tempo da fraternidade universal. Já se diz que não tardarão a ficar sem utilidade as cadernetas do racionamento, aqueles papelinhos coloridos que dão direito a comer, havendo com que pagar e havendo o que só por dinheiro se troca. No fundo, esta gente não estranha muito. Toda a sua vida comeu escasso e mal, de faltas contínuas padeceu, e as marchas da fome aqui praticadas vêm de tão longe como as tradições e os contos de mau-olhado. Porém, todos os tempos acabam por cumprir-se. Este trigo, qualquer pessoa o vê, está maduro, os homens também.

São duas as palavras, não aceitar a jorna de vinte e cinco escudos, não trabalhar por menos de trinta e três escudos por dia, de sol a sol, porque assim tem de ser ainda, os frutos não amadurecem todos ao mesmo tempo. As searas diriam, se falassem, muito pasmadas do desacerto, Que é isto que se passa, que não nos vêm colher, alguém estará a faltar à sua obrigação. São imaginações. As searas estão maduras, e esperam, já se vai fazendo tarde. Ou os homens entram nelas, ou, passada a sazão, o caule começará a quebrar, a espiga a desfazer-se, e todo o grão, caído, alimentará os pássaros, alguns insectos, até que, para não se perder tudo, se meterão os gados às searas como se vivêssemos na terra da fartura. Também isto são imaginações. Um dos lados haverá de ceder, não há lembrança de alguma vez a seara ter ficado no chão, ou, se tal aconteceu, foi corvo que não fez inverno. O latifúndio ordena a capatazes e feitores que sejam firmes, a linguagem é guerreira, Nem um passo atrás, a guarda imperial morre mas não se rende, era o que faltava morrerem estes, mas andam por aqui ressonâncias de clarins, se não são apenas nostalgias de batalhas que agora mesmo se perderam. Começam a abrir-se os casulos desta guarda, vêm os cabos e os sargentos à janela do posto a ver como estão os ares, e em lugares oleiam-se as espingardas e dá-se ração dobrada aos cavalos pelo orçamento extraordinário. Nas vilas os homens juntam-se, ombro com ombro, murmuram. Vêm outra vez os feitores à fala, Então já resolveram, e eles respondem, Está resolvido, não saímos para o trabalho por menos. Ao longe, neste fim de tarde quente, é um bafo que vem do chão, as colinas continuam a segurar pelas raízes os caules duros. Escondidas na floresta da seara, as perdizes apuram o ouvido subtil. Não se ouve passo de homem nem troar de motor, não oscilam as espigas, trémulas, à aproximação da foice ou do moinho da ceifeira. Estranho mundo este.

Assim chega o sábado ao fim. Foram os feitores ao parlatório e disseram, Estão teimosos, e os donos do latifúndio, Norberto, Alberto, Dagoberto, responderam em coro, cada qual em seu lugar da paisagem, Deixa que eles aprenderão. Em suas casas, os homens acabaram de cear, o pouco ou quase nada de todos os dias, as mulheres olham para eles caladas, e algumas perguntam, Então, e há homens que encolhem os ombros desanimados, outros dizem, Amanhã têm de vir à razão, e também não falta quem já tenha resolvido aceitar o que oferecem, a mesma jorna do ano passado. É verdade que de todos os lados vêm notícias de que os homens, muitos deles, estão a recusar-se a trabalhar por miséria assim, mas que há-de um homem fazer se tem mulher e filhos, estes ganapos só olhos que esfregam o queixo pela borda da mesa escassa e com o dedo indicador molhado de cuspo caçam migalhas como se caçassem formigas. Alguns, com mais sorte, embora pudesse não parecer a quem sabe pouco destas coisas, arranjaram pequeno patrão, seareiro que não pode arriscar-se a perder uma colheita, e vão já pelos trinta e três. A noite será comprida, como se estivéssemos no Inverno. Por cima dos telhados é o costume, estrelas, um desperdício delas, mesmo que se pudessem comer, estão longe, a serenidade ostensiva do céu de que se aproveita o padre Agamedes para insistir e repisar, este homem não sabe outro discurso, que lá no alto, sim é que se acabam todas as lutas deste vale de lágrimas e todos são iguais perante o Senhor. As tripas vazias protestam, rolam em falso, manifestam essa desigualdade. A mulher, ao lado, não dorme, mas nem apetece ir-lhe para cima. Talvez amanhã os patrões venham ao trato e acordo, talvez se descubra uma panela de libras debaixo da chaminé, talvez a galinha ponha ovos de ouro, de prata também servia, talvez os pobres acordem ricos e os ricos pobres. Mas nem em sonhos estes gozos se alcançam.

Amados filhos, diz o padre Agamedes na missa, porque já é domingo e milagres que é deles, Amados filhos, e faz de contas que não repara na escassez e antiguidade do auditório, só velhas e dependentes do altar, Amados filhos, e é natural que as velhas estejam nebulosamente pensando que filhos não são mas filhas, porém que se há-de fazer, se o mundo é dos homens, Amados filhos, cuidado, sopram ventos de rebelião por estas nossas terras tão felizes, outra vez vos digo que não deis ouvidos, não vale a pena escrever o resto, já todos conhecemos o sermão do padre Agamedes. Acaba a missa, desparamenta-se o padre, é domingo, dia santificado por excelência, e o almoço, abençoado seja, será servido na frescura da sala de jantar de Clariberto que à missa só vai quando deveras lhe apetece, e raro é, e as senhoras também, agora são preguiçosas, mas o padre Agamedes não leva a mal, se a devoção aperta e os temores do além apoquentam, lá está a capela da quinta, com santos novos e envernizados, o mártir São Sebastião, regaladamente espetado nos dardos, Deus me perdoe se não parece o santo que gosta mais daquilo do que a honestidade permitiria, e pela porta por onde entra o padre Agamedes sai o feitor Pompeu levando no pavilhão da orelha o recado consolador, Nem mais um tostão, não há como ter um homem autoridade, tanto na terra, como no céu.

Andam por ali uns homens desgarrados, e embora a praça seja mais para a tarde, há quem se chegue ao feitor e pergunte, Que é que o patrão resolveu, e ele responde, Nem mais um tostão, que as boas e pertinentes fórmulas não se devem perder e dispensam variações, e os homens dizem, Mas há seareiros que já pagam trinta e três, e diz Pompeu, Isso é lá com eles, se quiserem ir à ruína, bom proveito lhes faça. É então que João Mau-Tempo abre a boca e as palavras saem, tão naturais como se fossem água a correr de boa fonte, Ficará a seara no pé, que nós não vamos por menos. Não respondeu o feitor, que tinha também o almoço à espera e não estava para conversas de pouco fiar. E o sol batia duro e brilhava, como um sabre da guarda.

Quem pôde comer, comeu, quem não pôde, roeu cornos. E agora, sim, é a praça, estão os rurais todos de Monte Lavre, mesmo os já contratados, mas só os que vão por trinta e três, os outros que aceitaram o preço antigo mastigam a vergonha em casa, maldispostos com os filhos que não podem estar quietos, chegam-lhes um cascudo, ninguém sabe porquê, e a mulher, que essa é sempre a mão da justiça no castigo, Nós é que parimos, protesta, Não se bate assim num inocente, mas inocentes estão também os homens da praça, não reclamam impossíveis, só trinta e três escudos por dia, de sol a sol, não é nenhuma exploração, querem eles dizer que o patrão não fica a perder. Não é isso que responde o feitor Pompeu, ele e os mais feitores, mas talvez que este fale grosso por causa do nome romano, Isso que vocês querem é uma exploração, querem levar a agricultura à ruína. Dizem vozes, Já há quem pague, e diz o coro dos feitores, Deixá-lo, nós não pagamos. E assim se está neste regateio de mercado, pisa e repisa, a ver quem se cansa primeiro, não seria diálogo que valesse a pena registar, mas não há outro, essa é que é a questão.

Dá o mar uma marrada na costa, é um modo de falar, nem todos serão capazes de entender, porque por estes lados não falta quem a tão longe não tivesse ido nunca, dá o mar uma marrada e se acerta em castelo de areia ou palanque mal armado, se não vai às primeiras, vai às segundas, e o castelo fica raso, e o palanque são paus que a onda leva e traz, a fazer pouco. Seria mais simples dizer que muitos homens aceitaram os vinte e cinco escudos, e só uns poucos fincaram pé e resistiram. E agora que se veem sozinhos no largo, estão a perguntar uns aos outros se valeu a pena, e diz o Sigismundo Canastro, que também tem andado nestes tratos, Não desanimemos, isto não é só em Monte Lavre, havemos de ganhar, e então o benefício será para todos. Que razões tem ele para tanto confiar, quando só restam duas dezenas de homens que não fazem falta aos patrões, Ainda se fôssemos mais, diz João Mau-Tempo com pouco ânimo. E já estes vinte parecem dividir-se, sem outro passo a dar senão para casa, hoje mau sítio para assistir. Diz Sigismundo Canastro, continuando com a sua ideia, Amanhã vamos todos juntos às herdades, vamos pedir aos camaradas que não trabalhem, que em toda a parte se está a lutar pelos trinta e três escudos, não podemos os de Monte Lavre ficar mal, não somos menos do que os outros, e se assim se fizer em todo o distrito, venceremos os patrões. Há ali no grupo quem pergunte, E nos outros sítios, há quem responda, é Sigismundo Canastro ou Manuel Espada ou outro qualquer, tanto faz, é o mesmo, em Beja, em Santarém, em Portalegre, em Setúbal, que isto não é ideia duma cabeça só, ou arrancamos juntos esta raiz ou estamos perdidos. Posto o que João Mau-Tempo, que ali é dos mais velhos e por isso tem obrigações dobradas, olha para longe como se olhasse por si abaixo, a avaliar-se, e declara, Assim como o Sigismundo disse, é que se deve fazer. Dali donde estão vê-se o posto da guarda. O cabo Tacabo apareceu à porta, a tomar o fresco da tarde, e de certeza foi por acaso que surgiu, cortando maciamente o ar, o primeiro morcego do crepúsculo. É um animal esquisito, este, quase cego, parece um rato com asas, voa como um relâmpago, e nunca bate em parte nenhuma. Nem em ninguém.

Manhã de Junho ardente. São vinte e dois os homens que saíram de Monte Lavre, não juntos, para distrair a atenção da guarda, mas encontrados na margem da ribeira, logo abaixo da Ponte Cava, entre os juncos. Deliberaram se partiriam dali reunidos ou separados, e, ponderando, resolveram que, sendo poucos, melhor lhes fora que não desmanchassem o grupo. Teriam de andar mais e andar mais depressa, mas, correndo bem as coisas, logo à primeira haviam de ter companhia. Marcaram o itinerário, primeiro a Pedra Grande, depois o Pendão das Mulheres, e a seguir o Casalinho, a Carriça, o Monte da Fogueira, o Cabeço do Desgarro. O resto se veria depois, havendo tempo e gente para mandar a outros locais. Arrancaram dali passando a ribeira a vau, levava pouca água naquele sítio, era como um porto natural, e foi uma festa de garotos, mas tão sérios os risos, ou brinquedo de recrutas, mas tão poucas as armas, aquele calçar e descalçar, e o dizer um, por graça já se deixa ver, que ia tomar banho, dali é que já ninguém o tirava. São três quilómetros até à Pedra Grande, mau caminho, depois quatro para chegar ao

Pendão das Mulheres, outros três para o Casalinho, e daqui para diante o melhor é não contar, não vá a gente desistir antes do primeiro passo. Aí vão pois os apóstolos, que bem nos calharia agora um milagre de peixes, assados nas brasas, com um fio de azeite e uma pedra de sal, aqui mesmo debaixo desta azinheira, se o dever nos não estivesse a chamar com voz tão de mansinho que não se sabe se está dentro ou fora de nós, se nos empurra pelas costas, ou se está além adiante abrindo os braços, qual Cristo, qual coisa, é o primeiro camarada que abandonou a seara por sua livre vontade sozinha, sem esperar por quem lhe explicasse as razões, e agora são vinte e três, é já uma multidão. Está a Pedra Grande à vista, e a seara diante de nós, bom desbaste lhe deram, é trabalhar de raiva, quem é que fala com eles, fala o Sigismundo Canastro, que sabe mais, Camaradas, não se deixem enganar, é preciso que haja união entre os trabalhadores, não queremos ser explorados, aquilo que pedimos nem sequer chegava para encher a cova dum dente ao patrão. E avança o Manuel Espada, Nós não podemos ser menos que os camaradas das outras terras, que a esta hora reclamam um salário mais certo. E há um Carlos, outro Manuel, um Afonso, um Damião, um Custódio, e um Diogo, e também um Filipe, todos a dizerem o mesmo, a repetir as palavras que acabaram de ouvir, só a repeti-las porque ainda não tiveram tempo de inventar outras suas próprias, e agora adianta-se João Mau-Tempo, A minha grande pena é que o meu filho António não esteja aqui, mas tenho esperança de que lá onde estiver dirá as mesmas coisas que o pai diz, juntemo-nos todos para exigir o nosso salário, porque já vai sendo tempo de termos voz para dizer o valor do trabalho que fazemos, não podem ser sempre os patrões a resolver o que nos pagam.

Comendo, vem a vontade, falando se aprende a falar. Chegam-se os capatazes, esbracejando, parecem espantalhos a correr com os pardais, Vão-se daqui embora, deixem trabalhar quem quer trabalhar, malandros é o que vocês são todos, boa carga de porrada me estavam a precisar. Mas o pessoal já parou, as paveias não são levantadas, os homens e as mulheres aproximam-se, escuros de pó, cozidos de calor, nem suar podem. O trabalho acabou, uniram-se os dois grupos, Vá dizer ao patrão que se nos quiser cá amanhã, as contas são boas de fazer, trinta e três escudos por dia. Idade de Cristo, diz um gracioso entendido em coisas religiosas. Não tinha havido multiplicação dos peixes, havia multiplicação dos homens. Ali se fizeram dois grupos, dividiu-se o itinerário, uns tantos para o Pendão das Mulheres, outros para o Casalinho, e neste monte tornariam a juntar-se todos para distribuir outra vez.

Nos altos céus, os anjos estão debruçados dos parapeitos das janelas ou daquela varanda corrida, com balaústres de prata, que dá uma volta inteira mesmo por cima do horizonte, em dias claros vê-se bem, e apontam, e chamam-se uns aos outros, estouvaditos, está-lhes na idade, e um deles, mais graduado, vai a correr chamar dois ou três santos antigamente ligados a coisas de agricultura e pecuária, para que venham ver o que vai pelo latifúndio, um desassossego, magotes de gente escura pelas estradas, onde as há, ou pelos quase invisíveis carris do mato, a atalhar caminho, ou em linha, pela estrema das searas, como um carreiro de formigas pretas. Há muito tempo que os anjos não se divertiam tanto, os santos fazem suaves prelecções sobre plantas e animais, já a memória lhes falha um pouco, mas ainda vão dizendo como cresce o trigo e se coze o pão, e que do porco tudo se aproveita, e que se queres conhecer o teu corpo abre o teu porco, porque iguais são. A afirmação é ousada e herética, põe em causa os escrúpulos do criador, que, não sabendo que mais inventar, tendo de fazer o homem repetiu o porco, mas se tanta gente o diz, verdade será.

Tão alto e tão longe, tão já esquecidos do mundo em que viveram, o que os santos não sabem explicar é as razões do corrupio que vai do Casalinho à Carriça, do Monte da Fogueira ao Cabeço do Desgarro, e agora, enquanto uns vão por além, outros avançam para mais longe, para a Herdade das Mantas, para o Monte da Areia, tudo nomes de lugares por onde o Senhor nunca andou, e que andasse, onde é que estava o ganho dele e nosso. São hereges, gritará todos os dias o padre Agamedes, e já está gritando assim da janela da residência, pois a Monte Lavre começam a chegar os peregrinos, será isto aqui a nova Jerusalém, é como se fosse uma quinta-feira de Espiga, e agora mesmo atravessou a rua a correr o cabo da guarda, quem sabe aonde irá, alguém o chamou, O patrão pede que vá falar com ele, enfia o boné, sai a apertar o cinturão, rigores da disciplina militar, que à guarda pouco lhe falta para ser tropa e por esse pouco lhe faltar é que é tão infeliz, entra no remanso perfumado da adega onde Humberto está, Então, já sabe, e o cabo Tacabo sabe, tem obrigação de saber, é para isso que lhe pagam, Sim senhor, andaram os grevistas a correr os ranchos e está tudo aí, E então que fazemos, Já pedi instruções para Montemor, vamos apurar quem são os do motim, Não se preocupe que eu tenho aqui a lista, vinte e dois, foram vistos a combinar na Ponte Cava antes de irem aos ranchos, e enquanto estas frases se dizem, o cabo Tacabo serviu-se de um copo, Norberto passeou de um lado para o outro, batendo duro o tacão no lajedo, Malandros é o que eles são, não querem trabalhar, se esta guerra tivesse sido ganha por quem eu cá sei, nem se atreviam a mexer um dedo, estavam aí calados como ratos, a trabalhar pelo que nós quiséssemos pagar, isto diz Alberto, que o cabo confuso não sabe que responder, não gosta dos alemães, mas russos nem cheirá-los, o seu fraco são os ingleses, e pensando isto e aquilo acaba sem saber muito bem quem ganhou a guerra, recebe a lista, vai ter uma boa informação na sua folha corrida, vinte e dois grevistas provados não é brincadeira, ainda que os anjos achem muita graça a tudo isto, são garotos, não se lhes pode levar a mal, um dia aprenderão as brutas realidades da vida, se começam a fazer filhos uns aos outros, isto supondo que há anjos raparigas, como de justiça e moralidade, e depois é preciso alimentá-los, seja o céu um latifúndio e vão ver o que lhes acontece.

Porém, as formigas ganharam. No lusco-fusco da tarde juntaram-se os homens na praça e os feitores vieram, secos e de poucas palavras, mas rendidas, Amanhã podem ir trabalhar pelos trinta e três escudos, e dali se retiram humilhados, pensando em desforras. Nessa noite há geral alegria nas tabernas, até João Mau-Tempo ousou o segundo copo, grande novidade, os donos das lojas começam a contar com amortizações de fiados e a cismar em aumentos de preços, as crianças que ouviram falar de dinheiro não sabem o que podem desejar, e como o corpo é sensível aos contentamentos da alma, chegaram-se os homens às mulheres e elas a eles, tão felizes todos, que se o céu entendesse alguma coisa destas linhas das vidas dos humanos haveriam de ouvir-se hosanas e um clamor de trombetas, que luar fazia, lindo como é seu costume em Junho.

E agora é outra vez manhã. Cada dia de trabalho passou

a valer mais oito escudos, muito menos de dez tostões de aumento por hora, um nada por minuto, tão pouco que não existe moeda que o represente, e de cada vez que a foice entra no trigo, de cada vez que a mão esquerda segura os caules e a mão direita dá o golpe brusco de lâmina que derrota quase rente ao chão, só altas matemáticas saberiam dizer quanto vale esse gesto, quantos zeros se hão-de escrever à direita da vírgula, que milésimas medem o suor, o tendão do pulso, o músculo do braço, os rins derrancados, o olhar turvo de fadiga, o escaldão da soalheira. Tanto penar para tão pequeno ganho. Porém, não falta quem nos ranchos cante, ainda que por pouco tempo porque cedo chegou a notícia de que no dia anterior a guarda tinha enchido a praça de touros de Montemor com trabalhadores rurais, ali amalhados como gado, tudo preso. Os de boa memória lembraram-se de Badajoz, da mortandade que por lá foi, também na praça de touros, parece cisma, mortos todos à metralhadora, mas não há-de ser assim na nossa terra, não somos tão cruéis. Correm os pressentimentos negros na seara, a linha dos ceifeiros avança indecisa, sem ritmo, e os capatazes estão cheios de razão, bradam, é como se o dinheiro fosse deles, Então agora que ganham mais, tenho a seara cheia de malandros. A linha, metida em brios, não quer ficar a dever ao patrão, mexe-se mais depressa, mas depois tornam as imaginações, a praça de Montemor cheia de gente nossa, de todos os lugares do latifúndio, e há quem por temor lhe cresça a sede e peça ao aguadeiro em gritos a infusa, Quem sabe o que nos irá acontecer a nós. Sabe-o a guarda que vem aí, pisando os torrões, uns tantos em cada extremo da fila, de espingarda em posição e dedo no gatilho, Se algum deitar a fugir, o primeiro tiro é para o ar, o segundo é para as pernas, e se for preciso terceiro, fique por aí o gasto de munição, que eles não valem tanto. Os ceifeiros endireitam-se e começam a ouvir os nomes, Custódio Calção, Sigismundo Canastro, Manuel Espada, Damião Canelas, João Mau-Tempo. No rancho em que estamos, são estes os amotinadores, os outros, arrebanham-nos a esta mesma hora, ou já foram, ou não tarda que o sejam, se julgavam que não pagariam pela insubordinação, bem enganados andavam, era não saber em que latifúndio vivem. Os que ficavam do rancho baixaram a cabeça, os braços, o tronco inteiro com seu coração e seus pulmões, quebraram os rins para sujeitar o corpo, e a foice tornou a entrar no trigo, cortando o quê, os caules secos, claro está, que outra coisa havia de ser. E o capataz rosnava como um lobo, à ilharga dos mandados, Muita sorte não terem ido todos, que era o que mereciam, havia de ser comigo, dava-se aqui um exemplo que vos ficaria de lembrança.

Vão os cinco conspiradores no meio da guarda, que provoca, Julgavam que era só andarem para aí armados em cabeças de greve, verão o que os espera. Nenhum dos cinco responde, vão todos de cabeça alta, ainda que o estômago tenha espasmos que não são fome e os pés tropecem mais que de justiça, que o nervoso é assim mesmo, toma posse de nós, e tanto faz falar-lhe como estar calado, mas isto há-de passar, um homem é um homem e ainda hoje não se sabe muito bem se um gato é um bicho. João Mau-Tempo quer dar uma palavra a Sigismundo Canastro, não se chega a saber o que é, porque a guarda, como um só homem, um só chefe, uma só vontade, Ai que se abrem o bico, levam uma coronhada que ficam aí os dentes a marcar o caminho, posto o que ninguém mais se atreve e assim calados chegam a Monte Lavre, sobem a rampa até ao posto da guarda, e por sinal já todos os outros tinham sido apanhados, são vinte e dois, ora aí está, alguém nos denunciou. Meteram-nos numa barraca do quintal das traseiras, todos a monte, sem terem onde sentar-se a não ser no chão, que importância tem, já estão habituados, erva ruim não a cresta a geada, a pele deles é mais de burro que de gente, e ainda bem, apanham menos infecções, havia de ser connosco, esta fragilidade de citadinos, creio que não aguentaríamos. A porta está aberta, mas defronte, instalados debaixo duma latada, estão três guardas de espingarda apontada, um deles nem parece estar muito contente com o seu quarto de sentinela, desvia os olhos, e o cano da arma aponta para o chão e vê-se que não tem o dedo no gatilho, parece o homem que está triste, quem havia de dizer. Não dizem isto nem coisa nenhuma, só pensam, pois as ordens são formais, mas Sigismundo Canastro murmura, Coragem, camaradas, e o Manuel Espada, Se formos a perguntas, a resposta é sempre a mesma, só queríamos ganhar o que fosse justo, e João Mau-Tempo, Ninguém se tema, que isto não é caso de mortes nem costa de África.

Da rua vem assim como um rumor de ondas batendo numa praia deserta. São os parentes e os vizinhos a pedir notícias, a rogar a impossível liberdade, e ouve-se a voz do cabo Tacabo, um berro, Arredem todos, ou mando carregar, são exageros de manobra táctica, carregar como, se não há ali cavalos, nem se imagina agora a guarda a avançar de baioneta em riste a espetar as barrigas das criancinhas, das mulheres, que algumas valia a pena, ó nosso primeiro, e dos velhadas que mal se aguentam nas pernas, bons para a cova. Mas a multidão acomoda-se para os lados e em frente, só se ouve o choro mansito de mulherzinhas que não querem fazer escândalo por medo que sofram os maridos, os filhos, os irmãos, os pais, mas sofrem elas tanto, que há-de ser de nós se ele vai preso.

Então, pelo cair da tarde, chega uma camioneta de Montemor com uma fortíssima patrulha da guarda, estes são estranhos, aos da terra já estamos habituados, que remédio, não é que lhes perdoemos, como é possível se também eles saem de barriga sofredora e popular, e voltam-se assim contra o povo que nunca lhes fez mal. Vai a camioneta acima, à forquilha da rua, onde ela abre um ramo para o Montinho, já lá morou João Mau-Tempo, também sua falecida mãe Sara da Conceição e seus manos, uns por aqui, outros por ali, em Monte Lavre nenhum, que a história é de quem cá ficou e não dos que se foram embora, e antes que esqueça, o outro ramo da rua é por onde mais passam os donos locais do latifúndio, agora já a camioneta deu a volta e desce aos sacões, levanta fumo e o pó do caminho ressequido, e as mulheres e as crianças, também os velhos, veem-se empurradas pela carcaça oscilante, mas quando ela para, rente ao muro que suporta o desnível em que está construído o posto da guarda, agarram-se aos taipais, desesperadas, mas desta vez fia mais fino, que a patrulha que vem dentro bate com as coronhas nos dedos escuros e sujos, esta gente não se lava senhor padre Agamedes, é verdade dona Clemência, que se lhes há-de fazer, são piores do que os bichos, e o sargento Armamento de Montemor grita, Se alguém se aproxima leva um tiro, logo se vê quem tem autoridade. O gentio cala-se, reflui para o meio da rua, entre o posto e a escola, Ó escolas, semeai, e é então que começa a chamada dos presos, com a patrulha formada em duas filas da porta da guarda à beira da camioneta e dentro dela como uma sebe, assim uma espécie de nassa para onde começavam a vir tocados os peixes, ou homens, que na hora de prender as diferenças são poucas. Vieram todos, os vinte e dois, e de cada vez que um aparecia nos umbrais do posto, havia na multidão um grito e um choro irreprimíveis, ou gritos, porque a partir do segundo ou terceiro, tudo foram clamores, Ai o meu querido homem, Ai o meu querido pai, e as espingardas apontadas para os malfeitores, mantendo-se a guarnição local de olho posto na multidão, não fosse levantar-se uma revolta. É certo que são centenas de pessoas e estão desesperadas, mas lá está a boca das espingardas a dizer, Chegai-vos, chegai-vos, e vereis o que vos acontece. Os presos vão saindo do posto, procuram com os olhos, mas não têm tempo, avançam, e, chegando ao resvalo do muro, têm de saltar para dentro da camioneta, é um espectáculo, parece de propósito para aterrorizar o povinho, e entretanto a tarde já se despede, onde a sombra dá nem as caras se reconhecem, mal saiu o primeiro já estão todos e a camioneta arranca, faz uma manobra bruta como se fosse ceifar a multidão, há quem caia, felizmente sem maior dano que uns arranhões, para baixo é fácil, os homens sentados no estrado da caixa da camioneta são atirados como sacas, e os guardas agarram-se aos taipais, desmazelados da pontaria, só o sargento Armamento de costas para a cabina, firme nas pernas, enfrenta a multidão que corre atrás da camioneta, coitados vão ficando para trás, ganham terreno ao fundo, quando é preciso manobrar para a esquerda, mas aí nada mais podem fazer, a camioneta arranca veloz na direcção de Montemor, e a pobre gente esbaforida acaba de cansar-se em gestos e gritos que a distância logo apaga, já não nos ouvem, uns de melhor perna ainda tentam uma corrida, para quê, logo na primeira curva a camioneta desaparece, ainda a veremos mais adiante a passar a ponte, agora, agora, que justiça é esta e que terra, porquê tão grande a nossa parte de sofrimento, mais valia que nos matassem a todos de uma vez, acabava-se o fadário.

Leva cada um seus pensamentos. Por palavras ouvidas enquanto esperavam a saída do posto, Sigismundo Canastro, João Mau-Tempo e Manuel Espada sabem que estão dados como principais cabeças da greve. Dos três, é Sigismundo Canastro o mais calmo. Sentado no chão, como todos os outros, começou por pousar a cabeça sobre os braços cruzados, por sua vez assentes nos joelhos, logo se vê como é. Quer pensar melhor, mas de repente veio-lhe a ideia de que os companheiros poderiam julgar, pela posição rendida, que ia desanimado, era o que faltava, descruzou os braços, endireitou o tronco, aqui estou. Manuel Espada vai a recordar e a comparar. Lembra-se de há oito anos ter feito aquele mesmo caminho numa carrocinha com os seus companheiros rapazes como ele, ali só vai o Augusto Patracão, o Palminha ajuizou, cuida doutros proveitos, e o Felisberto Lampas deu em maltês, não se sabe dele. Manuel Espada diz consigo mesmo que o caso agora é sério, não tem nenhuma comparação, primeiro tinha sido uma rapaziada, agora tudo homens, é outra responsabilidade, e aposto que ninguém se vai negar. Destes três, não se pode falar de todos, seria um nunca mais acabar de pensamentos, um tanto de brio, um tanto de fraqueza, um tanto de valentia, um tanto de tremura nas mãos e nas pernas, a estas coisas ninguém escapa, João Mau-Tempo vai numa espécie de sonho, a noite já quase caiu, e se vierem lágrimas aos olhos, paciência, um homem não é de pedra, o que é preciso é que os camaradas não dêem por isso, para não fraquejarem também. De um lado e do outro da estrada é o deserto, passados os Foros são tudo searas rasas, daqui a pouco nasce a lua, que é Junho e vem cedo, e lá adiante há umas pedras grandes, que gigantes as teriam rolado, bom sítio para emboscada, imagine-se que estava lá o José Gato, mais os seus quadrilheiros, o Venta Rachada, o Parrilhas, o Ludgero, o Castelo, todos saltando à estrada num repente, têm prática, por trás do tronco atravessado no caminho, Alto aí, e a camioneta travada a fundo, raspando pelo macadame, com mil raios que se me vão os pneus, e depois, Quem se mexer leva tiro, cada um de espingarda alçada, e não estão a brincar, vê-se-lhes na cara, cá está a de cinco tiros que o José Gato tirou ao Marcelino, o sargento Armamento ainda faz um gesto, é o que os seus superiores esperam dele, mas desaba do alto com um buraco mesmo mesmo no coração, e o José Gato mete o segundo cartucho na câmara e diz, Tudo quanto é gente presa, salta para fora, os guardas estão todos de mãos no ar como nas fitas do farueste, e o Venta Rachada mais o Castelo começam a recolher as espingardas, as cartucheiras, têm ali atrás das pedras dois machos habituados a transportar porcos, também podem levar esta porcaria. João Mau-Tempo hesita se lhe convém regressar já a Monte Lavre ou ficar por ali escondido, enquanto os ares não se acalmam, mas terá de mandar um recado à família, estejam descansados, felizmente tudo acabou em bem.

Salta toda a gente, rápido, rápido, diz o sargento Armamento ressuscitado, sem nenhum buraco no coração. Estão à porta do posto da guarda de Montemor, não há notícias de José Gato, nem sombra. Os guardas fazem alas, agora menos tensos porque estão em casa, não há perigos de sublevação nem de assaltos à mão armada, e a peripécia do José Gato, já toda a gente adivinhou, não era difícil, foi imaginação de João Mau-Tempo. As pedras lá ficaram à beira da estrada, estão assim desde há séculos e séculos, mas ninguém saiu ao caminho, a camioneta passou no seu sossego mecânico, despejou-os aqui e foi-se embora, cumprida a obrigação. Os vinte e dois são empurrados por um corredor, atravessam em magote um pátio, estão dois guardas a uma porta, abre-a um deles e lá dentro há um amontoado de gente, de pé uns, outros sentados no chão, sobre a palha de dois fardos desmanchados, para ali atirados para servirem de cama. O chão é de cimento, o casarão está frio, caso de espantar tendo em vista o calor da estação e o ajuntamento do pessoal, talvez seja por a parede do fundo estar embebida na encosta do castelo. Com os que já estavam, ficaram perto de sessenta homens, seria um bem bonito rancho. A porta fecha-se, faz um estrondo enorme, parece de propósito, e o ranger da fechadura raspa nos nervos como um caco de vidro, desses que o latifúndio põe nos muros das suas quintas, quando o sol lhes dá duma certa maneira alegram-se os olhos, tudo a brilhar, da banda de lá não faltam laranjas, a bela fruta do ramo, e quem diz laranjas, diz peras, que também é fruta fina, e roseirais dispostos em arcos nas ruas do pomar, passa um homem por ali no seu trabalho e dá-lhe nas ventas o perfume, que eu nem sei se eles têm alma para apreciar estas belezas, senhor padre Agamedes. O tecto do casarão é baixo, tem quase rente uma lâmpada eléctrica, só uma, vinte e cinco velas, não mais, ainda não deixámos os hábitos de poupar, e afinal o calor é insuportável, quem disse o contrário. Os homens reconhecem-se ou dão-se a conhecer, há gente do Escoural, da Torre da Gadanha, diz-se que os de Cabrela foram para Vendas Novas, mas não há a certeza, e agora que é que vão fazer de nós. Seja o que for, isto diz um do Escoural, os trinta e três escudos já não nos tiram, agora é aguentar.

Aguentam. Passam as horas. De vez em quando a porta abre-se, entram outros grupos, o casarão começa a ser pequeno para tanta gente. Quase todos estão sem comer desde manhã, e não se vê sinal de que a guarda tenha em seu pensamento alimentar os presos. Há quem se deite em cima da palha, os mais confiados ou rijos de nervo adormecem. Deu a meia-noite, ouviram-se as badaladas do relógio da matriz, hoje não acontecerá mais nada, não são horas de acontecerem coisas, melhor é dormir, as tripas protestam mas não muito, e quando a camarata vai abandonar-se à modorra, entorpecida pelo cheiro e pelo calor dos corpos amontoados, a porta abre-se num rompante e aparece o cabo Tacabo e seis guardas, de papel na mão, o cabo, que os guardas andam com as espingardas como se elas tivessem saído das barrigas das mães ao mesmo tempo que eles, e berra, João Mau-Tempo, de Monte Lavre, Agostinho Direito, da Safira, Carolino Dias, da Torre da Gadanha, João Catarino, de Santiago do Escoural. Levantam-se os quatro homens, são quatro sombras, e saem. Os companheiros sentem o coração a querer saltar pela garganta, como irão os pobres. E então ouve-se a voz de alguém que não consegue suportar por mais tempo o segredo, Parece que ontem mataram aqui um homem.

Desta vez não atravessam o pátio. Seguem ao longo da parede, entre os guardas, são empurrados para uma porta. A luz da lâmpada é ali muito mais forte, os olhos dos presos pestanejam para se defenderem da súbita agressão, a primeira. Os guardas saíram, ficou só o cabo, que foi pôr o papel em cima de uma secretária a que estavam sentados dois homens, um fardado, que era o tenente Contente, o outro à paisana. João Mau-Tempo, Agostinho Direito, Carolino Dias e João Catarino foram mandados pôr em fila, ao lado uns dos outros, Levantem bem o focinho para vermos se são parecidos com as putas das vossas mães, disse o paisano. João Mau-Tempo não se teve que não dissesse, A minha mãe já morreu, e o outro, Queres que te parta os cornos, só falas quando eu disser, não tarda nada que percas a vontade, mas então é que terás mesmo de falar. O tenente Contente começou com o seu recado, Ponham-se direitos, isto aqui não é cama de calões, enfim, linguagem militar, e deem atenção ao senhor agente. O paisano levantou-se, veio passar revista à tropa-fandanga, espetando muito os olhos, raio do homem que até parece que me está a cocar, e, para intimidação, demorava-se muito a olhar para cada um, Como é que te chamas, e o interpelado respondia, João Catarino, e tu, Carolino Dias, e tu, Agostinho Direito, e tu és aquele da mãezinha morta, como é que tu te chamas, João Mau-Tempo. O agente sorriu de regalado gozo, Tens um rico nome, não haja dúvida, e vem certo com a situação. Deu de repente três passos na direcção da secretária, sacou a pistola do coldre, pousou-a violentamente, e voltou furibundo aos pobres, Fiquem vocês sabendo que não saem daqui vivos se não vomitarem tudo quanto sabem sobre esta greve, a organização, quem vos deu as ordens, a propaganda, tudo, quero aqui tudo despejado, ai de vocês se não falam. O tenente Contente agarrou em quatro cadernos de escola que estavam em cima da secretária, apartados, Cada um de vocês vai ficar fechado num gabinete com este caderno, têm lá lápis, escrevem aqui tudo quanto sabem, os nomes e as datas, os sítios dos encontros e as casas, as entregas dos materiais, quantos aves, perceberam, e não saem de lá enquanto não estiver tudo muito bem explicadinho. O agente voltou à secretária, tornou a meter a pistola no coldre, terminara a demonstração de força, Vocês fazem-me perder a cabeça, está aqui um homem estafado, sem dormir, por causa desta maldita greve, o melhor é terem juízo e escreverem tudo quanto souberem, mas não escondam nada, depois eu venho a saber e é pior. Diz João Catarino, Eu mal sei escrever, diz Agostinho Direito, Eu é só o nome, diz João Mau-Tempo, Eu sei pouco, diz Carolino Dias, Eu também. Sabem o suficiente para aquilo que nós queremos, diz o agente, estivemos a escolhê-los por saberem ler e escrever, se não gostarem, pior para vocês, não aprendessem, agora é que se vão arrepender de não terem ficado as bestas que são. Riu o agente da sua graça, riu o cabo mais a praça, riu o tenente tão contente. O tenente dá ordem ao cabo, o cabo diz à praça, a praça abre a porta, saem os quatro bandidos, lá fora estão as outras praças, é uma pública praça, e como quem mete porcos nas pocilgas, vão andando pelo corredor, abrindo portas e empurrando para dentro, cada qual com seu caderno, o Dias, o Direito, o Catarino, o Mau-Tempo, essa escumalha, senhor padre Agamedes, que Deus me perdoe.

Há um grande silêncio, rumoroso como todos são, no quartel da guarda. Os homens fechados no casarão gemem e suspiram enquanto não dormem, e mesmo dormindo, mas isso é costume de corpos fatigados, é a pontada de quando andava numa carvoaria e quis levantar um pau pesado como um raio, havia de ser hoje, fazia-lhes um manguito, que será que está a acontecer aos nossos camaradas, não se ouve nada, só os passeios das sentinelas lá fora, e as horas da torre, quem dera que este desgraçado mocho se calasse, até faz pensar em coisas ruins. Trancados, os quatro fizeram os mesmos gestos, olharam em redor, lá estava a mesa e o lápis, parecia uma brincadeira, assim como estar outra vez na escola e ter de fazer um ditado, não havia era professor para ler e dar nota à lição, o professor tinha de ser a consciência, ela é que ia resolver que coisas ali se escreveriam nesta letra torta e sofredora, e todos eles, mais tarde ou mais cedo, puseram em cima na primeira página na primeira linha, mesmo encostado à dobra, como se quisessem poupar papel para o muito que iriam escrever, puseram o nome, chamo-me Agostinho Direito, chamo-me João Mau-Tempo, chamo-me João Catarino, chamo-me Carolino Dias, e depois ficaram a olhar, tantas linhas até ao fim da página, e depois por aí fora, até à última, parece uma seara, mas esta foice que é a caneta não sei que tem que não corta, não anda para diante, emperra nesta raiz, nesta pedra, ó senhores, que hei-de eu escrever, então espera-se que eu vá dizer o que sei, aqui nestas linhas tortas, ou é do sono que tenho, João Catarino é o primeiro a arredar o caderno para o lado, escreveu o nome, não escreverá mais, fica o nome para se saber que o dono daquele nome não escreveu mais do que o nome, nem uma palavra mais, e depois, a diferentes horas, cada um dos outros, com o mesmo gesto da mão grossa e escura, afastou o caderno e houve uns que o fecharam, outros não, deixaram-no aberto para que o nome fosse a primeira coisa a ser vista quando os viessem buscar, e nada mais.

Luzia o buraco, que é maneira muito pitoresca de dizer, e rural, nasceu com a telha-vã, a de canudo, que com o estrago do tempo e o mau ofício do telhador abre goelas para fora, buracos para ser exacto, e é por aí que luze quando começa a amanhecer, embora o simples luzir também possa ter acontecido antes, se alguma estrela em seu viajar ali ficou presa pelos olhos de quem não consegue dormir. Provavelmente esta lembrança dos cadernos foi artifício do agente e do tenente para dormirem em seu sossego merecido enquanto se confessavam os criminosos, ou modo subtil de dispensar escrivão e tê-lo gratuito. Não se apurará a verdade, basta que fique confirmado o facto nesta história de prisão e interrogatório. Luzia o buraco, há que tornar a ele porque o período ficou incompleto e o sentido desamparado, quando as portas se abriram e o agente apurado, todo apurado e fresco como se realmente tivesse dormido fora e em boa cama, e de gabinete em gabinete foi-lhe crescendo a fúria porque cada caderno lhe diz apenas o que já sabia, que este sacana se chama João Catarino, que este cabrão se chama Agostinho Direito, que este paneleiro se chama Carolino Dias, que este filho da puta, sim, filho da puta, se chama João Mau-Tempo. Parece que foi combinação, praga de malandros, Venham cá todos, acabou-se a brincadeira, quero saber quem organizou a greve, quem são os contactos, ou sucede-lhes a vocês a mesma coisa que sucedeu ao outro. Não sabem quem seja esse outro, não sabem nada, abanam a cabeça, firmes e mal dormidos, corajosos e famintos, até tenho uma nuvem diante dos olhos. E o tenente Contente que também veio diz, Acabam por ir todos para Lisboa, era melhor que confessassem aqui, na vossa terra, entre conhecidos. Mas o agente quebrou um pouco, não se sabe porquê, Mande-os para ao pé dos outros, depois veremos o que se há-de fazer. Foram os quatro levados quase de arrasto pelo corredor fora, ali ao pátio, e o céu, olha para cima amigo, já todo claro embora ainda não fosse sol fora, e mergulharam depois, tropeçando nos corpos deitados, em meio da escuridão do cárcere onde estavam os companheiros. Quem dormia teve de acordar, ou resmungando se voltou para o outro lado, sossegando todos enfim, porque os quatro, antes de se estenderem eles e adormecerem, que esse justo direito tinham, ainda disseram, pondo a mão na alma, que nada haviam declarado, nem uma palavra só. Não foi prolongado o sono geral, isto é gente acostumada a dormir pouco, a enrolar a manta quando o sol ainda vem em montes de Espanha, e, além disso, temos aqui a vizinha inquietação que se insinua nas pregas da inconsciência, as sacode e distende, é uma crueldade, e assim se desfaz o casulo, pondo-lhe ainda por cima este oco dorido do estômago onde não cai alimento há sei lá quantas horas, os próprios animais não são assim tratados.

Era já meia manhã, abre-se outra vez a porta e o cabo Tacabo chama, João Mau-Tempo, tens uma visita, e João Mau-Tempo, que falava com Manuel Espada e Sigismundo Canastro sobre que destino iriam dar-lhes naquele passo, levanta-se surpreendido e dá com o pasmo dos outros, não é para menos, qualquer pessoa sabe que nestas situações não há visitas, nunca tal bondade se viu, e há mesmo quem olhe desconfiado, a duvidar se seria certo que o camarada não falara, por isso João Mau-Tempo sai entre duas filas caladas e sérias e arrasta os pés como se carregasse já todas as culpas do mundo. Está feito dobadoira, ora vai, ora vem, o céu todo cheio de sol, quem será que veio visitar-me, é de certeza a Faustina e as filhas, não pode ser, o tenente não daria autorização, e o agente à paisana, o cachorro da boca suja, esse nem pensar.

O corredor parece-lhe muito mais curto, foi por trás desta porta que passou a noite a olhar para um caderno de escola, muito custam estas aprendizagens, chamo-me João Mau-Tempo, e agora, enquanto o guarda bate à porta a seguir e espera que mandem entrar, será a Faustina, ou dizem-me isso para me enganar e venho a perguntas, se calhar vão bater-me, que queria dizer o agente quando ameaçou que se não falássemos nos acontecia a mesma coisa que ao outro, qual outro. É o pensamento rápido, e por isso pôde João Mau-Tempo pensar tanto enquanto esperava, mas quando a porta se abriu, ficou com o cérebro vazio, assim como um negrume de noite no interior da sua cabeça, e depois um alívio muito grande, porque entre o agente e o tenente estava o padre Agamedes, não vão bater-me diante do padre, que será que ele veio cá fazer.

Assim estaremos no céu, eu no centro como convém ao múnus espiritual que exerço desde que me conheço e me conheceis, vós tenente à minha direita por serdes protector das leis e de quem as faz, vós agente à sinistra minha por fazerdes o resto do trabalho, cujo não quero saber nem que me obriguem. Abre-se a porta desta casa de disciplina, e que vejo, ó tristes olhos que para tal haveis nascido, antes fôsseis ceguinhos, dizei-me se me estais enganando, se este é João Mau-Tempo, de Monte Lavre, lugar onde vive o meu rebanho, trabalhoso ele é, Homem, você está transtornado, já aqui o senhor tenente e o senhor agente, ou o senhor agente e o senhor tenente, me disseram que você não quis contar quanto sabe, pois era melhor que o fizesse para descanso seu e da sua família, coitadinha, que não tem culpa dos erros e desvarios do pai, não tem você vergonha, João Mau-Tempo, um homem de barba na cara, um homem de respeito metido nestas rapaziadas, onde é que já se viu uma insurreição assim, quantas vezes lhe disse eu e aos outros na igreja que, Amados irmãos, olhai que no fim desse caminho que levais está a perdição e o inferno, onde tudo é choro e ranger de dentes, tanto eu disse, tanto eu me cansei a dizer, e não lhe aproveitou, João Mau-Tempo, não é que não me preocupe com os outros, mas o senhor agente e o senhor tenente disseram-me que de Monte Lavre foi a você que pediram que escrevesse naquele caderno, eu aos outros não os conheço, e vai você não escreveu nada, não ajudou, parece que esteve a mangar, estão estes senhores com tanta paciência, perdem a noite, coitados, não dormem, e também lá têm as suas famílias, que é que julga, à espera deles, em vigília, e eles por causa da vossa teimosia têm de dizer, Hoje chego mais tarde, ou, Tenho serão, um trabalho para acabar, jantem sem mim e deitem-se, que eu só apareço em casa amanhã, e vai-se ver nem isso, que são quase horas de almoço e o senhor agente e o senhor tenente ainda aqui estão, parece impossível, João Mau-Tempo, é preciso não ter consideração pelas autoridades para se comportar dessa maneira, que é que lhe custava dizer quem preparou a greve, e isso dos papéis, quem é que os recebe e distribui, e donde vêm e quantos são, sim, custava-lhe alguma coisa, homem de Deus, que até estou quase a blasfemar, tão simples era, os nomes, e o senhor agente e o senhor tenente tratam do resto, você vai para casa, para junto dos seus, não há nada mais bonito, um homem com a sua família, ora diga lá, que eu não sei, a minha posição não me permite revelar segredos do confessionário ou fora dele, mas não foram Fulano e Beltrano, não foram eles, responda, faça só que sim com a cabeça, se não quiser responder em voz alta, fica tudo entre nós quatro, foram ou não foram Fulano, sim, e Beltrano, é o que me consta, mas a certeza não a dou nem estou a dizer que são eles, pergunto apenas, isto é uma grande desgraça, esta sua atitude, João Mau-Tempo, diga-me lá se não está arrependido, a fazer sofrer desta maneira a sua família, responda, homem.

Homem, responde, está aqui na tua frente o padre Agamedes, está o tenente e está o agente, e tu, não há outras testemunhas, bem podias dizer quanto sabes, que é pouco, mas quem dá o que tem, a mais não é obrigado, Senhor padre Agamedes, eu não sei nada, não me posso arrepender do que não fiz, daria tudo para poder estar com a minha mulher e as minhas filhas, mas isso que me pede não posso dar, não posso dizer porque não sei, e se soubesse não sei se diria, Ah malandro, grita o agente, agora é que te comprometeste, Deixe lá, diz o padre Agamedes em voz baixa, são uns pobres brutos, é o que eu me farto de afirmar, ainda no outro dia em casa de dona Clemência, o mais certo é ele não saber nada, deixou-se arrastar pelos outros, Mas está dado como cabeça da greve, diz o tenente Contente, Bom, diz o agente, mande-o outra vez lá para dentro.

Sai João Mau-Tempo e quando percorre o corredor pela centésima vez, aparecem-lhe duma porta, entre forte escolta da guarda, o Fulano e o Beltrano, reconhecem-se e olham-se, vão muito machucados os dois, coitados, e João Mau-Tempo, ao atravessar o pátio sente os olhos cheios de lágrimas, não é do sol, ao sol está habituado, é de um absurdo contentamento, porque afinal Fulano e Beltrano estão presos e não foi ele quem os denunciou, não fui eu que os denunciei, ainda bem que estão presos, ainda mal, nem sei o que digo, e choro duas vezes, uma de contentamento e outra de pena, ambas de os ter visto aqui, e já lhes bateram, tão certo como eu chamar-me João Mau-Tempo, bem disse o agente que tenho nome para estes dias.

Entrou no casarão e contou o que acontecera. Viram-lhe os olhos chorosos e perguntaram se lhe tinham batido. Respondeu que não e continuou a chorar, tão aflito da alma, desfeito o contentamento e agora só triste de morrer. O pessoal de Monte Lavre juntou-se ao redor dele, os da mesma idade, que os mais novos por vergonha se afastaram, parecia mal estar perto quando ali havia um homem já de cabelos brancos a chorar como uma criança, para o que estamos guardados. São escrúpulos que faremos bem em aceitar sem maior análise e discussão.

Enfim era passado meio-dia quando o caso se deslindou para bem. Foram levados ao pátio e ali estavam reunidas as famílias que de longe tinham vindo, viera quem pudera, só agora admitidas às antecâmaras da autoridade, que antes haviam esperado em frente do quartel, arredadas por um piquete, e ali dobraram suspiros e ais, mas quando veio o cabo Tacabo autorizar a entrada acenderam-se as esperanças todas, e lá ia Faustina e as suas duas filhas Gracinda e Amélia, vindas a pé de Monte Lavre, quatro léguas, oh vida de tanta canseira, e mais as outras, quase tudo mulheres, Aí vêm eles, e então os guardas desfizeram o dispositivo de segurança, oh que famintos beijos na floresta, qual floresta qual merda, abraçaram-se os desgraçados uns nos outros, e choraram, parecia a ressurreição das almas, e se se beijaram, para isso têm pouca arte, mas Manuel Espada, que não tinha ali ninguém, ficou a olhar para Gracinda, estava ela abraçada ao pai, mais alta já do que ele, e ela olhou-o por cima do ombro, claro que se conheciam, não foi nenhum ver-te e amar-te, mas depois ela disse, Então Manuel, e ele respondeu, Então Gracinda, e pronto, quem julgar que é preciso muito mais, engana-se.

Estavam os parentes na festa dos abraços, assomam o tenente Contente e o agente ao pátio, e das duas bocas ao mesmo tempo saiu o discurso, perdia-se uma pessoa a querer saber qual dos dois imitava o outro, ou se havia um mecanismo qualquer, se calhar ligado a Lisboa pelos fios eléctricos, que os fazia falar assim, como duas grafonolas, Rapazes, tomem atenção daqui para o futuro, por esta vez vão em liberdade, mas ficam prevenidos, se voltarem a andar metidos em terrorismos, pagam a dobrar, e não se deixem iludir com falsas doutrinas, não sejam parvos, a acreditar nas doutrinas dos inimigos da nossa pátria, se acharem panfletos nas estradas ou nas ruas duma povoação, não os leiam, e se os lerem queimem-nos logo, não os deem a ninguém nem repitam o que leram, porque é um crime, e depois tanto sofrem vocês como as famílias inocentes, se tiverem algum problema para resolver não se metam em greves, dirijam-se às autoridades que elas estão lá para informar e auxiliar, assim ser-lhes-á dado o que for justo e de lei, sem alvoroços nem desgostos, para isso é que nós cá estamos, e agora vão trabalhar em paz, e que Deus os ajude, mas antes de se irem embora têm de pagar o frete da camioneta que os trouxe de Monte Lavre a Montemor, vocês é que fizeram o mal, têm de pagar, o Estado não pode ficar com esta despesa.

Juntaram-se ali os dinheiros requeridos, revolveram-se bolsos e bolsinhos, desataram-se lenços, aí está o dinheiro, senhor tenente Contente, ao menos não ficamos em dívida com o Estado, faz-lhe assim tanta falta, pena foi não ter sido a volta maior, que o caminho de Monte Lavre aqui já todos nós o conhecíamos. Não foram ditas estas palavras, são as liberdades do narrador, mas estas outras sim, que as disse o agente, numa só voz, Agora que já prestaram contas, voltem para casa e que Deus os acompanhe, e olhem, agradeçam aqui ao senhor prior que bem mostrou ser amigo de todos. A estas palavras, levanta o padre Agamedes os braços, como se estivesse no altar, e a gente não sabe que há-de fazer, uns vão-lhe dar as graças, outros fingem que não ouviram nem viram e olham para o ar ou distraem-se com a mulher e os filhos, e Manuel Espada que, vá lá saber-se por que acasos, estava mesmo ao pé de Gracinda Mau-Tempo, diz entredentes, como se lhe estivessem a picar o coração, A gente até sente vergonha, e julgava ele que as coisas más iam ficar por ali, mas o padre Agamedes, com alegre aspeito, diz, Uma boa notícia, venham comigo que temos além em baixo à rua transporte para todos, oferecido pelos vossos patrões, não pagam nada, vai tudo nos carros e carroças dos patrões, e ainda haverá quem lhes queira mal. E lá segue o padre Agamedes à frente, com a sotaina ao vento, todo de preto e cera, levando no bendito raso o rebanho dos pobres atordoados a mastigar os farnéis trazidos de casa, parco alimento, parca, e Manuel Espada que, por que acasos não se sabe, estava mesmo ao pé de Gracinda Mau-Tempo, disse-lhe, Ainda querem que fiquemos agradecidos, é muito desprezar. Não respondeu Gracinda Mau-Tempo e tornou Manuel Espada à sua querença, A mim não me hão-de eles levar, vou a pé. Aqui, sim, se moveu a ansiosa moça e disse, tímida e ousada, Tão longe, mas logo emendou, não sabendo bem a quem louvar ou censurar, se aos conformados, se a este revoltoso, Tu é que sabes. Respondeu Manuel Espada que sim, que sabia, e deu três passos para se afastar, mas, dados os três passos, sobre eles tornou para dizer, Gostava de namorar contigo, e ela respondeu apenas olhando, foi quanto bastou, e quando Manuel Espada já tinha virado a primeira esquina encontrada, é que Gracinda Mau-Tempo deu o sim em seu coração.

Naqueles dias seguintes o padre Agamedes abasteceu a não carecida despensa com a gratidão dos seus fregueses, desculpe ser tão pouco, mas é de boa vontade, por tudo quanto fez por nós, um alqueire de feijão, uma saquita de milho, esta galinha a pôr, uma garrafa de azeite, três gotas de sangue.

Olé. Desceu o neto à praça por ordem do inteligente, inspeccionou os fechos dos curros, conta os cabrestos e considera que devem chegar, dá uma volta à arena para ter uma boa vista de conjunto, as bancadas, os camarotes, o lugar da banda de música, a sombra e o sol, dá-lhe no nariz o cheiro da bosta fresca, e diz, Podem vir. Abrem-se então as portas e a manada entra, esta que será toureada hoje consoante os preceitos inteiros da arte, passada à capa, espetada de bandarilhas, castigada de varas e enfim coroado o morrilho com o punho da espada, que ponta e lâmina tenho-as aqui atravessadas no coração, olé. Vêm tocados pela guarda, de perto e de longe vêm, de lugares que neste relato já foram mencionados, mas não de Monte Lavre, por um daqueles acasos, e aos poucos a praça vai-se enchendo, não as bancadas, que ideia, o público é outro, é a guarda que se vai dispondo em redor, procurando a sombra onde é possível, mas rodeando tudo, de espingardola em posição, que sem ela nem sabem sentir-se homens. Vai-se enchendo a praça de gado escuro, arrebanhado em léguas e léguas de heroicos combates da guarda, ao assalto, à carga, e eles aí vão, carregando sobre os animais da greve, os leões da foice, os homens do padecer, Estes são os cativos da dura batalha, aos vossos pés, senhor, depomos as bandeiras e os canhões tomados ao inimigo, vede como elas são vermelhas, menos do que foram no princípio da guerra porque entretanto as rojámos no pó, sobre elas escarrámos, podeis dependurá-las no museu ou na capela da corporação, aí onde os recrutas vão de joelhos aguardar que lhes seja revelada esta nossa mística ventura de ser guardas, mas talvez fosse preferível, senhor, queimá-las, porque a vista delas ofende os sentimentos que nos ensinastes a sentir, nem queremos outros. Havia o neto, por benigna autorização do inteligente, mandado espalhar na arena uns molhos de palha onde desfeitos os homens, afinal são homens, é isso que são, não leões e a foice não a trouxeram, se vão sentando ou deitando, mais ou menos ajuntados por lugar de origem, não se pode evitar este gregarismo, mas também não faltam alguns outros homens, poucos, que se vão deslocando de grupo em grupo, pondo aqui uma palavra e a mão no ombro, pondo além um olhar e o gesto contido, até que todas as coisas, no ponto em que é possível, fiquem seguras e claras, e agora é esperar.

Os guardas estão de miradouro mirando, e um deles diz para outro, com saudável riso militar, Parece a aldeia dos macacos, se tivesse aqui uns amendoins, atirava-os, havia de ter graça, todos à bulha. Quer isto dizer que a guarda é viajada, conhece o jardim zoológico, praticou as regras da observação sumária e da classificação expedita, e se estes dizem que são macacos os homens do padecer, amalhados na praça de touros de Montemor, quem somos nós para contradizê-los, mais a mais estando eles a apontar a espingardola para cá, Espingardola digo eu para rimar com a pistola, não teria graça nenhuma dizer pistarda, ainda que fosse uma excelente rima para guarda, a não ser que em vez de dizer guarda resolvesse dizer guardola ou guardiola, que também há. A gente vai falando para passar o tempo, ou para não deixar que ele passe, é um modo de pôr-lhe a mão no peito e dizer, ou suplicar, Não andes, não te movas, se dás esse passo pisas-me, que mal é que eu te fiz. É também como baixar-me, pôr a mão na terra e dizer-lhe, Para, não gires, ainda quero ver o sol. Está-se nisto, neste jogar as palavras umas para cima das outras, a ver se nascem diferentes, e ninguém reparou que o neto desceu à praça e procura um homem, um só neste momento, que não é sequer leão de foice nem veio de longe, e esse homem, se lhe dessem um caderno para escrever o que sabe, e, como virão a fazer no dia seguinte os quatro de Monte Lavre, Escoural, Safira e Torre da Gadanha, pusesse na primeira linha dele ou em todas, para não haver dúvidas e não mudar uma pessoa de ideias de página para página, se pusesse o seu nome, digo, escreveria Germano Santos Vidigal por inteiro.

Já o encontraram. Levam-no dois guardas, para onde quer que nos voltemos não se vê outra coisa, levam-no da praça, à saída da porta do sector seis juntam-se mais dois, e agora parece mesmo de propósito, é tudo a subir, como se estivéssemos a ver uma fita sobre a vida de Cristo, lá em cima é o calvário, estes são os centuriões de bota rija e guerreiro suor, levam as lanças engatilhadas, está um calor de sufocar, alto. Vêm descendo a rua uns homens avulsos e por isso o cabo Tacabo, temendo que sejam uma vez mais o José Gato e quadrilha, diz, Passem de largo, este homem vai preso. Passam os avulsos tão de largo quanto podem, rente à parede, por estes não há perigo, parece até que lhes agradou a ordem e a informação, e o cortejo tem agora apenas cem metros para andar, lá no alto, vêmo-la por cima do muro, pendura uma mulher na corda um lençol, tinha sua graça se esta mulher se chamasse Verónica, mas não, é só Cesaltina e pouco dada a igrejas. Vê passar o homem entre os guardas, segue-o com os olhos, não o conhece, mas tem um pressentimento, encosta o rosto ao lençol húmido como um sudário, e diz para o filho que teima em brincar ao sol, Vamos para dentro.

Os guardas atravessam a estrada que sobe para o castelo e ali faz uma barriga do lado mais baixo e por isso parece um largo, são uns tantos passos a dar ainda, é tão pouco o ganho de vida, se julgam que é isto o que o preso pensa, estão muito enganados, não saberemos que pensamentos são e serão os dele, agora o que é preciso é pormo-nos nós a pensar. Se ficássemos deste lado de cá, se fôssemos atrás da mulher Cesaltina e nos déssemos, por exemplo, a brincar com o filho, quem é que não gosta de crianças, ficaríamos sem saber o que se vai passar, e isso de modo nenhum faremos. Estão duas sentinelas à porta, a guarda está toda em pé de guerra, levantai hoje de novo o esplendor de Portugal, é certo que daqui se vê alguma paisagem, a Senhora da Visitação, milagrosa quanto baste, não queremos aqui peregrinações nacionais, e umas poucas hortas, que o espaço não dá para mais neste lugar entalado. Vamos para dentro, disse a mulher Cesaltina ao filho, Vamos nós também para dentro, por aqui, passemos entre as sentinelas, não nos veem, é o nosso privilégio, atravessemos o pátio, para aí não, é um casarão, uma espécie de armazém de delitos por junto e atacado, amanhã cá virão ter homens de Monte Lavre e outros lugares, casos sem importância, a porta é esta, mas não esse corredor, viremos neste cotovelo, mais dez passos, cuidado não tropece no banco, é aqui, não precisamos de ir mais adiante, chegámos, basta abrir a porta.

Não viemos a tempo de assistir aos preliminares. Demorámo-nos a olhar a paisagem, a brincar com o rapazinho que tanto gosta de brincar ao sol, por mais que os pais lhe digam, a fazer perguntas à Cesaltina, que por acaso não tem o seu homem metido nestas alterações, é empregado da câmara e chama-se Ourique, e tudo isto que fizemos foram pretextos, dilações, maneiras de desviar os olhos, porém agora, entre estas quatro paredes caiadas, sobre este chão de tijoleira, reparemos nos cantos partidos, quantos passos aqui passaram, e o arredondado do gasto, e o interessante que é este carreiro de formigas que vai pelas juntas alargadas como se fossem vales, enquanto lá em cima, projectadas contra o céu branco que é o tecto e o sol que é a lâmpada acesa, se movem umas altas torres, são homens, sabem-no bem as formigas que de gerações lhes têm sentido o peso dos pés e o longo jorro quente que cai duma espécie de tripa pendurada para fora do corpo, assim têm morrido afogadas e maceradas em todos os lugares da terra, porém agora supõe-se que dessa estarão livres, em outras coisas se acham ocupados os homens. Têm as formigas um aparelho auditivo e uma educação musical que lhes não permite entender o que dizem e cantam os homens, daí que não seja possível apurar por inteiro o interrogatório, mas as diferenças não são muitas, amanhã, neste mesmo posto da guarda, mas em lugar menos retirado, haverão de ser perguntados os homens de Monte Lavre, Torre da Gadanha, Safira e Escoural, e então saberemos, e também os insultos, filho da puta, cabrão, filho da puta, sacana, filho da puta, paneleiro, isto é o trivial, nem a gente se ofende por tão pouco, são ridículas histórias como as das comadres, sua esta, sua aquela, quem é que se importa, daí a três dias estarão as pazes feitas, mas neste caso não.

Tomemos esta formiga, melhor, não a tomemos, que seria pegar-lhe, consideremo-la apenas por ser uma das maiores e levantar a cabeça como os cães, vai agora rente à parede em récua com as suas irmãs, terá tempo de fazer dez vezes a sua comprida viagem entre o formigueiro e o não sabemos que haja de interessante, curioso ou simplesmente alimentício neste quarto retirado, antes que se complete o episódio obrigado a morte. Agora mesmo caiu um dos homens, fica ao nível das formigas, não sabemos se as vê, mas veem-no elas, e tantas serão as vezes que ele cairá, que por fim lhe terão decorado o rosto, a cor do cabelo e dos olhos, o desenho da orelha, o arco escuro da sobrancelha, a sombra tão branda da comissura da boca, e de tudo isto mais tarde se farão longas conversas no formigueiro para ilustração das gerações futuras, que aos novos é útil saberem o que vai pelo mundo. Caiu o homem e logo os outros o levantaram de empuxão, gritaram-lhe cada um de seu lado, duas perguntas diferentes, como seria possível dar as respostas mesmo querendo dá-las, e não é o caso, porque o homem que caiu e foi levantado irá morrer sem dizer uma palavra que seja. Gemidos só lhe sairão da boca, e em silêncio de alma profundos ais, mas mesmo quando os dentes estiverem partidos e for necessário cuspir bocados deles, o que dará maiores razões aos outros dois para voltarem a bater, não se suja a propriedade do Estado, mesmo então o ruído será o de cuspir e outro não, essa mecânica inconsciente dos lábios, e depois a queda espalhada da saliva no chão, adensada de sangue para estímulo gustativo das formigas que vão telegrafando de uma em uma a chuva deste novo maná, vermelho singular tombado de tão branco céu.

Caiu o homem outra vez. É o mesmo, disseram as formigas, tem o desenho da orelha, o arco da sobrancelha, a sombra da boca, não há confusão possível, porque será que é sempre o mesmo homem que cai, então ele não se defende, não se bate. São critérios de formiga e sua civilização, ignoram que a luta de Germano Santos Vidigal não é com os seus espancadores Escarro e Escarrilho, mas com o seu próprio corpo, agora a fulminante dor entre as pernas, testículos em linguagem de manual de fisiologia, colhões neste grosseiro falar que mais facilmente se aprende, frágeis bolas balões cheios de imponderável éter que em transe justamente nos elevam, de homens falo, são eles que nos levantam em viagem entre o céu e a terra, mas não estes coitados que as mãos ansiosamente amparam e agora se soltam porque um estrondo e a bruta pancada do tacão desabaram sobre os rins. Admiram-se as formigas, mas só à passagem. Afinal têm as suas obrigações, horários a cumprir, já muito fazem quando levantam a cabeça como os cães e firmam a fraca vista para se certificarem se o homem caído é o mesmo ou se se introduziu na história alguma variante. A formiga maior deu a volta ao que faltava de parede, passou por baixo da porta, vai decorrer seu tempo antes que volte e então achará tudo mudado, é um modo de dizer, três continuam a ser os homens, mas os dois que não caem nunca entretêm-se, é com certeza um jogo, não se vê outra explicação, prouvera que não venha a brincar assim o filho de Cesaltina, entretêm-se a empurrar o outro contra a parede, agarram nele pelos ombros e atiram-no de cambulhão e então é conforme calha, ou bate de costas e vai dar com a cabeça ou vai de frente e é o pobre rosto já pisado que se estampa na cal e nela deixa ficar, não muito, algum sangue, deste que lhe corre da boca e da arcada direita. E se aí o largam escorrega sem sentido, o sangue não, o homem, pela parede abaixo, até ficar no chão enrodilhado, ao lado do carreirito das formigas, de repente assustadas ao sentirem cair aquela grande massa do alto, que afinal não as atinge nem de raspão. E pelo tempo que ali o deixaram ficar, uma formiga se lhe agarrou à roupa, quis vê-lo de mais perto, a estúpida, vai ser a primeira a morrer, porque no preciso lugar onde agora está cai a primeira cacetada, a segunda já não a sente, mas sente-a o homem, que, com a dor, não ele, mas o estômago lhe salta, e outra vez se derruba, em ânsias, é o estômago, o violento coice em cheio ou patada e outro logo a seguir nas partes, palavra tão de comum que não ofende os ouvidos.

Um dos homens saiu, foi descansar do esforço. É Escarrilho, nascido de mãe e de pai, casado e com filhos, e isto é dizer pouco porque o outro, o que lá ficou dentro a guardar o preso, o Escarro, também de pai e mãe nasceu, também é casado e tem filhos, como há-de a gente distingui-los a não ser pelas feições, e ainda assim, e pelos nomes, um é Escarro, outro Escarrilho, não são parentes embora pertençam à mesma família. Passeia-se pelo corredor, tropeça de canseira no banco, Isto dá cabo de mim, estes tipos que não falam, mas ele lixa-se, não me chame eu Escarrilho, ai isso é que se lixa. Vai beber uma grande tarraçada de água, é uma febre ardente, e então entra-lhe um bruto nervoso e torna a irromper no quarto, já repousado das forças, é um tufão, lança-se como um cão a Germano Santos Vidigal, é um cão e chama-se Escarrilho, e é como se o Escarro estivesse a fazer, Cse, cse, só falta morder, talvez morda mesmo, mais tarde se há-

-de ver que isto aqui e aqui são sinais de dentes, de homem, ou de cão, é duvidoso, que às vezes nascem dentes de cão aos homens, toda a gente o sabe. Coitaditos dos cães, ensinados a morder a quem deveriam respeitar e onde não deveriam, aqui, neste lugar de mim em que sou homem, não mais do que no braço ou no queixo, ou neste outro lugar que é o coração, modo diferente de ser olhos, ou no cérebro, olhos verdadeiros. Mas foi-me dito desde pequenino que esta máquina inquieta é o meu mais de homem, e ainda que não acredite assim tanto, prezo-a, e não é justo que lhe mordam os cães.

A formiga grande vai na sua quinta viagem e o jogo continua. Desta vez saiu Escarro a repousar, foi até ao pátio desafogado fumar um cigarro, passou pelo gabinete do tenente Contente a informar-se de como iam as operações de campo, as grandes manobras, e o tenente disse que estava a fazer uma apanha geral de grevistas pelo concelho, com todos os efectivos em acção, bom era que nos tivessem mandado mais reforços, contava, por derradeiro, apanhar outros tantos quantos os da praça de touros, E esse Germano Vidigal, já falou, isto pergunta o tenente Contente, discreto, porque, enfim, não são contas do seu rosário e o Escarro não tinha obrigação nenhuma de responder, mas respondeu, vá lá, Ainda não, o tipo é duro, e o tenente, solícito e serviçal, É usar os grandes meios. Este pequeno torquemada de Montemor é um bom ajudante, dá o tecto e a protecção, junta-lhes o conselho, e tendo acendido um cigarro, ouve a resposta de Escarro, que a dá de mau modo, Sabemos bem o que fazemos, e saiu batendo com a porta, Ora o palonço, e se calhar, por isto, por causa desta contrariedade, é que entrou no quarto onde estavam as formigas e tirou da gaveta um vergalho armado em aço, arma de morte, passou o fiador no pulso para maior firmeza e quando este agora homem de padecer procurava, tonto, furtar-se às arremetidas de Escarrilho, desabou-lhe o sibilante açoite sobre os ombros e logo pelas costas abaixo, centímetro a centímetro, como se malhasse centeio verde, até aos rins, aí se demorando, cego com os olhos abertos, que não há cego pior, ritmando as pancadas em cima do homem agora caído no chão, metodicamente, para não se fatigar em excesso, tudo se paga menos a canseira, mas aos poucos vai perdendo o domínio de si mesmo e todo ele se transforma numa máquina de bater que tivesse entrado em delírio, em autómato bêbedo, ao ponto de Escarrilho lhe vir deitar a mão ao braço, Espera lá homem, não exageres, o tipo acaba por ficar-se. Sabem disto as formigas, que estão muito habituadas a ver os seus mortos e a fazer diagnósticos à primeira, às vezes vão no carreiro rebocando uma saruga e tropeçam numa coisinha encarquilhada, quase indecifrável, mas não hesitam, dão às antenas para um lado e para o outro, embaraçadas com a carga, mas muito explicadas no seu morse, Está aqui uma formiga morta, e depois a gente distrai-se a olhar noutra direcção e quando torna ao lugar já o cadáver desapareceu, são as formigas assim, não deixam à vista os seus mortos caídos no cumprimento dos deveres, e por tudo isto quanto ficou dito é que a formiga grande, que calhou estar na sua sétima viagem e vai agora a passar, levanta a cabeça e olha a grande nuvem que tem diante dos olhos, mas depois faz um esforço, ajusta o seu mecanismo de visão e pensa, Que pálido está este homem, nem parece o mesmo, a cara inchada, os lábios rebentados, e os olhos, coitados dos olhos, nem se veem entre os papos, tão diferente de quando chegou, mas conheço-o pelo cheiro, que ainda assim é o melhor sentido das formigas. Está neste pensar e de repente foge-lhe o rosto do alcance porque os outros dois homens puxam este e deitam-no de costas, despejam-lhe água na cara, um jarro cheio que por acaso vem fresca, tirada do fundo e negro poço, à bomba, mal sabia esta água para o que estava guardada, vinda das entranhas da terra, viajante por muito tempo subterrânea, depois de ter conhecido outros lugares, os degraus pedregosos duma nascente, a aspereza luminosa da areia, o macio tépido do lodo, a estagnação apodrecida do pântano, e o fogo do sol que lentamente a apagou da terra, para onde foi que ninguém a viu, e afinal está naquela nuvem que passa, quanto tempo depois, de repente caiu sobre a terra, veio do alto desamparada, bela é a terra que a água vê, e se a água pode escolher o lugar onde há-de cair, pudesse ela e não haveria tanta sede ou tanta fartura quanto tempo depois, de repente caiu sobre a terra, foi viajando, decantando-se, água pura, puríssima, até encontrar o veio, o caudal secreto, a toalha neste lugar perfurada por uma bomba aspiradora, poço sonoro e escuro, e subitamente um jarro, apanhada na transparente armadilha a água, agora que destino, matar uma secura, ou não, derramam-na do alto sobre um rosto, queda brusca mas logo amortecida neste escorrer vagaroso pelos lábios, pelos olhos, pelo nariz e o queixo, pelas faces chupadas, pela testa molhada doutra água que é o suor, e assim se fica conhecendo a máscara por enquanto ainda viva deste homem. Mas a água escorre para o chão, salpicou tudo em redor e a tijoleira ficou vermelha, sem contar as formigas que morreram afogadas, salvou-se aquela maior porque vai na sua oitava viagem e não se cansa.

Escarro e Escarrilho levantam Germano Santos Vidigal

por baixo dos braços, erguem-no em peso, não queria que estivessem a incomodar-se, e vão sentá-lo numa cadeira. Escarro tem ainda o vergalho na mão, passado ao pulso pelo fiador, já lhe passou a fúria de bater assim, mas dá um berro, Cabrão, e cospe na cara do homem derrubado na cadeira como um casaco que foi despido e está vazio. Abre os olhos Germano Santos Vidigal e, por incrível que pareça, o que ele vê é o carreiro das formigas, talvez por ser mais denso no sítio que os olhos no acaso de abrir-se fitam, não admira, o sangue humano é um manjar para as formigas, nem elas, pensando bem, vivem doutra coisa, e ali caíram juntas três gotas de sangue, padre Agamedes, e três gotas de sangue fazem uma poça, um lago, um mar oceano. Abriu os olhos, se é isto abrir, umas fendas estreitíssimas por onde a luz mal pode penetrar, e a que entra é de mais, tão viva a dor nas pupilas, sentida apenas por ser dor nova, faca que vem espetar-se onde cem outras estão espetadas e na carne se revolvem, e tendo gemido entaramelou algumas palavras a que Escarro e Escarrilho ansiosamente se apuraram, já arrependidos de tão grande castigo, capaz de não conseguir falar, mas o que Germano Santos Vidigal quer, pobre homem ainda sujeito às necessidades do corpo, é ir lá dentro, aliviar a bexiga que sabe-se lá porquê deu agora sinal urgente, ou ali mesmo se derramará. Não querem Escarro e Escarrilho sujar o chão mais do que já se viu, e também na esperança de enfim se ter quebrado a resistência do teimoso e disso ser este pedido primeiro sinal, vai um à porta a ver se o corredor está livre, faz um aceno e volta dentro e os dois amparam Germano Santos Vidigal nos cinco metros que o separam da sentina, encostam-no às baias do urinol, e é o pobre que tem de desabotoar-se com os dedos trôpegos, procurando e extraindo para fora da berguilha o torturado instrumento, a gaita, não ousando tocar nos testículos inchados, no escroto rasgado, e depois concentra-se, chama todos os músculos em seu socorro, pede-lhes que primeiro se contraiam e depois de uma só vez se relaxem para que os esfíncteres se abrandem, aliviem a terrível tensão, tenta uma vez e duas e três, e de súbito o jorro sai, de sangue, talvez também de urina, quem vai agora distingui-la neste único jacto vermelho, como se todas as veias do corpo se tivessem rompido e por este lado encontrado vazão. Retém-se, mas o jorro não abranda. É a vida que se lhe vai por ali. Ainda está a escorrer quando por fim se resguarda, sem forças para abotoar-se. Escarro e Escarrilho levam-no, já rojando os pés, para o quarto das formigas, e tornam a sentá-lo na cadeira, e é Escarrilho quem pergunta, com a voz cheia de esperança, Queres falar agora, é uma ideia que ele tem, se o deixaram ir lá dentro, deve falar, um gesto paga-se com outro gesto, mas Germano Santos Vidigal deixa cair os braços, a cabeça descai-lhe para o peito, a luz apaga-se dentro do seu cérebro. A formiga maior desaparece debaixo da porta depois de ter completado a sua décima viagem.

Quando voltar do formigueiro verá o quarto cheio de homens. Estarão lá Escarro e Escarrilho, o tenente Contente, o sargento Armamento, o cabo Tacabo, duas praças anónimas e três presos escolhidos a dedo para testemunharem que, tendo os ditos agentes voltado as costas por um minuto, não mais, para tratarem de assuntos urgentes, quando voltaram deram com o preso enforcado num arame, tal como agora está, a ponta enrolada naquele prego além, a outra com duas voltas no pescoço de Germano Santos Vidigal, sim, chama-se Germano Santos Vidigal, é importante para a certidão de óbito, tem de se chamar o delegado de saúde, e está de joelhos como veem, sim, de joelhos, não há que estranhar, quando alguém quer enforcar-se, até mesmo na barra da cama, a questão é querer, alguém tem dúvidas, Eu não, é o que diz o tenente, e o sargento, e o cabo, e as duas praças e os três presos, que por causa desta sorte serão provavelmente postos em liberdade ainda hoje. Lavra grande indignação entre as formigas, que assistiram a tudo, ora umas, ora outras, mas entretanto juntaram-se e juntaram o que viram, têm a verdade inteira, até a formiga maior, que foi a última a ver-lhe o rosto, em grande plano, como uma gigantesca paisagem, e é sabido que as paisagens morrem porque as matam, não porque se suicidem.

Já levaram o corpo. Escarro e Escarrilho arrumam a ferramenta do ofício, o cacete, o vergalho, esfregam os nós dos dedos, inspeccionam biqueiras e tacões, não fosse ter ficado agarrado fio de roupa ou mancha de sangue que denuncie aos olhos agudíssimos do detective Sherlock Holmes a fraqueza do álibi e o desencontro das horas, mas não há perigo, Holmes está morto e enterrado, tão morto como Germano Santos Vidigal, tão enterrado como não tarda que este esteja, e sobre estes casos hão-de passar os anos e há-de pesar o silêncio até que as formigas tomem o dom da palavra e digam a verdade, toda a verdade e só a verdade. Entretanto, se nos apressarmos, ainda apanharemos o senhor doutor Romano, vai ali adiante, de cabeça baixa, a malita preta pendurada do braço esquerdo e por isso podemos pedir-lhe que levante a mão direita, Jura dizer a verdade, toda a verdade e só a verdade, para os doutores tem de ser assim, estão habituados a fazer as coisas com toda a solenidade, Diga lá, doutor Romano, doutor delegado de saúde, ajuramentado por memória de Hipócrates e suas actualizações de forma e de sentido, diga lá, doutor Romano, aqui debaixo deste sol que nos alumia, se é realmente verdade que o homem se enforcou. Ergue o doutor delegado de saúde a sua mão direita, põe sobre nós os olhos cândidos, é homem muito estimado na vila, pontual na igreja e meticuloso no trato social, e tendo-nos mostrado a pura alma, diz, Se alguém tem um arame enrolado duas vezes no seu próprio pescoço, com uma ponta presa no prego acima da cabeça, e se o arame está tenso por causa do peso mesmo que parcial do corpo, trata-se, sem dúvida nenhuma, tecnicamente, de enforcamento, e, tendo dito, baixou a mão e vai à sua vida, Mas olhe lá, doutor Romano delegado de saúde, não vá tão depressa que ainda não são horas de jantar, se é que tem apetite depois daquilo a que assistiu, faz-me inveja um estômago assim, olhe lá e diga-me se não viu o corpo do homem, se não viu os vergões, as nódoas negras, o aparelho genital rebentado, o sangue, Isso não vi, disseram-me que o preso se tinha enforcado e enforcado estava, não havia mais que ver, Será mentiroso, Romano doutor e delegado de saúde, ganhou como e para quê, e desde quando, esse feio hábito de mentir. Não sou mentiroso, mas a verdade não a posso dizer, Porquê, Por medo, Vá em paz, doutor Pilatos, durma em paz com a sua consciência, fornique-a bem, que ela bem os merece, a si e à fornicação, Adeus, senhor autor, Adeus, senhor doutor, mas tome um conselho que lhe dou, evite as formigas, sobretudo aquelas que levantam a cabeça como os cães, é bicho de muita observação, nem o doutor Pilatos imagina, vai ficar debaixo dos olhos de todos os formigueiros, não tenha medo que não lhe farão mal, é só para ver se um dia a sua consciência lhe põe os cornos, seria a sua salvação.

Esta rua em que estamos chama-se da Parreira, não se

sabe a razão, talvez em tempos idos aqui sombreasse uma latada de assinalada uva, e não havendo nome de santo, político, benfeitor ou mártir para registar na esquina, ficará Parreira até um dia. Que faremos agora se os homens de Monte Lavre, Escoural, Safira e Torre da Gadanha só amanhã chegam, se a praça de touros está fechada e ninguém entra, que faremos, pois vamos ao cemitério, quem sabe se Germano Santos Vidigal lá chegou já, os mortos, quando lhes dá para isso, andam depressa, e nem é longe, seguimos ao comprido desta rua, a tarde vai refrescando, depois viramos à direita, como se fôssemos para Évora, é fácil, depois volta-se à esquerda, não tem nada que errar, estão os muros brancos e os ciprestes, como em toda a parte. A casa mortuária é ali, mas está fechada, eles fecham tudo, e levaram a chave, não podemos entrar, Boas tardes, senhor Ourique, então ainda no trabalho, É verdade, que se há-de fazer, não morre gente todos os dias, mas todos os dias é preciso compor-lhes as camas, varrer as ruas, enfim, Vi lá em cima a sua mulher Cesaltina e o seu filho, tem ali uma linda criança, É verdade, Boa palavra essa, senhor Ourique, É verdade, Diga-me então se é verdade que o corpo que está na casa mortuária morreu de maus-tratos, ou só porque o antigo dono dele decidiu enforcá-lo, É verdade que o meu filho é uma linda criança, com aquele costume de querer brincar ao sol, é verdade que o corpo que além está foi enforcado, é verdade que no estado em que se encontrava não teria forças para enforcar-se, é verdade que tem as partes todas rebentadas, é verdade que todo ele é uma pasta de sangue, é verdade que nem depois de morto se lhe reduziram os matulos das pancadas, tamanho de ovos de perdiz, e é verdade que por muito menos teria eu morrido, e mais estou habituado à morte, Obrigado, senhor

Ourique, o senhor é coveiro e homem sério, se calhar por tanto gostar do seu filho, diga-me de quem é esse crânio que tem nas mãos, será do filho do rei, Isso não sei eu, que já não é do meu tempo, Boas tardes, senhor Ourique, vão sendo horas de fechar o portão, dê lembranças à Cesaltina e um beijo ao seu filho por tanto gostar de brincar ao sol.

Dizem-se estas coisas por despedida, daqui debaixo vê-se o castelo, quem pudesse contar todas as histórias dele, as passadas e as que hão-de vir, erro grave seria julgarmos que por hoje se fazerem as guerras do lado de fora dos castelos, acabaram as acções em que são parte, mesmo mesquinhas, mesmo pouco gloriosas, como dizia o marquês de Marialva, Já dei conta a vossa majestade como Manuel Ruiz Adibe que governa Montemor não é capaz para governo desta praça, porque além de sua insuficiência para tudo, escusa os homens trabalhadores de virem trabalhar a fortificação pelo dinheiro que dão, e por esta razão está tão atrasada como se deixa ver, e assim peço a vossa majestade se sirva de permitir que eu informe das pessoas que mais convêm para este posto, sendo que na do tenente-geral de artilharia Manuel da Rocha Pereira concorre toda a suficiência, actividade e zelo, e boa disposição para ocupar este posto, fazendo-lhe vossa majestade mercê de lhe mandar passar patente dele, com título de tenente de mestre de campo general, e Manuel Ruiz Adibe pode gozar seu soldo por entretenimento como gozam os mais capitães de cavalos que vossa majestade reformou, não está tão falto de bens nem tem tantas obrigações que deixe de passar com toda a comodidade ainda que o soldo lhe não seja bem pago. Diabo do Adibe que tão mal cuidava do serviço de sua majestade e tão bem do seu próprio, estão mudados os tempos, agora há funcionários zelosos que matam dentro do posto da guarda de Montemor e vêm saindo a fumar um cigarro, fazem um aceno até amanhã à sentinela que corajosamente olha a linha do horizonte, não assomem por lá os espanhóis, e depois descem a rua serenamente conversando, em passo certo, deitam contas ao trabalho do dia, tantos socos, tantos pontapés, tantas cacetadas, e acham-no bem feito, nenhum deles se chama Adibe, têm nomes de Escarro e Escarrilho, parecem gémeos, e então param em frente do cinema que anuncia o filme de domingo, já amanhã, inauguração da época de Verão com a interessante comédia O Magnífico Preguiçoso, Boa ideia trazer as mulheres, elas gostam coitadas, assim as coisas estejam mais calmas, deve valer a pena, mas bom, o que se chama bom, foi o de quarta-feira, Estelita Castro, a deusa da canção e do bailado, secundada por Antonio Vico, Ricardo Merino e Rafaela Satorres, no maravilhoso filme musical Mariquilla Terremoto, olé.

Entre mortos e feridos escaparam estes. Não os diremos nome por nome, basta saber que uns foram viver para Lisboa em prisões e aljubes, e os mais regressaram ao trilho, agora com o novo salário enquanto durar a ceifa. O padre Agamedes admoesta paternalmente os desvairados, lembra-lhes por via indirecta, quando não por directa via, quanto ficaram a dever-lhe e como mais obrigados estão a cumprir os deveres de cristãos, já que a santa madre pôde mostrar com tanta claridade seu poder e influência, que foi tocar nos ferrolhos da cadeia e eles caírem, abriram-se as grades, aleluia. Diz estas grandezas para uma igreja despovoada, tirando as velhas, que os mais remoem quanto lhes custou a gratidão e não se conformam. Em Monte Lavre pouco se sabe das prisões, tudo é vago, mesmo protestando Sigismundo Canastro que muitas foram, e da morte havida só amanhã começará a saber-se, no falar dos ranchos para o vizinho do eito, mas a fadiga dos vivos parece mais pesada do que a irremediável agonia, Tenho o meu pai mal, não sei o que lhe havemos de fazer, isto são ralações particulares, da casa de cada um, para não falarmos da ceifa que está a chegar ao fim e depois como é que vai ser. Não será diferente dos mais anos, mas agora Norberto, Alberto, Dagoberto praguejam pela boca dos feitores que essa malandragem se há-de arrepender da greve e que caro lhes há-de custar o que levam a mais. Adalberto já escreveu de Lisboa a mandar que, terminada a ceifa e a debulha, fiquem só os homens dos porcos e das ovelhas, e o guarda, não quer a sua terra pisada por grevistas e calaceiros, depois dirá que mais se há-de fazer, depende da azeitona, como está a azeitona. O feitor responderá, mas isso é correspondência corrente que ninguém guarda, recebe-se a carta, faz-se o que ela diz ou dá-se resposta ao que perguntou, e depois onde é que eu a meti, tinha graça pôr estes escritos em ordem e contar por eles a história, que seria outra maneira de contar, o nosso mal é julgarmos que só as grandes coisas são importantes, ficamos a falar nelas e depois quando queremos saber como era, quem estava, que foi que disseram, é uma dificuldade.

Chama-se Gracinda Mau-Tempo e tem dezassete anos. Casará com Manuel Espada, mas não vai ser tão cedo. A rapariga é nova, não pode ir assim casar do pé para a mão, sem enxoval que se veja, tenham os dois paciência. São imposições de embaraços que se metem pelos olhos dentro, além de que nem há casas para morar, Vê lá tu, ter uma pessoa de sujeitar-se a ir viver para outra terra, Não queiras fazer como o teu irmão, sempre por longe, bem sei que não é a mesma coisa, és rapariga, mas já me basta um filho fora do alcance dos meus olhos, ai aquele rapaz. Diz isto Faustina, e João Mau-Tempo faz que sim com a cabeça, tem sempre uma dor no peito quando se fala do filho, diabo do moço, só com dezoito anos e aquele instinto de desarvorar como o avô que já lá está. Gracinda Mau-Tempo relatará depois a Manuel Espada a substância destas conversas, e ele responderá, Eu não me importo de esperar, quero é casar contigo, e diz isto gravemente, como é seu costume em todas as ocasiões, é um jeito de ser que o faz parecer mais velho, e a diferença já não é pequena, conforme dissera Faustina quando a filha lhe veio dizer que Manuel Espada lhe pedira namoro, Mas ele é muito mais velho do que tu, Pois é, e isso que tem, foi o que respondeu Gracinda, melindrada e com justa razão, porque a questão não era essa, a questão é que tinha gostado do Manuel Espada naquele dia de Junho em Montemor, era o que faltava se as idades tivessem de ser para aqui chamadas, ainda que Manuel Espada, quando lhe falou, não tivesse esquecido o ponto, Tenho mais sete anos do que tu, e ela, meio sorrindo, mas confusa em seus pensamentos, Isso que tem, um homem quer-se mais velho, e quando acabou de o dizer pôs-se corada porque tinha dito sim sem dizer sim, coisa que Manuel Espada muito bem entendeu, e passou à pergunta seguinte, Então aceitas, e ela respondeu, Aceito, e ficaram daí em diante a namorar-se segundo as regras do cortejar, na soleira da porta, que para entrar ainda era cedo, mas onde as regras se não seguiram foi em ter Manuel Espada decidido logo falar aos pais, em lugar de esperar o tempo da confirmação dos sentimentos e do segredo mal escondido. Foi nessa altura que João Mau-Tempo e Faustina deram suas razões, sem nenhuma novidade, que não havia meios para o casamento e portanto teriam de esperar, Esperarei o tempo que for preciso, disse Manuel Espada, e foi dali disposto a trabalhar e a poupar, embora tivesse de ajudar a casa dos pais, com quem vivia. São pormenores de pequena vida, invariáveis, ou tão pouco que em duas gerações não se dá pelas diferenças, e Gracinda Mau-Tempo também sabe que dali em diante terá de combinar, regateando com a mãe, quanto do seu salário poderá retirar para o enxoval, como é dever seu.

Muito de homens se tem falado, alguma coisa de mulheres, mas quando assim foi, como de passageiras sombras ou às vezes indispensáveis interlocutoras, coro feminino, de costume caladas por ser grande o peso da carga ou da barriga, ou então mães dolorosas por várias razões, um filho morto, outro valdevinos, ou filha desonrada, é o que não falta. De homens se continuará a falar, mas também cada vez mais de mulheres, e não por causa deste namoro e futuro casamento, pois namorar também namoraram Sara da Conceição e Faustina, avó já morta e mãe ainda felizmente viva de Gracinda Mau-Tempo, e disso poucas foram as coisas ditas, as razões são outras, ainda se calhar imprecisas, e é que os tempos vêm aí. Logo isto de se terem declarado sentimentos à porta duma prisão, ou posto da guarda e lugar de morte, para o caso tudo o mesmo, vai contra as tradições e as conveniências, numa hora de tanta aflição, é certo que compensada por alegrias de liberdade ainda temerosa, dizer um rapaz a uma rapariga, Quero namorar contigo, esta mocidade não se parece nada com a do meu tempo.

Foi Gracinda nascida dois anos antes de sua irmã Amélia, que, por ter mais cedo encorpado, apagava a diferença a olhos de quem não tivesse prévia informação. Não havia muitas parecenças mútuas, talvez por andarem tão misturados estes sangues e tão prestes a manifestarem-se singulares. Temos em vista aquele antepassado vindo do frio Norte que na fonte forçou a donzela, sem castigo de seu senhor Lamberto Horques, preocupado com outra ascendência e cavalhadas. Porém, para que em nós se confirme a modéstia e pequenez deste mundo, aqui temos Manuel Espada a pedir namoro a Gracinda Mau-Tempo ao pé daquela mesma fonte, junto a um regaço de fetos por esta vez não deitados e quebrados como então acontecera enquanto o corpo da forçada se não deslassou, vencido. Pudéssemos nós atar os fios soltos, e o mundo seria a mais forte e justificada de todas as coisas. E se a fonte pudesse falar, é um supor, merecido e justo seria, tão constante de água cantante tem sido, e já lá vão quinhentos anos, muito mais se é obra moura, se pudesse falar apostemos que diria, Esta rapariga já aqui esteve, confusão que se desculpa, com o tempo até as fontes confundem as memórias, isto sem falar da grande diferença que se mostra no respeito de Manuel Espada, que apenas pega na mão de Gracinda Mau-Tempo, Então aceitas, e tornaram a subir deixando os fetos para outra ocasião.

Estas crianças sabem muito e variado. Entre António Mau-Tempo, que é o mais velho, e Amélia Mau-Tempo, que é a mais nova, metem-se quatro anos, não mais. Houve uma época em que foram três trouxinhas de carne mal nutrida e mal enroupada, tal como continuam hoje, adolescentes, se a palavra não é fina de mais para estas paisagens e nestes latifúndios. Andaram às costas de pai e mãe, em cestas à cabeça quando ainda não podiam andar ou as pernas cansavam depressa, às cavaleiras do pai ou ao colo da mãe, por seu pé, e viajaram mais, na proporção da idade, do que o judeu errante. Tiveram grandes guerras com mosquitos em terras de arroz, pobres inocentes indefesos que nem tino tinham para enxotar da face o esquadrão de lanceiros voadores que zeniam de puro e agudo gozo. Mas, sendo a vida dos mosquitos mais curta e não tendo as crianças morrido, é destas que falamos, não doutras a que não faltaram mortes de sezões, se houve vencedores na guerra foram os da resistência passiva. Não é frequente, mas acontece.

Agora vede estas crianças, ou esta, qualquer delas, o rapaz mais velho, ou a do meio, ou esta mais pequena, aqui deitada num caixote à sombra da azinheira enquanto a mãe anda a trabalhar ali por perto, mas não tão perto que distintamente a veja, e sabendo nós o que são crianças, mais ainda se não sabem falar, vem a dorzita de barriga, ou nem sequer isso, apenas o derramar oportuno das fezes, e vá lá que por esta vez não estamos com disenteria, e quando Faustina vem por ela, são horas do almoço, está Amélia toda borrada, coberta de mosquedo como uma esterqueira que, salvo seja, é. Enquanto lava e não lava, e não só o corpinho todo sujo até às costas, mas também os trapos que o envolviam e se espera que sequem estendidos nesta lenha, passou o tempo e passou o apetite. E neste momento nem sabemos de quem cuidar, se de Amélia por enquanto limpa e refrescada, mas tão sozinha, se de Faustina que volta ao trabalho a roer um bocado de pão seco. Fiquemos por aqui, debaixo da azinheira, abanando o rostinho da criança que quer dormir, com este galho, porque as moscas já tornam e também para evitar um desgosto aos pais, não vá passar por aqui cortejo de reis e cavaleiros, ver a aia da rainha estéril este anjinho deitado e levar a Amélia para o palácio, e então que feio seria não reconhecer a menina achada seus verdadeiros pais, lá porque só veste agora veludos e brocados e toca alaúde na sua câmara alta virada ao latifúndio. Histórias assim contará Sara da Conceição mais tarde aos netos, e Amélia nem acreditaria se lhe disséssemos o grande perigo que correu, não fosse estarmos nós presentes, sentados nesta pedra e a abanar este galho.

Mas as crianças, podendo ser, crescem. Enquanto lhes não chega a idade de trabalhar, ficam entregues às avós, ou com as mães, se não há trabalho para as mães, ou com as mães e os pais, se também para os pais não há trabalho, e se é mais tarde, se de crianças já têm pouco e de trabalhadores tudo, se acontece não haver trabalho para pais, mães, filhos e avós, aqui está, senhoras e senhores, a família portuguesa como gostais de imaginá-la, reunida na mesma fome, e então é conforme o tempo. Se é de cair a bolota, vai o pai por ela enquanto Norberto, Adalberto ou Sigisberto não mandam a guarda patrulhar de noite, que também para isso a formou a senhora república logo à sua nascença. Contos largos e compridos são estes. Mas a natureza é pródiga, teta abundante que em cada valado se derrama, Vamos nós aos cardos, aos catacuses, aos agriões, e digam-nos depois se há melhores modos de abastança. Quem diz catacuses, diz espinafres, à vista tudo é um, só no paladar se nota, mas cozido, refogadozinho com uma cebola que ainda resta, com licença se arrotei. E há os cardos. Ripa-me aí esses cardos, junta-lhe dez bagos de arroz, é um banquete, é servido senhor padre Agamedes, quem levou a carne pode levar os ossos. Todo o cristão, e que o não seja, há-de ter as suas três refeições por dia, o almoço, o jantar e a ceia, estes nomes ou outros tanto faz, o que é preciso é não estar o prato vazio, ou a tigela, ou, sendo de pão e conduto, sirva este para mais do que simples cheiro. É uma regra tão de ouro como qualquer outra de particular nobreza, um direito humano, tanto de pais como de filhos, para que não tenha de acontecer comer eu uma vez, para poderem eles comer três vezes, é certo que mais feitas estas para enganar do que para lhe chegar com o dedo. As pessoas falam falam, mas não sabem o que é a precisão, dar volta à arca e saber que a última côdea já foi comida ontem, e mesmo assim levantar a tampa uma vez mais, não fosse ter acontecido o milagre das rosas, aliás até ele impossível, porque nem eu nem tu nos lembramos de ter posto rosas dentro da arca, e para isso era preciso apanhá-las, se julgam que as rosas nascem dos sobreiros, bonito seria, tresvariar assim só por efeito da fome, Hoje é quarta-feira, vai ao prédio, Gracinda, vai tu com a tua irmã, Amélia, leva-a pela mão, Gracinda, desta vez o António não vai. São incitamentos à mendicidade, é esta a educação que os pais dão aos filhos, não se me dar a língua um nó quando tal digo, não me cair ela no chão aos saltos como o rabo dum lagarto, assim aprenderia a ter tento nas palavras e a não falar de barriga cheia, que é conversa porca.

Quarta-feira e sábado são os dias em que Deus Nosso Senhor desce à terra consubstanciado em toucinho e feijão frade. Estivesse aqui o padre Agamedes e haveria de clamar heresia, apelar para a santa inquisição, contra nós que dissemos que o Senhor é um feijão e um coirato, mas o mal do padre Agamedes está na pouca imaginação, habituou-se a ver Deus na pastilha de farinha triga e nunca foi capaz de o inventar doutra maneira, tirando a barba grande e o olho escuro do Pai, e a barba pequena e o olho claro do Filho, com esta diferença de cores que caso de fonte e de fetos terá havido na sacra história. Mais sabe daquelas transfigurações dona Clemência, esposa e cofre de virtudes desde Lamberto ao último Berto, que às quartas-feiras e sábados preside à composição das esmolinhas, guiando e vigiando a espessura da fatia do toucinho, escolhido o menos entremeado, melhor ainda se só gordura, mais alimenta, passando por escrúpulos de pura justiça a rasoira na medidinha do feijão, tudo pela caridade de evitar as guerras da inveja infantil, Tens mais do que eu, Tenho menos do que tu. É uma cerimónia linda, derretem-se os corações de santa compaixão, nenhuns olhos ficam enxutos, nem os narizes, que é Inverno agora e sobretudo lá fora, encostados ao prédio estão os garotos de Monte Lavre que vieram à esmola, vede como padecem, e descalcinhos, doridos, olhai como as meninas levantam um pezinho e logo o outro a fugir do chão gelado, poriam os dois no ar se lhes crescessem em vida as asas que se diz teriam depois de mortas se tivessem a sensatez de morrer cedo, e como puxam o vestidinho para baixo, não de pudor ofendido, que por enquanto os rapazes não reparam nessas coisas, mas de ânsia friorenta. É uma fila à espera, cada qual com sua latinha na mão, todos de nariz no ar, fungando o ranho, a ver quando enfim se abre a janela do andar e a cesta pendurada por um cordel desce do céu, devagarinho, a magnanimidade nunca tem pressa, era o que faltava, a pressa é que é plebeia e sôfrega, só não engole os feijões frades mesmo assim porque vêm crus. Põe o primeiro da fila a sua latinha dentro do cesto, eis a grande ascensão, vai e não tardes, o frio rapa ao longo da parede como uma navalha rebarbada, quem é que pode suportar isto, ora suportam todos em nome do que há-de vir, e então surge a cabeça da criada, lá vem o cesto com a latinha cheia ou meia, para ensinar aos espertos ou novatos que o tamanho da lata não influencia a dadora desta catedral de beneficência. Julgar-se-ia que quem viu isto viu tudo. Pois não é verdade. Dali ninguém arreda pé até que o último receba o seu quinhão e o cesto seja recolhido até sábado. Falta que venha dona Clemência à janela, toda recatada em agasalhos, a fazer o seu gesto de adeuzinho e bênção, enquanto o fresco e amorável coro infantil agradece em diversas línguas, salvo os dissimulados que mexem os lábios e basta, Ai senhor padre Agamedes, o bem que me faz à alma, e se alguém jurar que de hipocrisia dona Clemência fala, muito enganado está, que ela é que sente a diferença que na alma lhe vai às quartas e sábados, em comparação com os outros dias. E agora reconheçamos e louvemos a cristã mortificação de dona Clemência, que tendo ao seu alcance, em tempo e meios de fortuna, o conforto permanente e assegurado da sua alma imortal, a ele renuncia não dando toucinho e feijão frade todos os dias da semana, é esse o seu cilício. Além disso, senhora dona Clemência, essas crianças não podem ir mal habituadas para a vida, havia de ser bonito quando crescessem, aonde é que chegariam as exigências.

Quando cresceu, Gracinda Mau-Tempo não foi à escola. Nem Amélia iria. Nem António tinha ido. Em tempos muito antigos, era o pai destes três criança, andaram os propagandistas da república a clamar pelos povoados, Mandai os vossos filhos à escola, eram como apóstolos de pera e bigode e chapéu mole anunciando a boa nova, a luz da instrução, chamavam à cruzada, com a extrema diferença de que então não se tratava de expulsar o turco de Jerusalém e do túmulo do Senhor, não eram coisas de ossos ausentes, mas de vidas presentes, estas que depois iam com a saquita de linhagem a tiracolo, suspensa de um barbante, e lá dentro a cartilha oferecida pela mesma república que mandava carregar a guarda se os progenitores reclamavam salário maior. Recebeu por isso João Mau-Tempo suas letras, bastantes para ter escrito na cartilha de Montemor o seu nome errado João Mautempo, ainda que, inseguro, não raro escreva João Mautempo, já bastante melhor, senão exacto, que Mau-Tempo é alarde evidente de presunção gramática. Avança o mundo, mas conforme. Em Monte Lavre não avançou ele que chegasse para irem os três irmãos à escola, e agora como há-de Gracinda Mau-Tempo escrever ao namorado se ele estiver longe, boa pergunta esta, e como havia António Mau-Tempo de dar mais notícias se coitado não aprendeu e anda a valdevinar em frequências quadrilheiras, prouvera que lhe não pegue a peçonha, e não pegou, diz Faustina ao marido, De ti só teve bons exemplos.

João Mau-Tempo faz que sim com a cabeça, mas, em seu coração, duvida. Dói-lhe não ter o filho ao lado, olhar em redor de si e ver só as mulheres. Faustina tão diferente do que foi em nova, e já então não era bonita, e as filhas cuja frescura ainda resiste ao trabalho de arrastar, pena é que Amélia tenha tão estragados os dentes. Mas de bons exemplos não tem João Mau-Tempo a certeza. Durante toda a sua vida não fez mais do que ganhar o pão, e não todos os dias, e logo isto lhe arma um nó cego dentro da cabeça, que venha um homem ao mundo sem ter pedido, que passe de frio e fome infantil mais do que a conta, se conta pode haver, que chegando a crescido tenha a fome de redobrar como castigo por ter sido o corpo capaz de aguentar tanto, e depois de maltratado por patrões e feitores, por guardas e guarda, tendo chegado aos quarenta anos disse a sua vontade, vai preso como gado para a feira ou para o matadouro, e tudo na prisão é fazer pouco de um homem, e até a liberdade é uma bofetada, um bocado de pão atirado para o chão, a ver se o levanta. Isto fazemos ao pão quando cai, tomamo-lo na mão, sopramos-lhe de leve como se lhe devolvêssemos o espírito, e depois damos-lhe um beijo, mas não o comerei já, parto-o em quatro bocados, dois maiores, dois mais pequenos, toma lá Amélia, toma lá Gracinda, este para ti, e este para mim, e se alguém perguntar para quem foram os dois pedaços maiores, é menos do que um animal, porque um animal sei eu que saberia.

Os pais não podem fazer tudo. Os pais põem os filhos no mundo, fazem por eles o sempre pouco que sabem, e ficam à espera de que o melhor aconteça, parecendo-lhes até se estiverem com muita atenção, ou mesmo quando não tanta assim, com qualquer coisa um pai se ilude, julga-se atento e não está, mas enfim, é impossível que filho meu seja maltês, minha filha levantada, o meu sangue envenenado. Quando António Mau-Tempo passa épocas em Monte Lavre, João Mau-Tempo esquece-se de que é pai e mais velho e põe-se a andar em redor do filho, como se quisesse apurar a verdade daquelas ausências, por tão longe como Coruche, Sado, Samora Correia, Infantado e mesmo do outro lado do Tejo, e os casos verídicos que pela boca do filho vêm confirmar ou confundir a lenda do José Gato, lenda dizemos, embora tudo se queira na sua proporção, é o José Gato um pimpãozito sem glória, deixou ir os de Monte Lavre à prisão, esses casos valem mais por envolverem António Mau-Tempo, de lá estar ou ouvir dizer, do que como informação pitoresca para a história da pequena e campestre delinquência. E João Mau-Tempo tem às vezes um pensamento que não conseguiria pôr por palavras extensas, mas que, entrevisto, parece dizer que se é de bons exemplos que se trata, talvez estes de José Gato não sejam tão maus como isso, mesmo roubando e faltando nas horas mais necessárias. Um dia António Mau-Tempo dirá, Na minha vida tive um mestre e um explicador, e agora, nesta idade em que estou, voltei ao princípio para tornar a aprender tudo. Se é necessário começar já a esclarecer algumas coisas, diga-se que o pai foi o mestre, José Gato o explicador, e o que António Mau-Tempo estiver a aprender, não será ele sozinho.

Estes Mau-Tempos decoram bem as lições. Quando Gracinda Mau-Tempo se casar, já irá a saber ler. Parte do namoro foi isso, uma cartilha de João de Deus, a letra preta e a outra de risquinhos, a acinzentar, para que se distingam as sílabas, mas não é natural que estas finezas se fixem em memórias nascidas entre outros dizeres, basta que hesitando vá lendo e fazendo intervalos entre as palavras à espera de que no cérebro se acenda a carreirinha de luzes do entendimento, não é acega, Gracinda, é acelga, não faças confusão, Manuel Espada já entra em casa, não fosse a cartilha ainda ficaria pelos terrenos da soleira mais uns tempos, mas enfim parecia mal estarem a dar a lição quando os outros passavam, e o namoro parecia de firmeza, O Manuel Espada é um bom rapaz, dizia Faustina, e João Mau-Tempo punha-se a olhar para o genro futuro e via-o vir andando de Montemor para Monte Lavre, a pé, desprezando carros e carretas, só para levar avante a sua opinião, não ficar a dever favor a gente que lhe tinha recusado o pão para a boca. Era também uma lição, assim a tomava, embora o Sigismundo Canastro tivesse dito, O Manuel Espada fez bem, mas nós não fizemos mal, nem ele ganhou vindo a pé, nem nós perdemos vindo a cavalo, tudo está na consciência das pessoas. E o Sigismundo Canastro, que tem um riso malicioso, ainda que de poucos dentes, disse depois, Sem falar que ele é novo e a nós já nos vão pesando as pernas. Pois sim, mas se houve trinta e três razões para o bom acolhimento que teve o pedido de namoro de Manuel Espada no ânimo dos pais de Gracinda, a primeira de todas, se alguma vez João Mau-Tempo a confessou a si mesmo, foram os vinte quilómetros andados a pé, a rejeição arrebatada do moço, isso de afirmar-se um homem durante quase quatro horas com a sua constância debaixo do sol, batendo as botas no macadame, assim como se levasse uma grande bandeira que não poderia sujeitar-se a ir nos carros do latifúndio. Desta maneira, e como sempre tem acontecido desde que o mundo é mundo, aprendeu o velho com o novo.

Maio é o mês das flores. Vai o poeta em seu caminho, à procura das boninas de que ouviu falar, e se não lhe sai ode ou soneto, há-de sair quadra, que é saber mais comum. O sol não está a doidice de Julho e Agosto, corre mesmo uma fresca aragem, e onde quer que a gente ponha os olhos, daqui deste alto ponto que em tempos doutro tempo terá servido de atalaia, tudo são verdes searas, não há espectáculo mais capaz de desafogar as almas, só por dureza de coração se não sentiria o afago da felicidade. Olhando a esta mão, o mato é um jardim sem rega nem jardineiro, são tudo plantas que tiveram de aprender à própria custa os modos de conciliar-se com a natureza, com esta pedra bruta que resiste à penetração das raízes, e talvez por isso, por esta energia obstinada em lugares donde se afastam os homens, aqui onde a luta é entre o vegetal e o mineral, são as essências tão penetrantes, e quando o sol escalda a colina, todos os perfumes se abrem e aqui infinitamente adormeceríamos, talvez morrendo com o rosto sobre a terra, enquanto as formigas, como os cães levantando a cabeça, avançam protegidas por máscaras de gás, pois ali é também o seu lugar de viver.

São poesias fáceis. Estranho é que não se vejam homens. As searas crescem, verdíssimas, o mato está em seu sossego e aroma, e tornando a reparar, já o trigo perdeu a sua tenra frescura, uma minúscula gota de amarelo em tão grande espaço, quase não se nota, e os homens, onde estão os homens que os não vemos por estas paisagens tão felizes, afinal não é verdade serem como os servos da gleba, atados iguais a cabras a uma estaca para só ali comerem e do que houver. Grandes são afinal estes ócios enquanto o trigo cresce, deitou um homem a semente à terra, e se o ano favorece, estende-te perna, chamem-me quando for a hora de ceifar. Não se percebe portanto que este Maio de flores seja mês de cara fechada, não falamos do tempo, que está bonito e promete, mas destas caras e olhos, boca e carranca, Não há trabalho, dizem eles, e se a natureza canta, bom proveito lhe faça, que para cantar não temos nós gosto.

Dêmos nós um passeio ao campo, subamos ao monte e de caminho deu o sol nesta pedra, refulgiu ela, e nós que facilmente acreditamos na felicidade, dizemos, É ouro, como se ouro fosse tudo quanto luz. Não vemos os homens a trabalhar e logo declaramos, Rica vida, aí está a seara a crescer e o pessoal de costa direita. Porém, é bom que nos entendamos. Passa-se o Inverno como já foi dito, em grandes banquetes e comezainas de cardos, catacuses e agriões, com uma cebolita de refogado, uns baguitos de arroz e um poucachinho de pão, tirando à boca para não faltar tudo à dos filhos, não devia ser preciso repetir, vão pensar que nos estamos a gabar dos sacrifícios que fazemos, olha a ideia, fizeram os nossos pais o mesmo e os pais deles, e os pais dos pais, até ao tempo do senhor Lamberto, e para trás, até onde já ninguém tem lembrança, passou-se o Inverno assim e se alguém morreu de fome não faltam nomes para causas de morte menos ofensivas do pudor e da decência. Meados são de Janeiro, já há quem mande limpar as árvores, tanto faz Dagoberto como Norberto, começa-se a ganhar alguma coisa, mas para todos não dá, Escolhe lá boa gente, que não arranje conflitos, e depois, limpadas as árvores, está a lenha no chão, vêm aí os carvoeiros, compra aqui, compra acolá, e então é o trabalho destas artes do fogo, e as palavras cabíveis de chacotar a lenha, rechegar e enfornar, terrear e empoar, enquanto as vamos nós aqui saboreando, vão eles fazendo o que elas dizem, não é nada connosco, nós só sabemos de palavras, e ainda assim não as sabíamos antes, viemos aprendê-las à pressa para a necessidade, e se está tudo pronto, vamos a ensacar e carregar, adeus até para o ano, o meu nome é Peres, tenho em Lisboa vinte e cinco carvoarias, mais umas tantas nos arredores, e diga à sua patroa que este carvão é do bom, é sobro, arde devagarinho, por isso é mais caro, não pode deixar de ser. Ardemos, amigo meu, esta secura, este pó, este fumo, que temos aí que se beba, ponho a infusa à boca, deito a cabeça para trás, gorgoleja a água, quem dera que estivesse mais fresca, escorre pelos cantos da boca e traça rios de pele clara entre margens de carvão. Todos nós deveríamos ter passado por estas coisas e outras, por todas, que a vida, curta sendo, para tanto daria e muito mais, houve quem pouco vivesse e todo o seu tempo tivesse consumido neste fazer.

Foram-se os carvoeiros, e agora. É Maio das flores, quem versos saiba fazer, experimente comer deles. Há umas ovelhas para tosquiar, quem sabe desta arte, Sei eu, sei eu, sabem poucos, e os outros vão continuar à boa vida, semanas de vida má, sai de casa, entra em casa, até que as searas estejam capazes de ceifar, aqui mais cedo, além mais tarde, agora vêm vocês, os outros esperam, está a cabra presa à estaca e não tem mais que comer. E houve tempo, Então a como é a jorna, dizem os trabalhadores na praça, e os feitores passeiam ao longo dos batalhões desarmados, está a foice em casa e o martelo não é da nossa arte, e passeando dizem, ou param brincando com os dedos no bolso do colete, A jorna é como os outros, como os outros pagarem é que a casa paga. Isto é conversa antiquíssima, já no tempo dos senhores reis assim se dizia, e a república não mudou nada, não são coisas que se mudem por tirar um rei e pôr um presidente, o mal está noutras monarquias, de Lamberto nasceu Dagoberto, de Dagoberto nasceu Alberto, de Alberto nasceu Floriberto, e depois veio Norberto, Berto e Sigisberto, e Adalberto e Angilberto, Gilberto, Ansberto, Contraberto, que admiração é essa terem tão parecidos nomes, é o mesmo que dizer latifúndio e dono dele, os outros baptismos pouco contam, por isso o feitor não diz nomes, diz os outros, e ninguém vai perguntar que outros esses são, só gente da cidade cairia na inocência.

Está-se nisto, Quanto vamos ganhar, e não se descose o feitor, É o que os outros derem, e fechado o círculo desta maneira, às cegas, perguntei eu, não respondeste tu, Vão trabalhar e depois se vê. Por outras palavras, pouco diferentes, o mesmo diz o homem à mulher, Vou trabalhar e depois se vê, e ela pensa, ou diz em voz alta, e talvez não devesse dizer porque estas coisas doem, Ao menos tens trabalho, e segunda-feira estão os rurais no campo, já fazendo a sua obrigação, e dizem uns para os outros, Quanto é que será, quanto é que não será e não sabem, E aqueles além à estrema, no outro lavrador, Já perguntei, também não sabem, e assim se chega ao sábado, e então sim vem o encarregado dizer, A jorna é tanto, toda a semana trabalharam sem saber quanto valia o trabalho e à noite a mulher perguntava, Então já sabes, e o homem respondia de mau modo e vontade, Não sei, não me atormentes, mulher, e ela dizia, Não é por mim, foi o padeiro que perguntou por causa do fiado, ah esses míseros diálogos. Que continuam, Tão poucachinho, Não sei, não sei, se os outros pagarem, eu pago. Fingimentos todos sabemos o que são, mas estes foram combinados entre Ansberto e Angilberto, entre Floriberto e Norberto, entre Berto e Latifúndio, que é a outra maneira de dizer tudo.

Todos os anos, em datas certas, a pátria chama os seus filhos. É um modo exagerado de dizer, habilidosa cópia de algumas proclamações usadas em hora de aperto nacional, ou de quem em seu nome fala, quando importa, para fins confessos ou inconfessos, que sejamos mostrados como uma imensa família toda feita de irmãos, sem distinção de Abel e de Caim. A pátria chama os seus filhos, ouve-se a voz da pátria a chamar, a chamar, e tu que até hoje nada mereceste, nem o pão para a fome que tens, nem o remédio para a doença que te tem, nem o saber para a ignorância, tu, filho desta mãe que tem estado à espera desde que nasceste, tu vês o teu nome num papel à porta da junta de freguesia, não sabes ler, mas alguém letrado aponta com o indicador a linha onde se enrola e desenrola uma minhoca preta, és tu, ficas a saber que essa minhoca és tu e o teu nome, escrito pelo amanuense do distrito de recrutamento, e um oficial que não te conhece e de ti só quer saber para isto, põe o seu dele nome por baixo, é uma minhoca ainda mais enredada e confusa, não chegas sequer a saber como o oficial se chama, e a partir de agora não podes fugir, a pátria olha-te fixamente, hipnotiza-te, era o que faltava se ias ofender a memória dos nossos avós e os descobrimentos. Chamas-te António Mau-Tempo, desde que vieste a este mundo te espero, meu filho, para que saibas que mãe estremosa sou, e se durante todos estes anos te não dei muita atenção, haverás de perdoar porque vocês são muitos e eu não posso olhar por todos, andei a preparar os meus oficiais que hão-de mandar em ti, não se pode viver sem oficiais, como havias tu de aprender os movimentos da marcha, um dois esquerdo direito, direita volver, alto, ou os manejos de arma, cuidado quando enfias a culatra, ó saloio, vê lá se queres deixar ir o dedo atrás, e dizem-me que não sabes ler, fico espantada, então não pus eu escolas primárias nos sítios estratégicos, liceus não, não precisarias, a tua vida é diferente, e vens dizer-me que não sabes ler, nem escrever, nem contar, trabalhos me dás, António Mau-Tempo, vais ter de aprender no quartel, não quero filhos analfabetos debaixo das minhas bandeiras, e se depois esqueceres o que te mandar ensinar, paciência, não será minha a culpa, tu é que és burro, labrego e saloio, em verdade te digo, estão os meus exércitos cheios de labregos, o que vale é ser por pouco tempo, acabado o serviço militar voltarás à tua ocupação, porém se quiseres outra tão custosa como essa, também se arranja.

Dissessem as pátrias a verdade e ouviríamos este discurso, mais ponto, menos cifra, mas então haveríamos de sofrer o desgosto de deixar de acreditar nas maviosas histórias da carochinha, as de ontem e de hoje, ora de armadura e guante, ora de dragona e greva, por exemplo aquela do soldadinho que vivia na trincheira saudoso da sua mãe carnal, que a celeste já morreu, olhando enfim o retrato daquela que lhe deu o ser, até que certo dia uma bala perdida, ou pelo contrário muito bem disparada por atirador especial do inimigo, fez o retrato em estilhas, levou a efígie da doce anciã e senhora mãe para os quintos, e então o soldadinho, louco de dor, salta o parapeito e corre de arma em riste contra as trincheiras adversárias, mas não foi longe, caiu-lhe em cima uma rajada que o ceifou, é assim que se diz nestas narrativas da guerra, a qual rajada lhe foi atirada por um soldado alemão que também tem no bolso o retrato de sua mãe e suave anciã, isto se acrescenta para ficarem mais completas as histórias das mães e das pátrias e de quem morre ou mata por histórias destas.

António Mau-Tempo deixou o trabalho onde o tinha, desceu a Monte Lavre, saiu do comboio em Vendas Novas, olhou de fora o quartel onde teria de estar daí a três dias e meteu pernas ao caminho, três léguas são, e como o tempo estava formoso foi de seu passo seguro mas sem pressa, deixando à mão esquerda o polígono de tiro, há terras que nascem com mau fado, castigada é esta de estéreis revolvimentos, é como alguns homens, e por fim perde-a de vista, ou, com mais exactidão, de saber que está lá, mesmo não a vendo, e fica agitado só de pensar que por ano e meio estará perdida a sua liberdade. Lembra-se do José Gato, se ele teria feito a tropa, e sente no coração um desafogo grande, como se o destino estivesse a abrir-lhe uma porta para as estradas e a dizer-lhe, Deixa tudo, para que hás-de ir meter-te num quartel, entre quatro paredes de caserna, e depois tornar a tirar cortiça, a cavar, a ceifar, parvo és, vê lá tu o José Gato, aquilo, sim, é vida, quem se atreve a pôr-lhe a mão em cima, e tem lá os seus da quadrilha, é o chefe, o que ele diz é que se faz, e mesmo que não vás tu ser já o chefe, tens de aprender, estás novo, para começo não estaria mal. Tentações, tem cada um as que pode e aprendeu. Há-de isto parecer de pouco tino, em rapaz que vem de famílias honradas, só aquela mancha da vida e morte do avô Domingos Mau-Tempo, não se pode levar os anos a pensar sempre nisso, mas atire a primeira pedra quem nunca sonhou estas e outras acções piores, tanto mais que nesta altura ainda António Mau-Tempo não conhece toda a história do José Gato, falta a que está por acontecer, e só lhe encontra o bom sabor da carne de porco que comprou clandestina com o seu dinheiro honradamente ganho.

Com quinze quilómetros para andar, um homem tem seu vagar de pensar, dá balanço à vida, ainda ontem rapazelho e daqui a pouco recruta, mas quem ali vai na estrada, pé firme, é o melhor tirador de cortiça dos nove novéis que com ele aprenderam, quem sabe se não irá encontrar algum na tropa. O tempo aqueceu, o saco não pesa muito, mas bambeia e escorrega do ombro, aqui me sento a descansar, uns tantos metros fora da estrada, não longe, mas a coberto, estendo dobrada a manta por causa da humidade do chão, pouso a cabeça no saco e adormeço, tenho tempo de chegar a Monte Lavre. Sentou-se agora ao pé de mim uma velha muito velha, é pouca sorte minha e o que lhe vale a ela, mas a mim não sei que me valha, a força que ela tem, será feitiço, pega-me na mão, abre-me os dedos fechados, e diz, Reza na tua mão, António Mau-Tempo, que não casarás nunca nem darás filhos, que farás cinco grandes viagens a longes terras e arruinarás a tua saúde, não terás terra tua a não ser a da sepultura, não és mais do que os outros, e mesmo essa só pelo tempo de seres pó e coisa nenhuma, a não ser os ossos que sobram, iguais aos de toda a gente, que irão parar a qualquer lado, aí não chega a minha adivinhação, mas enquanto fores vivo não farás nada mal feito, ainda que te digam o contrário, e agora levanta-se que são horas. Mas António Mau-Tempo, que sabia que estava a sonhar, fez de contas que não ouviu a ordem e deixou-se continuar a dormir, mal fez ele porque assim não chegou a saber que sentada à sua beira estivera uma princesa a chorar e que lhe pegara na mão duríssima e calosa, ainda que tão jovem, tão jovem era, e então, tendo esperado tanto, retirou-se a princesa arrastando sobre os tojos e as estevas o cetim do seu vestido, e por isso quando António Mau-Tempo acordou, estava o mato coberto de flores brancas que antes não vira.

A vida do latifúndio tem muito destes casos que parecem impossíveis e são inteiras verdades. Porém, dali a Monte Lavre foi António Mau-Tempo pensativo porque dera com duas gotas de água na palma da mão e não atinava donde teriam elas vindo, tanto mais que não se misturavam uma com a outra, rolavam como pérolas, são prodígios também no latifúndio costumados, só os presunçosos têm dúvidas. Estamos que António Mau-Tempo ainda hoje teria as gotas de água, se ao chegar a casa, no gesto de abraçar a mãe, elas não lhe tivessem escapado da mão, e voado pela porta fora, ruflando umas asas brancas, Que pássaros são estes, Não sei, minha mãe.

Há quem tenha o sono pesado, há quem o tenha leve, há quem ao adormecer se despegue do mundo, há quem não saiba estar senão deste lado e por isso sonha. Diremos que Joana Canastra é consoante. Possa ela dormir em seu sossego, é o caso de quando está doente, se as dores não doerem demasiado, e aí fica no jeito que lhe ficou do berço, diria quem de então a conheceu, a face sobre a mão aberta, moreníssima e cansada, no mais longo e profundo sono. Mas se tem cuidados, e os cuidados hora certa, quinze minutos antes dela abre os olhos bruscamente, como se obedecesse a um mecanismo interior de relojoaria e diz, Sigismundo, levanta-te. Fosse este relato caso contado por quem o viveu e logo se veria que já começaram as deturpações, involuntárias umas, premeditadas outras e obedecidas a regras, porque o que Joana Canastra realmente disse foi, Sismundo, levanta-te, e aqui se verifica a que ponto é pequena a margem para o erro quando ambos sabem do que se trata, a prova é que Sigismundo Canastro, a quem por sua vez não faltam dúvidas ortográficas, atira a manta para trás, salta da cama em ceroulas e atravessa a casa para ir abrir o postigo e espreitar para fora. É ainda escura noite, só um olho agudíssimo, que Sigismundo Canastro já não tem, ou uma experiência de milénios, que lhe sobra, permitiriam distinguir a imponderável mudança que há na banda da nascente do dia, talvez, entenda quem puder estes mistérios da natureza, o brilho maior das estrelas, quando o contrário é que havia de parecer certo. A noite está fria, nem admira, Novembro é bom mês para isso, mas o céu mostra-se descoberto e assim irá ficar, como também em Novembro acontece muito. Joana Canastra já se levantou, acende o lume, empurra a cafeteira tisnada para aquecer o café, é o nome que continua a ser dado a esta mistura de cevada ou chicória ou tremoço queimado e moído, nem a gente sabe o que bebe, e vai buscar à arca meio pão e três sardinhas fritas, não ficou muito mais na arca, se ficou alguma coisa, põe tudo em cima da mesa e diz, Tens o café quente, vem comer. Hão-de parecer estas palavras triviais, pobre falar de gente pouco imaginosa que nunca aprendeu a engrandecer os pequenos actos da existência com palavras superlativas, veja-se se há alguma comparação entre a despedida de Julieta e Romeu no balcão do quarto onde a donzela se fez dona e as palavras ditas pelo alemão de olhos azuis à não menos donzela, mas plebeia, que sobre os fetos a dona foi forçada. E o que ela lhe disse. Fossem estes diálogos mantidos na elevação das suas circunstâncias e saberíamos que, embora não primeira, esta saída de Sigismundo Canastro tem que se lhe diga e por isso irá dizer-se. Comeu Sigismundo Canastro meia sardinha e um naco de pão, sem prato nem garfo, cortando pedacinhos dela e bocadinhos dele com a ponta meticulosa da cuchila, assentou sobre esta papa já no estômago o conforto quente do café aleijado, há quem jure a pés juntos que a existência de Deus se prova pela existência e concordância do café e da sardinha frita, mas isto são questões de teologia, não de viagens matinais, pôs o chapéu na cabeça, atacou as botas, enfiou um pelico surrado e disse, Até logo, mulher, se perguntarem por mim, diz que não sabes aonde fui. Nem valia a pena fazer a recomendação, é sempre a mesma, e aliás nem Joana Canastra poderia dizer muito, pois sabendo ao que vai o marido, e isso não diria nem que a matassem, não sabe aonde vai ele, e portanto nem que a matassem poderia dizer. Sigismundo Canastro estará todo o dia por fora, voltará noite fechada, mais por razões de caminho e distância do que por real tempo ocupado, embora nunca se saiba. A mulher diz, Até logo, Sismundo, ela insiste no nome assim, não devemos rir, nem sequer sorrir, que é um nome, e depois de ele ter saído pela cancela do quintal foi sentar-se num cortiço ao pé do lume e ali ficou até o sol nascer, de mãos juntas, mas não consta que rezasse.

Faustina Mau-Tempo, no outro extremo de Monte Lavre, não está habituada, é a primeira vez. Por isso, embora saiba que o marido só deverá sair de casa já com o sol nascido, não conseguiu dormir em toda a noite, espantada de que sendo João Mau-Tempo por costume tão inquieto, ali esteja dormindo sossegadamente, como quem nada teme embora alguma coisa deva. São compensações do corpo para a alma alterada. Quando João Mau-Tempo acorda, dia claro mas ainda não sol fora, a lembrança do que vai fazer entra-lhe subitamente pelos olhos dentro, tanto assim que os fecha logo, e não é por medo que sente uma pancada no estômago, mas sim por uma espécie de respeito de igreja, terra campa ou nascimento de criança. Está sozinho no quarto, ouve os ruídos da casa e os do exterior, um cantar friorento de pássaro esquecido, as vozes das filhas e o estalar da lenha a arder. Levanta-se, já foi dito que é um homem pequeno e seco, tem uns olhos azuis luminosos e antigos, e nesta idade de quarenta e dois anos em que está, rareiam-lhe os cabelos e os que tem embranquecem, mas antes de se pôr de pé tem de fazer uma pausa, acomodar o corpo à pontada que a posição deitada ressuscita todas as noites, e não devia ser assim, devia ser o contrário, se o corpo descansou. Vestiu-se e entrou na cozinha, que é a casa de fora, chega-se ao lume como se ainda quisesse conservar o calor da cama, nem parece que está habituado a grandes frios, diz, Bons dias, e as filhas vão beijar-lhe a mão, é uma alegria ver a família reunida, todos desempregados, em alguma coisa se hão-de entreter durante todo o dia, passajar umas roupas, Gracinda tem o enxoval, vai devagarinho, conforme se pode, o casamento é só para o ano que vem, à tarde irá com a irmã lavar roupa na ribeira, uma carga de roupa que foram buscar ao prédio, sempre são vinte escudos. Faustina, que está a ensurdecer, não ouviu o marido, mas sentiu-o, foi talvez a vibração sísmica da terra pisada ou a deslocação de ar que só o corpo dele pode causar, cada qual a sua, é verdade, mas estes vivem juntos há vinte anos, só um cego se enganaria, talvez, e ela dos olhos não tem razão de queixa, o ouvido é que vai faltando, embora lhe pareça, e essa é a sua desculpa de todos os dias, que as pessoas têm agora uma embrulhada maneira de falar, como se fizessem de propósito. Parecem coisas de velhos, mas são apenas coisas de gente cansada antes da idade. João Mau-Tempo vai alimentado para a jornada, bebeu o café, tão ruim como o de Sigismundo Canastro, comeu o pão de mistura, que parte de trigo há nele, e meteu no bucho um ovo cru, buraco num lado, buraco no outro, é um dos seus grandes prazeres na vida, assim pudesse. Já lhe passou o aperto do estômago, e agora que o sol vai saindo deu-lhe uma grande pressa, diz, Até logo, se alguém perguntar por mim, não sabem aonde fui, e não são palavras combinadas, é o natural de quem tem o falar ao pé da boca e não se vai pôr a rebuscar outras razões. Nem Gracinda nem Amélia sabem aonde vai o pai, e perguntam depois de ele sair, mas a mãe é surda, como já estamos informados, e finge que não ouviu. Não se lhe pode levar a mal, que as moças são novas e levantadas, só por causa da pouca idade, não por estouvamento, assacação que ofenderia pelo menos Gracinda, sabedora das aventuras de Manuel Espada, primeiro grevista conhecido de Monte Lavre, mais os companheiros, quando ainda era rapazelho.

O encontro é na Terra Fria. São nomes dados a sítios, certamente por algum motivo que se entenderia, mas este de Terra Fria em latifúndio tão quente de Verão e de Inverno tão frio por igual, só revertendo às origens e essas perderam-se, como é costume dizerem os adormecidos, na noite dos tempos. Mas antes de lá chegarem se juntarão Sigismundo Canastro e João Mau-Tempo, no cabeço da Atalaia, não no alto, claro está, era o que faltava porem-se estes homens à vista de quem passasse, embora o latifúndio não seja, neste lugar particular e nesta ocasião, concorrido como a praça do Giraldo, se percebem o que queremos dizer. Encontrar-se-ão no pé do cabeço, onde há um arvoredo basto, Sigismundo Canastro conhece bem o sítio, João Mau-Tempo não tanto, mas um homem mesmo sem boca vai a Roma. E dali para a Terra Fria seguirão juntos, por caminhos que Deus nunca andou e o Diabo só obrigado.

Não está ninguém na varanda circular do céu, aquela que

por cima do horizonte é o costumado palanque dos anjos quando na arena do latifúndio há grandes movimentações. É esse o grande e fatal erro dos exércitos celestes, julgarem tudo pela bitola da cruzada. Desprezam as pequenas patrulhas, os destacamentos aventureiros, os voluntários para esta missão, os minúsculos pontinhos que são dois homens aqui, um além, outro mais adiante, outro ainda longe e atrasado, todos convergindo, mesmo quando parecem desviar caminho, para um lugar que no céu não tem nome, mas cá em baixo se chama Terra Fria. Talvez se pense no remansoso empíreo que aqueles humanos vão banalmente para o trabalho, não obstante a falta dele, como até no céu se devia saber por ocasionais recados do padre Agamedes, e é verdade que de trabalho se trata. É uma diferente seara, responsabilidade tão grande que João Mau-Tempo perguntará a Sigismundo Canastro quando se encontrar com ele e depois de dados os primeiros passos, ou não logo, quando tiver conseguido vencer a timidez, Achas que me vão aceitar, e Sigismundo Canastro responderá, com a segurança de mais velho nisto e na idade, Já foste aceitado, não tenhas medo, nem virias hoje comigo se houvesse algumas dúvidas.

Há quem venha de bicicleta. Ficará escondida no mato, em local de alguma maneira facilmente identificável, não vá perder-se depois o norte. Desta vez não haverá que recear o problema da chapa da matrícula, tudo se passa dentro do concelho, só por embirração ou súbita desconfiança a guarda mandaria parar, Aonde é que vai, donde é que vem, mostre cá a licença, e isso não seria bom, este homem chama-se por acaso Silva, mas também se chama Manuel Dias da Costa, é um supor, Silva para aqueles com quem vai estar na Terra Fria, para a guarda Manuel Dias da Costa, para o registo civil um nome diferente e também para o padre Agamedes que o baptizou muito longe destes sítios. Há quem defenda que sem o nome que temos não saberíamos quem somos, é um dito que parece perspicaz e filosófico, mas este Silva ou Manuel Dias da Costa que carrega nos pedais por um caminho carreteiro enlameado, já felizmente deixou a estrada por onde a guarda de improviso passa ou está dias inteiros sem aparecer, mas nunca se sabe, quem adivinha vai para a casinha, este ciclista avança tão em paz na sua alma, que bem se vê como lhe não tocam estas subtis questões de identidade, tanto de si próprio como de papéis. Reparando melhor, porém, não é tanto assim, mais seguro ele está de quem é, do que dos documentos que o nomeiam. E como é um homem dado a pensamentos, pensa como é singular perceber menos a guarda aquilo que vê, o homem e a sua bicicleta, do que um papel escrito e carimbado, já cansado de ser aberto e fechado, Pode seguir, mas enquanto assenta o pé no pedal e dá o impulso, pensa que tão cedo não convirá que por esta estrada passe, por isso veio pela primeira vez para estes lados e teve sorte, que ninguém o mandou parar.

Há quem viaje de comboio, saia em São Torcato, na linha do Setil, ou em Vendas Novas, ou mesmo em Montemor, mais além se o encontro for na Terra da Torre, nestas estações daqui se for na Terra Fria. Bem está neste caso para quem vier de São Geraldo, é o salto duma pulga, mas se neste dia de hoje alguém saiu de São Geraldo para mais cometimentos, seguia para mais longe, talvez não acaso, regra será e decerto com suas fundamentações. A esta hora, meia manhã andada, já não se vê a bicicleta, os comboios andam por muito longe, lá vai ele a assobiar, e sobre a Terra Fria paira um milhano caçador, é bonito de ver, mas muito mais bonito é estar a vê-lo e de repente ouvi-lo gritar, aquele pio longo que ninguém pode exprimir por palavras, mas quando o ouvimos logo queremos dizer como foi, e não saímos disto, bichos de piar é o que menos falta, entre pintos de toda a espécie é a voz comum, mas este grito é diferente, tão de natureza brava, faz assim um arrepio, nem me admiraria que de tanto o ouvir acabasse por nos nascerem asas, têm-se visto coisas mais extraordinárias. Pairando alto, o milhano deixa pender um pouco a cabeça, é um simples jeito, pois a vista não precisaria de tão mínima aproximação, nós é que temos estas mazelas de miopia, astigmatismo, palavras que, a propósito se diga, devemos acautelar neste sítio do latifúndio, podem os anjos confundir com estigmatismo, vir à varanda à procura de Francisco de Assis e dar com um simples milhano aos gritos e cinco homens que se aproximam, uns perto, outros mais longe, da Terra Fria. Quem os vê a todos lá de cima, é o milhano, mas esse não é ave para ver e ir contar.

Os primeiros a chegar foram Sigismundo Canastro e João Mau-Tempo, esmeraram-se nisso por um deles ser novel. Enquanto esperavam, sentados ao sol para não arrefecerem depressa de mais, Sigismundo Canastro disse, Se tirares o chapéu, põe-no de copa para cima, Porquê, perguntou João Mau-Tempo, e Sigismundo Canastro respondeu, Por causa do nome, nós não devemos saber os nomes uns dos outros, Mas eu sei o teu, Pois sabes, mas não dirás, os camaradas farão o mesmo, isto é para o caso de vir a haver prisões, não sabendo os nomes estamos a salvo. Ainda disseram outras coisas, falar solto, mas João Mau-Tempo ficou a pensar nesta, tantos cuidados, e quando chegou o da bicicleta percebeu que deste é que nunca saberia o nome verdadeiro, talvez por causa do respeito mostrado por Sigismundo Canastro, embora o tratasse por tu, se justamente tutear não era o respeito maior. Este é o novo camarada, disse Sigismundo Canastro, e o da bicicleta estendeu a mão, não era a mão grossa do trabalhador do campo, mas forte sim, e sólida no apertar, Camarada, a palavra não é nova, são isso mesmo os companheiros no trabalho, mas é como dizes tu, é igual e logo tão diferente que os joelhos dobram e a garganta se contrai, caso estranho em homem que passou dos quarenta e viu muita coisa de mundo e vida. Estão os três nisto, fazendo tempo enquanto os outros não chegam, Esperamos meia hora, se não vierem começamos nós, às tantas João Mau-Tempo tira o chapéu e antes de o pôr no chão, de copa para cima como Sigismundo Canastro recomendara, olhou para dentro, ao disfarce, e viu escrito João Mautempo na fita, em letras de chapeleiro, era esse o costume provincial daquelas épocas quando já nas cidades se cultivava o anonimato. O da bicicleta, isto sabemos nós, que João Mau-Tempo julgará que também ele veio todo o caminho a pé, o da bicicleta usa boina, não é nada certo que nela tenha o nome, e se tivesse, qual seria, boinas compram-se nas feiras, em algibebes que não têm prosápias de comércio letrado nem instrumentos de pirogravação ou douração e a quem tanto dá que o freguês perca o gorro como o ache.

Com pequeno intervalo, cada um de seu lado, chegaram os dois que faltavam. Conheciam-se de se terem visto e encontrado outras vezes, fora João Mau-Tempo que estava ali como paninho de amostra, salvo seja, e a quem os outros fitavam direitamente para lhe decorarem o rosto, coisa fácil, com aqueles olhos não havia que enganar. O da bicicleta fez voz grave e simples para pedir maior pontualidade de futuro, embora reconhecendo que é difícil calcular o tempo em tão grandes distâncias, Eu próprio cheguei depois destes camaradas e deveria ter sido o primeiro. Houve depois gerais pagamentos de dinheiro pequeno, só moedas, e cada um recebeu papéis, contados e embrulhados, e se ali fosse permitido dizer nomes, ou o milhano ouvindo repetisse, ou os chapéus à socapa se espreitassem uns aos outros, ouviríamos, Estes são para ti, Sigismundo Canastro, estes são para ti, Francisco Petinga, estes são para ti, João dos Santos, tu, João Mau-Tempo, não levas desta vez, ajudas o Sigismundo Canastro, e agora digam-me o que se passa, conta tu. Calhou ser Francisco Petinga, e disse, Os patrões descobriram agora uma moda nova, uma maneira de poupar um dia quando têm de nos receber a mandado da casa do povo, quando chega o sábado despedem-nos, não fica ninguém, e então dizem-nos, Vocês na segunda-feira vão à casa do povo, digam que eu mandei dizer que quero os mesmos trabalhadores, isto diz o patrão, não sei se estás a perceber, e o resultado é que perdemos a segunda-feira a ir à casa do povo e o patrão só começa a pagar à terça, que é que nós havemos de fazer. Disse depois João dos Santos, Nos meus sítios, a casa do povo está de combinação com os patrões, senão não fazia o que faz, distribuem-nos, nós vamos dali para as herdades e os patrões não nos aceitam, então voltamos à casa do povo, Eles não aceitam lá a gente, tornam a dizer que vamos, e andamos nisto, nem os patrões nos querem aceitar, nem a casa do povo tem força para os obrigar ou anda a mangar com os trabalhadores, que é que nós havemos de fazer. Disse Sigismundo Canastro, Os trabalhadores distribuídos estão a ganhar dezasseis escudos de sol a sol, mas há muitos que não conseguem ser colocados, a fome está a ser igual para todos, nem os dezasseis escudos chegam para coisa nenhuma, os patrões riem-se de nós, têm trabalho para fazer e deixam as herdades no maior dó, não fabricam, o que devíamos fazer era ocupar as terras, e se morrêssemos, morríamos de vez, eu bem sei, o camarada já tem dito, seria um suicídio, mas suicídio é isto que se passa, aposto que nenhum de nós se pode gabar de ter ceado alguma coisa que se visse, isto não é estar desanimado, que é que havemos de fazer. Acenaram concordantes todos os outros, sentiram o roer do estômago, meio-dia já passara, e pensaram que poderiam mastigar ali mesmo o bocadito de pão e conduto que tinham trazido de casa, mas ao mesmo tempo envergonhavam-se de ter de mostrar tão pouco, ainda que todos soubessem o que são misérias. O da bicicleta, mal enroupado, que não se lhe via volume nos bolsos que valesse almoço, e também, diremos nós, que os outros neste passo o não sabem, escusam as formigas de andar bicicleta acima, bicicleta abaixo, ali não encontram migalha, o da bicicleta voltou-se para João Mau-Tempo e perguntou, E tu, queres dizer alguma coisa, pergunta inesperada, interpelação que sobressaltou o novel, Não sei, não tenho nada para dizer, e depois ficou calado, mas todos eles estavam calados, a olhar, e assim não podia ser, cinco homens sentados debaixo dum chaparro a jogar o sisudo, e como não tinha mais nada para dizer, disse, Cansamo-nos a trabalhar de noite e de dia, quando há trabalho, e não aliviamos o nosso castigo na vida faminta, cavo uns bocaditos de terra quando mos dão para cultivar, e até altas horas, e agora é um geral desemprego, o que eu queria era saber porque são estas coisas assim e se vai ser assim até morrermos todos, não há justiça se uns têm tudo e os outros nada, e eu só queria dizer que os camaradas podem contar comigo, é só isto e nada mais.

Cada um disse das suas razões, são como estátuas a distância, tão quietos os veríamos, e agora esperam o que o da bicicleta dirá, vai dizer, está já dizendo. Pela mesma ordem segue, primeiro fala para todos, depois para Francisco Petinga, então para João dos Santos, mais brevemente com Sigismundo Canastro, mas com João Mau-Tempo é um longo falar, assim como um juntar de pedras de calçada ou de ponte, melhor será de ponte, pois sobre ela hão-de passar os anos, os passos, os carregos, e por baixo é um abismo. A esta distância está uma cena muda, vemos só os gestos e são poucos, tudo vai da palavra e da ênfase dela, e também do olhar, que daqui nem o tão azul de João Mau-Tempo distinguimos. Não temos olhos de milhano, aquele que vai voando e pairando muito alto sobre o chaparro, em círculo, descendo às vezes, por fraqueza da sustentação do ar, e depois, com um bater de asas lento e elástico, novamente sobe para abranger o próximo e o distante, isto e aquilo, o latifúndio excessivo e a paciência na sua justa medida.

Acabou o encontro. O primeiro a afastar-se é o da bicicleta, e depois, num mesmo movimento de expansão, como um sol que explodisse, os homens seguem para os seus destinos, primeiro ainda à vista uns dos outros, assim se voltassem para trás, e não o fazem, é também uma regra, e logo se escondem, não escondem, são escondidos pelo desnível duma vala ou o vulto se lhes apaga na distância por trás da lomba duma colina, ou simplesmente a distância e a dureza do frio, enfim sentido, que obriga a semicerrar os olhos, além de ser preciso ir um homem vendo onde põe os pés, não se pode andar por aí ao acaso. Então o milhano lança um grande grito que ressoa por toda a abóbada celeste e afasta-se para o norte, enquanto os anjos sobressaltados acorrem à janela atropelando-se, e já não veem ninguém.

Os homens crescem, crescem as mulheres, cresce tudo neles, o corpo e o espaço da necessidade, cresce o estômago para ficar à medida da fome, o sexo à medida do desejo, e os seios de Gracinda Mau-Tempo são duas ondas do mar e dois remansos de vaga, mas isto será tudo o lirismo do costume, o cantar de amor e de amigo, que a força dos braços dela e a força dos braços dele, falamos de Manuel Espada, não houve aqui inconstância de sentimentos, antes muita firmeza, e já passaram três anos, a força dos braços de ambos é com pouca diferença requerida ou desprezada pelo latifúndio, afinal não é assim tão grande a diferença entre mulher e homem, a não ser no salário. Minha mãe, já me quero casar, disse Gracinda Mau-Tempo, aqui está o meu enxoval, é coisa de pobre, mas há-de chegar para que nos deitemos eu e Manuel Espada numa cama dele e minha, e nela sejamos mulher e marido, e ele entre em mim e eu seja nele, e ambos estejamos como desde sempre, que eu não sei muito do que se passou antes de ter nascido, mas todo o meu sangue se lembra duma rapariga que na fonte do Amieiro foi de um homem que tinha olhos azuis como o nosso pai e sei que haverá de nascer desta minha barriga um filho ou filha que terá os mesmos olhos, para quê isso não sei, não.

Era o que faltava, que Gracinda Mau-Tempo tivesse dito estas palavras, seria uma revolução no latifúndio, mas é nosso dever entender o que as verdadeiras palavras disseram, digam agora ou venham a dizer, que bem sabemos quanto custa este falar tão pouco que é o de todos os dias, umas vezes por não sabermos que palavra condiz melhor com este sentido, ou de duas que temos qual a exacta, muitas vezes por nenhuma palavra servir, e então esperamos que este gesto explique, este olhar confirme, este som confesse. Minha mãe, disse Gracinda Mau-Tempo, o pouco que tenho já chega para fazermos casa, Minha mãe, o Manuel Espada diz que já é tempo, ou então nada disto, apenas um grande grito de milhana solitária, Minha mãe, se não me casar irei deitar-me sobre os fetos da fonte do Amieiro ou no meio duma seara e ali esperarei por Manuel Espada para que ele venha romper este meu corpo, e depois levantarei o meu vestido e na ribeira me lavarei, sangue de mim que irá correndo até não se saber onde está, mas sabendo eu quem sou. E talvez não tenha sido assim, talvez numa noite qualquer destas Faustina tivesse dito a João Mau-Tempo, porventura o interrompendo em seus pensamentos de pôr amanhã papéis no buraco duma árvore combinada, O melhor seria casar a rapariga, já tem as suas coisinhas, e João Mau-Tempo teria respondido, Tem de ser um casamento modesto, gostava bem que fosse uma coisa bonita, mas não será, nem o António pode ajudar, lá na tropa, diz à Gracinda que tratem dos papéis e nós faremos o que pudermos. Ainda são os pais que dizem a última palavra.

Casa, têm, a que cabia no bolso que a havia de pagar, tão pequeno o bolso, tão pequena a casa, de renda, para não se julgar que Gracinda Mau-Tempo e Manuel Espada iriam pôr-se a dizer, Esta casa é nossa, a vontade até é disfarçar, Moro por aí, em qualquer lado, e jogar aos quatro cantinhos ou ao trapo queimado, salvo se isso são jogos de escola e de cidade, para que não saiba ninguém onde moro, nesta casa que é só parede e porta, uma divisão em baixo e outra em cima, uma escadinha que treme quando lhe ponho o pé, e o lume apagado quando estivermos ausentes. Vamos morar nesta encosta de Monte Lavre, dentro deste quintalito, não chega o espaço para levantar a enxada se quisermos cultivar nele um pé de couve, é verdade que lhe dá o sol todo o dia, nem sei se vale a pena, não estamos mais gordos por isso. Dormiremos em baixo, na cozinha, que o não será quando, por estarmos deitados, for quarto de dormir, que também isto não será quando estando nós levantados, que nome terá, cozinha se estivermos cozinhando, casa de costurar quando estiver Gracinda Mau-Tempo passajando a roupa, e eu olhando as colinas em frente, com as mãos caídas entre os joelhos, sala de espera, depois saberemos de quê, parece isto um brincar com palavras e não se quer perceber que são formas de ansiedade que se atropelam, cada qual a falar primeiro.

Se começamos a antecipar muito, não tarda que falemos de filhos e de cadilhos. Hoje é dia de festa, vai casar Manuel Espada com Gracinda Mau-Tempo, há muitos anos que não se vê um casamento assim em Monte Lavre, tanta diferença de idade, ele com vinte e sete, ela com vinte, mas fazem um par bonito, mais alto ele como deve ser, e ela também não pequena, não saiu ao pai. Tenho-os diante dos olhos, ela com um vestido cor-de-rosa que lhe dá pelo meio da perna, afogado no pescoço, de manga comprida, abotoada no punho, se está calor não o sente, ou sente-o de maneira que tanto fazia ser este tempo Inverno, e ele de escuro, casaco que é mais jaqueta que paletó, calça justa e sapato que nada consegue fazer brilhar, camisa branca e gravata de ramagens indecifráveis como a copa das árvores que ninguém limpa, é preciso que não haja confusões, árvores são comparação e nada mais, que a gravata é nova e provavelmente nunca mais será posta, ou noutro casamento, se para ele viermos a ser convidados. Não é grande o cortejo dos noivos, mas não faltam amigos e conhecidos, e garotos ao cheiro dos rebuçados, e velhas à porta dizendo sabe-se lá o quê, nunca se sabe o que dizem as velhas, bênçãos ou arremessos, coitadas, para que lhes serve a vida.

Casamos depois da missa, como é costume, vá lá que estamos em tempo de não faltar trabalho, sempre as caras podem estar mais alegres. E como o dia está bonito, Vai bonita a noiva, e os moços não se atrevem muito a dizer graças de casamento, porque, enfim, o Manuel Espada é mais velho, tem quase trinta anos, exagero como já vimos, nem é da nossa criação, situação interessante, até os homens casados se retraem de chalaças, afinal o noivo não é nenhum garoto, e tem aquele ar sério, já era assim em pequeno, nunca se sabe em que está a pensar, sai à mãe que morreu o ano passado. Muito se engana quem cuida, é verdade que Manuel Espada vai de rosto grave, o semblante, como antigamente se dizia, mas por dentro, nem ele o saberia explicar ainda que quisesse, é como um cantar de água entre pedras, além na Ponte Cava, sítio severo e que ao anoitecer faz arrepiar um pouco, mas depois amanhece e vê-se como não havia nenhuma razão para medos, e a água canta entre as pedras.

Cometem-se grandes injustiças por causa das aparências, foi o caso da mãe de Manuel Espada, mulher que parecia de pedra granita e que à noite se derramava doce em sua cama, e por isso talvez é que o pai de Manuel Espada vai chorando devagar, há quem diga, É de alegria, e só ele sabe que não. Estão aqui, quantas, vinte pessoas e cada uma delas seria uma história, nem se imagina, anos e anos a viver é muito tempo e muito caso, se cada um escrevesse a sua vida, que grande biblioteca, teríamos de levar os livros para a lua e quando quiséssemos saber quem Fulano é ou foi, viajaríamos pelo espaço para descobrir aquele mundo, não a lua, mas a vida. Dá vontade, ao menos, de voltar atrás e contar por miúde a vida e o amor de Tomás Espada e de Flor Martinha, se não fossem as urgências destes acontecimentos e a nova vida e amor do filho e de Gracinda Mau-Tempo, que já na igreja entraram, os mais novos excitados e de roldão, não se deve fazer caso, são rapaziadas, e os mais velhos, experientes e sabedores dos ritos e prédicas, entram compostos, apertados, em roupa velha de um tempo mais esbelto. Só este entrar na igreja e estar nela, só estas caras, feição por feição, e devagarinho cada ruga, seriam capítulos extensíssimos como o latifúndio que parece em redor de Monte Lavre um mar.

Está o padre Agamedes no altar, não sei que hoje lhe deu, que bom vento lhe soprou na cara ao levantar-se, talvez fosse o Espírito Santo, não que o padre Agamedes seja muito de gabar-se de convivências particulares com a terceira pessoa da Santíssima Trindade, ele próprio duvidoso da simplicidade dos enunciados teológicos, mas seja a razão qual for, está bem-disposto o diabo do padre, está sim senhor circunspecto, mas tem o olho a brilhar, e não será de perspectivas de gula satisfeita porque o almoço não será nenhuma abundância de estarrecer. Diremos que pode ser o simples gosto de abençoar, afinal o padre Agamedes é humaníssimo padre, como em todos os tempos e lugares ao longo desta história se viu, e há-de estimar, mesmo sem por hoje pensar nas necessidades de mão-de-obra do latifúndio, variáveis, há-de estimar que este homem se junte a esta mulher e façam filhos que depois de cá estarem sempre se hão-de criar e algum benefício trarão à igreja em nascimento, casamento e morte, como os assistentes já deram e hão-de dar. Este é o rebanho que mais vale dê pouca lã do que nenhuma, destas migalhas se faz o pão-de-ló, Coma mais uma fatia, senhor padre Agamedes, e beba este copinho de vinho do Porto, e depois outra fatia, Estou como um justo, senhora dona Clemência, como um justo, Mas faça o sacrifício, senhor padre Agamedes, é o que ele faz com mais descaso, o sacrifício da santa missa, e agora aproximem-se que vos quero casar.

Há uma confusão de padrinhos, nunca ninguém se lembra de que lado deve ficar, e o padre Agamedes diz as palavrinhas, enrola a estola e desenrola, deita um olho de esguelha ao sacristão que se atrasou, que ideia a vossa, este não é Domingos Mau-Tempo, aos anos que isso vai, nem o padre é o mesmo, as pessoas não são eternas. Ninguém deu por nada, a luz não se alterou, não se encheu a igreja de tronos e serafins, e uma rola que arrulhava no quintal arrulhando está, ocupada talvez com outros matrimónios, e Gracinda Mau-Tempo olha para Manuel Espada e pode dizer, Este é o meu marido, e Manuel Espada pode olhar para Gracinda Mau-Tempo e dizer, Esta é a minha mulher, e por acaso só a partir de agora será verdade, pois os fetos da fonte não chegaram a receber estes dois, ainda que parecesse ter estado prometido.

Já os noivos vêm percorrendo a brevíssima nave quando à porta da igreja aparece em sua militar farda António Mau-Tempo, que chega atrasado para o casamento da irmã, coisas de demoras de comboios, perdimento de ligações, e ele furioso, a contar os quilómetros que faltavam, mas enfim depois de pragas capazes de derreter os bronzes das chumaceiras e de corridas alternadas com passos agitados pela berma da estrada, felizmente, nem sempre o diabo está atrás da porta, uma camioneta de peixe que passava cedeu ao prestígio do uniforme, Para onde é que vai, Vou para Monte Lavre, caso lá uma irmã, pô-lo mesmo no fim da rampa, Parabéns aos noivos, e ele trepou por ali acima como um cabrito, passou sem olhar pelo prédio e pelo posto da guarda, bardamerda, e de repente lembra-se de que talvez o casamento já esteja feito, mas não, há gente no largo, mais uma corrida, dois saltos para vencer os degraus do adro, e esta é a minha irmã, este o meu cunhado, Ainda bem que vieste, irmão, Nem que fosse preciso deitar fogo ao regimento. Durante um minuto, agora já na rua, não é de casamento que se trata, mas de António Mau-Tempo que veio de licença para o casamento de sua irmã, e como é preciso abraçar toda a gente, entre pai e mãe, parentes e amigos, o cortejo desmancha-se um bocadinho, é preciso ser benevolente, nem a Gracinda Mau-Tempo tem ciúmes, tem Manuel Espada ao lado, é o seu homem magnífico, está de braço dado como nos casamentos finos e tão corada, Deus do céu, como podes tu não ver estas coisas, estes homens e mulheres que tendo inventado um deus se esqueceram de lhe dar olhos, ou o fizeram de propósito, porque nenhum deus é digno do seu criador, e portanto não o deverá ver.

Voltam Manuel Espada e Gracinda Mau-Tempo a ser os

reis da festa, foi por pouco tempo o distúrbio, já António Mau-Tempo ficou lá para trás, com os amigos da sua criação, que de cada vez tem de fortalecer essas esparsas amizades, tão longas têm sido as ausências por terras de Salvaterra, Sado e Lezírias, mais para o norte, para os lados de Leiria, e agora a tropa. É a boda em casa emprestada. Há vinho, ensopado de borrego, bolinhos de noiva, duas garrafas de abafado, e também uns rojões bem apaladados, nada que farte, isto é casamento de gente pobre, tão de pobre que veríamos João Mau-Tempo levar a mão à cabeça, aflito, se quiséssemos que ele se lembrasse, mas seria crueldade, da despesa feita e da dívida quadruplicada na tenda e na capelista, os já sabidos cães que depois ladrarão às canelas do devedor, mas agora, pérfidos, se calam, Veja lá se quer levar mais alguma coisa, a rapariga não se casa todos os dias.

Enquanto o padre Agamedes não chegar, ninguém come, raio do padre, tivesse ele a fome que eu tenho, com este cheirinho do ensopado a bulir no estômago, não sei como consegue lá chegar, nem ceei ontem para ter hoje mais vontade. Não se confessam estas coisas, era o que faltava, mesquinhices como essa de não cear para poder comer mais à conta dos outros, mas qualquer de nós conhece bastante as fraquezas humanas, e portanto as nossas próprias, para perdoar as alheias. Tanto mais que o padre Agamedes chegou, vai dizer duas palavras a Tomás Espada e ao casal Mau-Tempo, não percebe muito bem Faustina o que ele diz, mas acena com força a cabeça e dá ao rosto a expressão da unção mais repassada de respeito filial, não é que ela seja hipócrita, pobre criatura, é o timbre da voz do padre Agamedes que lhe faz uma zoada nos ouvidos, se não fosse isso ouviria perfeitamente. Paternal é o padre Agamedes para com os noivos, faz os gestos com a mão direita, abençoando a direito e a torto, a fome distraiu-se durante um momento mas agora regressa aos berros, enfim vamos começar. Vieram as travessas e as terrinas, todas emprestadas, é um modo de falar, duas não o eram, e quanto à pouca louça de Gracinda Mau-Tempo fora a mãe muito expedita, Para a boda não vai, cá nos havemos de arranjar, era o que faltava ires começar a vida de casada já com louça partida, até daria azar. Enfim comeu-se, primeiro sofregamente, depois devagarinho, pois toda a gente sabia que não haveria muito mais que comer, e então outro juízo mostrariam fazendo render aquele ensopado e aqueles rojões, o vinho ainda assim abundava, valha-nos isso.

Às tantas levantou-se o padre Agamedes, fez um gesto a pedir silêncio, um gesto só, nem ele pedia, impunha só com o seu levantar-se, alto e magríssimo, era grande a perplexidade da freguesia sempre que se discutia onde meteria o padre Agamedes o que comia, e não era pouco, consoante se ia demonstrando em casamentos e baptizados, levantou-se, olhou em redor o gentio amesendado, franziu o nariz sensível ao desalinho da mesa, não têm educação, senhora dona Clemência, mas depois tomou-se de caridade, provavelmente cristã, e deu palavras, Queridos filhos, dirijo-me a todos e especialmente aos noivos, neste feliz dia em que tive a dita de unir pelos sagrados laços do matrimónio Gracinda Mau-Tempo e Manuel Espada, ela filha de João Mau-Tempo e de Faustina Gonçalves, ele filho de Tomás Espada e de Flor Martinha, já falecida. Haveis proferido os votos de fidelidade e assistência que a santa madre igreja reclama de quem a ela vem para santificar a união do homem e da mulher enquanto a morte os não separar. Mal fez o padre Agamedes em falar aqui de morte, pois já Tomás Espada fechou os olhos para não lhe saltarem as lágrimas, mas não há que segurá-las, são como água que ressumbra na fenda martirizada de um muro, toda a gente finge que não repara, é o melhor que fazem, e o padre Agamedes disse e continua a dizer, já lá vai adiante, Esta nossa terra é pequena, mas felizmente há entre nós uma grande amizade, não se vêem aqui desavenças e zaragatas como noutros sítios por onde tenho passado, e se é verdade que não se vai muito à igreja, mãe amantíssima que a todas as horas espera os seus filhos, também é certo que quase ninguém falta aos sacramentos, e os que faltam são ovelhas perdidas há muito tempo, que infelizmente já não tenho esperanças de salvar, Deus me perdoe, que um ministro do senhor nunca deve perder a esperança de levar completo o seu rebanho até ao regaço de Deus. Estava presente um dos relapsos, mais a mulher, que não desmerecia do marido, e eram eles Sigismundo Canastro e Joana Canastra, ambos risonhos como se as palavras do padre Agamedes fossem açafates de rosas, Sem me vangloriar, tenho dado provas dos meus constantes cuidados de bom pastor, como ainda há três anos, espero que a todos tenha ficado de lembrança, quando foi daquelas greves, estão aqui alguns daqueles que então libertei da prisão, não me deixarão mentir, e, se calhar, se não fosse a boa fama de Monte Lavre teriam sido os vinte e dois metidos na praça de touros como aconteceu a outros homens de terras menos estimadas de Nosso Senhor e da Virgem, ainda que eu bem saiba que tal crédito se não deve a merecimentos meus, pecador que sou, mas arrependido.

Neste ponto, pôs-se João Mau-Tempo muito corado e, tendo que olhar para alguém, olhou para Sigismundo Canastro que tinha os olhos sérios fitos no padre e já não sorria, e então ouviu-se a voz de António Mau-Tempo a dizer, Estamos no casamento da minha irmã, senhor padre Agamedes, não é hora de falar de greves nem de merecimentos, e a voz foi tão serena que nem parecia de zanga, mas era, ficaram todos muito calados à espera do que ia acontecer, e o padre disse que bebia à saúde dos noivos e depois sentou-se. Não foi nada boa ideia, senhor padre Agamedes, disse mais tarde Norberto, que lembrança a sua, ir recordar essas coisas, é o mesmo que falar de corda em casa de enforcado, Tem razão, respondeu o padre Agamedes, não sei que tentação me deu, mostrar-lhes que se não fôssemos nós, igreja e latifúndio, duas pessoas da santíssima trindade, sendo a terceira o Estado, alva pomba por onde is, se não fôssemos nós, como sustentariam eles a alma e o corpo, e a quem dariam ou para quem tomaríamos os votos nas eleições, mas confesso que errei, minha culpa, minha máxima culpa, por isso não fiquei por lá muito mais tempo, dei como pretexto os meus deveres pastorais e saí, é certo que um pouco tonto, embora não tenha bebido muito daquela zurrapa, a acidez que aquilo me fez no estômago, vinho bom é o da sua adega, senhor Lamberto.

Então disse António Mau-Tempo, mandador das falas, Já se foi o padre Agamedes, agora estamos em família, diga cada um o que quiser, consoante as suas inclinações e o lado para que lhe penda o coração, e assim falará Manuel Espada com Gracinda sua mulher e minha irmã, e a outra minha irmã Amélia há-de ter alguém para quem olhar, mesmo que falar não possa, e se ele cá não estiver, pense, e todos entenderemos, às vezes não se pode fazer outra coisa, e lembrem-se meus pais das suas e nossas vidas e do que foram quando novos, e assim perdoarão os nossos erros, e os mais todos cuidarão de si e dos seus próximos, alguns deles morreram já, bem sei, mas se os chamarem eles voltam, os mortos não desejam outra coisa, e aqui já eu dou pela presença de Flor Martinha, alguém a chamou, mas como sou eu que estou a falar, continuarei no uso da palavra, e não se admirem destes torneios finos, que na tropa não se aprende só a matar, quem muito o quiser aprende a ler, a escrever e a contar, com isto já se pode começar a perceber o mundo e um bocadinho da vida, que não é só nascer, trabalhar e morrer, às vezes temos de fazer levantamentos de rancho, e é isso mesmo que vou contar.

Remataram-se as conversas que estavam no seu meio, desligaram-se os olhos mas não as mãos de Gracinda Mau-Tempo e Manuel Espada, despediu-se Flor Martinha, até já, Tomás, e em redor da mesa se dispuseram os cotovelos, este povo não tem propósitos à mesa, e se alguém meteu um dedo na boca para extrair da cova dum dente uma fêvera amassada de borrego, não se lhe leve a mal, vivemos em terra onde a comida não se pode desperdiçar, tanto mais que António Mau-Tempo, em sua farda de cotim, disso mesmo fala, de comida, É certo que nas nossas terras se passa muita fome, somos obrigados a comer ervas e andamos por aí com as barrigas esticadas como pele de tambor, e se calhar por isso o comandante do regimento acha que burro com fome cardos come, e sendo nós burros, na parada do quartel não se ouve outra palavra, ó seu burro, ouvem-se outras, mas são piores, então comamos cardos, pois eu direi que mais vale comer cardos do que a comida do quartel, só porcos a não recusariam, e mesmo assim.

Fez António Mau-Tempo uma pausa, bebe um gole curto de vinho, para falar melhor, limpa a boca às costas da mão, não há guardanapo mais natural, e torna a dizer, Acham eles que passando nós fome nas nossas terras nos devíamos sujeitar a tudo, mas aí é que se enganam, que a nossa fome é uma fome limpa, e os cardos que temos de ripar, ripam-nos as nossas mãos, que mesmo quando estão sujas, limpas são, não há mãos mais limpas do que as nossas, é a primeira coisa que aprendemos quando entramos no quartel, não faz parte da instrução de arma, mas adivinha-se, e um homem pode escolher entre a fome inteira e a vergonha de comer o que nos dão, quando também é certo que a mim me vieram chamar a Monte Lavre para servir a pátria, dizem eles, mas servir a pátria não sei o que seja, se a pátria é minha mãe e é meu pai, dizem também, de meus verdadeiros pais sei eu, e todos sabem dos seus, que tiraram à boca para não faltar à nossa, e então a pátria deverá tirar à sua própria boca para não faltar à minha, e se eu tiver de comer cardos, coma-os a pátria comigo, ou então uns são filhos da pátria e os outros filhos da puta.

Escandalizaram-se algumas mulheres, franziram alguns homens o sobrolho, mas a António Mau-Tempo, que tem alguma coisa de maltês, apesar da farda, tudo se perdoará desde que soube pôr o padre Agamedes no seu lugar, e diz estas outras palavras que são como o vinho da adega do senhor Lamberto, é um imaginar, porque o beiço nunca lho pusemos, Então lá no quartel foi resolvido fazer um levantamento de rancho, não comer nem migalha do que nos punham na frente, assim como se fôssemos porcos que recusassem o cocho onde se deitaram mais porcarias do que a conta que o porco admite, não nos importamos de comer meio alqueire de terra por ano, a terra é tão limpa como nós, mas isto é que não, e eu, António Mau-Tempo que vos falo, fui o da ideia e nisso tenho muita honra, a gente só sabe a diferença depois de ter feito estas coisas, falei aos camaradas e eles estiveram de acordo, que mais do que aquilo só se nos cuspissem em cima, e então chegou o dia, tocou ao rancho e nós sentámo-nos como se fôssemos comer, mas a comida assim como veio assim ficou, por mais que gritassem os sargentos ninguém pegava na colher, era a revolução dos porcos, e depois veio o oficial de dia, fez um discurso como os do padre Agamedes, mas nós era como se não entendêssemos nem a missa nem o latim, primeiro quis levar-nos a bem, com palavras doces, mas logo se lhe foi a mansidão, começou aos berros, mandou formar na parada, e nós isto percebemos, o que queríamos era sair do refeitório, saímos e íamos dizendo uns aos outros, à boca pequena, boas palavras, não desistir, força, coragem, aqui ninguém se nega, e então formámos, deixaram-nos estar ali meia hora, e quando julgávamos que era esse o castigo, vimos estarem a instalar três metralhadoras viradas para nós, tudo de acordo com as regras, atiradores e serventes, caixas de fitas, e então o oficial disse que ou íamos comer ou dava voz de fogo, foi esta a voz da pátria, era como se a minha mãe me dissesse ou comes ou corto-te o pescoço, nenhum de nós acreditou, mas o caso foi ao ponto de ouvirmos armar as metralhadoras e a partir daí já não sabíamos o que ia acontecer, falo por mim que senti um arrepio na espinha, e se for verdade, e se disparam, e se isto é aqui uma sangueira por causa dum prato de sopa, valerá a pena, não é que estivéssemos a fraquejar, mas nestas situações não se pode parar o pensamento, e então na formatura, nunca se soube donde, nem os camaradas que estavam perto disseram, ouviu-se uma voz, muito sossegada, como se estivesse só a perguntar pela nossa saúde, Camaradas, daqui ninguém arreda pé, e outra voz, do lado oposto, Podem disparar, e então nem sei como aquilo foi, ainda hoje me dá vontade de chorar, toda a parada gritou, era um desafio, Podem disparar, estou que não iriam fazer fogo contra nós, mas se o fizessem, sei que tínhamos ficado ali todos, e essa é que foi a nossa vitória, não foi ter melhorado o rancho, que às vezes a gente começa a lutar por uma coisa e acaba por ganhar outra, e esta é que era a melhor das duas. Fez António Mau-Tempo uma pausa e depois acrescentou, muito mais sábio do que a idade que tinha, Mas para ganhar a segunda, tem de se começar por lutar pela primeira.

Aqui veremos como as mulheres choram e os homens lacrimejam, é a mais bonita boda que se pode imaginar, nunca em Monte Lavre tal se viu, e então Manuel Espada levanta-se e vem abraçar António Mau-Tempo, pensando como é diferente esta tropa, ele que em seu serviço militar nos Açores ouviu aquele colega de companhia dizer, ameaçando não se sabe quem, Quando voltar para a vida civil, vou meter-me na polícia de vigilância e defesa do estado, se a gente embirra com um tipo, prende-o, e se quisermos matá-lo, damos-lhe um tiro, e dizemos que ele tentou fugir, não há nada mais fácil.

Agora levantou-se Sigismundo Canastro, alto e delgado como uma esteva seca, faz a saúde aos noivos, e tendo todos emborcado com regalo o vinhito abafado, diz que vai contar uma história que não é parecida com a de António Mau-Tempo, mas talvez seja igual, porque isto de histórias e casos, procurando bem, acabamos sempre por lhes encontrar igualdade, ainda que pareça impossível, Há muitos anos, e neste ponto primeiro faz uma pausa para se certificar de que todo o pessoal está atento, e estão, olham a direito, alguns um pouco amortecidos mas resistindo, e então pode continuar, Há muitos anos, andava eu à caça, deu-se um caso, ora que tal disseste, histórias de perdizes, tanto mentes quanto dizes, mas Sigismundo Canastro não está a brincar, nem responde à interrupção, olha só em redor com um jeito de quem se condói de tanta inconsciência, e quer fosse por este olhar ou pela curiosidade de saber que tamanho tem esta mentira, faz-se silêncio, e João Mau-Tempo, que muito bem conhece Sigismundo Canastro, sabe de ciência segura que aquele ponto tem seu nó, a questão será entendê-lo, Nessa altura, ainda eu não tinha espingarda, pedia-a emprestada, ora a um ora a outro, conforme calhava, e não era nada desajeitado a caçar, não senhor, digam aí os do meu tempo, e então havia um cãozito que andei a ensinar uma temporada, saiu-me um coral, fino de nariz, até que um dia fui com uns camaradas, levando cada um seu cão, fazíamos um bonito grupo, demos uma grande volta, e já todos vínhamos bem aviados, este caso passou-se ali para as bandas da Guarita do Godeal, levanta-se de repente uma perdiz maltesa e ela aí vai como um raio, meto a arma à cara, ela descai o voo quando eu ia mesmo a disparar, o certo é que não lhe toquei nem com um bago de chumbo, até por sinal não estava ali companheiro nenhum, foi melhor para a minha vergonha, mas o Constante, era esse o nome do animal, corre na direcção da perdiz, pensou se calhar que ela tinha sido ferida, por meio dos tojos, que ali o mato era cerrado como poucas vezes se tem visto, e havia umas pedras grandes que tapavam a vista, foi o caso que se me sumiu o cão, e por mais que eu chamasse Constante, Constante, e assobiasse, não apareceu, que ainda foi vergonha maior voltar para casa sem o animal, para não falar do desgosto, que o bicho só lhe faltava conversar. O público estava muito atento, ouvindo e digerindo, não é preciso muito para tornar um homem feliz e contente uma mulher, e mesmo que a história fosse uma imensa galga, era uma boa história, e bem explicada, como já Sigismundo Canastro outra vez ia contando, Passados dois anos calhou ir para aqueles lados e dei com um grande bocado de mato limpo, tinham andado ali a desmoitar, mas depois, não sei porquê, desistiram, e então veio-me à lembrança o sucedido, meti-me pelo meio das pedras, foi o cabo dos trabalhos, não sei que ideia é que me levava, parecia que alguém me estava a aconselhar, não desistas, Sigismundo Canastro, e de repente que é que eu vejo, o esqueleto do meu cão ali de pé a marrar o esqueleto da perdiz, e estavam naquilo há dois anos, cada qual em sua firmeza, parece que o estou a ver, o meu cão Constante, com o focinho esticado, a pata levantada, não houve vento que o deitasse abaixo nem chuva que lhe soltasse os ossos.

Não disse mais Sigismundo Canastro e sentou-se. Ficaram todos calados, ninguém riu, nem sequer os mais novos, que é geração menos crédula, e então António Mau-Tempo disse, Ainda lá estão esses dois, o cão e a perdiz, sonhei uma vez com eles, não há maior prova, e tendo dito, exclamou a assistência em coro, Ainda lá estão, ainda lá estão, e então sim, acreditaram e deram uma grande gargalhada. E tendo rido continuaram a conversar, estiveram nisto a tarde inteira, digo eu, dizes tu, bebemos os dois, a esta hora está deserta a parada dos quartéis, enquanto as órbitas vazias do cão Constante fitam as órbitas vazias da perdiz, cada qual em sua firmeza. E quando a noite chegou fizeram-se as despedidas, alguns acompanharam Gracinda Mau-Tempo e Manuel Espada até à porta de casa, amanhã é dia de trabalho, sorte é havê-lo, Não te demores, Gracinda, Já vou, Manuel. No quintal do lado, um cão estranha a vizinhança e ladra.

José Calmedo é guarda entre os guardas. Se calha estar na formatura, não se dá por ele, não tem mais vulto do que o vulgar da corporação, e quando está fora dela, em obrigações de patrulha e diligência, é homem discreto, de boa paz, como se tudo isso fizesse distraído, a pensar noutros botões. Um dia, sem que ninguém o esperasse, nem talvez ele próprio, entregará ao comandante do posto de Monte Lavre, para fazer seguir, o seu pedido de demissão, e irá com a mulher e os dois filhos para longe dali, aprenderá a assentar o pé no chão como um civil e levará o resto da vida a esquecer que foi guarda. É portanto um homem com história, infelizmente não relatável aqui, a não ser a do seu apelido, por ser breve e graciosa, e ilustrativa da formosura dos nomes e singularidade do seu nascimento, o pior é a nossa fraca memória ou nenhuma curiosidade que faz com que não saibamos ou tenhamos esquecido que sousa é pombo bravo, veja-se que beleza, e não essa banalidade posta no registo de nascimento, a que logo cortam as asas, é um perigo isto de escrever e falar. Mas melhor que tudo é quando a formosura dos nomes nasce da violentação doutros anteriores ou de palavras ditas sem intenção de nome virem a ser, como transformar Pantaleão em Espanta Leões, ditosa família que tal nome tem e se passeia no mundo com essa obrigação nova de fazer recuar os leões do mato e da cidade. Mas é do guarda José Calmedo que falamos e da breve e gentil história do seu nome, nascido, essa é a história, da bravata involuntária de um antepassado que, devendo ter tido medo, por desatenção ao perigo não o teve, e em conformidade respondeu a quem do seu não acontecido medo quis saber razões, Qual medo, e o desafrontamento da pergunta foi tal e tão natural que causou maravilha e assim Calmedo ficou o corajoso involuntário e depois os seus descendentes, até este guarda, e já também seus filhos, embora mais tarde outra versão tivesse nascido, que Calmedo é grande calma, calor grande, como este que faz na hora em que sai do posto em missão, leva suas ordens sigilosas.

Tem três quilómetros para andar na ida, outros tantos na volta, são tarefas de pedestre, é assim a vida do guarda, aos da cavalaria outro galo canta, e aqui vai José Calmedo, desce de Monte Lavre ao vale, ladeia a vila por poente e depois ruma a norte, aproveitando a estrada, ficam-lhe à mão esquerda os arrozais, está uma bela manhã de Julho, quente como já ficou dito, de calmedo, como alguns dizem que é, são versões, mas para a tarde será pior. Há uma ribeirinha em baixo, muita sede, pouca água, a bota pisa firme a berma da estrada, sente-se um homem forte pisando a berma da estrada, enquanto a cabeça vai pensando nuvens soltas, palavras que tinham sentido e o perderam, íamos pelo macadame alto e já descemos o talude para a direita, fresca sombra por baixo do viaduto, e agora sob o ramalhar alto dos freixos, está isto um deserto, quem te viu e quem te vê, o tanque seco, as ruínas da azenha e em cima o forno rebentado do telhal, parece o latifúndio que rói tudo quanto lhe venha tirar o lugar. José Calmedo conforta a espingarda no ombro, tira o boné e enxuga com o lenço a testa onde em escuro e claro de pele se mostra o efeito do sol e da falta dele, parece até que para cima a cabeça não lhe pertence, pertence ao boné, isto são suposições de quem procura a realidade.

Já não está longe, vai ao Cabeço do Desgarro, pelas contas chegará na hora do almoço. Trará consigo no regresso João Mau-Tempo, ao engodo dum caso insignificante que nem tem nada que ver com ele, não precisa de ser complicada a história, quanto mais simples melhor, mais se acredita. Por entre as árvores vê o aposento, os homens ao pé do lume, tirando a caldeira antes que ferva ou escalde, vai ser rápido, é chegar lá e dizer, Venha comigo ao posto, mas José Calmedo não dá os dois passos que o colocariam em posição de ser visto por todos, calhando olhar. Recua para trás dumas moitas altas e ali se deixa ficar, deitando balanço ao tempo que João Mau-Tempo levará a comer o almoço escasso, enquanto no céu continuam a passar as nuvens soltas, tão poucas que nem se dá pela sombra que fazem. José Calmedo fuma um cigarro, está sentado no chão, encostou a espingarda ao tronco duma árvore, a si próprio se desarmou. É uma boa vida esta de guarda, com poucas obrigações, ver passar os dias, só muito de longe em longe há por aí uns casos mais sérios, embora outros se adivinhem, tirando isso entram os meses saem os meses, calma e sossego no latifúndio, sossego e calma do posto e sua área, entre as partes e as rondas, entre os autos de notícia e as queixas que os maus vizinhos sempre têm. Um homem vai assim vivendo, e ainda bem não, está na idade da reforma. São pensamentos de homem pacífico, nem parece haver ali espingarda e cartucheira, bota pesada de pé-légua, por cima da cabeça de José Calmedo canta um pássaro qualquer, não trazem o nome na coleira, salta de ramo em ramo, vê-se-lhe daqui o vulto, é um abanico de cauda e asa. Se olhássemos para o chão, veríamos o pessoal rasteiro dos insectos, a formiga que levanta a cabeça como os cães, a outra que a traz sempre rebaixada, o aranhiço minúsculo, onde meterá ele o que come, mas não podemos distrair-nos, temos de ir prender um homem, só estamos a deixar que ele acabe de almoçar, guarda somos mas temos coração, que é que julgam.

Não há grandes repastos no latifúndio. José Calmedo olha por entre os arbustos, já toda a gente comeu. Então levanta-se, suspirando talvez do esforço que fez ou vai fazer, enfia a bandoleira da espingarda no ombro, gesto por gesto, não porque sejam eles importantes, mas porque são pontos de apoio, maneiras de um homem se agarrar, de não se perder na sem-razão dos actos, e começa a descer a encosta para o fundeiro onde os homens estão. Já o veem de longe, sabe-se lá que corações estarão batendo precipitados, as leis do latifúndio são estritas, tanto faz que regulem a propriedade da bolota como o acaso da lenha, quando não sejam piores atentados. Aproxima-se enfim José Calmedo e, retirado, chama o capataz, não quer chegar-se à fala geral, um homem não é nenhuma menina, mas tem os seus pudores, Diga ao João Mau-Tempo que quero dar-lhe uma palavra.

O coração de João Mau-Tempo bate agitado como o dum passarinho. Não é o caso de reconhecer-se culpado de extraordinárias culpas, daquelas que não costumam ser perdoadas com a multa e carga de porrada. Pressente que é o procurado, que a partir do instante em que o capataz disser, João Mau-Tempo, vai ali falar ao guarda, tudo será assim como estar a arrancar uma prancha de cortiça, ouvi-la ranger e saber que o esforço terá de chegar ao fim, o meu esforço, o esforço da árvore, falta aqui a interjeição do homem, hã, o berro das cascas soltando-se, crrá, Então, senhor José Calmedo, que me quer, isto pergunta João Mau-Tempo parecendo sereno como se estivesse a dar os parabéns ao guarda pelo seu excelente aspecto, mas é uma sorte estarem escondidos os corações, se não fosse isso todos os homens seriam condenados mais cedo ou mais tarde, por sua inocência, quando não por seu crime, que é o coração um desabalado insofrido e sem comedimento. Quem fez os corações sabia pouco do ofício, mas as astúcias aprendem-se e ainda bem, senão como haveria José Calmedo de dizer, sem que ninguém lhe tivesse encomendado o recado, Não é nada de importância, é só para deslindar um caso de dois tipos que foram roubar uns molhos de grãos, o dono diz que foram eles, jura que foram, mas eles dizem que o João Mau-Tempo é testemunha como não roubaram, olhe, é lá uma confusão que nem mesmo eu entendo. É sempre assim, por muito boas que sejam as intenções, um homem atrapalha-se quando menos devia e o que diz transforma-se na capa do diabo, que tanto tapa como destapa, é curta a capa do diabo, mais ainda quando João Mau-Tempo, agora sim, inocentíssimo na matéria, diz, Mas eu que tenho com o caso, não sou visto nem achado nesses assuntos, posto o que recorre a autoridade ao decisivo argumento e mais de confiança, Não tenha você medo, chega lá, diz o que tem a dizer e vem-se embora.

Assim seja. Dispõe-se João Mau-Tempo a recolher os petrechos e as sobras do farnel, mas José Calmedo continua embalado na onda da sua invenção e diz, Não vale a pena, volta logo, não se demora muito tempo. E tendo enchido a sua medida de mentiras, afasta-se levando o mal serenado João Mau-Tempo atrás, lapeando com os seus tamancos abertos, que era este o calçado que tinha para andar no trabalho. Dali a Monte Lavre levou José Calmedo cara de zanga, como convém a guarda que fez um prisioneiro e o leva sob escolta, mas a razão não era essa, antes a tristeza de tão pobre vitória, nasceram dois homens para isto. E João Mau-Tempo, metido em seus pensamentos e não pouca aflição, procurava convencer-se de que havia realmente um roubo de molhos de grãos e dois inocentes que o seu testemunho iria salvar.

Torna João Mau-Tempo a entrar no posto onde estivera preso por algumas horas há quatro anos. Está tudo que parece igual, o tempo nem passou. O guarda José Calmedo vai comunicar ao cabo que o detido já ali está, sem novidade, missão cumprida, mas por favor guardem as medalhas para outra ocasião, deixem-me cá com a minha vida, com estas nuvens de pensamento, um dia estenderei na minha frente uma folha de papel selado, excelentíssimo senhor comandante-geral da guarda nacional republicana, excelência, e o cabo Tacabo manda entrar e diz, Sente-se, senhor Mau-Tempo, não há que estranhar esta senhoria, nem sempre o trato é de carrasco, Sabe para que foi chamado ao posto. Vai João Mau-Tempo dizer que se é por causa dos molhos de grãos, nada sabe, mas não consegue abrir a boca, e ainda bem, deixaria com tacha de mentiroso a José Calmedo, valeu o cabo Tacabo ter acrescentado logo, quanto mais depressa despachar isto melhor, Então não sabe o que fez lá por Vendas Novas, Isso deve ser engano, que eu não fiz nada, Pois olhe que tenho aqui uma ordem do posto de Vendas Novas para o prender por comunista.

Eis um exemplo de diálogo simples, directo, sem nenhuma harmonização ou arpejos nas cordas, sem acompanhamento ou embrechado de pensares e subtilezas, nem parece que se está a tratar de coisas sérias, é assim como se dissessem, Então como tem passado, Bem, obrigado, e o senhor, Mandaram-lhe recados de Vendas Novas, um amigo seu, Dê-lhe lembranças minhas se o tornar a encontrar. Dentro da cabeça de João Mau-Tempo bateu de repente o badalo de um sino, há um grande som como se estivessem a ser fechadas com estrondo as portas dum castelo, aqui ninguém entra. Mas o castelão treme, tremem-lhe as mãos e a voz, Defende--te, minha alma, e isto foi um segundo só, o tempo de simular o espanto, a surpresa, a inocência ofendida e ultrajada, Ó senhor, não me diga tal coisa, há quatro anos que me deixei desses trabalhos, desde que fui preso para Montemor, há-de ser engano, e diz o cabo Tacabo, Melhor para si, se não está cúmplice, a autoridade logo o mandará embora. Talvez o caso não vá a pior, talvez seja rebate falso, talvez não esteja ninguém a afogar-se, talvez o incêndio se apague por si, sem queimar ele as mãos, Então, senhor cabo, peço o favor de mandar avisar a minha mulher que venha falar comigo. Nada mais natural que dizer-se isto, mas o comandante, o comandante é cabo, isto aqui em Monte Lavre não é vila importante, é uma aldeola do latifúndio, não precisa de mais que um cabo da guarda, o qual responde tão firme como o general comandante que em Lisboa manda, Não senhor, a sua mulher não pode falar consigo, nem ela nem ninguém, você está com título de perigoso, diga o que quer, que vai uma praça buscar-lhe o que precisar lá de sua casa.

Com título de perigoso, João Mau-Tempo. Levaram-no para o quarto que servia de cadeia, foi outra vez José Calmedo quem o levou, parecia que não havia mais ninguém no posto, e João Mau-Tempo, antes de se deixar fechar, ainda disse, Então assim me enganou, e José Calmedo primeiro não respondeu, sentia-se ofendido, quisera fazer bem e era este o pago, mas não podia ficar mudo como se tivesse cometido algum crime, Não quis que viesse ralado, este José Calmedo não merece realmente a farda que veste, por isso a despirá um dia destes e irá começar vida em terra onde não saibam que foi guarda, e isto é tudo quanto da vida dele saberemos.

Faustina Mau-Tempo e as duas filhas rondam o posto. Estão em lágrimas ansiosas, não sabem o rol das acusações, apenas que o marido e pai seguirá para Vendas Novas, e como há coincidências infelizes, assim se costuma dizer, é num instante em que todas três, por isto ou por aquilo, estão ausentes dali, que chega de Vendas Novas o jipe com uma patrulha de espingarda e baioneta que vem buscar o criminoso. Quando voltarem saberão que já ali não está quem procuram, são três mulheres no caminho, à porta do posto da guarda, têm barrada a entrada, Já cá não se encontra, foram ordens que recebemos, vão para casa que a seu tempo saberão tudo, dizem estas coisas às pobres infelizes, por escárnio será, como foi escárnio dizerem os guardas que vieram de Vendas Novas a João Mau-Tempo, com pachorrento riso, Pule lá para dentro do carro, que é para ir dar um passeio. A este homem não o chama a guarda para ir passear a outros lugares, com transporte por conta da pátria, que é quem estas coisas paga do bolso de todos nós, e bem gostaria João Mau-Tempo de viajar, sair do latifúndio e ver outras terras, mas estando com título de perigoso não se olha ao incómodo da guarda, que aprecia o seu descanso, nem ao preço da gasolina, nem à depreciação do material circulante, e então arranja-se logo ali um jipe e a patrulha de espingarda e baioneta para ir a Monte Lavre buscar o malfeitor e levá-lo com todas as seguranças a Vendas Novas, Pule lá para dentro do carro, que é para ir passear, se isto não são troças, não sei o que troças sejam.

A viagem é curta e calada, esgotaram depressa os guardas o manancial das graças, sempre as mesmas, e João Mau-Tempo, tendo pensado e tornado a pensar, diz consigo mesmo que se perdido estiver por cem, por mil se perca, que ninguém saberá de sua boca informação que a outros comprometa, melhor será que se partam em todo o mundo os espelhos e feche os olhos quem a mim vier, para que não veja a minha própria cara, se eu falar. Esta estrada tem grandes memórias, foi por aqui que morreu Augusto Pintéu ao atravessar a ribeira com o carro de mulas, e além, por trás daquele cabeço me deitei eu pela primeira vez com Faustina, era Inverno e as ervas estavam molhadas, como foi que pudemos, o que é a mocidade. E vem-lhe à boca o gosto do pão com chouriço que depois comeram e era a sua primeira refeição de homem e mulher casados à lei da natureza. Leva João Mau-Tempo a mão aos olhos como se ardessem, admitamos que são lágrimas, e um guarda diz, Não chore, homem, e outro pisa, Quando são apanhados é que se lembram de chorar, e isto não é verdade, Não estou a chorar, responde João Mau-Tempo, e tem razão, embora leve os olhos cheios de lágrimas, que culpa tem ele que os guardas não percebam de homens.

Agora está João Mau-Tempo dentro do posto de Vendas

Novas, foi a viagem um sonho, e este civil, não tem nada que enganar, quem viu uns viu todos, experiência tem-na João Mau-Tempo de sobra, diz o civil, e o comandante do posto palita os dentes, Sim senhor, cá está o cavalheiro que vai passear comigo até Lisboa, que ideia fixa a desta gente, só falam em passear, vamos dar um passeio, e às vezes são passeios de que se não volta, é o que se ouve dizer, mas por enquanto o civil volta-se para um guarda e dá a ordem, o comandante do posto está aqui para obedecer, é um pau mandado, um verbo-de-encher, Leve lá o homem para a casa do recreio, para ele descansar até amanhã e João Mau-Tempo sente que o agarram pelo braço de modo bruto e o levam para as traseiras, é um jardim, este gosto floreiro que tem a guarda, por ele se calhar lhes serão perdoados muitos pecados, gostam de flores os pobres guardas, é porque nem tudo está perdido nas endurecidas almas, um momento de beleza e graça resgata aos olhos do supremo juiz o pior dos crimes, este de tirar João Mau-Tempo a Monte Lavre e metê-lo em enxovias de passagem e outras mais demoradas, sem contar o que só adiante se saberá. É agora uma cela de província, e isto aqui é uma tarimba com uma esteira e um bandalho de mantas que metem nojo, e também uma bilha de água, tanta sede, levo-a à boca e está quente, mas isto só o fiz depois de o guarda ter saído, e agora sim posso chorar, não me queiram mal, tenho quarenta e quatro anos, ora que é isso, quarenta e quatro anos é um rapaz, está na força da vida, mau falar é esse aqui no latifúndio e na minha cara, quando tão cansado me sinto, esta pontada que me não larga nunca, e estas rugas, que por enquanto o espelho ainda pode mostrar-me, se isto é a força da vida, então deixem-me chorar.

Passemos sobre a noite que João Mau-Tempo não dormiu, cá e lá quatro passos de ir e voltar, que na tarimba não quis repousar o corpo. Clareou o dia, este homem está cansado e inquieto, que rumo irá ser o meu, e quando deram as nove horas abriu-se a porta e um guarda disse para dentro, Sai lá à minha frente, têm este jeito de falar, não lhes deram outro ensino, e agora é o civil que diz, Vamos para o comboio, que está na hora, vamos ao nosso passeio. E saem acompanhados até à porta pelo comandante do posto, que nisto é de muito escrúpulo e boa educação, Até logo, diz, e se João Mau-Tempo é inocente homem, não o é tanto que pense ser para si este despedir, mas no caminho para a estação, naquele deserto largo, desesperado jura, Senhor, estou inocente. Se o comboio não estivesse para partir, aqui nos poderíamos sentar para discutir até apuramento da verdade que é isto de inocência e de inocente estar, e se João Mau-Tempo acredita de facto na jura que fez e como é tal acreditar que parece perjúrio, e veríamos, se para tanto desse o tempo e a argúcia, a diferença que há entre ser inocente de culpa e de culpa inocente, ainda que estas subtilezas não quadrem ao acompanhante de João Mau-Tempo que tempestuoso responde, Cala-te lá com as lamúrias, em Lisboa te farão a cama.

Passemos agora sobre a viagem, uma vez que não é capítulo admitido na história dos caminhos-de-ferro em Portugal. É o corpo tão soberano senhor que João Mau-Tempo chegou a dormitar, ao embalo vagaroso da carruagem e do bater do rodado na junção dos carris, trástrás, mas depois abria os olhos angustiado para de cada vez descobrir que não ia a sonhar. Depois foi o barco para o Terreiro do Paço, se eu me atirasse à água, são pensamentos negros, acabo comigo, e não de acção heroica, que tem João Mau-Tempo isto de singular de não ter visto nunca cinema e não saber portanto quanto é fácil e aplaudido o salto sem mãos sobre a amurada, o mergulho impecável e aquele nadar americano que leva o fugitivo ao misterioso barco fretado que afastado espera com a embuçada condessa que para esta acção cometer quebrou os sagrados laços da família e os ditames do património condal. Mas João Mau-Tempo, só mais tarde se virá a saber, é filho de rei e único herdeiro do trono, real, real, por João Mau-Tempo rei de Portugal, aí encosta o barco ao pontão, quem ia adormecido acordou, e quando o preso dá por si estão dois homens na sua frente, Então é só este, perguntam, e aquele que veio de acompanhante responde, Desta vez não há mais.

Passemos também sem observação particular o percurso urbano, os eléctricos, a carroça de estrado baixo que por aqui abunda, a gente que passa, qual é a mão direita do cavalo de D. José, atravessam em diagonal, João Mau-Tempo reconhece os sítios, praça tão grande não se pode esquecer, e os arcos, maiores que os do Giraldo, mas de súbito tudo é novo para ele, este cortar por travessas todas a subir, e já lhe vai parecendo a caminhada longa quando de repente ela se torna curta, esta meia porta que de esguelha se abre, a mosca foi apanhada no centro da teia, não são precisas comparações mais finas e originais.

E agora subir escadas. João Mau-Tempo continua no meio dos dois, nunca as cautelas são demasiadas, alta segurança, tem título de perigoso. Para baixo e para cima é um formigueiro, de térmitas, uma azáfama, um trabalho de zângãos com a sua zumbideira, ouvem-se campainhas de telefone, mas à medida que se vai subindo, primeiro andar, segundo andar, altos lanços, decresce o rumor e a agitação, tornam-se raras as pessoas, e no terceiro andar é quase o silêncio total, apenas da rua chegam desmaiados uns motores de automóveis e o murmúrio informe da cidade sob o calor da tarde. Ali são os rebaixos e este corredor leva a uma divisão comprida, baixinha, com o tecto logo acima da cabeça, e nestes bancos corridos estão alguns homens sentados, ao lado de quem me vou sentar também eu, João Mau-Tempo, natural e morador em Monte Lavre, de quarenta e quatro anos de idade, filho de Domingos Mau-Tempo, sapateiro, e de Sara da Conceição, louca, com título de perigoso, segundo fez o favor de me informar o cabo Tacabo do posto da minha terra. Os homens que estão sentados olham João Mau-Tempo, mas ninguém diz palavra. Ali é a casa da paciência, ali se espera o imediato destino. O telhado está mesmo por cima das nossas cabeças, rechina com o calor, se lhe deitassem água fervia, e João Mau-Tempo já não come há mais de vinte e quatro horas, e para ele não há calor, este dia é de Inverno, treme como se estivesse exposto ao vento de Dezembro no latifúndio, sem mais agasalho que a desabrigada pele. Assim é por comparação, tão fina como as outras, e verdade estreme, este é o banco dos nus, cada um por si, e ali não há valerem-se uns aos outros, tapa-te lá com esta força e esta firmeza, solidão da charneca, alto voo de milhano enfim descido ao rés da terra para contar os seus e avaliar as coragens.

Porém, é preciso alimentar as vítimas, não faltaria mais nada do que perdê-las antes do tempo conveniente. Passou meia hora e outra meia, e enfim entrou um faxina qualquer que trazia para cada preso um prato de caldo de prisão e dois decilitros de vinho, era uma lembrança da pátria para estes seus enteados, podem agradecer. E foi quando João Mau-Tempo rapava com a colher o fundo do prato que ouviu dizer um polícia a outro, estavam os dois à porta guardando a malhada e juntando papéis, Aquele gajo de além fica entregue ao inspector Paveia, e o outro respondeu, Deixa que vai bem encomendado, e João Mau-Tempo disse consigo mesmo, Isto é comigo, e era, como depois veio a saber, antes ficasse ignorante. Foram os pratos e os copos para dentro, e a espera continuou, que irá ser de nós, quase noite chegou enfim a ordem de marcha, uns tantos para aqui, uns tantos para ali, Caxias ou Aljube, provisória arrumação para todos, que não tardariam outras mudanças, todas para pior, quanto mais o rosto se fosse tornando alvo. E era decerto voz da pátria esta de dona Patrocínio funcionária deste serviço de utilidade pública, fulano para aqui, cicrano para acolá, não podia ter melhor nome em seu ofício patrocinador, é também o que acontece com dona Clemência, agora decerto conversando com o padre Agamedes, Então o João Mau-Tempo lá foi preso, É verdade, minha senhora, tantas fez que as pagou todas juntas, e eu que ainda cheguei a incomodar-me por causa dele e dos outros, Parecia tão bom homem, São os piores, senhora dona Clemência, são os piores, Nem era amigo de tabernas, Antes fosse, ao menos não lhe puxaria para as maldades que praticou, E que foi, Ah isso não sei eu dizer, mas se estivesse inocente não o teriam vindo prender, Convirá, para o futuro, ajudar a mulher dele com alguma coisita, A senhora dona Clemência é uma santa, se não fosse o seu bondoso patrocínio não sei o que seria destas misérias, mas deixe passar o tempo, a ver se aprendem a não ser orgulhosos, é o pior defeito que têm, o orgulho, Tem razão, senhor padre Agamedes, e o orgulho é um pecado mortal, O pior de todos, senhora dona Clemência, porque é ele que levanta o homem contra o seu patrão e o seu deus.

Na volta da saída passou a camioneta pela Boa-Hora para recolher uns presos que ali estavam a ser julgados. Tudo isto é muito calculado e medido, todo o carro celular deve ser aproveitado, até ao limite da sua lotação, que é como quem diz, quem leva as folhas leva as cascas, e sendo tão pobre a pátria, os presos seriam os primeiros a concordar, e quem sabe até se não sugeririam, Passemos pela Boa-Hora, há quem pense, Sacana de nome, e levemos os que lá estão a ser julgados pelos meretíssimos juízes, e assim vamos todos juntos, sempre é melhor companhia, pena é não haver viola para acompanhar estas mágoas. Nunca João Mau-Tempo viajou tanto na vida. Como outro qualquer do latifúndio, mas não tanto como seu filho António, agora militar, andou, por obrigações de vida e necessidades de boca, com o alforge às costas, a enxada e a foice, o machado e a enxó, mas a terra do latifúndio é toda igual, com mais sobreiro ou azinheira, com mais trigo ou arroz, com mais guarda ou feitor, manajeiro ou capataz, tanto faz, porém isto são outras aventuras, boa estrada alcatroada, se fosse dia melhor se via. Muito bem cuida a pátria dos seus filhos desobedientes, como se está vendo pela segurança destas altas paredes e estes cuidados de guarda, oh senhores, será isto praga, em toda a parte estão, ou terão sido à nascença amaldiçoados e isto seja para eles um fado, estarem onde sofredores estejam, não para cuidarem das conhecidas desgraças, para isso não têm eles olhos nem mãos, mas para dizerem, Salte lá para o jipe e vamos dar um passeio, ou, Passe de largo, ou, Caminhe lá adiante e vamos para o posto, ou, Levou a bolota, pois paga a multa e leva porrada, deve ser dos estudos que têm, se não fosse isso não seriam guardas, porque guarda ninguém nasce.

Distinga-se o que é reflexão do narrador e o que é pensamento de João Mau-Tempo, mas vote-se que tudo seja uma mesma certeza, e se houver erros, partilhados sejam. Esta burocracia de registo, verbete e papeleta é igual desde que se nasce, não cuidemos dela, a não ser que um dia seja possível vir aqui e saber por miúde que jeitos de arrumação e trato eram estes, a contar da linha ponteada, onde o nome se escreve, João Mau-Tempo, de quarenta e quatro anos, casado, natural e morador em Monte Lavre, onde é que isso fica, concelho de Montemor-o-Novo, deves ser boa rês. Levam João Mau-Tempo para uma sala onde outros presos estão, que durma se puder, quanto à fome, aguente-a, porque a hora do jantar já passou. Fecha-se a porta, o mundo acabou. Monte Lavre é um sonho, Faustina surda coitada, porém não digamos, por tolas comparações supersticiosas, que esta é a hora dos morcegos, dos mochos e das corujas, pobres bichos que nenhuma culpa têm de ser feios, se calhar você está convencido de que é bonito, olha o tolo.

João Mau-Tempo estará aqui vinte e quatro horas. Não terá ocasião para muito conversar, porém no dia seguinte um preso chegará junto dele e começará a dizer, Ouça, amigo, não sabemos por que razão aqui veio parar, mas para seu bem e governo tome nota destes conselhos.

Trinta dias de isolamento é um mês que não pode caber em nenhum calendário. Por mais que se calcule e tire a prova real, são sempre dias de sobra, é uma aritmética inventada por gente doida, põe-se a gente a contar, um, dois, três, vinte e sete, noventa e quatro, e afinal era erro nosso, ainda só passaram seis dias. Ninguém lhe fez perguntas, trouxeram-no de Caxias, desta vez dia claro para poder ver a paisagem, por estas frinchas, é como querer ver o mundo pelo fundo duma agulha, e depois de mandado despir, isto são coisas da pátria, já uma vez assim me puseram, os doutores da inspecção militar, serve não serve, mas para isto sirvo, não me vão mandar embora, remexem-me as algibeiras, viram, reviram, sacodem, e arrancam-me as palmilhas dos sapatos, ó gente esperta que sabe onde se guardam clandestinidades, mas não encontram nada, de dois lenços de assoar que trouxe levam-me um, de dois maços de cigarros um me levam, adeus navalha, também às vezes estes polícias se distraem, só agora é que me tiram a navalha companheira, imagine-se se eu me tinha querido matar. Rezam-me o responso, Enquanto estiver na situação de incomunicabilidade, não tem visitas nem pode escrever à família, e mais isto, e mais aquilo, caso contrário é castigado. Mas um dia, muito mais tarde, teve licença de escrever e veio roupa lavada, por mãos de Faustina lavada e passada ao ferro, espargida de algumas lágrimas, povo sentimental a quem ainda se não secaram essas fontes.

No vigésimo quinto dia, eram três horas da madrugada, estava João Mau-Tempo no seu mau dormir, tanto assim que logo acordou, abriu-se a porta da cela e diz o guarda, Mau-Tempo, levante-se e vista-se, para abandonar a cela. Homem que tal disseste, querem ver que me mandam embora e em liberdade, não tem freio a imaginação dos infelizes, tomam tudo pelo melhor ou pelo pior, é consoante lhes dá, e este tem a atracção dos extremos, oxalá não o derrubem. Levam-no ao rés-do-chão e tem gente à espera, é um podengo de má cara, e o guarda diz de zombaria, Aqui tem o patusco para ir dar o tal passeio, sem dúvida são de cisma estes ditos, já se viu o que são passeios, não enganam ninguém, mas tornam e repetem, parece que não sabem dizer outra coisa, só com poucas variantes, Anda lá à minha frente, para te ensinar o caminho para a brigada, isto disse o podengo ladrando a João Mau-Tempo, e o guarda do Aljube é gracioso, diabo do homem que a estas horas da madrugada e nestas aflições ainda pode dizer, Tenham boa viagem. A palavra não foi dada ao homem, era o que faltava, tudo são conquistas e às vezes mal empregadas, e há palavras que deveriam ser vendidas bem caras, tendo em vista quem as diz e para quê, como neste caso, Tenham boa viagem, quando se sabe que a viagem não vai ser boa, os animais são mais caridosos uns para os outros, ao menos não falam. Mas este podengo que me leva pelas ruas desertas, linda que está a noite, embora dela só veja este corredor de céu por cima dos prédios, e à esquerda uma igreja Sé, e à direita outra de Santo António pequena, e logo mais abaixo nem pequena nem grande a da Madalena, é um caminho de igrejas, vou sob a protecção da corte celestial, este podengo tem uma conversa mansa, deve ser por isso, Não vá dizer que eu lhe disse, mas o seu caso está feio, constou-me que um camarada seu lá da terra falou no seu nome, o melhor é você confessar o que sabe, é a maneira de voltar depressa para a família, não ganha nada em ser teimoso. Esta rua tem nome de São Nicolau e a calçada lá à frente São Francisco, se algum santo me ficou pelo caminho aproveitem-no, Eu não sei de que está a falar, senhor polícia, não tenho culpas, a minha vida tem sido trabalhar desde que nasci, não sei nada dessas coisas, fui preso um dia, mas isso já lá vai, nunca mais me tornei a meter em políticas, estas palavras di-las João Mau-Tempo, umas verdadeiras, outras mentirosas, e não há que sair delas, é o que as palavras têm de bom, é como passar um rio por cima das pedras, sempre da mesma maneira, cuidado em não trocar os pés, que a água corre tão depressa que baralha os olhos, atenção. Agora o podengo ladra, o sítio já João Mau-Tempo o conhece, aquela rampa com as linhas dos eléctricos a brilhar, Ah, ele é isso, pois vais ver o que te acontece, e a madrugada macia sofre das más palavras que vão sendo atiradas, seu este, seu aquele, coisas que no latifúndio mal se conhecem. E agora é que João Mau-Tempo sente como se lhe foram as forças, há vinte e cinco dias metido numa cela, quase sem se mexer, da cela para a retrete, da retrete para a cela, com a sua pobre cabeça pensando, atando os fios logo quebrados de um cismar aflito, e as noites sem dormir, e agora esta caminhada que tão longa lhe parece e nada é comparada com as distâncias do latifúndio que as suas pernas conhecem, e de repente tem medo de não se aguentar, de dizer o que sabe e o que nunca poderia saber, mas torna a ouvir o preso de Caxias, Ouça, amigo, não sabemos por que razão aqui veio parar, mas para seu bem e governo tome nota destes conselhos, e veio a tempo lembrar-se disto, os últimos metros é como se sonhasse, passou já a porta, vai subindo a escada, outra vez primeiro andar, não se vê ninguém, é um silêncio de meter medo, segundo andar, terceiro andar, chegámos, o destino de João Mau-Tempo tem estado aqui à espera dele, de perna traçada, é esse o grande defeito dos destinos, não fazem nada, põem-se à espera, a ver, e nós é que temos de fazer tudo, por exemplo, aprender a falar e aprender a calar.

Passados uns minutos de estar João Mau-Tempo no gabinete para onde o empurrou o podengo, que ali ficou de guarda, abriu-se a porta de rompão e entrou um bem-posto cavalheiro, barbeado de fresco e cheiroso de loção matinal e brilhantina, fez o gesto ao outro para que saísse, e pôs-se logo aos gritos, Por causa deste canalha, deste comunista sacana, não vou hoje à missa, a gente conta estas verdadeiras coisas e se calhar ninguém acredita, mas é verdade, provavelmente tem influência nestes bons costumes a vizinhança eclesiástica já mencionada enquanto vínhamos do Aljube, e mais os Mártires e o Largo das Duas Igrejas, a da Encarnação e a outra, como diabo se chama, quem havia de gostar de aqui viver era o padre Agamedes, ouviria de confissão este inspector Paveia que está furioso de perder a missa, mas então esta polícia não tem o seu capelão próprio, e agora, para a edificação ser completa, imaginemos que João Mau-Tempo dizia, Ó senhor, não perca a missa por minha causa, se quiser eu vou consigo. Ninguém acredita, e contudo nem João Mau-Tempo saberá por que o disse, mas agora já não temos tempo para examinar estes rasgos de coragem ou de inconsciência, porque o inspector Paveia não nos deixa nem sequer reflectir, Pulha, paneleiro, cabrão, rabicho, desculpe senhor padre Agamedes, mas foi mesmo assim que ele falou, a culpa não é minha, e, Cala-te já, senão vais ali para o trapézio, que artes de circo serão essas não sabe João Mau-Tempo, mas vê o inspector Paveia dirigir-se para uma mesa, mal empregado o nome que tem, quando nos lembramos de que paveia é este abraço de trigo que aperto contra o peito, e tirar da gaveta uma pistola, um cacete e uma régua grossa, Vai-me matar, pensou João Mau-Tempo, e o outro, Vês isto, é para ti, se não contares a história toda, e toma nota de que só daqui sairás depois de deitares tudo cá para fora, ficas aí de pé, não te mexes, nem um dedo, se te mexeres bebes pela medida grande.

De três em três horas, sai um e vem outro. A vítima é sempre a mesma, Então que andavas lá a fazer na tua terra, Andava a trabalhar para ganhar com que alimentar a minha família, primeira pergunta e primeira resposta, tão de esperar uma como verdadeira a outra, e este homem devia poder ir-se embora porque disse a verdade, A trabalhar, ou a espalhar avantes, julgas que nós não sabemos, Ó senhor, eu não andava metido nessas coisas, Então não andavas a distribuir avantes, muito bem, andavas a levar no cu, tu e os teus amigos davam o cu ao controleiro para ele lhes ensinar a doutrina de Moscovo, é isso, pois se queres voltar para Monte Lavre e tornar a ver os teus filhos, conta a história, não encubras os teus amigalhaços com quem fazias reuniões, lembra-te da tua família e da liberdade. João Mau-Tempo lembra-se da família e da liberdade, lembra-se da história do cão e da perdiz, contada por Sigismundo Canastro, e não responde, Vá, conta lá a história, como é que vocês dizem, aqueles canalhas, aqueles ladrões do governo não nos dão aquilo que a gente quer, mas nós vamos acabar-lhes com a existência, tantos distúrbios faremos contra eles e contra as leis de Salazar, é assim que vocês dizem lá uns com os outros, é assim que pensam fazer, diz a verdade, comunista, não encubras, se contares a história vais-te embora já amanhã para Monte Lavre, para a companhia dos teus filhos, e João Mau-Tempo, esqueleto de cão marrado contra a perdiz, repete, Senhor, a minha história está contada, fui preso em mil novecentos e quarenta e cinco, mas desde essa data nunca mais tive actividades, se alguém disse o contrário, mentiu. Empurraram-no contra a parede, bateram-lhe, chamaram-lhe de nomes todos quantos de insulto em português se inventaram, e isto foi feito e repetido, com igual constância de um lado e do outro, mas a vítima era sempre a mesma.

João Mau-Tempo vai fazer setenta e duas horas de estátua. Vão-se-lhe inchar as pernas, terá vertigens, será espancado com a régua e com o cacete, sem muita força, mas para aleijar, de cada vez que as pernas cederem. Não chorava, mas tinha lágrimas nos olhos, os olhos boiavam em lágrimas, até uma pedra teria piedade. Ao fim de algumas horas desinchou, mas sob a pele começaram a aparecer as veias alteradas, quase da grossura de dedos. O coração mudou de lugar, é um martelo que golpeia e atordoa, que vai ressoar dentro da cabeça, e então, para o fim, abandonam-no de todo as forças, já não consegue manter-se de pé, foi-se curvando, nem dava por isso, e agora está de cócoras, é um pobre maltês do latifúndio espremendo a merda da última fraqueza,

Levante-se lá, sua besta, mas João Mau-Tempo não conseguia levantar-se, não era fingimento, era outra das suas verdades. Na última noite ouviu gritar e gemer no gabinete ao lado, e logo a seguir entrou o inspector Paveia com grande acompanhamento de polícias, e enquanto os gritos recomeçavam, cada vez mais agudos, aproximou-se Paveia com calculada lentidão e disse em voz de aterrorizar, Então, Mau-Tempo, já foste a Monte Lavre e vieste, podes contar a história. Do fundo da sua desgraça, quase rente com as tábuas do soalho, partido pelos rins e com os olhos cobertos de nuvens, João Mau-Tempo respondeu, Não tenho história nenhuma a contar, já disse o que tinha a dizer. É uma frase modesta, é o esqueleto do cão ao fim de dois anos, quase não merece registo particular, quando outras se têm proferido, Do alto destas pirâmides quarenta séculos vos contemplam, Antes rainha uma hora que duquesa toda a vida, Amai-vos uns aos outros, mas ferve o sangue do inspector Paveia, Ah, sim, então os vinte e cinco aves que distribuías na tua terra, se me negas, acabo-te com o resto da existência. E João Mau-Tempo pensou, Ou a morte, ou a vida, e ficou calado. Estaria talvez o inspector Paveia outra vez atrasado para a missa, ou setenta e duas horas de estátua eram suficientes para primeira arremetida, o certo é que disse, Levem-me este sacana para o Aljube, fica lá a descansar, depois volta cá outra vez para contar a história, ou vai para o cemitério.

Avançam então dois dragões, agarram João Mau-Tempo pelos braços e levam-no de rojo pela escada abaixo, do terceiro andar até ao rés-do-chão, e enquanto o arrastam vão dizendo, Mau-Tempo, conta a história, que é melhor para ti e para os teus, se não contares, o senhor inspector manda-te para o Tarrafal, olha que ele sabe tudo, um amigo teu de Vendas Novas falou a teu respeito, só tens que confirmar. E João Mau-Tempo, que não pode ter-se nas pernas, que sente os pés virem caindo de degrau em degrau como se lhe não pertencessem, responde, Se quiserem matar-me, matem-me, mas eu não tenho nada a contar. Atiraram com ele para o carro celular, foi curta a viagem, terramoto não houvera, tudo quanto era igreja estava de pé e triunfante, e quando entraram no Aljube e abriram a porta do carro, Salta cá para fora, caiu o pobre por falhar o estribo e outra vez de rastos o levaram, já mais firme o pé, mas não bastante, e empurraram-no para dentro da cela, que, por acaso ou determinação, era a mesma. Foi João Mau-Tempo de ventas ao bailique, quase a desfalecer, mas, embora lhe parecendo que sonhava, teve forças para o abrir e nele se deixar cair, durante quarenta e oito horas ali ficou, como morto. Está vestido e calçado, é uma estátua despedaçada, ligada apenas pelos arames interiores, bonifrate do latifúndio que assoma a cabeça por cima do pano e faz caretas enquanto sonha, a barba vai-lhe crescendo e pelo canto da boca corre-lhe um fio de saliva que abre vagaroso caminho entre os pelos e o suor. Durante estes dois dias há-de aparecer o guarda a cheirar se o ocupante da cela está vivo ou morto, descansando logo à segunda vez porque o adormecido mudou de posição, e isto são páginas conhecidas, quando vêm da estátua dormem assim, nem comer precisam, mas agora já basta dormir, o sono é menos profundo, Acorde lá, homem, está ali o almoço na prateleira, e João Mau-Tempo sentou-se no bailique, não sabe se sonhou, na cela não há mais ninguém, porém cheira-lhe a comida, sente uma grande e urgente fome, e à primeira tentativa que faz para se pôr de pé, vão-se-lhe abaixo as pernas e turvam-se-lhe os olhos, é da fraqueza, torna a experimentar, não são mais do que dois passos dali à prateleira, o pior é que não poderá sentar-se, que ali come-se de pé para escorregar mais depressa, e João Mau-Tempo é aquela baixinha criatura que nunca deitou corpo que se visse, não chega à tábua, e para comer tem de se pôr nos bicos dos pés, um martírio para quem tão fraco está, e se deixar cair no soalho uma nódoa que seja já sabe que não escapa sem castigo, quem dá o pão dá a criação.

Passaram cinco dias, que teriam tanto para contar como quaisquer outros, mas estas são as debilidades do relato, às vezes tem de se saltar por cima do tempo, eixo-ribaldeixo, porque de repente o narrador tem pressa, não de acabar, ainda o tempo não é disso, mas de chegar a um importante lance, a uma modificação do plano, dar por exemplo o coração de João Mau-Tempo um salto só porque o guarda lhe entrou na cela e diz, Mau-Tempo, prepara as tuas coisas para abandonares esta prisão, e tens de entregar as mantas no depósito, e o púcaro e a colher, quero isso arrumado depressa, que já volto. O mal destes homens do latifúndio, ainda por cima quando inocentes, é aceitarem tudo no sentido literal, pão pão, queijo queijo, e por isso está João Mau-Tempo tão contente, a sonhar romarias, Se calhar vou em liberdade, é tolo este homem, como logo se percebe quando o polícia regressa para o acompanhar à arrecadação, onde deixa mantas, colher e púcaro, e onde recebe os poucos objectos de uso pessoal que lá se conservavam guardados, e agora, Vais aqui para a sala do misto, já estás comunicável, podes escrever à família e mandar vir o que precisares, e abriu a porta e lá dentro era um mundo de gente, de todas as nacionalidades, isto é um modo de falar, quer-se dizer que eram muitas pessoas, ainda que também lá estariam estrangeiros, mas a timidez de João Mau-Tempo e o seu falar só nacional de Alentejo não permitiriam que chegasse à confiança, e mal a porta se fechou, já o pessoal português o rodeia a querer saber das razões da prisão e notícias do exterior, se possível. João Mau-Tempo não tem nada a esconder, conta tudo quanto lhe aconteceu, e de tal maneira está firme no seu dizer de que desde mil novecentos e quarenta e cinco não tem actividades políticas, que mesmo ali o repete, e não era preciso, porque também ninguém lho perguntava.

Tão popular João Mau-Tempo ali se achou, que dando com um companheiro de prisão a fumar lhe pediu um cigarrito, foi um atrevimento, que nem o conhecia de lado nenhum, e logo uns lhe ofereceram tabaco, mas o mais bonito de tudo foi outro que estava de lado a observar a conversa e se aproximou com uma onça de tabaco superior, um livro de mortalhas e uma caixa de fósforos, Camarada, quando precisar de alguma coisa, é dizer, aqui, enquanto houver para um, há para todos, imagine-se como ficaria João Mau-Tempo, com a primeira fumaça cresceu uma mão travessa, com a segunda voltou ao seu natural, mas muito mais fortalecido, ele pequeno no meio dos outros que o viam fumar e sorriam. E como até na vida dos presos há concordâncias felizes e coincidências, daí a dois dias João Mau-Tempo foi chamado a um gabinete fora da sala do misto e ali um guarda disse-lhe com boa cara, como se a doação fosse sua própria, os guardas têm destas incongruências, Mau-Tempo, tem aqui esta roupa e quatro onças de tabaco e vinte escudos que lhe trouxe um senhor lá da sua terra. Comoveu-se João Mau-Tempo, mais com a alusão a Monte Lavre do que com a inesperada lembrança, e perguntou, Quem foi esse senhor, e o guarda respondeu, Isso não interessa, para o guarda um portador é um portador e nada mais, João Mau-Tempo não sabia isso. Voltou à sala com o seu tesouro e mal entrou deu um brado que se ouviria de parte a parte do latifúndio, Agora, camaradas, quem quiser fumar, já aqui há tabaco, e outra voz também clamando lhe respondeu, são ditos importantes que precisam de altas vozes, Assim é que é, camaradas, enquanto houver para um, haverá para todos, aqui todos somos irmãos, com os mesmos direitos. Em geral usa-se escolher para demonstrações de solidariedade tão manifesta casos de diferente substância, mas cada um tome o que precisar e dê o que tiver, ciganos, fiozitos de tabaco enrolados na mortalha branca, e agora a fímbria trémula da língua passando ao longo da aresta, e o jeito do remate, obra acabada, muito mal andará de humanidade quem não entender estas grandezas.

Uns saem, outros não, entram caras novas, mas em geral não desconhecidas, há sempre alguém que diz, Então também cá vieste parar, e passados uns dias aparece um polícia à porta da sala e diz, Mau-Tempo, prepare-se, vista o casaco para irmos dar um passeio, mas depois volta, agora não leva mais nada. Julga-se que não, que são tudo maneiras de dizer, mas aí está João Mau-Tempo para afirmar que o coração lhe caiu aos pés, e isso é muito mais verdade do que não ter ele actividades desde há quatro anos. Repete o caminho com o podengo ao lado, desta vez um rapazote quase sem barba na cara, mas parece nervoso, talvez não esteja habituado, leva constantemente a mão ao bolso de trás, e não diz palavra, ao menos João Mau-Tempo pode olhar para quem passa, saberão que vou preso, ver os eléctricos, dar uma espreitadela às montras, é quase um passeio, ia-se esquecendo de sentir medo, e agora o medo vem todo junto, desordena-lhe os pensamentos, desbarata-lhe o sangue, e tem saudades da sala do misto, do cigarro fumado entre os camaradas e das conversas que lá ouve. Entram-lhe no corpo as ânsias da estátua, a gente não cuida, mas quem saberá o que custa a esses bronzes e mármores segurarem-se de pé, como será que não têm cãibras, esses homens de braços estendidos, esses animais parados no mesmo esforço, nem cedendo, nem arrancando, quando a todos falta a vontade que o homem de carne tem, e apesar disso fraqueja, está de cócoras, nem já os pontapés o fazem levantar, acolhe-se à revessa desta última fraqueza, pode mesmo borrar-se, basta que a língua não fale, a não ser para repetir sempre a mesma mentira. Mas adivinhar que o tormento irá renovar-se, reencontrar a dor conhecida, ou imaginá-la pior, é isto o que João Mau-Tempo pensa e de repente uma grande escuridão caiu sobre a cidade e no entanto é dia claro, e quente, como são os dias de Agosto, tão pouco a gosto estes, que vai ser de mim, que martírio me espera.

Abriu-se outra vez a meia porta, subiu João Mau-Tempo as escadas, tocado pelo podengo da companhia, entraram neste gabinete, olha quem ele é, é o de Vendas Novas, o que veio de viagem e a passeio até ao Terreiro do Paço com João Mau-Tempo, chama-se Leandro Leandres, e agora diz com tom de desprezo, Sabes o que vens fazer à brigada, e João Mau-Tempo sempre de modo urbano e respeitoso, Não senhor, não sei, e Leandro Leandres, Vens contar o resto da história, e daqui para diante não vale a pena repetir, é chover no molhado, tudo a mesma conversa, quantos jornais eram distribuídos, e porque torna o comité local, e porque deixa as reuniões, e quantos foram, e quem era, e está cá um que disse o teu nome, e sendo assim é verdade, se não confessares não sais daqui vivo, é melhor para ti se falares, mas disso é que João Mau-Tempo não tem a certeza, e que tivesse, Já há quatro anos não ponho as mãos em papéis, foi só os que apanhava pelas ruas e pelas estradas, tirando isso não me lembro de quem mos dava, já passaram anos, só penso é no trabalho, juro. Mas se tudo era a mesma conversa, o mesmo perguntar e responder, o mesmo forçar e o mesmo mentir, desta vez não havia pancadas e a estátua de João Mau-Tempo estava em seu estar natural, sentada numa cadeira, parecia que ali se dispusera para um retrato, embora a alma saltasse dentro do coração como uma pobre e assustada louca, e a vontade pálida mas constante dissesse, Não podes falar, mente o que quiseres mas não fales. E havia outra diferença, que era estar um podengo de mais pequena graduação a escrever à máquina as perguntas e as respostas, e a folhas tantas não achou mais que escrever porque a conversa era como tirar água à nora com alcatruzes sem fundo, sempre em círculo, já a mula pisava o seu próprio esterco e o sol ia baixando, e então aí terminaram as declarações e o da escrita perguntou, Onde fica o depoimento deste gajo, e Leandro Leandres respondeu, Fica aí junto com o do Albuquerque, e nem soube o que dissera, bem se atormentara João Mau-Tempo a querer adivinhar quem de seu nome falara, e agora sabia, era o Albuquerque, a dor que isto dói, e a pena, que foi que lhe fizeram para ele ter falado, ou terá sido de vontade, ou alguma coisa lhe passou pela cabeça, as pessoas às vezes, e João Mau-Tempo não adivinha que alguns anos depois há-de ver passar o Albuquerque lá por Monte Lavre, o rachado, e era esse quem dantes dizia, se cá vierem espeto-lhes um tiro, faço e aconteço, e afinal veio a rachar, e quando saiu deu-lhe para andar feito pastor dos protestantes, a gente não quer mal a religiões, mas porque vai ele ali a cantar a salvação dos homens todos quando não soube salvar os seus camaradas poucos, quem sabe que conversa terá tido consigo próprio à hora da morte, mas hoje o que João Mau-Tempo sente é uma grande pena e alívio por não ter falado, agora talvez não me tornem a bater nem me obriguem a fazer a estátua, não sei se aguentaria.

Voltou João Mau-Tempo ao Aljube, passados dias levaram-no dali para Caxias, e estas notícias enfim se saberão em Monte Lavre. Haverá cartas de ir e voltar, tudo minuciosamente combinado entre Faustina e João Mau-Tempo, que estas coisas não são nenhuma brincadeira, é preciso que tudo bata muito exacto, se uma pessoa vem de tão longe para estar num sítio certo a uma certa hora, mesmo não sendo o encontro clandestino, mesmo sendo a própria polícia a abrir a porta e a dizer, Entre, há que contar com muita peripécia, de Monte Lavre para Vendas Novas de carroça, depois de Vendas Novas ao Barreiro pelo comboio, quem sabe se naquela carruagem que trouxe João Mau-Tempo e Leandro Leandres, e agora o barco, é a segunda vez que Faustina Mau-Tempo vê o mar, este ribeiro de descomunal tamanho, e a seguir outra vez de comboio até Caxias, o mar é subitamente muito maior, Ai, comadre, isto é que é o mar, e a companheira que ao Terreiro do Paço a foi esperar e vive na cidade sorri de compreensão e benevolência diante deste pouco saber e diz que sim, que aquilo é o mar, mas cala a sua própria ignorância do que o mar verdadeiramente seja, não este parco abrir de braços entre duas torres, mas uma ânsia líquida e infinita, um remexer continuado de massas de vidro e espuma, uma dureza mineral que amolece e enregela, o lugar dos grandes peixes e dos lutuosos naufrágios, poesias.

É bem verdade que quem sabe, não sabe tudo, e a companheira de Faustina Mau-Tempo soube descer do comboio em Caxias, mas a prisão onde é, não quer dar parte de fraca e mete por uma estrada, para este lado há-de ser, estamos em Agosto, o calor rescalda nesta hora que já se vai aproximando daquela que laboriosamente foi comunicada e decorada, a hora da visita, e então tiveram de perguntar a quem passava e souberam que iam enganadas no caminho e voltaram para trás, da jornada enfadadas, e Faustina Mau-Tempo descalçou-se, que lhe não estavam os pés habituados ao aperto dos sapatos, e ficou em palmilhas de meias, mas aqui foi uma dor de alma, não teremos coração se com isto nos pusermos a rir, são humilhações que depois ficam a queimar a memória por todo o resto da vida, estava o alcatrão amolecido de tanto calor e logo aos primeiros passos as meias lhe ficaram agarradas, e quanto mais Faustina as puxava, mais elas esticavam, isto é um número de circo, o mais perfeito da temporada, basta, basta, acabou de morrer a mãe do palhaço, e toda a gente chora, o palhaço não faz rir, está espantado, assim nós estamos ao pé de Faustina Mau-Tempo e fazemos biombo para que a companheira dela a ajude a tirar as meias, com recato, que este pudor das mulheres de um homem só é intratável, e agora vai descalça e nós voltamos para casa, e se há algum de nós a sorrir é de ternura. Mas quando Faustina Mau-Tempo chegar ao forte, levará os pés feridos, e mais ainda os castigará calçando os sapatos sem meias, uma lástima, negros do alcatrão e sangrentos das esfoladelas, que custosa é a vida dos pobres.

Saíram as visitas, passou a hora, e João Mau-Tempo não teve ninguém, caçoam dele os companheiros, são maneiras de virilidade tola, Ela não quer saber de ti, Por esta é que tu não esperavas, enquanto à entrada a pobre Faustina Mau-

-Tempo lutava para entrar, aqui que está o meu marido, perguntava ela, que se chama João Mau-Tempo, e o da porta, jocoso, respondia, Não está cá essa pessoa que a senhora procura, e outro achincalhou, Então veio dar o seu marido à prisão, são entretenimentos, esta gente tem uma vida monótona, nem sequer batem nos presos, outros são os que batem, mas Faustina Mau-Tempo não distingue, Está, sim senhor, vocês é que o trouxeram para cá, pois tem de aqui estar, e era uma fúria de pardalito, um arrepio de galinha, uma investida de borrego, nada que tivesse importância, mas enfim o homem pôs-se a folhear um livro e disse, Tem razão, está aí, na sala seis, mas já não pode visitá-lo, passou a hora da visita. Tem Faustina Mau-Tempo direito a este ataque de choro. É uma coluna que se desmorona, vemos como se abrem as fendas e caem os pedaços, e tem os pés feridos esta coluna do latifúndio, agora pode também chorar por isso, por tudo quanto sofreu na vida e ainda há-de sofrer, é o tempo de chorares todas as lágrimas, exagera se puderes, Faustina Mau-Tempo, desfaz-te em lágrimas, talvez consigas tocar o coração destes dragões de ferro, ou se não tiverem coração, porventura não hão-de querer ser incomodados, e sendo tu uma pobre mulher não te vão pôr fora com violência, chora pois, reclama o teu marido, Cale-se lá, mulher, vou ver se é possível abrir uma excepção, e isto é linguagem que Faustina Mau-Tempo não entende, quem sabe se esta prisão se chama excepção, por isso a vão abrir para que eu possa ver o meu marido. Também por caminhos errados se acerta, tudo isto não valerá mais do que cinco minutos, mas é o bastante para tanta saudade, não podendo ser mais, aí vem João Mau-Tempo e traz esperanças, que os camaradas lhe disseram, É de certeza a tua mulher, e é ela, Faustina, João, e estes dois abraçam-se, tanto chora um como o outro, e ele quer saber dos filhos e ela quer saber dele, e já passaram três minutos, e se estás bem de saúde, e tu como tens passado, tens tido trabalho, e a Gracinda, e a Amélia, e o António, estão todos bem, tu é que estás mais magro, tem cuidado não adoeças, cinco minutos, adeus, adeus, dá lá saudades, ai tantas, depois combina-se para cá voltares, agora já sei onde é, não me perco, e eu não me perdi, adeus.

Outras visitas haverá, diferentes estas, mais tranquilas, virão as filhas, virá o irmão Anselmo, virá António Mau-Tempo e sairá zangado, ninguém o fez zangar mas vai zangado, ficará de largo a ver o forte com expressão irada, nem parece António Mau-Tempo sem cuidados grandes, virá Manuel Espada, entrará grave e sairá com uma luz serena no rosto, e também aparecerão uns primos e uns tios, alguns que vivem em Lisboa, mas a visita desses será nos corredores, por trás duma rede tão miudinha que custará ver as pessoas do outro lado, e um polícia sempre a passear de um lado para outro, à escuta dos queixumes. E passarão os meses, os longos dias e as noites longuíssimas da prisão, o Verão acabará, o Outono foi, o Inverno chega, João Mau-Tempo está para ali, não é chamado para interrogatórios, esqueceram-se de que existe, quem sabe se ficará para sempre preso, até que um dia, inesperadamente, viu o Albuquerque e o Sigismundo Canastro, também o Sigismundo estava preso e ele não sabia, foi o Albuquerque, isto saberá João Mau-Tempo mais tarde, quando já estiverem em Monte Lavre e ouvir dizer que Sigismundo Canastro foi solto e vem aí, e ambos se abraçarão de coração liberto, Não falei, Também eu não falei, o Albuquerque é que, e Sigismundo Canastro ainda sofreu mais, mas ri-se, ao passo que João Mau-Tempo não pode evitar uma certa melancolia, é da injustiça que lhe fizeram. Conversa-se muito na sala seis, discutem-se assuntos de política e outras matérias, há quem estude ou ensine, dão-se aulas de leitura, de aritmética, outros fazem desenhos, é uma universidade popular, são casos conhecidos, não há mais contar, ou a eternidade não bastaria.

Hoje é o dia da libertação. Passaram seis meses, é Janeiro. Ainda a semana passada João Mau-Tempo andou a trabalhar na estrada de acesso com outros companheiros de sala, à chuva, e fria que ela estava, era como neve derretida, e agora está sentado a pensar que vida lhe estará destinada, já uns tantos foram a julgamento e ele não, mas houve quem lhe garantisse que era bom sinal, quando a porta se abre e aparece um guarda a chamar, com a voz arrogante do costume, João Mau-Tempo, e João Mau-Tempo põe-se em sentido como é do regulamento da cadeia, e o guarda diz, Prepare as suas coisas para abandonar a prisão, e depressa. Quanta alegria dos que ficam, como podem, como se fossem eles os libertos, e um diz, Quanto mais depressa se despejarem as masmorras, melhor, aqui não se faz nada, é uma declaração tão lógica como dizerem, Quanto mais depressa me derem a ferramenta, mais depressa começo a trabalhar, e então é um alvoroço, parece a mãe a vestir o filho, há quem lhe calce os sapatos ou o ajude a enfiar a camisa, sacodem-lhe o casaco, querem ver que João Mau-Tempo vai ser levado à presença do papa, onde se viu uma coisa assim, isto são umas crianças, não tarda nada que se ponham todos a chorar, eles não, mas João Mau-Tempo não vai tardar quando lhe perguntarem, Então, Mau-Tempo, tu não tens dinheiro para voltar à tua terra, e ele responder, Camaradas, tenho pouco, mas cá me hei-de arranjar, e eles começarem a reunir o dinheiro, um cinco escudos, outro dez, e entre todos se vai arranjar que chegue para a viagem e ainda sobrará, e então sim, ao ver como o dinheiro pobre pode ser amor grande, João Mau-Tempo não segurará as lágrimas e dirá, Obrigado, camaradas, e adeus, muito boa sorte para todos, e também obrigado por tudo quanto fizeram por mim. De cada vez que um sai, é esta festa, são as alegrias da prisão.

Era já noite quando a carrinha deixou João Mau-Tempo à porta do Aljube, parece o diabo desta viúva-alegre que não conhece outros caminhos, e quando João Mau-Tempo se apeou, pé agora livre, diz-lhe o polícia, Some-te daqui para fora, parece até que está com pena de o ver ir-se embora, estes polícias são assim, apegam-se aos presos e depois custa-lhes a separação. João Mau-Tempo lança-se a correr pela rua abaixo, é como se o diabo ainda estivesse atrás dele, tanto assim que olha por cima do ombro, a ver se alguém o persegue, quem me diz a mim que a polícia não se dá a estes divertimentos, põe um preso em liberdade fingida e depois arma-se uma grande caçada, e por mais que o pobre fuja, fica-lhe a rede na passagem, e lá está ele outra vez filado, metido no carro celular, com todos a rir às gargalhadas, os polícias a apertarem a barriga, ai que graça, não posso mais, nunca me diverti tanto, nem no circo. Ainda se usam destes requintes.

A rua está deserta, deserta mesmo, caiu a noite de todo, e felizmente não chove, mas o vento entre estes altos prédios é uma navalha romba de barbeiro com pressa, passa e repassa nas pobres roupas de João Mau-Tempo, tão nu está o vento como ele, assim parece. Já não corre, tem as pernas desajeitadas, e o fôlego curto, nem sabe andar, encosta-se a uma esquina, com o seu saco e a maleta atada com cordas, e embora tudo isto seja leve, os braços mal podem segurar a carga, e por isso a pousa no chão, quem viu este homem, os carregos que suportou e agora nem uma gata pelo rabo, não fosse o frio tanto e ali se deixaria cair também, tem demasiado sofrimento sobre as costas para se manter de pé, e no entanto aguenta-se. Passam pessoas, sempre as há, e nem o olham, vai cada uma a pensar na sua própria vida, já me dá que fazer, nem sonham que aquele homem ali da esquina chegou agora de Caxias, onde esteve seis meses, e fez a estátua setenta e duas horas e foi espancado, não se acredita que tais coisas aconteçam no nosso belo país, quem as conta decerto que exagera. Que fará João Mau-Tempo numa cidade que o não conhece, não há nenhuma porta aonde possa bater, Camaradas, deem-me abrigo por esta noite, acabo de sair, isto seria uma conversa diferente, sabe ele lá que casas são essas, ele só foi preso em Monte Lavre pelo guarda José Calmedo, e para lá tem de voltar, hoje não, que é noite, mas amanhã, com este dinheiro que me foi dado por homens a quem fazia falta, ali sabe ele que estão camaradas, mas havia de ter que ver ir agora a Caxias bater à porta da sala seis, supondo que podia entrar à vontade, e quando abrissem diria, Camaradas, deem-me abrigo por esta noite, acabo de entrar, está com certeza doido, ou então adormeceu apesar do frio, deve ter adormecido mesmo, tanto assim que já não está de pé como julgava, mas sentado na maleta, e agora lembra-se, já se lembrara antes mas agora lembra-se outra vez, ir bater à porta da casa onde a irmã está a servir e dizer, Maria da Conceição, achas que os teus patrões me deixam dormir cá esta noite, porém, não irá, noutras condições talvez não se importassem, mandariam Maria da Conceição estender uma enxerga na cozinha, não se pode deixar um cristão a dormir na rua como os cães sem dono, mas assim, tendo saído da prisão, daquela prisão, por estes motivos, ainda que consentissem, haveriam de mostrar depois má cara à irmã, coitada, nem casou, sempre a trabalhar para o mesmo patrão, é como se tivesse nascido para isso, quem sabe o que já lhe terão dito, nem é difícil adivinhar, São uns ingratos, afinal se não fôssemos nós morriam de fome, essas más ideias do teu irmão ainda lhe hão-de sair caras, são contra nós, vê se compreendes, são todos contra nós, o que vale é sermos teus amigos, não te vamos fazer pagar pela ruim cabeça dele, mas a partir de agora o melhor é não entrar aqui em casa, e tu tem cuidado, ficas avisada.

Estas são apenas as ladainhas domésticas da ama e patroa, que o patrão é categórico e menos palavroso, Aqui não põe o pé nunca mais, e vou dizer para Monte Lavre que nas nossas terras não trabalha, vá para Moscovo. Parece que João Mau-Tempo tornou a adormecer, muito cansado estará, dormir com este frio, e enregelou mesmo, bate com os pés no chão e o barulho ressoa multiplicado em ecos no espaço gelado, capaz de vir um polícia e prendê-lo outra vez por perturbação do sossego público, então João Mau-Tempo pega no saco e na maleta e desanda rua abaixo, mal pode com os pés, coxeia, tem uma lembrança de que a estação lhe fica para a esquerda, mas cuida que se perderá, por isso pergunta a um homem que passa e ele diz-lhe, Vai em bom caminho, e acrescenta mais umas explicações, ainda bem para João Mau-Tempo, conforta a pega da maleta e o atado do saco nas mãos engadanhadas e dispõe-se a seguir, mas o outro pergunta-lhe, Quer que o ajude, aqui tremeríamos da aventura, quem sabe se é gatuno este passante e já combina roubar o labrego, tão fácil, mesmo sendo noite se vê que mal pode com o corpo, Não senhor, muito obrigado, diz João Mau-Tempo educadamente, e o outro não forçou, afinal não é nenhum meliante, pergunta apenas, Você esteve na prisão, tem ar disso, e nós que conhecemos João Mau-Tempo e sabemos quanto é sensível às boas palavras, já estamos a ouvi-lo contar tudo, que esteve seis meses em Caxias e veio agora de lá, largaram-no ali, e tem de ir para a terra, para Monte Lavre, concelho de Montemor, sou alentejano, sim senhor, não sabe se há barco a esta hora, e comboio, Vou ver à estação, não, não tem onde dormir, uma irmã está a servir, Mas não quero ir incomodar, podem os patrões ficar contrariados, e o outro pergunta, é um homem curioso, Então se não houver barco e comboio, onde é que vai dormir, e João Mau-Tempo responde simplesmente, Passo a noite na estação, há-de haver lá um banco, o pior é o frio que faz, mas já estou habituado, muito obrigado pela sua atenção, e tendo dito afasta-se, mas o outro diz, Vou lá consigo, deixe ver o saco, que eu ajudo, e João Mau-Tempo, que dúvida, pois se vem de estar seis meses com homens de humanidade, cuidaram dele, ensinaram-no, deram-lhe tabaco, dinheiro para a viagem, mal parecia que desconfiasse, passou o saco para as mãos do outro, às vezes a cidade tem espectáculos assim, lá vão os dois, descem o que falta de ruas, e depois é o grande terreiro, ao longo das arcadas, e logo a estação, João Mau-Tempo tem dificuldade em perceber as tabelas, aqueles minúsculos números, e o homem ajuda, percorre com o dedo as colunas, Não, comboio não há, só amanhã de manhã, e ouvindo isto já João Mau-Tempo está a procurar um sítio onde possa enroscar-se, mas o homem diz-lhe por estas palavras, Você está cansado, e vê-se que tem fome, venha dormir a minha casa, come lá um prato de sopa e descansa, se fica aqui morre de frio, foram estas as palavras ditas, ninguém acredita que tais coisas possam acontecer, e é verdade verdadeira, João Mau-Tempo só soube responder, Muito agradecido, é uma obra de misericórdia, aqui cantaria hosana o padre Agamedes, daria vivas à bondade dos homens, tem toda a razão o padre, este homem que leva o saco às costas merece os louvores, mesmo não sendo pessoa de igrejas, não que ele o tivesse dito, são coisas sabidas do narrador, além de outras que não vêm para o caso, pois esta história é de latifúndio e não de cidade. O homem é mais velho do que João Mau-Tempo, mas mais forte e mais leve de perna, por isso tem de moderar-se para acompanhar o passo doloroso do ressuscitado, e para o animar diz, Moro aqui perto, em Alfama, e já virou para a Rua da Alfândega, cobrou ânimo João Mau-Tempo, depois meteram-se por umas vielas húmidas e escarpadas, húmidas, com este tempo não admira, uma porta, uma escada estreitíssima, uma água-furtada, Boa noite, Ermelinda, este senhor dorme cá em casa esta noite, amanhã vai para a terra e não tem onde ficar, e a Ermelinda é uma gorda mulher que abre a porta como se estivesse abrindo os braços, Entre, e João Mau-Tempo, perdoem-lhe os melindrosos e os que só cuidam e estimam grandes lances dramáticos, a primeira sensação que tem é a do cheiro da comida, uma sopa de hortaliça e feijão que tem estado a aferventar, e o homem diz-lhe, Ponha-se à vontade, e logo a seguir, Como é que se chama, e João Mau-Tempo já está sentado, entra-lhe no corpo uma fadiga repentina, mas diz o nome, e o outro retribui, Eu chamo-me Ricardo Reis, e minha mulher é Ermelinda, são nomes de pessoas, é o que sabemos delas, pouco mais, e também estes pratos de sopa sobre a mesa da cozinha, Coma à sua vontade, já o frio vai diminuindo, terra afinal branda de Lisboa, esta janela das traseiras dá para o rio, há umas luzinhas de barcos, na outra banda raras são, quem diria que, um dia, vistas daqui serão uma festa, Beba mais um copo, e se calhar é também por isso, por este outro copo de vinho espesso, que João Mau-Tempo sorri tanto, mesmo quando conta o que na prisão passou, e já é tarde quando acaba, cai de sono, está Ricardo Reis muito sério e Ermelinda Reis enxuga os olhos, e então dizem-lhe, Agora vai dormir, que são horas, bem precisa de descansar, e João Mau-Tempo nem repara que a cama é de casal, ouve passos no corredor, mas não são os da guarda, não são os da guarda, não são os da guarda, e, livre, adormece.

São seis meses de mudanças, ora parecem poucas, ora parecem de mais. Na paisagem mal se nota, tirando as variações da estação, mas causa espanto como envelheceram as pessoas, como estão velhos estes que não saíram de Monte Lavre, e as crianças como cresceram, só se veem com os mesmos olhos João Mau-Tempo e Sigismundo Canastro, que ontem chegou e já disse que têm de encontrar-se para conversar, são teimosias e determinações, não se lhes pode levar a mal. Há pessoas que dá gosto olhar, é o caso de Gracinda Mau-Tempo, que está uma lindeza de mulher, fez-lhe bem o casamento, é o que dizem as comadres do bem-querer e os gerifaltes de muito cobiçar, mas por aí se ficam estes e outras mudanças haverá, por exemplo o padre Agamedes, neste meio tempo fez-se de alto e magro baixo e gordo, e o rol das dívidas, crescidíssimo, faltando o homem, é natural. Por essa razão, chegando o tempo, abalou João Mau-Tempo com a filha Amélia para os arrozais do termo de Elvas, e veja-se como anda a geografia destes labrustes, em Monte Lavre se dizia que além era Estremadura de Espanha, quem sabe aonde foram buscar este saber universalista que não cuida de fronteiras, e se quisermos razões para a excursão, são as do costume, mais uma principal, que era a suspeição do latifúndio sobre as artes e manhas de João Mau-Tempo, preso político, É certo que saiu sem julgamento, mas aí a culpa é da polícia, que não é tão boa como devia ser. Passando os meses, voltará a roda ao rego, mas por enquanto o melhor é andar ele por longe, escusa de contaminar a nossa querida terra, e ao Sigismundo Canastro digam-lhe que não há trabalho, arranje-se por onde quiser.

Foi pois João Mau-Tempo para as bandas de Elvas e levou sua filha Amélia, aquela de maus dentes, que se os tivesse bonitos pediria meças à irmã. Diga-se agora que o inferno não é longe. São cento e cinquenta homens e mulheres, divididos em cinco ranchos, e esta condenação durará dezasseis semanas, é uma safra de sarna e de febres, uma empreitada de sofrimento, mondar e plantar desde o sol que ainda vai nascer ao sol que já se foi embora, e quando a noite começa são cento e cinquenta fantasmas que se arrastam até ao monte onde tem quartel, homens para aqui, mulheres para ali, mas todos por igual coçando a sarna dos canteiros alagados, todos curtindo as febres do arrozal, Com açúcar, leite e arroz, mais uns ovos, se faz esta delícia, e o arroz cozido, Maria, quantas vezes lho tenho dito, quer-se soltinho, não é esta papa, tem de se poder comer bago a bago, veja lá se aprende. Pela noite fora, nos aposentos, ouve-se o suspirar e o gemer destes aflitos, a coceira ansiosa das unhas pretas e duras na pele que já sangra, enquanto outros batem o queixo com tremuras e levantam para o telhado os olhos vidrados de febre. Não há muita diferença entre isto e campos de morte, apenas se rebenta menos, provavelmente por causa da muita caridade cristã e correlativo interesse que fazem com que os patrões, quase todos os dias, carreguem de miséria sarnosa e febril as camionetas e a transportem para o hospital de Elvas, hoje uns, outros amanhã, é um corrupio de ir e vir, e os pobres vão como mortos, o que vale a todos é a milagrosa medicina que em três ou quatro dias os põe como novos, fraquíssimos e trémulos de pernas, mas quem se preocupa com essas insignificâncias, tu tens alta, tu também, e tu, e tu, é assim que os médicos nos tratam, e torna a camioneta a despejar no monte a carga com a saúde a meio pau, é uma empreitada, não se pode perder tempo, Está melhor, meu pai, perguntou Amélia, e ele respondeu, Estou, sim, filha, como se vê não há nada mais simples.

Afinal, não são assim tantas as mudanças. A monda e a plantação do arroz fazem-se como as fez o meu avô, o bichedo da água não variou de ferrão e baba desde que Nosso Senhor o criou, e se um caco invisível corta um dedo, o sangue tem a mesma cor. Seria precisa muita imaginação para inventar acontecimentos extraordinários. Este viver é feito de palavras repetidas e de repetidos gestos, o arco que a foice desenha está milimetricamente ajustado ao comprimento do braço e o serrotear do denteado nos caules secos do trigo produz o mesmo som, sempre o mesmo som, como é que não se cansam os ouvidos destes homens e destas mulheres, é o caso também daquele pássaro rouco que vive nos sobreiros, entre a cortiça e o tronco, e que grita quando lhe arrancam a pele, ou talvez sejam as penas, e o que fica à mostra é a carne eriçada e sofrida, mas isto são fraquezas do narrador, imaginar que as árvores se arrepelam e gritam. Melhor faremos se repararmos em Manuel Espada empoleirado no alto deste sobreiro, descalço, ele é que é um pássaro sério e descalço, salta de ramo em ramo, e não canta, não lhe apetece cantar, quem manda neste trabalho é o machado, truca, truca, a linha que contorna as pernadas ou no tronco se traça em vertical, e depois o cabo do machado a servir de alavanca, força, e agora sim, sempre é verdade, cá está o pássaro rouco que vive dentro do sobreiro, é um berro, mas dó ninguém o tem. Chovem do alto os canudos, caem sobre as pranchas arrancadas dos troncos, não há nenhuma poesia nisto, sempre queremos ver quem faz aí um soneto quando um destes homens mandar de esguelha o machado e ele resvalar pernada abaixo, fazendo saltar lascas de cortiça, e for dar no pé nu, sujo e bruto, mas tão frágil, que nisto de peles e fio de machado pouca diferença há entre o róseo pezinho da donzela urbana e o coirato do tirador, pelo menos o sangue leva o mesmo tempo a saltar.

Vamos falando dos trabalhos e dos dias, e por pouco esquecíamos aquela noite da chegada de João Mau-Tempo a Monte Lavre, quando em casa dele se juntaram, e mal cabiam, os amigos mais chegados, com as mulheres, os que a tinham ainda, uma cainçada de garotos, alguns intrusos, por falta de parentesco com qualquer dos presentes, mas quem faria caso disso, e António Mau-Tempo, que acabara a tropa e trabalhava nas Cortiçadas, mais as irmãs Gracinda e Amélia, e o cunhado Manuel Espada, enfim, um atropelo de gente. Faustina chorou todo o tempo, de contente e ainda dorida, bastou-lhe recordar o dia em que o marido fora preso, sem razão e sem porquê, levado para Vendas Novas e Lisboa, sabe-se lá quando volta, se voltar. Não falou do triste caso das meias estragadas no alcatrão, nem uma palavra, iria ser, para sempre, segredo deste matrimónio, ambos com alguma vergonha, mesmo em Monte Lavre não faltaria quem fizesse troça do acontecido, a pobre mulher com as meias agarradas ao alcatrão, só visto, qualquer de nós se defenderia de tão grande crueldade. João Mau-Tempo contou as suas desventuras, e não poupou nenhuma, assim se ficou a saber ali quanto se padece nas mãos dos dragões da polícia e da guarda. Tudo isto viria a ser, mais tarde, confirmado e repetido por Sigismundo Canastro, mas este, se não levava o caso a rir, só se fosse inconsciente, dizia estas assustadoras coisas como se fossem naturais, dava a tudo um ar de tão perfeita simplicidade que nem as mulheres lacrimejavam de piedade, e os garotos afastavam-se desencantados, era como se a conversa fosse sobre o estado das searas, e daí, quem sabe. Talvez por isto é que Manuel Espada, um dia, se aproximou de Sigismundo Canastro para lhe dizer duas palavras, com o respeito que a diferença de idade obrigava, Senhor Sigismundo, se me quiserem, posso ajudar. Mas muito nos enganávamos quando supusemos que este movimento vinha do relato sereno de Sigismundo Canastro, que, enfim, em temperamentos como o de Manuel Espada poderia abrir decisão de tanto porte, a prova do nosso engano é Manuel Espada dizer, Não se trata um homem como foi tratado o meu sogro, e Sigismundo Canastro respondeu, Não se tratam os homens como nós temos sido tratados, depois falaremos, os ares ficaram enturvecidos depois destas prisões, deixa passar o tempo até que tudo se componha, isto é como uma rede de pesca, leva mais tempo a consertar do que a romper, e Manuel Espada rematou assim, Espero o tempo que for preciso.

Às vezes, uma pessoa põe-se a ler a história desta terra portuguesa e há desproporções que nos dão vontade de sorrir, é o menos que se pode dizer, muito mais cabimento teria aqui o riso declarado, e não é para ofender, cada um faz o que pode ou lhe ordena a jerarquia, e se muito bem e de louvar foi ter Dona Filipa de Vilhena armado seus filhos cavaleiros para irem a combater pela restauração da pátria, que se há-de dizer de Manuel Espada que sem nenhumas cavalarias diz, Aqui estou, e não o mandou a mãe, que está morta, mas a sua própria vontade de homem. Não faltou àquela Dona Filipa quem lhe cantasse e contasse os aplausos, ele foi o João Pinto Ribeiro, ele foi o conde da Ericeira, ele foi o Vicente Gusmão Soares, ele foi o Garrett, e até o Vieira Portuense fez a sua pinturice, só o Manuel Espada e o Sigismundo Canastro não têm quem os apadrinhe, é uma conversa de dois homens, já disseram o que tinham a dizer e agora vai cada qual à sua vida, não faltaria mais nada terem benefício de parlenda e de pincel, para o caso este narrador é quanto basta.

Tanto mais que muito convém à inteligência destes casos dar outra pausada volta pelo latifúndio, sem fito preconcebido, colher a pedra e o ramo e dar-lhes os nomes que têm, e o que há de animais e porquê, e, como deste lado se ouvem tiros, que será, comecemos mesmo por aqui, veja-se a coincidência, é o caminho que levou José Calmedo quando foi prender João Mau-Tempo, até parece que o latifúndio é minifúndio, tão fácil é encontrar-se a gente onde já estivera antes. Em verdade por aqui passámos em ocasião de menos alarido, ali são as ruínas da azenha, e para cima, invisível, o forno do telhal, porém não há que recear os tiros, são pontarias altas, que será, que não será, é tiro de bala, obra fina, nada dessas miudezas de chumbo que só dão para caça de cinturão, isto aqui são outros volteios.

Parou agora o fogo, já poderíamos passar sem maior temor, mas do sítio donde davam os tiros desce um homem que por trato e modo é do povo comum e atravessa o vale, esta lisura de escuríssima terra, passa uma pontezinha de resguardo baixo, é só um ribeirito de três passos, e começa a subir este lado, mato espinhoso que só um mau carril traceja e nele se perde, Que será que vai aquele homem fazer além, sem enxada nem enxadão, sem machado nem podão, sentemo-nos aqui a descansar enquanto ele sobe, por força há-de descer e então saberemos, está isto um abandono, foi o que disse, Pois está, e não julgue que o carreiro que vai pelos silvados servirá de muito ao lacaio que passou, É um lacaio, Sim senhor, é um lacaio, Mas não trajava libré, Isso eram costumes antigos, do tempo da condessa que armou os filhos cavaleiros, não sei se conhece, estes lacaios vestem como qualquer de nós, não como o senhor, que é da cidade, a gente aqui só os distingue pelos actos, Mas por que diz que não lhe servirá de muito o carreiro, Porque o que ele vai buscar está fora do caminho, e não pode dar volta, ainda seria pior, tem de ir a direito, são essas as ordens que tem, leva um cajado para derrubar o mato, é o mesmo que não levar nada, Faz isso porquê, Porque é lacaio, e tanto mais será estimado quanto mais arranhado aparecer daqui a pouco. Também cá se usa disso, Também, mas voltando à nossa conversa, dizia-lhe eu que isto está um abandono, e olhe que não foi sempre assim, pode acreditar, houve tempo em que era tudo hortas até lá ao fundo, a terra é boa, e não faltam por aqui nascentes, não falando no ribeiro, Então como foi que se chegou a este deserto, Ora, como foi, o pai dos donos disto, aqueles que estavam ali a dar tiros, tanto andou que acabou por tomar posse deste sítio todo, o costume, havia aqui uns pequenos agricultores, tinham lá as suas dificuldades de dinheiro, e então ele, nem me lembro já bem como se chamava, era

Gilberto, ou Adalberto, ou Norberto, qualquer coisa assim parecida, emprestava, depois não lhe podiam pagar, maus anos, e ele ia ficando com tudo, Parece impossível, Não parece nada impossível, foi coisa que sempre se fez no latifúndio, o latifúndio é como as mulas que têm manha de morder as que vão ao lado, Muito me conta, Nem por isso, se eu muito lhe contasse, ficaríamos aqui o resto da vida a conversar e a história teria de continuar até aos nossos netos, não sei se os tem, mas atenção que vem aí o lacaio, vamos nós atrás dele.

O barulho era de coisa pesada, com arrastar de pés e grandes escorregões na encosta, Uma vez caiu e foi a rebolar até lá abaixo, ia-se matando, Que traz ele às costas, É um bidão, o bidão é o alvo de que se servem os donos disto e do lacaio, Mas a escravatura já acabou, Isso é o que o senhor julga, Mas como é que uma pessoa se sujeita, Pergunte-lhe, E é que pergunto mesmo, olhe lá, homem, que leva você aí às costas, É um bidão, Mas ele está todo esburacado, não serve para água ou outros líquidos, será para o encher de pedras, É o alvo dos meus patrões Alberto e Angilberto, eles disparam, eu vou buscar o bidão para se contar o que acertaram e erraram, e depois torno a ir pô-lo no mesmo sítio, e quando o bidão já está feito um crivo, levo outro, é assim, E você sujeita-se. O mundo está de maneira que nem se pode conversar, põem-se do outro lado Alberto e Angilberto aos gritos, impacientes pela demora exagerada, daqui a pouco faz-se tarde e ainda aí temos duas caixas de balas, vão ralhar com o lacaio, e o pobre sujeitado atravessa o vale a trote curto, passa a ponte, o bidão é uma enorme corcova cor de ferrugem, e agora subindo a encosta do outro lado o que se vê daqui não é um homem, é um escaravelho, Então, continua a pensar que a escravatura já acabou, Parece impossível, E a dar-lhe, que sabe o senhor de impossibilidades, Ando a ver se aprendo, Então ouça lá mais esta, ali na margem direita da ribeira, passado o viaduto, há uns chões que vão até aos cabeços, está a ver, ora bem, os atiradores que além estão venderam essas terras a uns pequenos agricultores, e se fossem homens puros, como deviam, teriam vendido até à ribeira, mas não senhor, ficaram com dez, vinte metros, e então se os agricultores quiseram ter água foram obrigados a abrir furos e poços, que me diz a isto, Parece impossível, Realmente parece impossível, é o mesmo que estar o senhor com sede e eu ter um copo de água e negar-lha, e se o senhor quiser água, cave o chão com as unhas, enquanto eu despejo o meu copo e me entretenho a ver a água correr, Até um cão pode ir beber ao ribeiro, e os agricultores não, Enfim, começou a compreender, olhe, lá vem outra vez o lacaio e traz bidão novo, Então os seus patrões tiveram boa pontaria, Sim senhor, mas perguntaram quem os senhores são e eu disse que não sabia, e eles disseram que se não se forem embora já, mandam chamar a guarda. Retiraram-se os dois passeantes, a ameaça tem seu peso e o argumento autoridade, invasão da propriedade alheia, mesmo não estando esta vedada, será delito sério se a guarda estiver de má maré, tanto fará dizer que não se conhecem as estremas, aqui, por exemplo, não havendo caminho de serventia, muita sorte tiveram em não levar um tiro, Fazia-se de conta que era uma bala perdida, era o que estavam a pedir, mano Alberto.

Mas há ocasiões em que sobre o latifúndio seria de justiça ressoar uma grande gargalhada, se estivéssemos com o apetite do divertimento, nem sei se nos valeria a pena, tão habitual é rir-se a gente e logo a seguir ter vontade de chorar ou dar um berro de raiva que se ouvisse no céu, qual céu qual merda, mais perto está o padre Agamedes e não ouve, ou faz de surdo, um berro que se ouvisse em todo o giro da terra, a ver se nos escutavam homens e a nós vinham, mas talvez não nos oiçam por também gritarem eles. Relate-se no entanto o caso e ria quem puder, tanto mais que para isto mesmo serve a guarda, não para nos rirmos dela, livre-nos Nosso Senhor da tentação, mas para ser chamada e mandada, e se é verdade que as mais das vezes a manda e chama o governador civil ou outras oficiais entidades, também o latifúndio tem sobre ela grande poder e autoridade, como se verá pelo excelente relato que envolve Adalberto, um pastor, dois ajudas, três cães, seiscentas ovelhas, um jipe, uma patrulha de guardas-republicanos, para não lhe exagerarmos o nome em destacamento, com a espingardagem da ordem, ordinário marche.

São rebanhos de mal andar. Estão em terras de Berto, vão para terras de Berto, é uma suposição generalizante e modo afinal inadequado de contar, pois de Adalberto se trata e não doutro, e nesse trânsito passam por terras de Norberto, e enquanto passam comem, que isto de ovelhas não é matilha de cães que se lhes possa pôr açaimos, e se fosse isso prática e o admitissem as ovelhas, não lhos poria o pastor, ou então não valeria a pena o fossado, ainda que deva acrescentar-se uma outra hipótese, que é fingir o pastor, nos casos em que não tem a desculpa de ir de terras para terras, haver-se desnorteado e passar a estrema, quando a boa arte está em aproveitar o poligonal dos limites e dar a estas incursões um ar de acabada naturalidade, de inocência evidentemente ofendida por injustas suspeitas, nem em tal reparei, vinha andando com o gado, eu seja ceguinho, cortei a direito, julgava estar ainda nas terras do patrão, foi só isto e nada mais. Estará o pastor de conivência, propõem os mais apressados, e não caem da razão, não senhores, porém são estes casos de maior subtileza, e a primeira coisa a averiguar seria saber se no acto irregularíssimo não estará o pastor pensando mais na barriga das ovelhas do que nos interesses de seu patrão Berto ou encoberto. E tendo sido isto apontado para que não ficasse de fora qualquer eventualidade, tornemos à história, às seiscentas ovelhas que retouçando vêm, amparadas por maioral, ajudas e cães, e nós que somos da cidade a esta sombra nos acolhemos, admirável é ver o gado derramar-se pela encosta ou chão plano, que serenidade, longe das malsãs agitações urbanas, do tumultuar infrene das metrópoles, Começai, Musas minhas, começai o canto bucólico, e temos a sorte de o rebanho vir para cá, assim poderemos saborear o episódio desde o seu começo, oxalá não nos mordam os cães.

Quis o destino neste dia que saísse Adalberto a passeio em seu automóvel a dar uma volta campestre e proprietária pelas herdades, é sabido que o amor da natureza necessita por vezes estas expansões, e se o veículo não pode meter por toda a folha, por carris e alqueives, em todo o caso tem ainda suficiente liberdade de andar porque com jeito de volante e paciência de molas bastam os caminhos carreteiros para estas circulações, o que é preciso é não ter pressa. Vai sozinho Adalberto para melhor estimar a solidão rural, o cantar dos passarinhos, embora o motor do carro perturbe a calma e a pauta, porém é tudo questão de saber integrar o antigo e o moderno, não ficar agarrado a prazeres passados, o trote solto do cavalo puxando o tílburi, e, de perfil, o chapéu campeiro sob o ondular elástico do chicote que de vez em quando vai afagar a garupa do trotador, não é preciso mais, ele entende. São belezas do latifúndio que já pouco se vão encontrando, um cavalo custa uma fortuna, come mesmo quando não trabalha, bem sabemos que o cavalo é muito mais distinto, tem suas reminiscências feudais, mas os tempos mudam, que se lhes há-de fazer, e em verdade o automóvel é outra limpeza, deixa o gentio estarrecido e poupa familiaridades, ala que se faz tarde.

Hoje, porém, vai Adalberto em remanso, desenhando vagarosas curvas, displicente o cotovelo na janela aberta, toda esta terra é minha desde Lamberto, embora não toda a que de Lamberto foi, seria outra boa história a do partir, repartir, juntar e acrescentar, mas já nos falta o tempo, começássemos mais cedo, agora assoma Adalberto entre as árvores, brilham os polimentos e os cromados ao sol, e de repente parou, Ter-nos-ia visto, o melhor é começarmos nós a descer por este lado, evitam-se questões, sou homem pacífico e respeitador da propriedade, e quando tornamos a olhar para ver se nos segue e vem perto o furibundo Adalberto, com espanto o vemos sair do carro, olhar com irado semblante o pachorrento rebanho que nem deu por ele, como por nós também não dera, nem sequer os cães, que andam a farejar coelhos, e depois de um gesto de ameaça torna a entrar no automóvel, dá meia volta, aos sacões, por malícia do terreno e desaparece numa nuvem de poeira, como dizem que é costume nos romances. Daqui já nós não arredamos pé, alguma coisa vai acontecer, porque será que o homem se foi embora, isto é um rebanho de ovelhas, não é uma tropa de leões, mas os motivos quem os conhece é Adalberto, agora em magnífica corrida direito a Monte Lavre, a buscar reforços, cujos são a guarda que nesta mesma hora se afadiga de tédio no posto, tem isto o latifúndio, alterna grandes agitações e grandes adormecimentos, afinal é o destino de quem militarmente vive, por isso se fazem manobras e exercícios, porém, nosso cabo, nem oito nem oitenta.

Já Adalberto se apeia à porta do posto, é uma nuvem de poeira, e embora o corpo lhe pese da idade e doutros excessos, entra ligeiro, o espaço não é folgado mas ainda assim permitiu sem demasiado embaraço a passada e consignada manipulação de entrar e sair ao tempo dos trinta e três escudos, hão-de estar lembrados, e quando sai traz companhia, é o cabo Tacabo e uma praça, enfiam-se no automóvel, Credo, senhora Maria, aonde irá a guarda com aquela pressa, não o sabem as velhas do poial da porta, mas nós sabemo-lo, vêm aqui ao rebanho que pascendo está, enquanto o maioral descansa debaixo duma azinheira e os ajudantes dão a volta para amparar os ovinos, com reforço dos cães, é manobra de baixa estratégia, mas tem seus quês, manter um tão grande rebanho a pastar junto, sem excessos de aberto, até uma ovelha gosta de respirar à vontade, E agora, enquanto Adalberto não chega, uma coisa me faz espécie, estes bons entendimentos entre o latifúndio e a guarda, porque será, Simplicidade sua, ou distracção, estarmos neste ponto do relato e ainda ter dúvidas, ou então será astúcia, se faz de conta que as tem, são talvez artifícios de retórica, efeito da repetição, mas, seja lá o que for, até uma criança sabe que a guarda está aqui para guardar o latifúndio, Guardá-lo de quê, se ele não foge, Dos perigos de roubo, saque e perversidades várias, que esta gente de que vimos falando é de má casta, imagine, uns miseráveis que toda a vida deles e dos pais e dos avós e dos pais dos avós tiveram fome, não hão-de cobiçar o bem alheio, E isso tem mal, cobiçar, É o pior que há, Está a mangar comigo, Pois estou, mas não falta por aí quem tome muito a sério que esta caterva de rústicos quer roubar as terras, as santíssimas propriedades que de longe vêm, e então a guarda foi cá posta para os manter na ordem, aqui nem um suspiro, E a guarda gosta disso, A guarda gosta, a guarda tem as suas compensações, ele é a farda, ele é a bota, a carabina, a autoridade para usar e abusar, e o reconhecimento do latifúndio, dou-lhe já um exemplo, por esta operação militar extraordinária há-de o cabo Tacabo receber umas décadas de azeite, umas carradas de lenha, e o guarda, se o outro recebe setenta, terá menos por causa da hierarquia, mas leva os seus trinta ou quarenta, nisso o latifúndio é muito cumpridor, nunca fica a dever favor que se lhe faça, e a guarda, ainda assim, é fácil de contentar, imagino eu o que será por Lisboa, à porta fechada, Casos tristes, Não se ponha para aí a chorar, então que é que faria se lhe acontecesse vir de longe com um saco de cavacos às costas, ter andado a desmoitar, e vir arfando como uma besta de carga, sair-lhe a guarda ao caminho, de arma apontada, mãos ao ar, que é que leva aí, e responder, venho de tal parte assim assim, e eles vão saber se é verdade, se não for verdade, está a contas, Antes o José Gato, que ao menos esse, Antes o José Gato, mas ainda o pior é encontrar mais adiante uma carrada de seis ou sete centos ou mil quilos de lenha serradinha e arranjada para os guardas, oferta do latifúndio em paga de bons e leais serviços, Vendem-se as pessoas por pouco, Venderem-se por pouco ou por muito não faz diferença, o mal não está em ser por tostão ou por milhão.

Não foi a conversa por diante, nem já interessava, porquanto pôde o narrador dizer quanto queria, é o seu privilégio, e agora, sim, aí está Adalberto e o seu exército, parou o carro, abrem-se as portas, é uma invasão, um desembarque, e do alto fazem grandes acenos ao maioral, ora este maioral é sorna, bicho batido nestas solidões, sentado estava, sentado se deixou ficar, e por fim, mostrando ostensivamente quanto lhe custava, pôs-se de pé e lançou um brado, Que é, e o cabo Tacabo manda tocar à carga, ao ataque, carregar o botão das bombas, o melhor é não fazer caso destes exageros bélicos, que se lhes há-de fazer, têm tão poucas oportunidades, nesta altura já o pastor percebeu tudo, tinha sucedido a mesma coisa com o pai dele, todo o seu interior é uma alvorada de riso, nota-se-lhe nas pregas dos olhos, é de uma pessoa se rebolar no chão, Então isso já é sem pedir licença, a pergunta é do cabo Tacabo, que fulmina, senhor da lei e da carabina, Multa de cinco escudos por cada ovelha, façamos as contas, seiscentas ovelhas a cinco escudos, seis vezes cinco trinta, ponha-lhe agora os zeros, que brincadeira, três contos de réis de multa, muito caro o pasto está, e então é que o pastor diz, Há-de haver aqui engano, as ovelhas são do patrão que me está a ouvir e eu estou nas terras dele, oh, que tal foste dizer, emburrou o cabo Tacabo, a praça que vinha pôs-se a olhar para as nuvens, e Adalberto remendando, Então isto é meu, Sim senhor, e eu sou o maioral destas ovelhas, estas ovelhas são suas, Musas queridas, ide, a canção acabou.

Recolheu a força a quartéis, calados os três da expedição, e Adalberto chegando a casa deu ordens para o azeite, enquanto o cabo Tacabo e a praça arrumavam as armas, deitando contas ao benefício, e oravam ao arcanjo São Miguel a graça doutras aventuras de igual risco e proveito. São pequenos episódios do latifúndio, mas também de pedra miúda se faz o muro e de espigas separadas a seara, E este pio, o que é, É um mocho, daqui a nada há-de começar o outro a responder, Domingos, é o que está perto do ninho.

Por ter contado Sigismundo Canastro, no tempo da sua oportunidade, a história do cão Constante e da perdiz maltesa, não se cuide ser ele o único sabedor encartado de raros casos de caça. Também António Mau-Tempo os viveu, fora os que conhece só de ouvir falar, e em tal quantidade e variedade que bem poderia ter sido ele o narrador do episódio assinalado, a Sigismundo Canastro cabendo então a parte de confirmar a veracidade do acontecido mediante a prova irrefutável do sonho. Aqueles a quem esta liberdade de pôr, tirar e trocar faça alguma espécie, não têm mais do que lembrar-se da grandeza do latifúndio, do perdimento das palavras e do seu achamento, tanto faz dias após como séculos depois, por exemplo, estar sentado debaixo dum sobreiro e ouvir a grande conversa do tronco com o seu vizinho, histórias muito antigas, é verdade que confusas, com a idade os sobreiros tresvariam um pouco, mas disso ninguém tem culpa, ou temo-la nós talvez, que estas linguagens não quisemos aprender. Quem por tais lugares se perde, acaba por distinguir entre a paisagem e as palavras que lá estão, e é por isso que às vezes damos com um homem parado no meio do campo, como se, indo no seu passo e passeio, de repente alguém o tivesse retido pela mão, ora ouça cá, é certo e garantido que está a ouvir palavras, casos, voltas, foi ter ali passado no momento próprio e ser ele a pessoa esperada, solta-se o fluxo aéreo e tanto pode vir o sucesso magnífico do cão Constante como a verdadeira demonstração da curiosidade das lebres, explicada por António Mau-Tempo e comprovada por todos os sonhos de Sigismundo Canastro, na falta de mais alguém que de seus sonhos quisesse falar.

Primeiro há que encontrar uma boa pedra plana, com mão travessa de altura e larga bastante para meia folha de jornal. O dia não será de vento, para que se não espalhe o montinho de pimenta que, na confusão dos títulos e da letrinha miúda itálica e redonda, vai ser o gatilho desta espingarda. Como toda a gente sabe, a lebre é curiosa, Ainda mais do que o gato, Nem há comparação, basta dizer-se que o gato não quer saber do que vai pelo mundo, a ele tanto se lhe dá, ao passo que a lebre não pode ver um jornal caído numa estrada que não vá logo ver o que se passa, e tanto assim que há caçadores que descobriram um sistema, põem-se de atalaia atrás dum valado e quando a lebre se chega para saber as notícias, trás, fogo nela, o pior é que o jornal fica esfarrapado pelo chumbo e tem de se ir arranjar outro, já se viu um caçador com uma cartucheira de jornais, até parecia mal, Mas então a pimenta, Na pimenta, sim senhor, é que está o segredo da arte, o que é preciso é que não haja vento, mas isso também é condição quando está o jornal na estrada, se o vento lhe dá e vai voando, nem a lebre lhe liga, que gosta de ler as notícias em seu sossego, Muito me conta, Muito mais lhe contarei ainda se tivermos ambos ocasião, e então armado daquele aparato, pedra, jornal e pimenta, é só esperar, se levar muito tempo é porque o sítio é mau para lebres, às vezes acontece, depois não se vá queixar de que não havia caça, a culpa é toda sua, mas quando se conhece o terreno, nunca falha, daí a pouco aparece a primeira lebre, aos saltos, morde além, trinca por este lado, e de repente fica com as orelhas espetadas, viu o jornal, Que faz ela, Coitada, nem desconfia, vai naquela ânsia de saber as notícias, corre para o jornal e começa a ler, é uma lebre feliz e contente, não lhe escapa uma linha, mas eis senão quando chega o nariz ao montinho da pimenta e funga, E que é que acontece, O mesmo que lhe aconteceria a si se lá estivesse, espirra, bate com a cabeça na pedra e morre, E depois, Depois é só ir buscá-la, mas, querendo, passa-se por lá umas horas mais tarde e então é um cinturão de lebres, atrás de uma foi outra, é o que têm, são muito curiosas, não podem ver um jornal, Olhe lá, isso é tudo verdade, Pergunte a quem quiser, até uma criança de colo sabe estas coisas.

António Mau-Tempo não tinha espingarda, e ainda bem. Tivesse-a ele e seria um vulgaríssimo caçador de arma feita em vez de ser o inventor da pimenta de Santo Huberto, mas isto não significa que desdenhasse a arte da pontaria, a prova está naquela espingarda de carregar pela boca que um dia comprou por vinte escudos a um caseiro desgovernado e com que veio a fazer maravilhas. Quem vive na cidade criou-se com desconfianças, por dá cá aquelas palhas exige logo provas e juramentos, é malfeito, devemos acreditar nas coisas como nos são ditas, foi o caso daquela vez em que António Mau-Tempo, já então proprietário da agora falada espingarda de carregar pela boca, tinha pólvora para a carregar, mas faltava-lhe o chumbo. Era então a época dos coelhos, tem de dizer-se já, para que não apareça aí alguém a perguntar por que não usava António Mau-Tempo o sistema da pedra, da pimenta e do jornal como fazia para as lebres. Só ignorantes das artes da caça não sabem que os coelhos são bichos sem qualquer espécie de curiosidade, ver um jornal no chão ou uma nuvem no céu, para eles é tudo o mesmo, salvo que da nuvem chove e do jornal não, por isso não se pode dispensar a espingarda ou o laço ou o pau, mas agora estamos a falar de espingardas.

Não há decerto maior desventura do que esta de ter o caçador uma boa arma, mesmo de pederneira, pólvora em quantidade, e faltar-lhe o chumbo, Porque é que não o foi comprar, Não tinha dinheiro, esse é que era o mal, Então como é que fez, Primeiro não fiz nada, pus-me a pensar, E descobriu, Descobri, pensando descobre-se sempre, Explique-me lá como é que resolveu a dificuldade, sempre estou para ver, tinha aí um cartucho de cardas para as botas e carreguei com elas a espingarda, O quê, carregou a espingarda com cardas, Sim senhor, se calhar não acredita, Acredito, porém nunca tal ouvi, Alguma vez terá de começar a acreditar naquilo que nunca ouviu, Conte lá então o resto, Já eu ia no campo quando me veio uma ideia que esteve quase a fazer-me voltar para trás, O quê, É verdade, lembrei-me de que um coelho apanhado pela carga de cardas ia ficar feito numa pasta de sangue, todo esfrangalhado, nem se ia poder comer, E daí, Pus-me outra vez a pensar, E descobriu, Descobri, pensando descobre-se sempre, coloquei-me na direcção duma árvore de tronco grosso que ali havia e esperei, Esperou muito, Esperei o que foi preciso, nunca se espera de mais nem de menos, Até que veio o coelho, Sim senhor, assim que deu por mim largou a correr na direcção da árvore, eu tinha estudado o terreno, e quando ele passou rente, trás, lá vai tiro. Então não ficou esfarrapado, Qual quê, para que é que eu tinha estado a pensar, não me dirá, as cardas apanharam-no pelas orelhas e pregaram-no ao tronco da azinheira, era uma azinheira, por sinal, Essa é boa, É boa, é, foi só dar-lhe um soco no cachaço e tirar as cardas, que até quando comi o coelho já tinha as botas cardeadas de novo.

São os homens feitos de maneira que mesmo quando mentem dizem outra verdade, e se pelo contrário é a verdade que querem lançar da boca para fora, vai sempre com ela uma forma de mentir, mesmo não havendo o propósito. Por isso nunca mais chegaríamos ao fim se nos puséssemos a discutir o que há de mentira ou de verdade nestas histórias caçadeiras de António Mau-Tempo, basta que saibamos e tenhamos a ombridade de reconhecer que quanto nelas se diz pode tocar-se com os dedos, seja a lebre ou o coelho depois de apanhados, a espingarda de carregar pela boca que ainda as há, a pólvora que é barata, a carda com que se ferra a pobreza dos mal calçados, a bota que é testemunha, a pimenta que é milagrosa desde a Índia, a pedra que é o que não falta, o jornal que melhor sabem ler as lebres do que os homens, e António Mau-Tempo que aqui está, contador de histórias, não existiriam as histórias se não existisse quem as conta.

Já lhe dei uma, já lhe dei duas, dou-lhe agora a terceira, três foi a conta que Deus fez, o pai, o filho e o espírito santo da orelha por onde veio a ficar preso o coelho deste caso excelente que vou contar, Assim não tem graça, se já ficámos a saber o fim da história, E isso que importância tem, também o fim dos homens é morrer e o melhor deles é a vida contada e por contar, Então diga lá do coelho, Tinha eu a mesma espingarda, tanto me habituei com ela que me dava vontade de rir essas de dois canos, ou de quatro, uns canhões de guerra, deviam ser proibidas, Porquê, Então não é muito mais bonito estar um homem a carregar a sua espingarda, truca, truca, a deitar a pólvora, a bater a bucha, a medir o chumbo, quando o há, em seu sossego, e ver passar a caça e dizer com os seus botões, vai, vai, por esta vez escapaste, fica a gente cheia de amizade pelo animal de pena ou pelo que se afasta, é uma questão de acreditar no destino, ainda não tinha chegado a hora deles, É um modo de ver, e depois, Depois, não, antes, aconteceu que também nessa ocasião não tinha dinheiro para comprar chumbo, Homem, vossemecê nunca tinha dinheiro, Admira-se, quem o ouvir falar, parece que a si nunca lhe faltou, Bem, não é preciso desconversar, das minhas necessidades sei eu, diga lá o resto, Estava sem dinheiro para comprar o chumbo, mas tinha uma esfera de aço, dessas que vêm nos rolamentos das chumaceiras, achei-a no entulho duma oficina, e então apliquei a mesma receita, mas desta vez sem a árvore, a árvore era só para as cardas, Explique-me isso melhor, Pensei que uma esfera de aço, bem apontada, seria assim como uma bala, nem destruía a carne do animal nem lhe estragava a pele, a questão era toda de pontaria, e essa, não é para me gabar, tinha eu que chegasse, E depois, Depois fui para um campo, um sítio que eu conhecia, um arneiro, onde costumava andar um coelho que era como um cabrito, era o pai dos coelhos, mais que certo, a mãe dos coelhos é que nunca ninguém viu, nunca sai da lura, que é tão funda como o pego da Ponte Cava, mete-se pela terra dentro e ninguém sabe onde é, Está bem, isso já é outra história, Engana-se, é tudo a mesma história, não tenho é tempo para a contar, E depois, O coelho já me fizera doutras vezes umas negaças, mas tinha artes de se esconder mal eu levantava a espingarda, dessas outras vezes ia carregada com chumbo, Então não se importava de lhe estragar a pele, A um coelho daquele tamanho, tanto fazia, Mas vossemecê mesmo agora disse, Assim não posso contar, Está bem, continue lá, Esperei, esperei, passou-se uma hora, passaram-se duas, e às tantas aparece o bicho aos pulinhos, é um modo de dizer, eram saltos como de um cabrito, conforme já disse, e ali numa altura em que ele ia no ar fiz de conta que era uma perdiz, trás, fogo nele, Matou-o, Não senhor, o coelho sacudiu as orelhas ainda antes de cair no chão, acabou o salto, deu outro, mais outro, e eu desarmado, e deitou a correr a direito dumas sebes, tornou a dar um salto, daqueles compridos, parecia que ia voar por cima da sebe, isto longe, como daqui além, e que vejo eu, Que foi, O coelho preso, a estrebuchar, parecia que alguém estava a agarrar o animal por uma orelha, e então aproximei-me e vi tudo, Homem, não me fique calado tanto tempo, estou aqui a arder de curiosidade, Querem ver que vossemecê também é como as lebres, Deixe-se de brincadeiras, diga lá o resto, Foi o caso que tinham andado por ali a aparar a sebe e ficaram assim uns estrepes do tamanho deste dedo, e como a esfera tinha furado uma orelha do coelho, o bicho ficou ali preso, enfiou a orelha esburacada num estrepe, imagine, Então, desenfiou-o, deu-lhe um soco atrás das orelhas, Não senhor, desenfiei-o e deixei-o ir-se embora, Não me diga, Digo, acertar-lhe na orelha não foi pontaria, foi acaso, e sorte, e o pai dos coelhos não podia morrer por um acaso, Grande história, esta, São tudo verdades, tal como foi verdade terem nessa noite os coelhos andado a dançar até de madrugada, era lua cheia,

Porquê, Estavam contentes por o pai dos coelhos ter escapado, Viu-os, Não vi, mas sonhei.

É assim. O peixe morre pela boca quando, de tão pequeno no anzol e triste figura na frigideira, o não lança outra vez o homem para a água, acto que não se sabe se é de compaixão pela infância ou de projecção do interesse futuro, cresce e aparece, mas, ao pai dos coelhos, que decerto já não poderia crescer mais, salvou-o numa parte a honradez de António Mau-Tempo que, muito capaz de inventar boas histórias, não inventou essa melhor de que mais difícil fora acertar numa orelha do que no corpo todo, quando muito bem sabe, e no silêncio do latifúndio logo confessou, já os ecos do tiro se tinham desfeito nos restolhos, que não teria paz de consciência para enfrentar toda a vida a lembrança do olho colérico e dilatado do coelho ao vê-lo aproximar-se da sebe.

O latifúndio é um campo de estrepes e em cada um deles está um coelho a espernear, com a orelha furada, não por obra de tiro mas por nascença, ficam ali toda a vida, lavram o chão com as unhas, com os excrementos adubam-no, e se alguma erva há, comê-la é só aonde o dente puder chegar, com o focinho bem rasteiro ao chão, enquanto ao redor andam passos de caçadores, morro, não morro. Um dia, António Mau-Tempo soltou-se da sebe e atravessou a fronteira, por cinco anos o fez, uma vez em cada um, foi para terras de França, norte da França, Normandia, mas ia levado pela orelha, filado pelo buraco da necessidade, é certo que não casara nem tinha filhos a pedir-lhe pão, mas o pai não ficara nada bem de saúde, consequências da prisão, não o mataram, mas moeram-no bem moído, e em Monte Lavre o que mandava era a crise de trabalho, ao menos em França era garantido e bem pago, em comparação das bitolas do latifúndio, em mês e pouco tiravam-se quinze ou dezasseis contos, uma fartura. Seria, mas chegando a Monte Lavre ia-se-lhe o mais em pagamentos de atrasados e o menos em aguentações do futuro.

E a França que é. A França é um campo infindo de beterrabas em que a binar se trabalha dezasseis ou dezassete horas por dia, é um modo de dizer, porque, sendo tantas, são todas as do dia e não poucas da noite. A França é uma família de normandos que vê entrar-lhe pela porta dentro três bichos ibéricos, dois portugueses e um espanhol da Andaluzia, mais explicadamente António Mau-Tempo e Carolino da Avó, de Monte Lavre, e Miguel Hernandez, de Fuente Palmera, este sabe suas palavras de francês, ciência de emigrante, e com elas diz que estão ali os três do contrato. A França é um palheiro de pouco resguardo para o pouco dormir e um prato de batatas, é uma terra onde misteriosamente não há domingos nem dias santos. A França, é um derreamento de rins, duas facas espetadas aqui e aqui, uma aflição de cruzes martirizadas, uma crucificação num bocado de chão. A França é para ser vista com os olhos a quatro palmos do caule da beterraba, são de beterrabas as florestas e os horizontes da França, não têm lá mais nada senão isso. A França é este desprezo, este falar e olhar em modo de mangação. A França é o gendarme que vem verificar os papéis, linha por linha, comparando e interrogando, arredado três passos por causa do cheiro. A França é uma desconfiança que está sempre de sentinela, é um vigiar incansável, é um normando que vai inspeccionar o trabalho feito e assenta o pé como se nos pisasse as mãos e gostasse. A França é ser maltratado de alimento e asseio, nada que se compare com os cavalos da ferme, que são gordos, patudos e soberbos. A França é uma sebe cheia de estrepes com coelhos enfiados pelas orelhas como peixes numa verdasca, já o ar vai faltando, e Carolino da Avó é o que menos aguenta, dobrado pela cintura e frouxo como uma navalha a que de repente se partiu a mola, e tem o fio rombo, a ponta partida, para o ano não volta. A França são longas viagens de comboio, uma grande tristeza, um maço de notas atado com um cordel e o ciúme estúpido de quem ficou e agora murmura de quem lá foi, Está rico, são as invejas do pobre, o mal que se querem uns aos outros por motivo de interesse.

Destas coisas sabem António Mau-Tempo e Miguel Hernandez que no intervalo se escrevem, Mau-Tempo de seu Monte Lavre, Hernandez de sua Fuente Palmera, são cartas simples, com erros de ortografia quase em cada palavra, de modo que o que lê Hernandez não é bem português, nem é bem espanhol o que Mau-Tempo lê, é uma língua comum dos dois, a língua do pouco saber e muito exprimir, lá se entendem, é como se ambos estivessem a fazer sinais de um lado para o outro da fronteira, por exemplo, abrir e fechar os braços, que é sinal inconfundível de abraçar, ou levar a mão ao coração, que é sinal de bem-querer, ou apenas olhar, que é sinal de descobrir, e ambos assinam as cartas com a mesma dificuldade, a mesma mão grotesca que faz da caneta cabo de enxada, por isso é que as letras são feitas como arrancos, este que se assina, hã, Miguel Hernandez, ou António Mau-Tempo, hã. Um dia Miguel Hernandez deixará de escrever, duas cartas de António Mau-Tempo ficarão sem resposta, um homem mesmo não querendo fere-o o desgosto, não é bem uma desgraça, não é isso que me vai tirar o apetite, mas isto são coisas que se dizem para aliviar, sabe-se lá se não terá Miguel Hernandez morrido, ou ido preso como o pai de António Mau-Tempo, quem pudesse ir a Fuente Palmera saber. Por muitos anos ficará António Mau-Tempo a recordar-se de Miguel Hernandez, dirá, ao falar dos seus tempos de França, O meu amigo Miguel, e põe-se-lhe uma névoa nos olhos, ri para disfarçar, conta uma história de coelhos ou perdizes, só por comprazer, imaginações nenhumas, até que a onda da memória se rebate e acomoda. Só nessas ocasiões tem saudades de França, das noites a conversar no palheiro, histórias de andaluzes e transtaganos, de Jaen e de Évora, de José Gato e Pablo de la Carretera, e essas outras furiosas noites, no fim do contrato, quando iam às putanas, o roubo do prazer a despachar, alê, alê, ainda o sangue protestava insatisfeito, quanto mais cansados mais apetecia. Saíam para a rua, corridos por um linguajar rápido que não entendiam, alê, négres, é o que acontece a estas raças morenas, tudo são pretos para quem nasceu na Normandia e presuma de raça apurada, mesmo puta.

Então veio um ano em que António Mau-Tempo decidiu não voltar mais a França, também a saúde se lhe quebrara. A partir de então tornou a ser apenas coelho de latifúndio, neste estrepe me prendo, com as unhas raspo, torna o boi ao rego, a água à caleira conhecida, ao lado de Manuel Espada e dos outros, a tirar cortiça, a ceifar, a podar, a sachar, a limpar, como é que as pessoas se não cansam desta monotonia, todos os dias iguais uns aos outros, pelo menos na pouca comida, e a ânsia de ganhar um pouco de dinheiro para o dia de amanhã, que é a grande ameaça destes lugares, o dia de amanhã, amanhã também é dia, como foi ontem, em vez de ser de alguma esperança, um arzinho que fosse, se viver é isto.

Em toda a parte é França. A herdade da Carriça está situada em França, não o diz o mapa mas é verdade, e se não for Normandia é Provença, para o caso tanto faz, mas ao lado de

António Mau-Tempo não anda Miguel Hernandez, sim Manuel Espada, seu cunhado e também seu amigo, ainda que sejam de feitios muito diferentes, estão os dois ceifando, de empreitada, já veremos como. Para aqui veio também Gracinda Mau-Tempo, enfim grávida quando se julgava que não viria a ter filhos, e os três vivem, pelo tempo da ceifa, numa cabana de seareiros abandonada, veio limpá-la Manuel Espada para conforto da mulher, há cinco ou seis anos que ali não vivia ninguém, era um lixo, cobras e lagartos, toda a espécie de bicheza, e quando tudo ficou pronto foi Manuel Espada buscar um molho de junco que estendeu no chão para descansar, e estava uma frescura, que a casa já fora aguada, e ali por pouco não adormeceu, era uma parede de terra com uma sebezinha de tojo, palha a servir de tecto, e de repente passa-lhe uma cobra por cima, tão grossa como este pulso que não é dos mais delgados. Não o chegou a saber Gracinda Mau-Tempo, quem sabe o que faria se soubesse, se calhar pouco lhe importaria, que as mulheres destes sítios não desmaiam por tão pouco, e quando veio para a cabana viu-a toda armadinha, com uma tarimba para o casal, uma outra que Manuel Espada arranjou para o cunhado, uma saca a dividir, são estas as promiscuidades do campo latifúndio, Não se arrenegue, padre Agamedes, por onde tem andado, estes homens a bem dizer não vão aqui dormir, se alguma vez se estenderem na cama é para não morrerem já, e agora é que podemos falar das condições, é um tanto por dia durante uma semana, mais quinhentos escudos pelo resto da seara, no sábado tem que estar tudo ceifado. Parece muita complicação, mas é a mais simples coisa que há. Durante uma semana inteira Manuel Espada e António Mau-Tempo ceifarão todo o dia e toda a noite, é bom que se entenda o que isto quer dizer, quando estiverem rebentados de um dia inteiro de trabalho irão à barraca para comer e depois voltarão para a seara e trabalharão nela, a ceifar, não a apanhar papoulas, a ceifar toda a noite, e quando o sol nascer irão à barraca para comer qualquer coisa, e se descansaram foi dez minutos, cada qual em sua tarimba arfando como foles, e depois levantar-se-ão e trabalharão todo o dia, e virão comer, o quê, e trabalharão toda a noite, bem sabemos que ninguém vai acreditar, isto não são homens, são homens, sim senhor, se fossem animais já tinham caído para o lado, passaram só três dias, são duas avantesmas que andam além ao luar na seara meio ceifada, Achas que conseguimos, Havemos de conseguir, e entretanto foi Gracinda Mau-Tempo mondar arroz, vai de barriga, e quando não puder mondar vai à água, e quando não puder andar à água vai fazer o comer do rancho, e quando não puder fazer o comer do rancho volta à monda, anda-lhe a barriga ao lume da água, vai-lhe nascer o filho rã.

Por fim acaba a seara, e acabou no tempo combinado, veio Gilberto e pagou, tinha dois fantasmas diante de si, mas destes já viu Gilberto muitos, e António Mau-Tempo foi trabalhar para outro lado desta França e desta matança. Na cabana dos seareiros continuaram ainda a viver Manuel Espada e sua mulher Gracinda Mau-Tempo, até que chegou o tempo de parir. Manuel Espada veio pôr a mulher em casa e voltou à herdade de Carriça, felizmente havia trabalho. Quem em tudo isto não encontrar novidades, precisa que lhe tirem as escamas dos olhos ou lhe abram um buraco na orelha, se não o tem já e só os vê nas orelhas dos outros.

Gracinda Mau-Tempo pariu com dores. Vieram ajudá-la no transe sua mãe Faustina e uma Belisária velha, aparadeira de ofício antigo, responsável por algumas mortes em parto, tanto de mãe como de filho, e, para compensar, providenciadora dos formosos umbigos de Monte Lavre, história que parece para rir e não é, antes deveria ser sujeito de investigação obstétrica, averiguar por que artes Belisária corta e sutura cordões umbilicais em modo de ficarem depois taças que são como de mil e uma noites, o que, ensejo havendo e audácia, se poderia comprovar comparando com os ventres descobertos das dançarinas mouras que em noites enigmáticas vão soltar os véus na fonte do Amieiro. Quanto às dores de Gracinda Mau-Tempo, não foram elas mais nem menos do que as comuns feminis desde o bem-aventurado pecado de Eva, bem-aventurado, dizemos, pelo gosto anterior, parecer de que discorda, por dever de ofício e talvez convicção, este padre Agamedes, mantenedor do mais antigo castigo da história humana, consoante Jeová determinou, Parirás com dor, e assim tem acontecido todos os dias a todas as mulheres, mesmo àquelas que do dito Jeová não conhecem nem o nome. Enfim, mais duradoiros são os rancores dos deuses do que dos homens. Os homens são estes pobres diabos, capazes sim de terríveis vinganças, mas a quem uma coisita de nada comove, e, se a hora é a certa e a luz propícia, caem nos braços do inimigo, a chorar esta estranhíssima condição de ser homem, de ser mulher, de ser gente. Deus, tanto faz este jeová como outro qualquer, é que nunca esquece nada, quem lhas fez paga-lhas, e por isso aí está esse infinito estendal de sexos abertos, dilatados, vulcânicos, por onde rompem sujos de sangue e mucos os novos homens e as novas mulheres, tão iguaizinhos naquela miséria, tão diferentes logo nesse minuto, consoante os braços que os recebem, os bafos que os aquecem, as roupas que os envolvem, enquanto a mãe recolhe para o interior do seu corpo a maré de sofrimento, enquanto da sua rasgada carne docemente goteja a última flor de sangue, enquanto a pele frouxa do ventre despejado se move devagar e descai em pregas, por este lado de mim começa a morrer a juventude.

Entretanto, lá no alto, as varandas do céu estão desertas, os anjos dormem a sesta, de Jeová e suas iras restantes não ficaram notícias que a entendimento humano tenham sentido, e não consta que os fogueteiros celestiais tenham sido chamados a conceber, compor e lançar qualquer nova estrela que brilhe, pelo tempo de três dias e três noites, sobre a casa arruinada onde vivem Gracinda Mau-Tempo e o homem seu, Manuel Espada, mais agora a primeira filha de ambos, Maria Adelaide, que este é o nome que virá a ter. E, contudo, estamos numa terra em que não faltam pastores, uns que o foram no tempo da puerícia, outros que o continuaram a ser e agora não serão outra coisa até morrer. E são grandes estes rebanhos, um vimos nós que tinha seiscentas ovelhas, e também há as varas de porcos, mas este animal não é próprio para presépios, falta-lhe o airoso que o borrego tem, o felpudinho, a carícia da lã, meu amor, onde puseste o novelo, com animais assim podem compor-se venerações, ao passo que o porco, perdida a graça de quando nasce, aquele seu ar de bombom cor-de-rosa, logo se torna trombudo e fedorento, amador do chafurdo, apenas sublime na carne que dará. Quanto aos bois, andam a trabalhar, nem são assim tantos no latifúndio que sobejem para adorações tardias, e os burros, debaixo das albardas só há mataduras, os moscardos zumbem excitados pelo sangue, enquanto em casa de Manuel Espada, por cima de Gracinda Mau-Tempo com seu cheiro de fêmea parida, esvoaçam febris as moscas, Enxote-me para lá esse mosquedo, isto diz a velha Belisária, ou nem sequer, tão habituada está a esta coroa de anjos alados e zumbidores de cada vez que é Verão e vai a parto.

Há, porém, milagres. A menina está deitada em cima do lençol, bateram-lhe logo que veio ao mundo e nem de tanto precisava porque na sua garganta voluntariamente se estava já formando o primeiro grito da sua vida, e há-de gritar outros que hoje nem por sombra deles se imaginarão possíveis, e chora, sem lágrimas, é um franzir de pálpebras, uma careta que poderia assustar o habitante de Marte e no entanto nos deveria fazer chorar a nós desarmadamente, e como é dia de clara e quente luz e a porta está aberta, cai sobre este lado do lençol uma luminosidade reflectida, não curemos agora de saber donde, e Faustina Mau-Tempo, tão surda que não ouve chorar a neta, é a primeira que lhe vê os olhos, e são azuis, azuis como os de João Mau-Tempo, duas gotas de água banhadas de céu, duas pétalas redondas de hortense, mas nenhuma destas vulgares comparações serve, é o dizer de quem não sabe inventar melhor, nenhuma comparação há-de servir, ainda que no exercício delas se esforcem os namorados da dona destes olhos, que são azuis, não aguados nem celestes, nem de capricho botânico, nem de forja subterrânea, azuis intensos e brilhantes, como os de João Mau-Tempo, quando ele chegar faremos a comparação e então ficaremos a saber de que azul enfim se trata. Neste momento só Faustina Mau-Tempo o sabe, e por isso pode proclamar, Tem os olhos como os do avô, e então as duas outras mulheres, Belisária ofendida em seus primeiros direitos de aparadeira, Gracinda Mau-Tempo ciosa e loba do seu lobinho, uma e outra querem ver, mas Belisária abusa e mira com todo o seu vagar, por isso Gracinda Mau-Tempo é a última, não importa, tem tempo de ficar atada pelos bicos dos seios àquela boca sugadora, tem tempo de se esquecer a contemplar aqueles olhos azulíssimos enquanto o leite lhe for manando do peito, aqui sob estas telhas mal ajuntadas, no meio do campo debaixo duma azinheira, de pé quando não puder ser sentada, à pressa quando não puder ser devagar, o pouco e o muito deste peito, desta vida, deste branco sangue que do outro vermelho se vai formando.

Então vieram os três reis magos. O primeiro foi João Mau-Tempo, veio por seu pé, havia ainda luz de dia, para ele nenhuma estrela seria precisa, e se mais cedo não chegou foi apenas por questões de pudor masculino, que bem poderia ter assistido ao parto se tais coisas se usassem naquele tempo e neste lugar, que mal faria ver parir a própria filha, mas não pode ser, não faltariam murmurações, ficam essas ideias para o futuro. Chegou cedo porque está desempregado, andou a sachar um bocado de terra que lhe deram para amanhar, e quando entrou em casa não viu a mulher, mas a vizinha disse-lhe que era avô duma menina, e ele ficou satisfeito, mas não tanto quanto seria de esperar, preferia um rapaz, em geral preferem rapazes, e então tornou a sair de casa, vai no seu passo balouçado entre duas dores, uma para cá, outra para lá, a antiga pontada dos grandes carregos nas carvoarias e o quebranto surdo da estátua, parece um marinheiro de longo curso que acabou de desembarcar e se espanta com a imobilidade do chão que pisa, ou então é como se viajasse na corcova dum camelo, navio do deserto, e esta comparação vem mesmo ao pintar do quadro porque sendo João Mau-Tempo o primeiro rei mago, justo é que viaje conforme condição e tradição, os outros que venham como puderem, e de oferendas não falemos, a não ser que seja recebida como oferenda esta arca de sofrimento que João Mau-Tempo transporta dentro do seu coração, cinquenta anos de padecer, ouro nenhum, incenso é fumo de igreja, padre Agamedes, e se de mirra houvermos de falar, não faltam mortos pelo caminho. É pouco, e mau, para levar a quem ainda agora nasceu, mas estes homens do latifúndio só podem escolher entre o que lhes foi consentido, suor quanto baste, alegria não mais do que este sorriso de poucos dentes, e terra só a necessária para lhes comer os ossos, que a outra faz falta a outras agriculturas.

Vai pois João Mau-Tempo de mãos vazias, mas em caminho lembra-se de que nasceu o seu primeiro neto, e de um quintal florido arranca uma flor de gerânio, um talo cheio de nós, este cheiro de casa pobre, e é bonita coisa ver o rei mago no alto do seu camelo com gualdrapa de ouro e carmesim, debruçar-se João Mau-Tempo para a humildade de colher uma flor de sardinheira, nem sequer mandou um escravo, dos muitos que o acompanham e servem, vejam-se estes grandes exemplos. E quando à porta da casa da filha João Mau-Tempo chega, parece o camelo que conhece as suas obrigações, dobrados os joelhos o animal facilita a descida deste senhor dos latifúndios, enquanto toda a guarnição do posto da guarda republicana apresenta armas, embora o cabo Tacabo tenha suas dúvidas sobre o direito de andarem animais de tal porte e compleição pela via pública. São fantasias nascidas do sol violento, já quebrado no céu, mas que está ainda recozendo em todas as pedras do caminho, quentes como se tivessem sido elas acabadas de parir pela terra, Minha querida filha, e é então que João Mau-Tempo vê que os seus olhos são imortais, estão ali depois de uma longa peregrinação, nem ele conhece o mais distante dela, donde vem, como foi, basta-lhe que em Monte Lavre outros assim não houvesse, tanto na sua família como fora dela, os filhos da minha filha meus netos são, os do meu filho serão ou não, ninguém se livra de malícias populares, mas destes ninguém pode duvidar, olhem bem para mim, para estes meus olhos azuis, e agora vejam os desta minha neta, que vai chamar-se Maria Adelaide e é retrato daquela sua avó com mais de quinhentos anos, mais os olhos que são do seu avô salteador estrangeiro de donzelas. Todas as famílias têm as suas fábulas, algumas nem isso sabem, como esta dos Mau-Tempos, que bem a podem agradecer ao narrador.

O segundo rei mago chegou já se fechara a noite. Veio do trabalho, nenhuma luz em casa, o lume apagado, de panela cheia nem promessa, então deu-lhe o coração um baque, e logo a seguir outro lho deu a mesma vizinha, A tua irmã teve uma menina, o teu pai e a tua mãe estão lá em casa, nesta altura já se sabe que o menino nascido é menina e tem os olhos azuis, sabê-lo é uma distracção para Monte Lavre, mas a vizinha nada lhe diz sobre o último ponto, é uma boa mulher que acha que as surpresas têm o seu lugar e o seu momento, que graça tinha dizer a António Mau-Tempo, A tua sobrinha tem os olhos azuis, assim ele por seus próprios olhos castanhos verá e fará a festa de ter visto. Já a guarda recolheu ao posto, ninguém está ali para apresentar armas a António Mau-Tempo, era o que faltava, tolo é quem acreditou, mas é em carne e osso um rei mago que desce a rua, sujo como deve estar quem vem de trabalhar, não se lavou, não teve tempo, porém não esquece as suas obrigações e de uma lata caiada que ao lado duma porta está, colhe um malmequer, e para que não murche nos dedos mete-o entre os lábios, alimenta-o de saliva, e quando enfim entra diz, Minha irmã, e dá-lhe o bem-te-quero, é o que há de mais natural, mudarem as flores de nome, como se viu com gerânio e sardinheira, e um dia se verá com o cravo.

Ainda bem que António Mau-Tempo não ia na mira de olhos azuis. A menina dorme em boa paz, tem os olhos fechados, foi uma decisão dela, só os abrirá para o terceiro rei mago, mas esse chegará muito mais tarde, noitíssima, porque vem de longe e tudo caminho da banda dos pés, faz esta viagem há três dias, ou três noites, para quem gostar de informações rigorosas, então saiba-se que Manuel Espada vai na sua terceira noite de pouco dormir, já está habituado, é o que vale a esta gente, e para melhor se entender, melhor convém explicar, ora ouçam, Como Manuel Espada trabalha muito longe de casa, tem dormido por lá, em barraca de pastores ou malhada de monte, não importa para o caso, mas como se estava aproximando a hora do parto, que faz Manuel Espada, larga o trabalho ao sol-posto, chega a casa passada a meia-noite, do filho só vê o volume da barriga, descansa durante uma hora ao lado de Gracinda Mau-Tempo e depois levanta-se e torna ao trabalho, pelo meio da noite e madrugada, e esta é a terceira, mas como às três é de vez, quando chegar verá sua mulher parida e sua filha nascida, veja-se como são as coisas.

Cearam Faustina, João e António Mau-Tempo da galinha morta para o nascimento, Gracinda Espada bebeu dela a sua parte de caldo, como é salutar para mulher que teve filho, e entretanto vieram outros tios e mais parentes, entraram e tornaram a sair, Gracinda precisa de descansar, ao menos hoje, adeus, até amanhã, é uma linda menina e o retrato do avô. O relógio da torre já deu a meia-noite, e se a má sorte se não intrometeu na vida do viajante, se não houve resvalo de cabeço ou valado, se nenhum maltês insofrido quebrou a regra de não assaltar outro tão pobre, não tarda que chegue o terceiro rei mago, que presentes trará consigo, que comitiva, talvez venha num cavalo árabe com ferraduras de ouro e freio de prata coralina, bem podia acontecer, em vez de maltês barbudo e meliante descer ao caminho uma fada minha madrinha e dizer, Tua filha nasceu, e porque tem olhos azuis te dou este cavalo para que mais depressa os possas ver, antes que com a vida descorem, mas mesmo que tal acontecesse, é um supor de imaginação, estes caminhos são custosos, e à noite pior ainda, já o cavalo se cansou ou partiu uma perna, de maneira que Manuel Espada fará a sua viagem a pé, ó grande noite estrelada e imensa, noite noitinha de sustos e de indecifráveis murmúrios, porém, ainda assim, têm os reis magos seus poderes de Ur e Babilónia, nem doutra arte se explicaria que voem adiante de Manuel Espada dois vaga-lumes, não tem nada que errar, é ir atrás deles como se fossem os dois lados de um caminho, quem havia de dizer que são possíveis tais sortilégios, ser bicho natural mão de encaminhar, e assim se sobem colinas e descem vales, se ladeiam campos de arroz e atravessam chapadas, eis as primeiras casas de Monte Lavre, e agora os vaga-lumes pousaram nas ombreiras da porta, à altura da cabeça, a luzir, glória ao homem na terra, e Manuel Espada passa entre eles, que ao menos não faltem estas honras a quem de pesado trabalho vem e a ele terá de regressar antes de nascer o sol.

Manuel Espada não traz presentes, nem de aqui, nem de além. Estende as mãos e cada uma delas é uma grande flor, diz, Gracinda, não sabe outra palavra, e dá-lhe um beijo na face, um só, mas este único beijo não sabemos que tem para assim nos apertar a garganta, ainda se fôssemos da família, mesmo que tivéssemos alguma coisa que dizer neste passo, não poderíamos, e no momento de tais gestos e murmúrios particulares é que Maria Adelaide abre os olhos, parecia mesmo que estava à espera, é a sua primeira habilidade de criança, e vê um grande vulto e as grandes mãos abertas, é seu pai, ainda lhe falta saber o que isso significa, sabe-o Manuel Espada, a tal ponto que o coração é como se lhe despegasse do peito, tremem-lhe as mãos desarmadas, como há-de ele pegar na criança que é sua filha, os homens são uns desajeitados, e então Gracinda Espada diz, É parecida contigo, pois será, que nestas idades, tão poucas horas, nunca se sabe, mas quem está em boa razão é João Mau-Tempo ao proclamar, Mas os olhos são os meus, enquanto António Mau-Tempo ouve calado porque é apenas tio, e Faustina, tão surda, adivinha tudo e diz, Meu amor, nem sabe por que o disse, são palavras que não se usam no latifúndio em casos tais, questão de recato ou parcimónia.

Duas horas depois, mais tempo fosse e todo haveria de parecer curto, Manuel Espada saiu de casa, vai ter de esforçar o passo para chegar ao trabalho antes do sol fora. Os dois vaga-lumes que tinham estado à espera puseram-se outra vez a voar, rentinho ao chão, com tal claridade que as sentinelas dos formigueiros gritaram para dentro que estava o sol nascendo.

A história das searas repete-se com notável constância, mas tem suas variantes. Não o é estarem os trigos prontos a ceifar mais para o tarde ou mais para o cedo, isso são dependências da chuva que faltou ou sobejou, do sol que teve seus desmandos de fornalha ou esquecimento, nem terem sido semeados em cabeço ou terra fundeira, em chão de barro ou mais de areia. Às perversidades da natureza e aos erros próprios já se habituaram os homens do latifúndio, por tão de menos ou inevitável não perderiam o norte e o sul. E se é verdade que as variantes assinaladas, cada uma por si e pelos efeitos do conjunto, mereceriam um falar mais extenso, um dizer sem pressas, um voltar atrás por causa de um torrão esquecido, sem termos de recear as impaciências de quem escuta, também é infelizmente verdade que tais contemplações não se admitem em usos de relato, mesmo de latifúndio como este. Fiquemos então com esta lástima de ver as diferenças e não as poder contar, juntemos a defeitos menores este gravíssimo de simular que tudo é igual na seara entre um ano e outro ano, e perguntemos apenas que demora é esta, porque não entram os ceifeiros e as máquinas ao campo, quando até ignorantes homens da cidade veem claramente visto que o tempo chegou e está já passando, que o ramalhar seco dos pés do trigo quando passa o vento é áspero como um roçar de asas do tira-olhos, enfim que prejuízo se está aqui preparando e contra quem.

A história das searas repete-se com variantes. Neste caso de agora, não a é andarem os homens naquele seu obstinado alvoroço de pedirem salário maior. A bem dizer, é a mesma ladainha todos os anos, em todas as estações e propósitos de serviço, Parece que não aprenderam a dizer outra coisa, senhor padre Agamedes, em lugar de se preocuparem com a salvação da sua deles alma imortal, se é que a têm, só cuidam dos confortos do corpo, não aprenderam a lição dos ascetas, apenas no dinheiro pensam, nem perguntam se o há e a mim me convém pagar. É a igreja grande consoladora nestas situações, sorve discreta o licor do cálice, por favor uma gota mais, não o afasteis de mim, e compungida levanta os olhos aos céus onde esperam os prémios para o latifúndio, chegando a nossa hora, mas quanto mais tarde melhor, Senhor padre Agamedes, que me diz destes vadios que por aí andaram aos vivas ao general, já não se pode confiar em ninguém, um militar que parecia tão seguro, benquisto do regime que o fez, andar por aí a desorientar as multidões, como é que o governo deixou que as coisas chegassem ao ponto a que chegaram. Porém, a isto não sabe o padre Agamedes responder, o seu reino nem sempre é deste mundo, no entanto foi testemunha e pessoal vítima do grande susto nacional, aparecer um exaltado aos gritos, frenético, demito-o, demito-o, e logo a quem, ao senhor professor Salazar, nem pareciam maneiras de candidato, um candidato quer-se bem-

-educado, mas saiu-lhe o tiro pela culatra, e dizem que anda fugido, vivíamos nós tão sossegados, e agora dão-se estes arrebatos, Mas aqui para nós, senhor padre Agamedes, que ninguém nos está a ouvir, as coisas podiam ter corrido mal, foi precisa muita habilidade para não se ir a situação, convém estarmos agora vigilantes, e a primeira acção é dar um ensino a esses vagabundos, nem um pé de trigo será ceifado este ano, Para aprenderem, senhor Norberto, Para aprenderem, senhor padre Agamedes.

Não se soube donde esta didáctica palavra nasceu. Se veio de Lisboa, se em Évora, Beja ou Portalegre se formou, ou foi dita em modo jocoso no grémio de Montemor ou por ousadias de conhaque, se a trouxe Leandro Leandres da casa dos dragões, fosse como tivesse sido, em poucos dias se espalhou por todo o latifúndio, correu de Norberto em Gilberto, de Berto em Lamberto, de Alberto em Angilberto, e tendo encontrado geral aceitação, foram chamados os feitores e ouviram as ordens, Ceifa que esteja a fazer-se, interrompe-se, as outras não se começam. Isto serão decerto calamidades, talvez as searas estejam leprosas e o latifúndio se tenha apiedado dos seus filhos ceifeiros e não os queira ver desfigurados, os dedos feitos cotos, as pernas cepos, os narizes ausências, para desgraça já bastou. Este pão está envenenado, ponham-se nas estremas das searas espantalhos com caveiras de pinhão arreganhado para infundir o medo até nas almas resolutas, e se ainda assim teimarem, chama-se aí a guarda, que os mete na ordem. E diz o feitor, Não há-de ser preciso, ninguém é tão doido que se meta à seara sem ter o seu ganho garantido e sujeito a levar um tiro nos lombos, o pior é o prejuízo. E diz Alberto, Vão-se os anéis e fiquem os dedos, se deixarmos o trigo este ano no chão, não será isso que levará a casa à ruína. E diz o feitor, Eles querem aumento do salário, dizem que a vida está cada vez mais cara e que passam fome. E diz Sigisberto, Com isso não tenho eu nada, salário é o que quisermos pagar, a vida também está cara para nós. E diz o feitor, Eles dizem que se vão juntar para falar ao patrão. E diz Norberto, Não quero cães a ladrar atrás de mim.

Em todo o latifúndio só se ouve ladrarem cães. Ladraram quando entre o Minho e o Algarve, entre a costa do mar e a raia do levante se agitaram as populações ao nome e verbo do general, e ladraram um ladrar novo que em linguagem de gente significava por claro, Se queres aumento de ordenado, vota no Delgado, este gosto da rima já vem de longe, que se há-de fazer, somos um país de poetas, e de tanto ladrarem juntos começaram a vir ladrar às portas, Senhor padre Agamedes, não tardará muito que comecem por aí a profanar as igrejas, é a primeira coisa que fazem, ofender a face da santa madre igreja, Nem me fale nisso, senhora dona Clemência, nem me fale nisso, ainda que eu não recuse a palma do martírio, mas Nosso Senhor não permitirá que nestas terras se repitam atentados como o de Santiago do Escoural, fazerem da igreja uma escola, imagine, que não vi nem assisti, já não foi no meu tempo, mas assim mo contaram, Verdade foi, senhor padre Agamedes, verdade foi, tão verdade como estarmos aqui, desvarios da república que não se hão-de repetir, querendo Deus, e tenha cuidado ao sair, não lhe mordam os cães. Quando o padre Agamedes assoma à porta do prédio, solta trémula a sua voz aguda e pergunta, Estão presos os cães, e há alguém que lhe responde indiferente, Estes estão, e dito assim ficamos sem saber que cães estão soltos e que cães estão presos, mas o padre Agamedes tem fé que lhe defenda a informação os interesses da barriga da perna, e sai para o pátio, é verdade que os cães estão presos, mas quando atravessa o portão e vem para a rua, está um ajuntamento de gente, não é que ladrem, era o que faltava, ladrarem homens, porém se este murmúrio não é como o rosnar dum cão, perca eu o nome que tenho, e mais não vê o padre Agamedes as formigas que ao longo do prédio vão, levantando como cães as cabeças, e por enquanto caladas, que será de nós se um dia se junta toda esta canzoada.

Dito está que por castigo da impertinência habitual de pedirem melhores salários e do crime excepcional de apoiarem o Delgado e por ele jurarem em tudo quanto foi lugar habitado e ajuntamento, não haverá este ano ceifas no latifúndio. Por mim, tanto se me dá, disse Adalberto, só quero que me garantam que o governo da nação está de acordo, Está o governo de acordo e nós também, que consideramos magnífica a ideia, disse Leandro Leandres. E os prejuízos, senhor governador civil, vai haver prejuízos, com a nossa boa vontade pode contar, mas só onde todos paguem, nada é caro, e este é um reparo justificado, feito num qualquer lugar do latifúndio não mencionado, cidade teria sido, que ia o governador civil fazer a terra pequena não havendo inauguração, mas onde quer que tenha sido, foi, quem sabe se em varanda da terra virada à paisagem, Esteja descansado, senhor Berto, a esta hora já estão a ser estudados meios de auxílio à agricultura, o governo da nação conhece os anseios dos lavradores e não esquecerá serviços patrióticos como este de agora. Por pouco se não hasteiam as bandeiras, ora não vale a pena, já passou o dia da eleição, o presidente é Tomás, tanto faz, se os outros rimam, porque não haveria eu de rimar, não sou menos do que eles, e posso fazer outras rimas bem bonitas, que é que julgam, por exemplo, Já passei fome bastante, Entre inverno e primavera, Diz a morte no inferno, Tens a foice à tua espera, e depois desta cantiga cantada em coro faz-se no latifúndio um grande silêncio, que será que se vai passar, e quando estamos ansiando isso, com os olhos no chão, rápida uma sombra passa e ao levantar a cabeça vemos o grande milhano agora pairando, afinal era o grito dele este gemido que me saiu do peito.

Nessa noite foi Sigismundo Canastro a casa de João Mau-Tempo, conversou com ele e com António Mau-Tempo, e dali seguiu para casa de Manuel Espada, onde se demorou. Visitou outras três casas, duas delas isoladas no campo, falando desta ou daquela maneira, por palavras umas ou por palavras outras, que nem com todos pode o falar ser o mesmo, ou sendo sim o mesmo, é o entender que é diferente, e o recado, em seu miolo, é irem daí a dois dias a Montemor em manifestação diante da câmara municipal, o mais de gente do concelho que se puder juntar, a pedir o trabalho que, havendo, não é dado. De caminho se dirá o que os homens do latifúndio pensam do negócio de burlões que pôs na presidência da mísera república o gebo pastoso e sim-sim já nomeado, uma vez basta, quantas mais serão. Este amargor da boca não é de muito ter bebido ou farteza de mastigar, são exageros em geral não praticados no latifúndio, ainda que não falte quem levante demasiado o cotovelo, mas até para isso há desculpas, ver-se um homem para toda a vida preso à estaca, fumar e beber são maneiras diferentes de fugir, mas bebendo foge-se mais, embora morrendo de cada vez. Se estas bocas tanto amargam, foi por terem falado e esperado falar ainda melhor, se viesse a liberdade, e afinal a liberdade não veio, alguém viu a liberdade, tanto dela se disse, mas a liberdade não é mulher que ande pelos caminhos, não se senta numa pedra à espera de que a convidem para jantar ou para dormir na nossa cama o resto da vida. Andaram por aí em ajuntamentos os homens e algumas mulheres, deram vivas, e agora sentimos a boca amargosa como se tivéssemos bebido, os olhos vêem cinzas e pouco mais, searas por ceifar, Que iremos fazer, Sigismundo Canastro, tu que és mais velho e mais experiente, A Montemor vamos segunda-feira, reclamar o pão dos filhos e dos pais que os devem criar, Mas isso é o que sempre fizemos, e os resultados, Fizemos, fazemos e faremos, enquanto não puder ser diferente, Canseira que não acaba nunca, Um dia acabará, Quando já estivermos todos mortos e ao de cima vierem os nossos ossos, se houver cães que os desenterrem, Vivos haverá bastantes quando chegar esse dia, está cada vez mais bonita a tua filha, São os olhos do meu pai, isto disse Gracinda Mau-Tempo, que toda a conversa antes fora com seu marido Manuel Espada, e é ele quem diz, Dou a minha alma ao diabo em troca desse dia, e que amanhã não seja, mas hoje, e Gracinda Mau-Tempo levanta do chão a filha que tem três anos e repreende, Credo, Manuel, são coisas que não se dizem, e Sigismundo Canastro, mais velho de vida e de experiência, sorri, O diabo não existe, não faz contratos, isso de jurar e prometer é falar vão, o que o trabalho não consegue, nada consegue, e agora o trabalho é ir a Montemor na segunda-feira, de todo o lado irá pessoal.

São formosas estas noites de Junho. Se lua têm, deste alto de Monte Lavre vê-se o mundo todo, faz de conta, não somos assim tão ignorantes que não saibamos que o mundo é muito maior do que isto, Em França estive eu, diria António Mau-Tempo, e é longe, mas, neste silêncio, qualquer pessoa acreditaria, até eu, se lhe viessem dizer, Não há mais mundo, a não ser Montemor aonde iremos segunda-feira pedir trabalho. E se luar não houver, então o mundo que há é só este lugar onde ponho os pés, o resto são estrelas, quem sabe se nelas também o latifúndio existe e por isso vai a presidente um almirante fluvial que jogou com os quatro ases do baralho e mais quatro sobressalentes, não há nada como ser venerando e batoteiro. Pensasse Sigismundo Canastro estas malícias e agudezas e nós nos arredaríamos para a borda do caminho, de chapéu na mão, pasmados das ilustrações do latifúndio, mas aquilo que ele vem pensando é que já falou a todos a quem tinha de falar, que foi melhor tê-lo feito hoje do que guardar para amanhã, e só por isto não sabemos o que havemos de fazer ao chapéu, nem sequer o devíamos ter nas mãos, Sigismundo Canastro vem de cumprir a sua obrigação, é só isso e nada mais. E como, apesar da gravidade dos passos a dar, tem seu tanto de malicioso e alegre, consoante neste relato já ficou demonstrado por mais de uma vez, foi passar à porta do posto da guarda e, vendo-a fechada e as luzes apagadas, chegou-se ao muro e mijou a seu prazer e regalo como se mijasse em cima de toda a corporação. São criancices de homem velho, já não lhe vai servindo a picha para muito mais, mas para isto ainda, este belo regueiro que procura caminho entre as pedras, quem me dera ter litros de urina para ficar aqui a mijar a noite inteira, como o açude da Ponte Cava, o que a gente devia fazer era mijarmos todos ao mesmo tempo, alagávamos o latifúndio, sempre queria ver quem é que se salvava. Está a noite uma formosura, com tanta estrela no céu. Sigismundo Canastro abotoa-se, já lhe passou a comédia, vai no seu caminho de casa, às vezes o sangue acorda, quem sabe.

Em tempo de peregrinações se dizia que todos os caminhos iam dar a Roma, era só ir andando e perguntando, desta maneira se arranjam ditados que depois ficam e se repetem distraidamente, é o caso daquele outro, Quem tem boca vai a Roma, não é verdade, caminhos há muitos por aqui e todos vão a Montemor, cada um destes homens leva a boca calada e só um surdo não ouviria o alto discurso que ressoa em todo o latifúndio. Vêm uns a pé, os de mais perto e outros de longe, se melhor transportação não arranjaram, há quem pedale velhas bicicletas que bambeiam e rangem como carros de mulas, quem podia tomou a camioneta da carreira, assim se vão aproximando, vindos de todas as direcções da rosa-dos-ventos, é um grande vento que os traz. As atalaias do castelo veem aproximar-se as hostes mouras, trazem a bandeira do profeta dobrada sobre o coração, Santa Mãe de Deus, os infiéis, ponde senhores a recato vossas filhas e vossas esposas, cerrai as portas e levantai as levadiças, que em verdade vos digo é hoje o dia do juízo. São exageros do narrador, efeitos de educação medieval, imaginar exércitos de gente armada e flâmulas de cavalaria, quando apenas se trata de uma dispersa tropa de rústicos, e todos contados talvez não cheguem ao milheiro, e mesmo assim, para o tempo, grande será o ajuntamento final. Porém, cada coisa em seu lugar, ainda faltam duas horas, por enquanto Montemor é só uma terra com mais gente na rua do que de costume, andam por aí espalhados no largo da feira, os de maior abono bebem um copo, e falam uns com os outros em voz baixa, Já chegaram os do Escoural, Não sei, nós somos de Monte Lavre, é verdade, não são muitos, mas chegaram, e trazem uma mulher, Gracinda Mau-Tempo também quis vir, já não há quem segure as mulheres, isto pensam os mais velhos e antigos, mas não dizem nada, que faria se tivessem ouvido a conversa, Manuel, eu vou contigo, e Manuel Espada, apesar de ser quem é, julgou que a mulher estava a brincar e respondeu, responderam pela boca dele sabe-se lá quantas vozes de manuéis, Isto não é coisa para mulheres, que tal foste dizer, um homem deve ter cuidado quando fala, não é só atirar palavras pela boca fora, depois fica em pouco e perde autoridade, o que vale é tanto gostarem um do outro, Gracinda e Manuel, mas mesmo assim. Falaram do caso no resto do serão, falaram já deitados, a conversa adiantada, A menina fica com a minha mãe e nós vamos juntos, não é só dormirmos na mesma cama, enfim rendeu-se Manuel Espada e ficou contente por se ter rendido, passou o braço por cima da mulher e puxou-a para si, são gestos de homem e abandonos de mulher, a menina está a dormir e não ouve nada, dorme também Sigismundo Canastro na sua cama, quis e lá conseguiu, talvez para a próxima ainda seja melhor, um homem não acaba assim, carago.

São questões de que se não fala em Montemor, que foi que fizeram com suas mulheres ou maridos esta noite ou a passada, e o que farão na próxima, quando este dia acabar, como será. Do posto da guarda sai a cavalaria, é costume, e lá dentro estão de conversa o tenente Contente e Leandro Leandres, já foram dadas as ordens de mobilização, agora é esperar os acontecimentos, porém há quem tenha decidido ir esperar para outro lado, são os donos do latifúndio que em Montemor vivem, e não são poucos, afinal sempre é verdade, falávamos nós de atalaias em fingimento narrativo, e aquilo é um palanque nas muralhas do castelo, sentados os mais corajosos infantes nos merlões reconstruídos, é um rosário de pais e mães, trajados eles de cavaleiros e elas de claras cores. Dirão os cronistas de mais maliciosa língua que para ali foram estes e estas por medo da invasão dos labregos, é uma hipótese com seu quê de acertada, mas também não devemos esquecer que nesta terra, tirando a tourada e o cinema, as distracções não são muitas, desta vez é como se fosse um piquenique no campo, não faltam os consolos da sombra e, se necessárias, as consolações do convento de Nossa Senhora da Anunciada, orai por nós. É porém certo e verificado que deixaram suas casas por medo até aí não sentido, ficaram os criados guardando, que quando de cedo recebidos mantêm fidelidade, como estará Amélia Mau-Tempo, também criada em Montemor, são contradições e necessidades, ainda que os tempos vão de feitio que não se pode confiar em ninguém, não é por se juntarem ali os pedintes do latifúndio, não é de hoje a mão estendida, queremos trabalho, mas porque facilmente se vê como podem fechar-se essas mãos, anda ali muita raiva, e conspiração, minha tia, e conspiração. Aqui do alto se vê como por travessas vão confluindo para o largo da câmara. Parecem formigas, diz uma criança herdeira imaginosa, e o pai rectifica, Parecem formigas, mas são cães, ora aqui está como tudo se compõe e explica nesta curta e clara frase, e então há um silêncio, não se pode agora perder nada do que aconteça, olha como já está em frente da câmara um pelotão de soldados da guarda, viva a guarda, e aquele é o sargento, que tem ele na mão, é uma metralhadora, pensou também Gracinda Mau-Tempo, e levantando os olhos viu o castelo cheio de gente, quem será.

Encheu-se o largo. Os de Monte Lavre estão juntos, Gracinda única mulher, seu homem Manuel Espada, seu irmão e seu pai António e João Mau-Tempo, e Sigismundo Canastro que diz, A gente não se separa, e também estão dois que se chamam José, um que é Picanço e bisneto dos Picanços moleiros da Ponte Cava, e outro Medronho, de quem nunca foi preciso falar até agora. Estão num mar de gente, dá o sol neste mar e arde como uma cataplasma de ortigas, no castelo abrem-se sombrinhas, é uma festa. Aquelas espingardas estão carregadas, vê-se pela cara dos guardas, um homem com uma arma carregada tem logo outro ar, endurece, fica frio, pregam-se-lhe os beiços, e olha para nós com rancor. Também há quem goste de cavalos, às vezes dão-lhes nomes de gente, como aquele poldro que se chamou Bom-Tempo, o que não sei é se têm também nomes os cavalos que além estão na embocadura da rua, talvez lhes deem números, na guarda tudo são números, chama-se vinte e sete e avança o cavalo e o homem que o monta, é uma confusão.

Já os gritos começaram, Queremos trabalho, queremos trabalho, queremos trabalho, não dizem muito mais do que isto, só daqui e dalém um insulto, ladrões, e tão baixo como se de os haver se envergonhasse quem o lança, e há quem grite, Eleições livres, agora que adianta, mas o grande clamor sobe e abafa todo o resto, Queremos trabalho, queremos trabalho, que mundo este haver quem de descansar faça ofício e quem trabalho não tenha, mesmo pedindo. Alguém o sinal deu, ou estaria combinado que durando o ajuntamento tantos minutos, ou então telefonou Leandro Leandres, ou o tenente Contente, ou o presidente da câmara espreitou pela janela, Lá estão os cães, fosse como fosse, a guarda montada desembainhou os sabres, ah, mãezinha, que até a gente se arrepia toda, só de ver esta coragem, esta carga de heróis, já me ia esquecendo do sol, deu nas lâminas polidas e foi uma luz divina, fica um homem a tremer de comoção patriótica, aqui veremos quem se nega.

Rompem os cavalos a trote, que o espaço não dá para cavalarias mais arrebatadas, e logo ali vai ao chão um magote de gente que tenta escapar-se por entre as patas e as sabradas. Pode um homem ficar-se com este vexame, mas às vezes não quer, ou de repente cega, e então o mar levanta-se, levantam-se os braços, as mãos travam as rédeas ou trazem pedras apanhadas do chão, ou nos bolsos vieram, é o direito de quem outras armas não tem, e lá de trás voaram, o mais certo é não terem atingido ninguém, cavalo ou cavaleiro, uma pedra assim, ao acaso, se pedras houve afinal, quando cai vai morta. Era uma cena de batalha digna de figurar na sala do comando ou na messe dos oficiais, os cavalos empinados, a guarda imperial de sabre desembainhado, sovando de prancha ou fio, consoante calhava, a peonagem insurrecta que corria para trás numa maré que logo tornava, malditos. Esta foi a carga do vinte e três de Junho, fixai bem a data na memória, meus meninos, ainda que muitas outras exornem a história do latifúndio, tão gloriosas por iguais ou semelhantes razões. Também aqui se ilustrou a infantaria e em especial o dela sargento Armamento, homem de uma fé cega e de uma lei errada, lá vai a primeira rajada de metralhadora, e outra, ambas para o ar, de aviso, e quando no castelo se ouvem os tiros é uma alegria de palmas e vivas, todos aplaudem, as suaves meninas do latifúndio coradas do calor e da emoção sanguinária, e os pais, as mães, e a ala dos namorados frementes da vontade de fazer uma surtida, saírem pela porta da Vila, de lança e montante, e acabarem a obra começada, Matem-nos a todos. A terceira rajada é de pontaria baixa, agora se verá o proveito dos treinos de tiro ao alvo, deixa levantar o fumo, não foi mau, embora pudesse ser melhor, estão três no chão, e agora há um que se levanta agarrado ao braço, teve sorte, e outro rasteja aflito, arrasta uma perna, e aquele ali não se mexe, É o José Adelino dos Santos, é o José Adelino, diz um que é de Montemor e o conhece. Está morto José Adelino dos Santos, apanhou com uma bala na cabeça e primeiro nem acreditou, sacudiu a cabeça como se lhe tivesse mordido um bicho, mas depois compreendeu, Ah malandros que me mataram, e caiu de costas, desamparado, não tinha ali a mulher que o ajudasse, fez-lhe o sangue uma almofada debaixo da cabeça, uma almofada vermelha, muito obrigado. Tornam a aplaudir no castelo, adivinham que desta vez foi a sério, e a cavalaria carrega, dispersa o povinho, é preciso recolher o corpo, ninguém se aproxime.

Os de Monte Lavre ouviram assobiar as balas, e o José Medronho sangra da cara, teve sorte, foi de raspão, mas vai ficar-lhe a cicatriz para o resto da vida. Gracinda Mau-Tempo chora agarrada ao marido, vai roldando com outra gente pelas travessas em redor, oh miséria, ouve-se o alarido triunfante da guarda que anda a fazer prisões, e de repente apareceu Leandro Leandres com outros dragões da pide, uma meia dúzia, viu-os João Mau-Tempo e ficou pálido, e então fez uma loucura, pôs-se no caminho do inimigo, a tremer, mas não de medo, senhores, é preciso saber compreender estas acções, porém não o viu o outro, ou não o reconheceu, ainda que estes olhos não sejam dos que esquecem, e quando os dragões passaram João Mau-Tempo não pôde segurar as lágrimas, de raiva eram e de uma grande tristeza também, quando será que acaba este nosso martírio. O ferimento de José Medronho já não sangra, ninguém dirá que por um centímetro escapou de ficar com os ossos da cara todos rebentados, como é que estaria agora. Sigismundo Canastro respira dificilmente, os outros estão bem e Gracinda Mau-Tempo é uma menina perdida de choro, Eu bem vi, ficou estendido no chão, estava morto, isto é o que ela afirma, mas há quem jure que não, levaram-no para o hospital, não se sabe como, se foi de maca ou em braços, de rastos não se atreveriam, ainda que a vontade fosse essa, Matem-nos a todos, ouve-se gritar do castelo, porém é necessário respeitar algumas formalidades, um homem não está morto enquanto o não disser um médico, e mesmo assim. Vem aí o doutor Cordo, traz vestida a sua bata branca, prouvera que a alma lhe seja de igual cor, e quando vai aproximar-se do corpo corta-lhe o caminho Leandro Leandres e diz com voz de urgente autoridade, Senhor doutor, este homem está ferido, tem de ir já para Lisboa, e convém que seja o senhor doutor a levá-lo, para maior segurança da vida dele. Pasmemos todos nesta roda em que estamos ouvindo os relatos do latifúndio, de ver que o dragão Leandro Leandres se compadece da vítima e quer salvá-la, Leve-o, senhor doutor, vem já aí uma ambulância, um carro, depressa, não se pode perder tempo, quanto mais cedo daqui for levado, melhor, ouvindo-o falar assim, tão instante, tão pressuroso, como haveremos de acreditar nos acontecidos a João Mau-Tempo, ou que ele diz terem sido acontecidos, quando há oito anos esteve preso, afinal ainda por aí anda, não o trataram tão mal como isso, só aquele quebranto da estátua, e a prova é que veio de Monte Lavre à manifestação, não lhe ficou de emenda, boa sorte teve não o ter procurado a bala.

Chega-se o doutor Cordo a José Adelino dos Santos e diz, Este homem está morto, são palavras que não deviam ter réplica, afinal um médico leva tantos anos em seus estudos, há-de ter aprendido a distinguir um morto de um vivo, porém por essa cartilha não se guia Leandro Leandres, doutra maneira sabedor de vivos e mortos, e por via dessa ciência e conveniência teima, Senhor doutor, olhe que o homem está ferido, tem de o levar para Lisboa, e até uma criança veria que estas palavras são ditas com ameaça, mas o médico responde, afinal tem a alma branca como a bata que veste, e se nela há sangue, que admira, sangue tem a alma, Levo feridos, não acompanho mortos, e Leandro Leandres perde a serenidade, puxa-o para um gabinete onde não está mais ninguém, Veja lá o que faz, se não o leva, será pior para si, e o médico responde, Faça o que quiser, eu não levo um homem morto, e dito isto retirou-se, foi tratar de feridos que feridos eram, e não faltavam, alguns foram dali para a prisão, entre eles e os sãos passou duma centena, e se José Adelino dos Santos acabou mesmo por ser levado para Lisboa, foi comédia da pide, fingimento para fazer de conta que se tinha feito tudo para o salvar, tudo isto são maneiras de escarnecimento, se a José Adelino dos Santos levaram, também levaram outros que por lá ficaram presos, e sofreram, como sofreu João Mau-Tempo e foi contado.

Escaparam os de Monte Lavre às patrulhas que percorriam e rodeavam a vila, e dos que regressaram falta um, António Mau-Tempo, que disse ao pai, Fico em Montemor, amanhã torno, e tanto fez rogarem-no como não, a todos respondia, Não há perigo, vão descansados, nem ele sabia que ideia tinha, era só uma necessidade de não se afastar, e então por caminhos velhos meteram-se os outros ao campo, vão chegar cansados, talvez lá mais para diante, saindo à estrada, achem quem os leve até Monte Lavre, onde já notícia dos tiros chegou, e veja-se como são as coisas da natureza, Faustina Mau-Tempo ouviu logo quando à porta lhe foram bater e entendeu tudo como se tivesse o mais agudo ouvido do mundo, ela tão surda, depois dirão que de propósito faz de mouca.

Nessa noite, que foi também de estrelas e não de lua, enquanto muitas mulheres choravam em Montemor e uma mais do que todas, houve grande alvoroto no posto da guarda. Por mais de uma vez saíram patrulhas a cercar os arredores, entraram em casas, acordaram pessoas, andaram a investigar o mistério das pedras que caíam sobre o telhado, já havia telhas partidas e alguns vidros, um prejuízo para a fazenda nacional, eram calhaus de meio tamanho, quem sabe se seriam vinganças de anjos, ou simples travessuras por desfastio, lá das varandas do céu, que os milagres não deviam ser só dar vista a cegos e perna a coxos, também umas pedradas têm o seu lugar nos segredos do mundo e da religião, pelo menos assim poderia pensar António Mau-Tempo, foi para isto que ficou, para fazer o milagre, com o seu forte braço lança as pedras, está escondido na banda de cima da encosta, na negríssima sombra que o castelo faz, e quando por ali avança uma patrulha mete-se numa cova donde logo depois ressuscita, ninguém o viu, valha-nos isso ao menos. Pela uma da madrugada atirou a última pedra, já o braço tinha cansado, e sentia-se tão triste como se estivesse para morrer. Rodeou o castelo pelo lado sul, baixou do monte, é um homem cansado e com fome, e todo o resto da noite, caminhando a par da estrada, mas afastado dela, como maltês desconfiado da sua própria consciência, andou as quatro léguas que o separavam de Monte Lavre, às vezes fazendo rodeios quando searas intactas lhe cortavam o passo, não as podia pisar, e tinha de ficar escondido dos guardas do latifúndio que andavam de caçadeira, e dos outros guardas, os de carabina e farda.

Estava o céu a aclarar, um luaceiro que só olhos espertos distinguiriam, quando chegou à vista de Monte Lavre. Atravessou a ribeira a vau, não fosse dar-se o caso de alguém o ver na ponte, e depois seguiu ao longo da água, rente aos salgueiros, até ficar em altura de subir, sempre rodeando, podia a guarda andar também por ali curando suas espertinas. E quando chegou perto de casa viu o que já esperava, uma luz, estava o candeeiro aceso, era como um farolzito de pequena navegação, o lugar onde velava a mãe do rapazinho de trinta e um anos que tinha andado a jogar a pedra e voltava tarde para casa. António Mau-Tempo saltou o quintal, já a salvo, desta vez Faustina não ouviu, estava ocupada com lágrimas e maus pensamentos, mas deu pelo barulho da tranqueta da porta ou por uma vibração que lhe chegou à alma, Meu filho, e ficaram os dois abraçados como se ele tivesse regressado de grandes feitos de guerra, e sabendo-se ela dura de ouvido, não esperou pelas perguntas e disse, tudo num só rosário, O teu pai chegou bem, e a Gracinda, e o teu cunhado, e os outros, só tu me deste esta aflição, e António Mau-Tempo torna a abraçar a mãe, é a melhor resposta e mais bem entendida. Então, da casa do lado, às escuras, João Mau-Tempo pergunta, e não é voz de quem tivesse acordado agora, Chegaste bem, e António Mau-Tempo responde, Cheguei, sim, pai. E como vão sendo horas de comer alguma coisa, Faustina Mau-Tempo acende o lume e põe a cafeteira do café sobre a trempe.

O latifúndio é um mar interior. Tem seus cardumes de peixe miúdo e comestível, suas barracudas e piranhas de má morte, seus animais pelágicos, leviatãs ou mantas gelatinosas, uma bicheza cega que arrasta a barriga no lodo e morre sobre ele, e também grandes anéis serpentinos de estrangulação. É mediterrânico mar, mas tem marés e ressacas, correntes macias que levam tempo a dar a volta inteira, e às vezes rápidos surtos que sacodem a superfície, são rajadas de vento que vem de fora ou desaguamentos de inesperados fluxos, enquanto na escura profundidade se enrolam lentamente as vagas, arrastando a turvidão da nutriente vasa, há quanto tempo isto dura. São comparações que tanto servem como servem pouco, dizer que o latifúndio é um mar, mas terá sua razão de fácil entendimento, se esta água agitarmos, toda a outra em redor se move, às vezes de tão longe que os olhos o negam, por isso chamaríamos enganadamente pântano a este mar, e que o fosse, muito enganado vive quem de aparências se fia, sejam elas de morte.

Todos os dias os homens se levantam de suas camas, todas as noites se deitam nelas, e dizer camas é dizer o que de camas faz as vezes, todos os dias se sentam diante do alimento ou da vontade de o ter suficiente, todos os dias acendem e apagam uma luz, debaixo da rosa do sol não há nada de novo. Este é o grande mar do latifúndio, com as suas nuvens de peixe de rebanho e os animais da devoração, e se isto foi assim sempre, não se veem razões para deixar de ser, mesmo tendo de suportar algumas mudanças, basta que a vigilância se não distraia, todos os dias vão à água as barcaças armadas e as redes que hão-de pescar o pescador, Onde é que foste buscar esse saco de bolota, ou Esse molho de lenha, ou Que fazes aqui a esta hora, donde vens para onde vais, não é um homem senhor de pôr o pé fora do costumado carril, salvo se vai contratado, e portanto debaixo de olho. Porém, cada dia traz com sua pena sua esperança, ou será isto fraqueza do narrador, que decerto leu tais palavras ou as ouviu dizer e gostou delas, porque vindo com a pena a esperança, nem a pena se acaba nem a esperança é mais do que isso, outras palavras não usaria o padre Agamedes, que justamente de pena e de esperança faz o seu modo de vida, quem julgar o contrário é tolo ou vai mal aviado. Mais acertado será então dizer que cada dia é o dia que é, mais o dia que foi, e que os dois juntos é que são o de amanhã, até uma criança deveria saber estas coisas simples, mas há quem cuide de partir os dias como se cortasse cascas de melancia para dar a porcos, quanto mais pequenos os bocados, maior a ilusão da eternidade, por isso é que os porcos dizem, Oh Deus dos porcos, quando será que matamos a fome.

A este mar do latifúndio chegam ressacas, pancadas, empurrões das águas, e quanto às vezes basta para derrubar um muro, ou simplesmente saltá-lo, como em Peniche soubemos que aconteceu, por aqui se vê como sentido tem virmos nós falando de mar, que Peniche é porto de pescadores, e forte prisional, mas fugiram, e deste fugimento muito se irá falar no latifúndio, qual mar, qual nada, o que isto é, é terra as mais das vezes seca, por isso é que homens dizem, Quando será que matamos a sede que temos, e a outra que tiveram os nossos pais, e mais a que debaixo desta pedra se prepara para os filhos que havemos de ter, se assim será. Chegou a notícia que não foi possível ocultar, e o que os jornais não disseram não faltou quem explicasse, debaixo deste sobreiro nos sentemos, esta é a informação que tenho. É a ocasião de levantarem mais alto voo os milhanos, gritam sobre a grande terra, quem os entendesse muito haveria de contar, por agora baste-nos esta linguagem de homens. Por isso é que dona Clemência pode dizer ao padre Agamedes, Acabou-se o sossego que nunca houve, parece uma contradição, e contudo nunca esta senhora foi tão certa no seu falar, são os tempos novos que estão a vir muito depressa, Isto parece uma pedra a rolar pela encosta do monte, assim lhe respondeu o padre Agamedes porque não gosta de empregar as palavras próprias, ficou-lhe o hábito do altar, mas enfim tenhamos nós a evangélica caridade de o entender, quer ele dizer na sua que se não se afastarem do caminho da pedra, sabe Deus o que acontecerá, perdoemos-lhe esta nova negaça, bem se vê que não é preciso esperar por Deus para saber o que acontece a quem se deixar ficar no caminho da pedra que rola, nem cria musgo nem poupa Lamberto.

E ainda bem não acabámos esta conversa, é um modo de dizer, sempre tiveram de passar alguns meses de maus pressentimentos, junta-se o sacrilégio ao desmazelo, que desmazelo foi descuidarem-se as precauções de enxovia e é sacrilégio vermos agora que pelos mares navega com nome de Santa Liberdade um barco de seu religioso nome Santa Maria, não há-de estar dona Clemência na capela de sua casa orando fervorosa e apaixonada pela salvação de igreja e pátria, sem se esquecer de reclamar o castigo dos desordeiros, por falta de exemplos é que chegámos a esta desgraça, com a vida dos outros não se brinca e muito menos com os meus bens. Porém, isto são desabafos de senhora da sua casa, entre quatro paredes, e ainda assim é preciso que Norberto esteja de maré para os ouvir, se não fosse o padre Agamedes quem havia de escutar esta senhora, que quase nem sai, só de longe em longe a Lisboa para saber de modas, ou à Figueira por tradição familiar de banhos, e até já parece que desconversa, será da idade, dizer meus bens quando se trata de um barco que se em mar navega, não é neste interior mar do latifúndio, estará a senhora fraca do juízo, muito se engana quem assim cuidou, pois da companhia colonial de navegação tem ela acções herdadas de Alberto seu pai que Deus tem, e aí é que lhe dói.

Este grande frio do latifúndio não é só por Janeiro ser. Todas as janelas do prédio estão fechadas e se isto fosse castelo de Lamberto e não casa palaçada de Norberto, veríamos de homens de armas guarnecidas as ameias, como ainda não há muito tempo vimos de gente medrosa e sanguinária povoadas as ruínas de Montemor, é a diferença dos tempos, agora circulam as mesnadas da guarda pelo latifúndio, pé de bota e pé de guerra, enquanto Norberto lê os jornais e ouve a rádio, grita com as criadas, os homens quando se enervam ficam assim. E o que mais indigna é o ar de contentamento manhoso do povinho, parece que para eles chegou a primavera mais cedo, nem sentem o frio, o que valeu foi ter-lhes durado pouco o desfrute, daí a dois dias tiveram de amochar as ideias, Deus não dorme e o castigo sem falta virá, já Santa Maria está ressuscitada, orai por nós, e não queiramos muito mal ao padre Agamedes que enfim veio a ter o seu pecado de inveja, já tardava em tão santa criatura, não poder celebrar um solene Te Deum Laudamus em acção de graças, mas nesta mesquinha terra de Monte Lavre com sua ímpia gente, mal empregados merecimentos.

É um ano negro para o latifúndio. Vai a donzela passeando em sua hacaneia, fraldeja a saia e a gualdrapa, soltado como se usa o véu ao vento, não há mais composto figurino, quando de repente tropeça a besta, isto são caminhos medievais, meu senhor, vai-se abaixo das mãos, Jesus Maria, e está a donzela no chão, mostrando suas íntimas penumbras, parece que não haverá maior mal, o pior foi o rompante do animal ao levantar-se, com o susto se desmandou e escoicinha, coitada da pequena. Assim nasceu o ditado que promete, Sobre queda, coice, modo hípico de declarar outro mais melancólico, Uma desgraça nunca vem só, ainda ontem fugiram aqueles presos de Peniche, os medonhos comunistas, os comedores de crianças, ai vizinha viu por aí os meus filhos, ainda ontem se agitaram as almas e os oceanos com aquela nova história de corsários, quem os fuzilasse a todos, um tão bonito barco, todo de branco vestido, Santa Maria caminhando sobre as águas como o seu divino filho, e agora chegam notícias de África, são os pretos, Eu sempre disse, mana, que andávamos a tratá-los bem de mais, eu preveni, não me quiseram acreditar, quem lá viveu é que sabe como há-de lidar com eles, não gostam de trabalhar, calaceiros, se não forem a mal, a bem não vão, e o resultado aí está, puseram-se com muitas contemplações de cristão, mas enfim, o caso ainda não está perdido, não se perderá África, se para lá mandarmos o exército, uma guerra a sério, lembremo-nos do Gungunhana, boas palavras foram as do senhor presidente do conselho, rapidamente e em força, que cabo-de-guerra seria se tivesse estudos militares, mas ao menos falou. Em pouco se esvaiu o sonho imperial, vamos agora a correr, mal deitado o remendo, mal agulhado o pesponto, o preto é cidadão português, viva o preto que não andar de armas na mão, mas olho nele, o outro morra logo, e um dia destes, acordando nós bem-dispostos, diremos que as províncias ultramarinas que foram colónias passam a ser estados, isto de nomes tanto faz, o que é preciso é que a merda não varie e continuem a comê-la aqueles a quem de merda exclusiva temos alimentado, pretos ou brancos, tem prémio quem perceber a diferença.

Porém, parece, senhor padre Agamedes, que Deus e a Virgem desviaram os seus benignos olhos da terra portuguesa, olhai como andam descontentes as almas, e inquietas, decerto o maligno se apoderou dos mansos corações dos lusitanos, talvez não tenhamos rezado bastante rosário e terço, bem nos avisaram os pastorinhos, eu por mim tenho feito o que posso, e eu de bons conselhos não sou parco, tanto no púlpito como no confessionário, é uma conversa misturada, ora diz um, ora diz outro, mas o que padre Agamedes vai pensando quando à residência recolhe é outra coisa, muito mais de homem deste tempo ou daquele outro em que as almas se conquistavam com a espada e a fogueira, O que todos eles precisavam era de uma valente carga de porrada, assim é que é falar.

Nem se sabe aonde acudir, agora são as fortalezas da Índia, chorai, manes de Gama, Albuquerque e Almeida e outros Noronhas, era o que faltava, porem-se a chorar corações viris, seja a ordem resistir até ao último homem, daremos ao mundo o exemplo do que valem portugueses, trai a pátria quem recuar um passo, enfim, vão-se os dedos e fiquem os anéis, o governo confia e empraza todos a cumprir o dever que nos convém. É um triste natal em casa de Alberto, não que as iguarias faltem e as bênçãos do Senhor, a cortiça teve um bom ano, valha-nos ao menos isso, o pior é esta negrura de nuvens que sobre país e latifúndio pairam com trovoadas na barriga, que vai ser de Portugal e de nós, é certo que temos quem nos proteja, lá está a guarda, a cada qual seu presente, capitão, tenente, sargento e cabo, coitados, que é de justiça, ganham tão pouco, sempre a defender-nos as propriedades, imagine-se que os tínhamos por nossa conta, saía--nos muito mais caro. Faz-se das tripas coração, porém, lembrar-se a gente de que nunca deu muita atenção a Goa, Damão e Diu, e agora serem-nos levados assim os últimos padrões da presença portuguesa no oriente, soldados e marinheiros, presente, que ideia, o presente não é esse, de capitão, tenente, sargento e cabo já falámos, cada qual veio buscar o seu ou por discrição e esquivança de más línguas lhe foi levado, este presente é outro, é o dos soldados e marinheiros que em ponto de morrerem ainda se soerguem no cotovelo e exangues bradam, respondem à chamada, ausentes, é uma prática antiga, quando é preciso até os mortos votam, O que ainda assim nos vale é passarem-se estas coisas lá por longe, Índia, e mesmo a África perto não fica, lavram os incêndios longe das minhas estremas, entre eles e nós está o mar, tanto mar, aqui não chegam eles e a Portugal não faltarão filhos para defenderem lá o latifúndio daqui, com o teu amo não jogues as peras, que ele fica com as maduras e dá-te as verdes, não acreditem em ditados e depois queixem-se.

Amanhã, disse dona Clemência a filhos e sobrinhos, é dia de Ano Bom, isto julgava ela por informações de calendário, pondo suas esperanças no ano que desponta e formulando os melhores votos pelo bem-estar de todos os portugueses, não são palavras suas, dona Clemência sempre usou outra linguagem, mas anda agora em aprendizagem desta, cada qual escolhe os seus mestres, e ainda a palavra lhe está no ar chega notícia de que em Beja foi assaltado o quartel de infantaria três, Beja não é Índia nem Angola nem Guiné, é aqui vizinha da nossa porta, é latifúndio, e lá está a canzoada a ladrar, mesmo tendo sido dominada a tentativa, não se falará doutra coisa nestas próximas semanas, e meses, afinal é possível tomar de assalto um quartel, só faltou sorte, e então, falta sempre qualquer coisa à última hora, ou já faltava na primeira e ninguém deu por isso, é sina nossa, cair uma ferradura ao cavalo que transportava o mensageiro, que levava a ordem de batalha, que haveria de inverter o curso da história, que assim favoreceu os nossos inimigos, que por cair uma ferradura vão ser vitoriosos, que pouca sorte. E com este dizer não estamos a faltar ao respeito a quem do sossego de sua casa se tirou para ir tentar deitar abaixo as colunas do latifúndio, morra Sansão e quantos aqui estão, e quando se vai ver, depois de assentar a poeira, quem morreu foi Sansão e as colunas não, talvez se nos sentássemos debaixo desta azinheira e uns aos outros disséssemos que coisas temos na cabeça e no coração, o pior são as desconfianças, cada qual por seu lado, bem esteve que se tivesse tomado o Santa Maria, e daí, bem está que em Beja se tentasse, e daí, mas a nós, cães e formigas do latifúndio, ninguém nos veio perguntar se aquelas eram as nossas navegações e estes os nossos assaltos, Decerto temos em gosto quanto fazeis, mesmo não vos conhecendo, mas lá por cães e formigas sermos, que diremos amanhã quando ladrarmos em conjunto e tão mal nos ouvirdes como nos ouviram neste latifúndio os que quereis cercar, afundar e derrubar. É tempo de ladrar juntos e morder certos, meu capitão-general, e entretanto vede se não vos falta uma ferradura ou se apenas levais três balas quando vão ser precisas quatro.

Estes homens e estas mulheres nasceram para trabalhar, são gado inteiro ou gado rachado, saem ou tiram-nos das barrigas das mães, põem-nos a crescer de qualquer maneira, tanto faz, preciso é que venham a ter força e destreza de mãos, mesmo que para um gesto só, que importância tem se em poucos anos ficarem pesados e hirtos, são cepos ambulantes que quando chegam ao trabalho a si próprios se sacodem e da rigidez do corpo fazem sair dois braços e duas pernas que vão e vêm, por aqui se vê a que ponto chegaram as bondades e a competência do Criador, obrando tão perfeitos instrumentos de cava e ceifa, de monda e serventia geral.

Tendo nascido para trabalhar, seria uma contradição abusarem do descanso. A melhor máquina é sempre a mais capaz de trabalho contínuo, lubrificada que baste para não emperrar, alimentada sem excesso, e se possível no limite económico da simples manutenção, mas sobretudo de substituição fácil, se avariada está, velha outra, os depósitos desta sucata chamam-se cemitérios, ou então senta-se a máquina nos portais, toda ela ferrujosa e gemente, a ver passar coisa nenhuma, olhando apenas as mãos tristíssimas, quem me viu e quem me vê. No geral do latifúndio, os homens e as mulheres têm seu tempo regateado de vida, espanta-se a gente de como alguns vão a velhos, e muito mais quando, passando, encontramos um que à vista é ancião e ouvimos dizer que tem quarenta anos, ou esta mulher murcha e com a face encorreada, ainda não fez trinta, afinal viver no campo não dá vida acrescentada, são invenções da cidade, é como aquele regradíssimo ditado, Deitar cedo e cedo erguer, dá saúde e faz crescer, tinha graça vê-los aqui com a mão no cabo da enxada e os olhos no horizonte à espera do sol ou derreados das cruzes ansiando por um anoitecer que nunca mais chega, o sol é um desgraçado, cheio de pressa de sair e com tão pouca de se apagar. Como os homens.

Porém, vão-se acabando os tempos da conformação. Anda uma voz pelos caminhos do latifúndio, entra nas vilas e nas aldeias, conversa nos montes e nos montados, uma voz de duas palavras essenciais e de outras muitas que explicam essas duas, oito horas, dizer isto assim parece dizer pouco, mas se dissermos oito horas de trabalho já se começa a entender melhor, não vai faltar quem reclame contra o escândalo, afinal que querem eles, se dormirem oito horas e trabalharem outras oito, que vão fazer às oito que sobram, o que tudo isto é bem eu sei, é um convite à malandrice, não querem trabalhar, são as ideias modernas, a culpa foi da guerra, perverteram-se os costumes, quem havia de pensar, roubarem-nos a Índia, quererem agora levar-nos a África, esse barco que andou aí pelos mares a dar escândalo internacional, um general da situação que se volta contra quem lhe deu as estrelas, em quem é que havemos de ter confiança, diga-me cá, e agora as oito horas, esta calamidade, o mal está em não se ter seguido a lei de Deus, mais hora menos hora, são doze para o dia e doze para a noite, contando com escurecer e amanhecer, e se de Deus a lei não é, então seja lei natural e portanto obedecida.

A voz que anda no latifúndio talvez não ouça estes dizeres, e se os ouve, é como se não, isto são conversas históricas que vêm do tempo de Lamberto, Afinal, a distracção deles é o trabalho, se não trabalharem metem-se na taberna e depois batem nas mulheres, coitadas. Porém, não se julgue que são fáceis os caminhos. Há um ano que esta voz anda a palmilhar estradas e ruas, oito horas, oito horas de trabalho, e há quem não acredite, quem ache que só se o mundo estivesse para acabar e o latifúndio quisesse salvar a alma, apresentar-se ao juízo final e dizer a anjos e arcanjos, Tive piedade dos meus servos, que em excesso trabalhavam, e pelo amor de Deus lhes requeri obrassem apenas oito horas por dia, com descanso ao domingo, e porque isto cometi espero um lugar no paraíso, à mão direita do Senhor, não quero outra. Assim pensam alguns, descrentes de mudança que não seja para pior. Mas os portadores da voz não descansaram em todo o ano, por todo o latifúndio andaram proclamando as palavras, enquanto guarda e pide abanavam as orelhas inquietas como fazem os burros quando as moscas atormentam. Então derramaram-se as patrulhas furibundas e marciais, só faltava levarem à frente terno de cornetins e caixa, não é que não fosse de seu gosto, mas não o consentia o plano da batalha, não faltava mais nada, estarem os conspiradores reunidos em monte abandonado ou revessa de mato e ouvirem ao longe as trombetas, tátará-tátá, assim nunca apanharíamos ninguém. Foi reforçada a guarda, a pide reforçada, qualquer aldeia sem médico tem a medicina de vinte ou trinta guardas e armamento a condizer, não esquecendo a constante ligação aos dragões que defendem o Estado e me querem mal a mim, coitados dos dragões verdadeiros, feios como os sapos e as osgas, mas não fazem mal que pese nas balanças, a prova é estar o paraíso cheio de dragões que deitam lume pela boca, é o que lá não falta. E como de astuto e traste qualquer guarda tem que baste, inventou-se a subtilíssima arte de pôr debaixo duma pedra, mas tão à vista que os veria um cego, debaixo duma pedra papéis apreendidos a essa comunista gente que anda pelo latifúndio a dizer palavras subversivas, como estas agora, oito horas de trabalho, querem entregar o país a Moscovo. E, cometida a habilidade, esconde-se atrás de valado ou dobra de terreno ou árvore ingénua ou pedra maior, e quando passa desprevenido o inocente, se calha dar com os papéis e os mete na algibeira ou no forro do chapéu ou entre a pele e a camisa, aqueles brancos papéis de letrinha negra e miúda, não é só saber ler mal, é a vista que não ajuda, ainda bem não deu dez passos salta-lhe a guarda ao caminho, Alto, mostre lá o que leva nas algibeiras, se isto não é esperteza de grande calibre, então haveremos de concluir que existe muita má vontade contra a guarda, cuja só louvores haveria de merecer por tão bem aplicar os princípios da hipocrisia e da falsidade mesquinha, nela embutidos ao mesmo tempo que a instrução de arma e as técnicas de salteamento.

Está o achador exposto num círculo de carabinas, não tem mais remédio que despejar os bolsos, uma navalhita cigana, meia onça de tabaco moído, o livro de mortalhas, uma guita, um bocado de pão esfarelado, dez tostões, mas isto não satisfaz a guarda que tem outras ambições, Veja lá melhor, olhe que é para seu bem, se formos revistá-lo, pode-se aleijar, e então de entre a pele e a camisa saem os papéis já húmidos de suor, não é que o calor seja assim tanto, mas um homem não é de ferro, no meio destes guardas que estão a rir-se, agora vai ser a sério, carrega o cabo Tacabo ou arvorado que comanda a expedição, sabe muito bem que papéis são aqueles, mas faz-se de novas, examina-os e depois diz, manhoso, Estás bem arranjado, apanhámos-te com propaganda comunista, anda lá para o posto, o teu caminho vai ser Montemor ou Lisboa, não te queria estar na pele. E quando o achador quer explicar que encontrou mesmo agora os papéis, que nem os leu, que nem sequer sabe ler, ia a passar e viu, apanhou, curiosidade natural, é um gesto que qualquer pessoa, não chega a dizer tudo porque leva com uma coronhada no peito ou nas costas, se não foi um pontapé, anda lá para diante ou levas um tiro aqui mesmo, as armas e os barões assinalados.

Este falar é como as cerejas, pega-se numa palavra vêm logo outras atrás, ou é talvez como as carrapatas, se estiverem enganchadas, o que custa é soltá-las umas das outras, é o mesmo que acontece com as palavras, uma palavra nunca vem só, mesmo a palavra solidão precisa de quem a sofra, e ainda bem. Esta guarda é de tão firme constância que vai aonde o latifúndio a chama, nem pergunta, nem discute, são uns paus-mandados, haja vista o passado primeiro de Maio, fizeram homens e mulheres seu feriado de trabalhadores e quando no dia seguinte voltaram ao serviço, estava a guarda de guarda, Aqui só trabalha quem não faltou ontem, são ordens, e dizer isto era apenas uma maneira de não ficar calado, porque faltar, tinham faltado todos. E agora como vai ser, puseram-se os trabalhadores retirados a olhar, como é que eles vão resolver isto, e porque a guarda tinha ocupado o terreno e o feitor estava escondido no meio dela, não vinha à fala profissional, decidiu o rancho retirar-se para suas casas, era isto manhã cedo, vai ser mais um feriado, e a guarda ficou a guardar as formigas que andavam na sua vida e admiradas levantavam a cabeça como cães. Mas antes ainda o graduado, ao lado do feitor ou do capataz ou encarregado ou manajeiro, são nomes diferentes, mas para o caso, fizera aplicação de seus métodos de interrogatório inteligente, Então porque é que não vieram trabalhar ontem, olha a pergunta, Não viemos porque era o primeiro de Maio e o primeiro de Maio é o dia dos trabalhadores, trabalhadores somos nós, e portanto. É uma resposta inocente, ali estão eles, diante de mim, cabo da guarda, se julgam que me enganam, como se eu acreditasse, todos muito sérios a olhar para mim, é o que estes safados têm, põem-se muito sérios a olhar para uma pessoa e quem é que vai adivinhar o que pensam, mas eu já lhes digo, com eles posso eu bem, o melhor é confessarem a verdade, faltaram ao trabalho por política, julgam que me enganam, e eles tornam à mesma, Não senhor, não foi política, o primeiro de Maio é o dia dos trabalhadores, e quando isto respondem dou eu uma risadinha de troça, Que é que vocês sabem disso, e um lá de trás responde, pena foi não lhe ver a cara, Em todo o mundo é assim, e eu irrito-me justamente, Isto aqui não é o mundo, é Portugal e Alentejo, temos as nossas leis, e nesta altura o feitor diz-me um segredo, nem é segredo nenhum já tínhamos combinado, e eu decido, com a autoridade de que estou investido, Aqui só trabalha quem não faltou ao serviço ontem, ainda bem não tinha dito já eles se afastaram, todos juntos, é um costume, fazem a mesma coisa quando cantam, e passados minutos retiram-se, com as enxadas ao ombro, era de enxada o trabalho, voltam para casa, todos juntos, mete um certo respeito, não sei porquê.

As palavras são como as carrapatas, começa-se com uma cereja, em Maio pintam, e se o respeito não é a última, é pelo menos a necessária.

Em Abril, falas mil. Nos campos há grandes ajuntamentos nocturnos, os homens mal veem as caras uns dos outros, mas ouvem-se-lhes as vozes, abafadas se o local não é de suficiente segurança, ou mais soltas e claras em deserto, em todos os casos com a protecção de vigias, dispostos segundo a arte estratégica da prevenção, como quem defende um acampamento. É, deste lado, uma guerra pacífica. Se pelo escuro da noite a guarda se aproxima, e agora já não é a simples patrulha de dois homens dos tempos correntes, vêm às dúzias e meias dúzias, e até onde os carreteiros chegam transportam-se em jipe e jipão, se vindo assim se aproximam, depois em linha, como quem levanta caça, recuam as sentinelas a avisar, e então de duas uma, consoante, ou a guarda vai passar de largo e o silêncio é a melhor defesa, todos os homens, sentados ou de pé, seguram a respiração e os pensamentos, são direitas pedras, antas doutro tempo, ou a guarda vem mesmo ao direito da reunião e a ordem é dispersar por caminhos de mau piso, por enquanto ainda a guarda não tem cães, é o que vale.

Na noite seguinte prosseguirá a conversa no ponto em que foi deixada, naquele mesmo lugar ou noutro, que esta paciência é infinita. E quando é possível encontram-se de dia, em grupos mais pequenos, ou vão pelas casas, conversa de ao pé do lume, enquanto as mulheres lavam a louça caladas e as crianças adormecem pelos cantos. E estando no eito um homem ao pé doutro homem, a palavra dita e ouvida é como o bater do maço da cabrilha na estaca, mais funda um pouco, e na hora de comer, com a panelinha ou a marmita pousadas no chão, entre as pernas, enquanto a colher sobe e desce e a aragem fria vai arrefecendo o corpo, tornam as palavras ao de cima, é um falar pausado que diz, Vamos para as oito horas, basta de trabalhar de sol a sol, e então os prudentes temem-se do futuro, Que será de nós se os patrões não quiserem dar trabalho, mas as mulheres que estão a lavar a loiça da ceia, enquanto o lume arde, têm vergonha de que tão prudente o seu homem seja e estão de acordo com o amigo que lhes bateu à porta para dizer, Vamos para as oito horas, basta de trabalhar de sol a sol, porque também elas assim trabalham, e mais ainda, doridas, menstruadas, pejadas da barriga à boca, ou, quando já não, com os seios a derramar o leite que devia ter sido mamado, é uma sorte, não se lhes secou, muito se engana pois quem julgue que basta levantar uma bandeira e dizer, Vamos. É preciso que Abril seja um mês de palavras mil, porque mesmo os certos e convencidos têm seus momentos de dúvida, suas agonias e desânimos, lá está a guarda, lá estão os dragões da pide, e a negra sombra que alastra pelo latifúndio, que nunca o abandona, não há trabalho, e vamos nós, por nossas mãos, acordar a besta que dorme, sacudi-la e dizer, Amanhã, só trabalharei oito horas, isto não é o primeiro de Maio, o primeiro de Maio é o menos, ninguém pode obrigar-me a ir trabalhar, mas se eu disser, Oito horas, só isto e nada mais, é como açular o cão raivoso. E o amigo diz, aqui sentado no cortiço, ou ao meu lado no eito, ou no meio de uma noite tão escura que nem posso ver-lhe a cara, Não se trata só das oito horas, vamos também reclamar quarenta escudos de salário, se não quisermos morrer de canseira e de fome, são boas coisas de pedir e de fazer, o difícil é tê-las. O que vale é que sendo as falas muitas, muitas são as vozes, e do ajuntamento levanta-

-se uma, não é simples modo de dizer, é verdade, há vozes que se põem de pé, Que vida tem sido a nossa, em dois anos morreram-me dois filhos da doença da fome, e aquele que me resta, irei criá-lo para besta de carga, respondam-me, se nem eu quero continuar a ser a besta de carga que sou, são palavras que ferem os ouvidos delicados, mas aqui não os há, ainda que ninguém, deste ajuntamento, goste de olhar para o espelho e ver-se metido em varais de carroça ou com albarda e cangas, É assim desde que nascemos.

Então outra voz, vem dali, sobre a sombra da noite cai uma sombra que não se sabe donde vem, que ideia lhe lembrou, não está a falar das oito horas nem do salário de quarenta escudos, estes é que são os assuntos para que a reunião foi convocada, porém ninguém tem alma de interromper, Eles sempre quiseram baixar-nos a dignidade, e ouvindo eles todos entendem o que foi dito, eles são a guarda, a pide, é o latifúndio e seu dono Alberto ou Dagoberto, o dragão e o capitão, a fominha de dentes e o osso partido, a ânsia e a quebradura, Quiseram baixar-nos a dignidade, não pode ser mais assim, tem de acabar, ouçam todos isto que aconteceu comigo e com meu pai que já morreu, foi um segredo de nós dois, mas hoje não posso ficar calado, se os camaradas não se convencerem com este caso, então não há mais nada a fazer, estamos perdidos, uma vez há muitos anos, estava assim uma noite escura como esta, o meu pai foi comigo, fui eu com ele apanhar bolotas para comermos, não havia nada em casa, e eu já era homem e andava a pensar em casar, levámos um saquito, nem era grande coisa, um taleigo, fomos juntos por companhia, não por causa da carga, e quando já tínhamos o saco quase cheio apareceu a guarda, a mesma coisa aconteceu a outros que aqui estão, não é nenhuma vergonha, apanhar a bolota do chão não é roubar, e que fosse, a fome é uma boa razão para roubo, quem rouba por precisão tem cem anos de perdão, bem sei que o ditado não é assim, mas devia ser, se eu sou ladrão por ir roubar bolota, ladrão é também o dono dela, que nem fabricou a terra nem plantou a árvore e a podou e limpou, e então chegou a guarda e disse, não vale a pena dizer o que eles disseram, já nem me lembro bem, chamaram-nos nomes, como é que a gente tem aguentado tantas más palavras, e quando o meu pai lhes pediu por amor de Deus que nos deixassem levar a bolota que tínhamos apanhado do chão, puseram-se a rir e disseram que estava bem, podíamos ficar com a bolota, mas com uma condição, ouçam todos a condição, brigarmos um com o outro para eles verem, e então o meu pai respondeu que não ia brigar com o seu próprio filho, e eu com o meu próprio pai, mas eles disseram que sendo assim íamos para o posto, pagávamos a multa e talvez levássemos uns conchegos pelas costas abaixo, para aprendermos a regra do bom viver, e então o meu pai respondeu que estava bem, íamos brigar, peço-lhes por tudo, camaradas, que não fiquem a pensar mal do pobre do velho que está morto, Deus me perdoe se por causa disto estou a tirá-lo da cova, mas a fome era muita, e então o meu pai, a fingir, deu-me um encontrão, e eu a fingir deixei-me cair, era a ver se os enganávamos, julgávamos nós, mas eles disseram que ou brigávamos a sério, a aleijar, ou íamos presos, nem sei com que palavras hei-de contar o resto, o meu pai ficou desesperado, foi uma coisa que lhe passou pela vista, e bateu-me, doeu-me tanto, não foi a força da pancada, e eu dei-lhe troco da mesma maneira, e daí a um minuto andávamos a rebolar pelo chão, os guardas riam como uns perdidos, e uma vez que pus a mão na cara do meu pai senti-a molhada, não era suor, deu-me uma fúria, agarrei-o pelos ombros e sacudi-o como se fosse o meu maior inimigo, e ele, de baixo, dava-me socos no peito, ao que nós chegamos, os guardas continuavam a rir, era uma noite assim escura como esta e o frio tanto que cortava os ossos dentro da carne, estava o campo todo em redor, não se levantaram as pedras, será para isto que os homens nascem, quando demos por nós estávamos sozinhos, os guardas tinham-se ido embora, acho eu que por desprezo, era o que merecíamos e então o meu pai começou a chorar e eu embalei-o como se ele fosse uma criança, jurei que nunca haveria de contar a ninguém, mas hoje não podia ficar calado, não é pelas oito horas e pelos quarenta escudos do salário, é porque é preciso fazer alguma coisa para não nos perdermos, porque uma vida assim não é justa, lutarem dois homens um com outro, pai e filho, e que não fossem, para divertimento da guarda, não lhes basta terem armas e nós não, não somos homens se desta vez não nos levantarmos do chão, nem isto seja por mim, seja por meu pai que está morto e não torna a ter outra vida, coitado do velho, lembrar-me eu de que lhe bati, e a guarda a rir, pareciam bêbedos, se houvesse Deus teria aparecido naquela hora. Quando esta voz se calou, levantaram-se os homens todos, nem foi preciso dizer mais palavras, cada qual seguiu seu destino, firmes para o primeiro de Maio, para as oito horas e para o salário de quarenta escudos, e ainda hoje, passados tantos anos, não se sabe qual deles foi que brigou com o próprio pai, quando as dores são muito grandes, os olhos é que não suportam vê-las.

De monte em montado, estas e outras palavras dão a volta ao latifúndio, porém não as da briga, que nessas ninguém acreditaria, e contudo é verdade verdadeira, e em Monte Lavre também se fizeram reuniões de acerto e combinação, se havia gente com medo, outros o não tinham, de modo que ao chegar o primeiro de Maio estavam os ânimos decididos, quem mais se temia chegava-se a quem temor não mostrasse, até nas guerras assim acontece, conforme explica quem lá andou valente ou timorato. Foi dia de muito gasto de gasolina e gasóleo, andavam os ares da primavera carregados de tanta fumarada, ainda bem não, passava um jipão ou jipe carregado de carabinas e caraças da guarda, põem caraças para não se lhes envergonhar a cara, e quando chegavam a lugar habitado, se havia posto local entravam para a conferência do estado-maior, trocavam ordens e faziam balanços da situação, como estão as coisas para os lados de Setúbal, e no Baixo Alentejo, e no Alto, e no Ribatejo, que também é latifúndio, não esquecer. Patrulhas armadas percorriam as ruas e as travessas, ao cheiro da subversão, e dos altos lançavam miradas de águia pescadora por sobre o mar interior, a ver se descortinavam bandeira preta de piratas ou vermelha, quem é que iria agora meter-se numa coisa dessas, mas é a obsessão da guarda, não sabem pensar noutra coisa, e o mais que conseguiam descobrir não era nada que se escondesse, homens em seu pausado passar ou estar conversando pelos largos, vestidos com as melhores roupas, com seus remendos muito compostos, que disto sabem bem estas mulheres do latifúndio, deitar fundilhos ou joelheiras, é vê-las rebuscando no cesto dos trapos à procura dum retalho de cotim em bom jeito, assentá-lo sobre a perneira ofendida e depois meter a tesoura cautelosa, ouve-se o ranger do fio, é um trabalho de grande precisão, sentada estou na soleira da minha porta, remendando estas calças do meu homem, que não deve andar nu no seu trabalho, basta que assim eu o sinta debaixo dos lençóis.

Parece isto que nada tem que ver com o primeiro de Maio e as oito horas, e os quarenta escudos, não faltará quem desta maneira cuide, gente distraída que não repara no mundo, julga que o mundo é só essa esfera que pelo espaço rola, astronomias, antes fosses ceguinha, quando nada há que mais ligado esteja ao primeiro de Maio do que esta agulha e esta linha na mão desta mulher que se chama Gracinda Mau-Tempo para que seu homem Manuel Espada vá remendado ao primeiro de Maio, dia dos trabalhadores. A guarda passa ali mesmo defronte da porta, um jipe de muita guerra, e Gracinda Mau-Tempo puxa para junto de si sua única filha, Maria Adelaide, e a menina, que tem sete anos e os olhos mais azuis do mundo, olha o desfile, parece impossível como não se animam estas crianças diante do prestígio do uniforme, está ali com o seu olhar severo, já viu da vida o bastante para saber que guardas são aqueles e que farda.

À noite voltam os homens a casa. Será um desassossegado dormir, como os soldados em véspera de batalha, quem sabe se voltarei vivo, uma coisa são greves e manifestações, é hábito antigo, já se sabe como costumam responder patrões e guarda, enquanto isto é desafio maior, recusar ao latifúndio um poder que lhe vem dos avós dos avós, Trabalharás para mim de sol a sol em todos os dias da tua vida que me aprouver e convenha, nos outros farás o que quiseres. Agora não precisa Sigismundo Canastro de se levantar tão cedo, nem João Mau-Tempo, nem António Mau-Tempo, nem Manuel Espada, nem nenhum dos outros homens e mulheres, a esta hora ainda acordados, a pensar no que será o dia de amanhã, é uma revolução, oito horas de trabalho no latifúndio, Será um desafio de ganhar ou perder, em Montargil avançaram e ganharam, e nós não podemos ser menos do que eles, noite alta ouve-se o jipe da guarda rondar e tornar a rondar pelas ruas de Monte Lavre, querem-nos meter medo, eles verão.

São palavras também doutras bocas, disseram-nas Gilberto e Alberto, Eles verão, e foi um grande momento da história do latifúndio, até donos de terras se levantaram cedo para estarem presentes ao nascer do dia, quem o seu não vê, o diabo o leva, já o sol está fora e não se vê um diabo que se chegue ao trabalho, estão nervosos feitor, capataz e manajeiro, o campo está um consolo para os olhos, Maio, florido Maio, e Norberto consulta o relógio, sete e meia, ninguém, Isto tem é ar de greve, diz um lacaio, mas Adalberto responde de repelão, Cala-te, está furioso, tem já seu fito determinado, todos o têm, é só esperar. E então começam a chegar os homens, juntos no tempo que escolheram, dão benignamente os bons-dias, para quê rancores, e quando são oito horas começam a trabalhar, assim fora decidido por esses campos fora, mas Dagoberto dá um berro, Alto, e todos param a olhar com inocentes olhos. Que é, patrão, tanta serenidade pode endoidecer um homem, Quem lhes deu ordem para virem trabalhar a esta hora, quer Norberto saber, e neste rancho é Manuel Espada quem tem incumbência de responder. Resolvemos nós, já há sítios onde estão a fazer as oito horas, não somos menos do que os camaradas das outras terras, e Berto vai para ele, parece que avança com disposição de bater, mas não, a tanto não se atreve, Em terras minhas o horário do trabalho é o que sempre foi, quem quiser, é de sol a sol, e agora resolvam, ou ficam, e amanhã têm de me dar o tempo que perderam esta manhã, ou vão-se embora, não quero cá ninguém, Assim é que é falar, dirá dona Clemência quando o marido se gabar de seus feitos, e depois, Depois, esse Manuel Espada, que está casado com a filha do Mau-Tempo, ele é que era o cabeça do grupo, respondeu sim senhor, vamos embora, e foram-se todos, e quando vinham no caminho para Monte Lavre, perguntou António Mau-Tempo, E agora, que faremos, não porque estivesse inquieto ou temente, ajudava o cunhado com a pergunta, e ele respondeu, Agora faz-se o que estava combinado, juntamo-nos na praça, se a guarda aparecer a querer armar questões vai cada um para sua casa, e amanhã tornamos ao trabalho, oito horas enregamos, como hoje, foram estas palavras, mais ou menos, que João Mau-Tempo disse noutro rancho, e Sigismundo Canastro no seu, e assim vieram a encontrar-se todos na praça da jorna e viram passar a guarda, e veio o cabo Tacabo, Então vocês não querem trabalhar, Queremos, sim senhor, mas só as oito horas, e o patrão não as quer dar, não há nenhuma verdade mais verdadeira do que esta, mas o cabo averigua confirmações, Então isto não é greve, Não é, não senhor, nós queremos trabalhar, o patrão é que nos mandou embora, diz que não dá as oito horas, e é por causa desta clara resposta que o cabo Tacabo dirá mais tarde, Não sei que lhes hei-de fazer, senhor Dagoberto, os homens dizem que querem trabalhar, o senhor é que, e nem chega a acabar a frase, salta Dagoberto, Malandros é que eles são, ou trabalham de sol a sol, ou morrem de fome, nas minhas terras não há serviço para eles, e que eu saiba o governo não deu ordem para se trabalhar oito horas, e que desse, nas minhas terras mando eu, que sou o dono delas, e com isto se acabou a conversa com o cabo Tacabo e o dia terminou assim, cada qual em sua casa, as mulheres a quererem saber o sucedido, como já vimos com dona Clemência e é direito também das outras.

Deitam-se as contas, este dia foi-se sem deixar salário, quantos mais virão assim, é conforme os lugares, além rendeu-se o latifúndio ao fim de dois dias, noutros sítios três, noutros quatro, e houve alguns lugares em que gastaram semanas neste jogo de empurra, a ver quem tem mais força e mais paciência, por fim já os homens não iam ao trabalho saber se os aceitavam pelas condições, ficavam nas vilas, agora sim em greve, e quando ganhou esse jeito, mais não foi preciso, tornou a guarda a pegar no seu costume de bater, e de lés a lés do latifúndio andaram as máquinas de guerra, nem vale a pena repetir, não há quem não saiba. Em seus castelos resistiram Dagoberto e Alberto, Humberto e outro Berto, porém foi-se deslaçando a sagrada aliança e doutras paragens vinham notícias de rendição, que havemos nós de fazer, mas deixa-os andar que não perderão pela demora, Eu bem sei, senhor padre Agamedes, que pensamentos de vingança não são cristãos, depois farei penitência, Nem é tanto assim, senhor Alberto, está escrito no Deuteronómio, Minha é a vingança, e eu lhes darei o pago, este nosso padre Agamedes é um farol de sabedoria, como foi que de um livro tão grande como é a Bíblia, decorou esta passagem preciosa, nem precisamos doutra justificação.

Mas aqui em Monte Lavre o que valeu foi terem fiado os comerciantes, e também noutros lugares, mas este tem seus quês no relato, por estas ruas andou João Mau-Tempo a curtir a vergonha de dever e não poder pagar, com sua mulher Faustina chorando de miséria e tristeza desgarrada, e agora é ele quem vai de loja em loja a dizer o recado, e quando é mal recebido, faz de conta que não sente, o padecer tornou-lhe rija a pele, a necessidade que o leva não é apenas sua, Senhora Graniza, o pessoal está em luta pelas oito horas de trabalho e os patrões não querem vir ao acordo, por isso estamos em greve, venho pedir que espere três ou quatro semanas, assim que voltarmos ao trabalho começaremos a pagar, ninguém lhe ficará a dever nada, é um grande favor que lhe pedimos, e a dona daquele comércio, alta mulher de olhos claros e mirada escura, põe sobre o balcão as mãos e responde, com respeito de mais nova, Senhor João Mau-Tempo, tão certo como esperar eu que se lembrem de mim um dia, está a minha casa aberta, e estas palavras sibilinas estão no carácter da mulher, que tem grandes falas místicas e políticas com os seus fregueses e conta histórias e casos de curas miraculosas e intercessões, de tudo há no latifúndio, não é só nas cidades. João Mau-Tempo foi-se com a boa notícia e Maria Graniza preparou um novo rol de fiados, oxalá todos lhe paguem, como é duas vezes devido.

Acordam as aves de madrugada e não veem ninguém a trabalhar. Muito mudado vejo o mundo, diz a calhandra. Mas o milhano, que voa alto e devagar, grita que o mundo está muito mais mudado do que julga a calhandra, e não é apenas por trabalharem os homens oito horas justas, saber certo esse das formigas, que têm visto muita coisa e são de boa memória, nem admira, andam sempre juntas. Que me diz a isto, senhor padre Agamedes, Nem sei que lhe diga, senhora dona Clemência, adeus mundo cada vez a pior.

João Mau-Tempo está deitado. Hoje será o dia da sua morte. Estas doenças de gente pobre são quase sempre indefiníveis, veem-se os médicos em extremas dificuldades para redigir a certidão de óbito, ou então simplificam, em geral morre-se duma dor, duma nascida, como é que se poderá traduzir isto em noções claras de classificação nosológica, nem lhes valeu a pena andar tantos anos na faculdade. Dois meses esteve João Mau-Tempo no hospital de Montemor, não lhe serviu de muito, nem o defeito seria dos cuidados que mereceu, há salvações impossíveis, trouxeram-no de lá para vir morrer a casa, não é que seja um morrer diferente, mas decerto vai ser outra serenidade, este cheiro da sua própria cama, as vozes de quem na rua passa, e o rumor da criação na capoeira quando ao entardecer se acomodam as galinhas nos poleiros e o galo agita violentamente as asas, pode haver saudades disto no outro mundo. Enquanto João Mau-Tempo sofreu no hospital, as noites passava-as em claro, ouvia os suspiros, os gemidos, todas as aflições da enfermaria, só adormecia pelo fim da madrugada. Não é que durma agora melhor, porém tem apenas a sua própria dor para cuidar, é uma questão que será resolvida na confidência do corpo e do espírito que ainda o aguenta, sem mais testemunhas que a família, e mesmo estes nada poderão entender, lá lhes virá o tempo, não vão ficar no mundo para semente, do que é estar um homem sozinho com a sua morte, sabendo, sem ninguém lho ter dito, que é hoje o dia. São certezas que vêm ao pensamento quando se acorda de manhã muito cedo e se ouve cair a chuva, correr dos beirais como fios duma nascente, em pequenos empoleirávamo-nos na travessa interior da porta e, debruçados do postigo, estendíamos a mão para a água que escorria, assim fez João e outros que o não são. Faustina dorme em cima da arca, foi teimosia sua, para ficar o marido à vontade na cama do casal, e nenhum perigo há de que esta mulher se esqueça das suas obrigações, em toda a noite, dando neles o luzeiro da lareira mortiça ou a lamparina de azeite, se lhe veem brilhar os olhos, talvez por ser tão surda lhe brilham os olhos tanto, são compensações. Mas se adormecer e for a dor de João Mau-Tempo tanta que a não possa suportar sozinho, lá está o cordel que liga o pulso direito do homem ao pulso esquerdo da mulher, não era agora, tão velhos, que iriam ficar separados, é só puxar e sai Faustina do seu levíssimo sono, levanta-se vestida e vem à cama, no seu grande silêncio da surdez, agarra a mão do marido, e como não pode fazer mais nada diz-lhe boas palavras, nem toda a gente se pode gabar de tanto.

Hoje não é domingo, mas com esta chuva, os campos alagados, ninguém pode ir trabalhar. João Mau-Tempo vai ter toda a família ao pé de si, não são muitos, não se pode contar com aqueles que estão longe e não podem vir, sua irmã Maria da Conceição, que ainda serve em Lisboa, sempre os mesmos patrões, há fidelidades assim, entreguem-lhe ouro em pó e encontrá-lo-ão todo e talvez acrescentado, e seu irmão Anselmo, desde que foi viver para o norte nunca mais deu notícias, quem sabe se já morreu, se foi à frente, como Domingos num ano qualquer destes, quem se lembra, alguém deu por isso. Certas vidas são mais apagadas do que outras, mas é só porque temos tanta coisa em que pensar, acabamos por não reparar nelas e lá vem o dia em que nos arrependemos, Fiz mal, devia ter dado mais atenção, pois é, pensasses nisso mais cedo, enfim, são pequenos remorsos que vêm e logo esquecem, é o que nos vale. Também sua filha Amélia não virá, todos sabemos que serve desde pequena numa casa em Montemor, muita sorte ter podido ir visitá-lo ao hospital, sempre fez companhia, e ainda bem que Amélia pôde juntar para pôr uma dentadura postiça, é o seu luxo, mas o sorriso já não se salvou. Faltarão amigos, o compadre Tomás Espada, muito aguentou ele a ausência de sua mulher Flor Martinha, nunca ninguém os viu com um cordel a ligar-lhes os pulsos, certas coisas não se veem, mas existem, talvez nem os próprios as saibam explicar, e virá Sigismundo Canastro, o mais velho de todos, e Joana Canastra ajudará no que for preciso, nem que seja amparar Faustina, conhecem-se há tanto tempo que nem hão-de precisar de falar, ficarão a olhar uma para a outra, sem chorar, Faustina não vai poder e Joana nunca chorou, são mistérios da natureza, quem poderá dizer-nos a razão de uma não poder e a outra não saber.

Estará também António Mau-Tempo, meu filho, que agora se levantou e veio descalço, Como se sente, meu pai, e eu, que sei que é hoje o dia da minha morte, respondo, Estou bem, quem sabe se acreditará, tem os cotovelos assentes na barra da cama, aos pés, olha para mim, afinal não acreditou, ninguém convence ninguém se não estiver convencido, quem viu este rapaz, vê-lo agora, ainda está longe dos cinquenta anos e apesar disso, a França deu cabo dele, tudo dá cabo de nós, esta dor, a pontada, ou talvez não seja a pontada, é um doer que está por baixo dela, nem eu sei explicar. E virá meu genro Manuel Espada, virá minha filha Gracinda, estarão aqui os dois à beira da cama, desta minha cama donde ainda hoje alguém me tirará, serão os dois homens, têm mais força, mas as mulheres é que me lavarão, costuma ser trabalho de mulheres, lavar o morto, as coisas que as mulheres têm de fazer, o que me consola é que não as ouvirei chorar. E também há-de vir a minha neta Maria Adelaide, a que tem os olhos azuis como eu, não é bem assim, para que estou aqui a gabar-me, estes meus olhos são duas cinzas comparados aos dela, talvez quando fui novo, quando andava nos bailes e namorei Faustina, quando a roubei de casa dos pais, então deviam ser os meus olhos tão azuis como estes que mesmo agora entraram, A sua bênção, meu avô, como se sente, está melhor, e eu faço um gesto com a mão, é o que resta das bênçãos, já nenhum de nós acredita nelas, mas é um costume, e respondo que me sinto bem, volto a cabeça para o lado dela, quero vê-la melhor, ai Maria Adelaide, minha neta, não é que eu diga estas palavras, mas penso-as, gosto de vê-la, tem um lenço na cabeça e um casaquinho de malha, a saia está molhada, não a defendeu o guarda-chuva, e de repente vem-me uma grande vontade de chorar, foi Maria Adelaide que me pegou na mão, era como se tivéssemos trocado os olhos, que ideia tão sem jeito, mas um homem que está para morrer pode ter todas as ideias, é o seu direito, não vai ter mais dias para fabricar outras ou repetir as antigas, a que horas morrerei. E agora aproxima-se Faustina com a tigela do leite, vai dar-mo às colheres, hoje tanto fazia ficar com fome, ia mais leve, o leite alguém o beberia, o que eu gostava é que fosse a minha neta a dar-mo, mas não posso pedir, desgostar Faustina no meu último dia, quem havia de consolá-la depois, quando ela dissesse, Ai, o meu rico marido, que nem lhe dei o leite a beber no dia em que morreu, seria caso para ficar a avó com rancor à neta para todo o resto da vida, talvez ela possa dar-me o remédio daqui a pouco, conforme a ordem do médico, meia hora depois de comer, são desejos impossíveis, Maria Adelaide vai sair, veio só saber como eu estou, e eu estou bem, já virão aí a mãe e o pai, e agora saiu, ainda é muito nova para estes espectáculos, tem só dezassete anos e os olhos azuis como os meus, julgo que já o disse antes.

Quando João Mau-Tempo acorda do entorpecimento em que se afundara depois de ter tomado o remédio, foi uma sorte para ele, estava numa pausa prolongada das dores, e o remédio fez efeito como se sono natural fosse, mas agora dói outra vez, acorda a gemer, é um fueiro ali espetado, quando recobra a lucidez inteira vê que está rodeado de gente, não pode caber mais ninguém no quarto, Faustina e Gracinda inclinam-se para ele, e Amélia também, afinal sempre veio, foi o gemido que as chamou, e Joana Canastra está mais atrás, por não ser da família, os homens é que se deixam ficar afastados, ainda não é a hora deles, estão junto da porta que dá para o quintal, tapam a luz, é Sigismundo Canastro, e Manuel Espada, e António Mau-Tempo.

Tivesse João Mau-Tempo dúvidas e aqui se acabariam, toda a gente sabe que hoje é o dia da sua morte, algum deles adivinhou, depois passaram palavra, mas, se assim é, não me vão ouvir gemer, isto foi o que pensou João Mau-Tempo, e cerrou os dentes, são outra vez maneiras de dizer, onde é que já vão os dentes, uns poucos de cima, uns poucos de baixo, é o que resta, e desencontrados, não se podem cerrar, logo vão dar nas gengivas, ah velhice, e no entanto este homem tem só sessenta e sete anos, não é nenhum rapaz novo, passou-lhe o tempo, mas outros andam aí mais velhos e compostos, são os que vivem longe do latifúndio. Enfim, a questão não é ter dentes ou não os ter, não é esse o ponto, o ponto está em cortar o gemido quando ele ainda está em seu nascimento, deixar que a dor cresça, já que não se pode evitar, mas tirar-lhe a voz, emudecê-la, assim como há mais de vinte anos, quando foi preso e fez a estátua, este quebranto dos rins, quando lhe bateram sem olhar aonde, fica a testa alagada em suor, crispam-se todos os membros, os braços sim, mas as pernas, João Mau-Tempo não as sente, primeiro julga que ainda não acordou de todo, mas depois sabe que está consciente, quer mexer os pés, ao menos os pés, e eles ficam quietos, quer dobrar os joelhos, e não vale a pena, ninguém adivinha o que se está a passar debaixo deste lençol e desta manta, é a morte, deitou-se comigo e não houve quem a visse, julga-se que ela entra pela porta ou pela janela, e afinal estava na minha cama, desde quando, Que horas são. É uma pergunta que sempre se faz e sempre tem resposta, saber as horas, distraem-se as pessoas a pensar no tempo que ainda falta ou já passou, e ditas as horas que são ninguém mais pensa nisso, foi uma necessidade de interromper qualquer coisa ou pôr em movimento o que estava parado, não há agora tempo para o saber, já chegou quem se esperava. João Mau-Tempo olha vagamente, estão ali os seus mais chegados parentes e amigos, são três homens e quatro mulheres,

Faustina com o cordel enrolado no pulso, Gracinda que viu morrer em Montemor, Amélia até quando submissa, Joana a dura, Sigismundo camarada, Manuel cara séria, António meu filho, ah, meu filho, e são estes que eu vou deixar, Onde está a minha neta, e Gracinda responde, tem uma voz de lágrimas, sempre é verdade que João Mau-Tempo vai morrer, Foi a casa buscar umas roupas, alguém teve a ideia de a afastar, tão nova ainda, e João Mau-Tempo sente um grande alívio, assim não haverá perigo, se ali estivessem todos é que era mau, faltando a neta não pode morrer, só morrerá quando ali estiverem todos, quem dera que eles soubessem isso, estaria um sempre fora, é tão simples afinal.

João Mau-Tempo finca os cotovelos no enxergão, arrasta o corpo para cima, ajudam-no, só ele sabe que doutra maneira não se moveriam as pernas, tem a certeza de que recostado se sentirá melhor, aliviará o aperto que subitamente lhe chegou ao peito, não é que se tenha assustado, sabe que nada acontecerá enquanto a neta não chegar e talvez um dos que ali estão se lembre de sair, ir ver se o céu estará escampando, o quarto tão abafado, Abram aquela porta, é a que dá para o quintal, ainda chove, só nos romances o céu se abre em ocasiões assim, é uma luz branca que entra, e de repente João Mau-Tempo deixa de vê-la, nem ele soube como aquilo foi.

Maria Adelaide anda a trabalhar longe, para os lados de Pegões. Não é um serviço de ir e voltar, a tão grande distância, à vontade mais de trinta quilómetros, basta olhar o mapa, e o trabalho é violento, digam-no aqueles que alguma vez puseram o pé na vinha e a mão na enxada, agora cavar. E este trabalho não se remata em meia dúzia de dias, passam mais de três meses que Maria Adelaide para aqui veio, em casos destes a cor dos olhos não faz diferença nenhuma. A casa só vai aos quinze dias ou às três semanas, o domingo, e enquanto nela está descansa como no latifúndio descansam as mulheres, trabalhando noutra coisa, depois regressa à vinha e à enxada, sob as vistas de uns vizinhos que no mesmo trabalho estão, sempre é um descanso para os pais, não havia Manuel Espada de ser cioso dos brios de sua única filha, e mais vivendo em Monte Lavre, terra de muita desconfiança em pontos de namoro, não pode ver um rapaz a falar com uma rapariga, e se esta Maria ou aquela Aurora não nasceram bichos-de-mato e com os rapazes conversam naturalmente, rindo quando é de rir, aqui d'el rei que são umas levianas e cabeças levantadas. Outra coisa não se viu que à luz do sol e no meio da rua estiveram dois minutos conversando aquele e aquela. Quem sabe o que estarão a combinar, murmuram logo as velhas e as menos velhas, e chegando o dito a ouvidos paternos e maternos, começa a costumada cegarrega, quem era o rapaz, que é que disseram, ficas avisada, e mesmo que tenham sido lindas as suas próprias histórias de amor, como foi a de Manuel Espada e Gracinda Mau-Tempo, embora não tão explicada como merecia, os pais têm este defeito, esquecem tudo muito depressa, e os costumes mudam devagar. Maria Adelaide tem apenas dezanove anos e até agora não deu trabalhos, a ela sim lhos têm dado, estes pesados de enxada, não há outro remédio, as mulheres não são criadas para princesas, conforme já foi abundantemente mostrado neste relato.

Todos os dias são iguais, e nenhum se parece. Pelo meio da tarde chegaram à vinha notícias que desassossegaram o pessoal, ninguém tinha certezas do que tivesse sido, Diz-se que há qualquer coisa com a tropa em Lisboa, ouvi na rádio, se assim fosse seria saber logo tudo, é um erro julgar que numa floresta de cepas arredada do inferno sete cabos de machado os factos podem ter fácil explicação, ali não andam a cavar com a rádio ao pescoço como se fosse cascavel ou guizo, ou enfiada no bolso, corpo falante e cantante, são devaneios não autorizados, foi alguém que vinha de alguma parte e passando disse ao capataz, que se tinha ouvido na rádio, daí a confusão. Em dois tempos desfez-se o ritmo do trabalho, a cadência da enxada passou a ser vergonhosa distracção, e Maria Adelaide não é menos do que os outros, está de nariz levantado, curiosa, parece uma lebre que cheirou jornal, diria seu tio António Mau-Tempo, o que foi, o que foi, mas o capataz não anda ali a representar o papel de arauto, não é para isso que lhe pagam, sim para vigiar e orientar o rancho. Eh pessoal, então esse serviço, e como de notícias não há mais, voltam as enxadas à cava, e quem a estes casos dá atenção lembra-se com seus botões que ainda há um mês saíram as tropas das Caldas da Rainha e afinal não deu nada. A tarde continua e acaba, e se outras notícias chegaram não se lhes variou o crédito. Neste lugar do latifúndio, tão longe do Carmo de Lisboa, não se ouviu por aqui um tiro nem anda gente a gritar pelos descampados, não era fácil entender o que é uma revolução e como se faz, e se nos puséssemos com explicações de palavra, o mais certo seria alguém dizer, perguntar, com todo o ar de quem não acredita, Ah, isso é que é uma revolução.

É porém certo que o governo foi deitado abaixo. Quando o rancho se reúne no quartel, seu quartel de abrigo e morada civil, não de gente militar, já toda a gente sabe muito mais do que imaginara, pelo menos têm agora um rádio pequeno, desses de pilhas que parecem canas rachadas, sai tudo aos guinchos, a dois palmos do ouvido ninguém percebe as palavras, mas não tem importância, de umas se tiram outras, e então a febre tornou-se geral, andam por ali nervosos, falando muito, E agora o que é que fazemos, são as grandes hesitações e anseios de quem nos bastidores se prepara para entrar em cena, e se é verdade que os há ali contentes, outros, que tristes não estão, não sabem que pensar, se isto a alguém parecer esquisito, imagine-se no latifúndio sem vozes nem certezas e depois me dirá. Andou a noite umas horas mais, e enfim se tornaram explicadas as coisas, sempre se requer uma explicação, é também maneira de dizer, sabia-se o que tinha acabado, não se sabia o que tinha começado, ora aí têm. Então aqueles vizinhos com quem Maria Adelaide estava, marido, mulher e filha, rapariga mais velha, chamavam-se eles os Geraldos, resolveram regressar no dia seguinte a Monte Lavre, chamemos-lhe capricho se não aceitarmos as boas razões que tinham, queriam estar em casa, perdiam as jornas de dois ou três dias, mas saberiam melhor as notícias, ali era como se estivessem num desterro, perguntaram-lhe os Geraldos se ela queria acompanhá-los, enfim, estava-lhes confiada, O teu pai até havia de ficar contente, e isto foi dito sem intenção de dizer outra coisa, de Manuel Espada apenas sabiam de certa ciência que era bom homem e trabalhador, e quanto a outras desconfianças, só as naturais em terras pequenas, onde sempre se adivinhou o que não se sabe. Houve outros que decidiram regressar às suas terras, seria ir e voltar, e tantos foram que o capataz teve de comprazer, fez de conta. Mal foi que em meio de notícias que pareciam justamente as melhores de todas enrouqueceu repentinamente a rádio, um catarral medonho que não deixava distinguir palavra que jeito tivesse, logo hoje este estupor se havia de estragar. Por toda aquela noite iria o quartel fazer figura de ilha perdida neste mar latifúndio, com um país em redor a não querer ir para a cama, a acumular notícias e boatos, boatos e notícias, como é costume em semelhantes casos, e não havendo mais que esperar da mecânica enguiçada, foi cada qual à sua esteira e, conforme pôde, dormiu.

Manhã cedo largaram os viajantes para a estrada, a uma boa légua dali, rogando às potências celestiais que destes particulares decidem trouxesse a camioneta da carreira lugares vagos, e quando ela assomou viu-se que sim, quem está habituado percebe logo, pela densidade das cabeças e por uma certa ainda que indefinível complacência do volante.

Esta é a carreira que vai para Vendas Novas, entram só os Geraldos e Maria Adelaide, dois ou três que também são de Monte Lavre não quiseram vir, será porque não correm a foguetes ou têm medo de comprometer-se, ou é o dinheiro, faz-lhes ainda mais falta do que aos outros. Ficaram na estrada os que têm destinos diferentes, do que lhes terá acontecido, do bem que esperavam e tiveram, não chegou a saber-se nada. A circulação é de lá vem um, faz-se a viagem depressa, e de ansiedades ali mesmo se reduzem as mais instantes, há unanimidade de cobrador, motorista e passageiros, o governo foi a terra, acabou-se o Tomás e acabou-se o Marcelo, e agora quem é que manda, neste ponto desfaz-se o acordo geral, não se sabe bem, alguém falou em junta, mas os outros duvidam, junta não é nome de governo, junta é de freguesia ou para os produtos pecuários, para o trigo, há com certeza confusão. Entra a camioneta em Vendas Novas, parece dia de festa a concorrência do povo, a buzina tem de abrir as goelas para romper caminho na rua estreita, e enfim quando entramos na praça, não se sabe porque será, mas a tropa, vê-la em seu ar marcial, arrepia-se uma pessoa toda, e Maria Adelaide, que é nova e a respeito de sonhos tem os da sua idade e da sua condição, é como se lhe tivessem cortado as pernas, olha pela janela da camioneta os soldados que além estão, em frente do quartel, os canhões cobertos com ramos de eucalipto, e os Geraldos dizem-lhe, Então não vens, é como se tivesse vivido sempre com os olhos fechados e agora, enfim, os tivesse abrido, primeiro tem de saber o que é a luz, são coisas que sempre levam mais tempo a explicar do que a sentir, a prova é que quando chegar a Monte Lavre e se abraçar ao pai descobrirá que sabia tudo da vida dele, embora em casa não se falasse senão por meias e disfarçadas palavras, Onde é que foi o pai, Teve de ir tratar de uns assuntos longe, esta noite não vem ficar a casa, e depois do regresso não valia a pena perguntar pelos tais assuntos, primeiro porque não interrogam assim as filhas a seus pais, segundo porque quando os mistérios são da porta de casa para fora é melhor que lá fiquem. Quer o narrador contar à medida que os factos vão acontecendo e não pode, por exemplo, mesmo agora estava Maria Adelaide pregada no seu banco, parecia marcada, e de repente damos com ela na praça, foi a primeira a sair, o que é a mocidade. E como, embora esteja entregue aos Geraldos, não vive debaixo da asa deles, é dona da sua liberdade para atravessar a rua e ir olhar mais perto os soldados, acenar-lhes, e a tropa dá por ela, corrige o nervosismo de quem responde com armas e pode ter de vir a responder por elas, e estando a batalha ganha e a disciplina solta, corresponde o exército aos acenos, tanto mais que não é todos os dias que se veem olhos daquele azul.

Entretanto foi Geraldo pai contratar transporte para Monte Lavre, empresa que noutro dia teria suas dificuldades, mas hoje, quem nos dera que sempre assim continue, estamos em terra de amigos encontrados, está ali uma furgoneta pequena, vão apertados, mas quem é que se vai importar com incomodidades tão ligeiras, isto é povo habituado a dormir em cima dum fueiro e com uma travesseira de esteva, o preço será o do gasóleo, ou nem isso, Aceite para um copo, Aceito para não fazer desfeita, depois se Maria Adelaide começar a chorar não se admirem, chorará nesta mesma noite quando ouvir dizer na rádio, Viva Portugal, será nesse instante, ou já terá sido antes, às primeiras notícias de ontem, ou quando atravessou a rua para ver mais perto os soldados, ou quando eles lhe acenaram, ou quando se abraçou ao pai, nem ela sabe, percebe que a vida mudou e será ela a dizer, Gostava tanto que o avô, não pode acrescentar outra palavra, é o desespero do que não tem remédio.

Não cuidemos porém que todo o latifúndio está cantando louvores à revolução. Lembremos o que disse o narrador sobre este mediterrâneo com suas barracudas e outros perigos, e também suas habituais unções de peixe-frade. Toda a dinastia de Lamberto Horques está reunida em cortes, ou sentada ao redor de suas távolas redondas, carregados os sobrecenhos, torvos os aspeitos, os menos arrenegados lançam frases dubitativas e cautelosas, se, não obstante, todavia, contudo, talvez, esta é a grande unanimidade do latifúndio, Qual é a sua opinião, senhor padre Agamedes, eis uma pergunta que no geral nunca ficou sem resposta, e sempre ao convir, mas a prudência da igreja é infinda, o padre Agamedes, mesmo sendo humilde servidor de Deus para o latifúndio enviado a evangelizar as almas, de prudência e igreja sabe o bastante, O nosso reino não é deste mundo, dai a César o que é de César e a Deus o que é de Deus, saiu o semeador ao campo, não façam caso, quando a questão é duvidosa o padre Agamedes tresvaira um pouco, fala por parábolas, é só para ganhar tempo enquanto não vêm ordens do seu bispo, mas pode-se contar com ele. Com quem já não se pode infelizmente contar é com Leandro Leandres, morto no ano passado, em sua cama falecido e antes sacramentado, como merecia, e dos seus muitos sucessores, parceiros e irmãos ou superiores consta que por todo o país foram presos, os que não fugiram, e que em Lisboa chegou a haver tiros antes de se entregarem, morreu gente, sempre quero ver o que lhes vão fazer agora. Da guarda também pouco consta, senão que está discreta, de bons modos e à espera de ordens, foi o cabo Tacabo a casa de

Norberto dizer isto mesmo, envergonhado, a torcer-se como se estivesse nu, e quando saiu, veio como entrou, de olhos no chão, à procura da cara que havia de compor para atravessar Monte Lavre, estes homens que o miram e o seguem de longe, não que ele tenha medo, um cabo da guarda nunca tem medo, o ar do latifúndio é que de repente se tornou irrespirável, parece que vai haver trovoada.

E então começa-se a falar no primeiro de Maio, é uma conversa que todos os anos se repete, mas agora é um alvoroço público, lembrar-se a gente de que ainda o ano passado andava a esconder-se por aí, para combinar, organizar, era preciso voltar constantemente ao princípio, ligar os de confiança, animar os indecisos, tranquilizar os temerosos, e mesmo agora ainda há quem não acredite que a festa do primeiro de Maio possa ser às claras como dizem os jornais, quando a esmola é grande, o pobre desconfia. Não é esmola nenhuma, declaram Sigismundo Canastro e Manuel Espada, desdobra-se um jornal de Lisboa, Está aqui escrito que o primeiro de Maio será festejado livremente, e dia feriado em todo o país, E então a guarda, insistem os de boa memória, A guarda desta vez fica a ver-nos passar, quem havia de dizer que uma coisa assim nos viria a acontecer um dia, a guarda quieta e calada enquanto tu gritas viva o primeiro de Maio.

E como por cima daquilo que nos permitem temos sempre de pôr o que imaginamos, ou então não somos homens merecedores de pão cozido, principiou a dizer-se que toda a gente devia estender colchas à janela e pôr flores, como se fosse dia de sair o Senhor dos Passos à praça, com um pouco mais se varriam as ruas e embarracavam as casas, tão fáceis são de subir as escadas do contentamento. Porém, assim são os dramas humanos, exagero foi chamar-lhes dramas, mas sem dúvida são perplexidades, agora que vou eu fazer se em minha casa não há colchas nem tenho jardins de cravos e rosas, quem terá sido o da ideia. Tem Maria Adelaide parte nesta ansiedade, mas sendo nova e esperançosa diz à mãe que não poderão ficar em pouco, que não havendo colcha fará uma toalha as vezes dela, branquíssimo pano suspenso do postigo da porta, bandeira de paz no latifúndio, homem civil que ali passasse haveria de descobrir-se com respeito, e sendo guarda ou militar em sentido e continência prestar homenagem diante da porta de Manuel Espada, trabalhador e bom homem. E não sejam as flores vosso cuidado, senhora mãe, que à fonte do Amieiro irei colher das silvestres que neste tempo de Maio cobrem os vales e as colinas, e estando as laranjeiras floridas ramos dela trarei e assim nosso postigo será janela enfeitada como varanda de alcácer, menos do que os outros não seremos, porque somos tanto.

Então desceu Maria Adelaide à fonte, nem sabe por que escolheu este lugar, se como ela própria disse estão de flores cobertos os vales e as colinas, vai pelo fundo caminho entre valados, e até mesmo aqui lhe bastaria estender a mão, porém não o faz, são determinações antigas que estão no sangue, flores só as colhidas neste fresco lugar, fetos abundantes, e mais à frente, num liso chão onde o sol bate, malmequeres do campo, de seu nome mudados desde que António Mau-Tempo os levou a esta sua sobrinha Maria Adelaide no dia do nascimento. Já tem um braçado de verdura, uma constelação de sóis de amarelo coração, agora tornará a subir o caminho, irá cortar por cima do muro ramos floridos de laranjeira, mas de repente deu-lhe um estranho quebranto, não sei o que sinto, não é que esteja doente, nunca me senti tão bem, tão feliz, será do cheiro dos fetos apertados contra o meu peito, apertados, doce violência lhes faço e eles a mim. Maria Adelaide sentou-se no murete da fonte, como se estivesse à espera de alguém. Tinha o regaço cheio de flores, mas ninguém apareceu.

São bonitas estas histórias de fontes encantadas, com mouras dançando ao luar e cristãs assaltadas gemendo sobre os fetos, quem as não estimar perdeu a chave do seu próprio coração, é o menos que se pode dizer. Porém, tão pouco tempo passado depois de Abril e Maio, voltaram ao latifúndio os rigores conhecidos, não os de guarda e pide, que uma se acabou e outra vive dentro do posto, olhando a rua pela janela fechada, ou, tendo de sair, por máxima obrigação, vai renteando as casas, nem te vi nem te conheço. Rigores são os outros costumados, dá vontade de tornar atrás neste relato e repetir palavras ditas, Estava o trigo na terra e não o ceifaram, não o deixam ceifar, searas abandonadas, e quando os homens vão pedir trabalho, Não há trabalho, que é isto, que libertação foi esta, então já se fala que vai acabar a guerra em África e não acaba esta do latifúndio. Tanto se apregoou de mudanças e de esperanças, saíram as tropas dos quartéis, coroaram-se os canhões de ramos de eucalipto e os cravos encarnados, diga vermelhos, minha senhora, diga vermelhos, que agora já se pode, andam aí a rádio e a televisão a pregar democracias e outras igualdades e eu quero trabalhar e não tenho onde, quem me explica que revolução é esta. A guarda já se espreguiça ao sol, são como os gatos quando estão a afiar as unhas, afinal a lei do latifúndio são os mesmos que continuam a fazê-la para que continuem a cumpri-la os mesmos, eu Manuel Espada, eu António Mau-Tempo, eu Sigismundo Canastro, eu José Medronho de cicatriz na cara, eu Gracinda Espada e minha filha Maria Adelaide que chorava quando ouvia dizer, Viva Portugal, eu homem e mulher deste latifúndio, herdeiro de não mais que petrechos de trabalho se não se gastaram ou partiram antes, como partido e gasto vou eu estando, voltou a desolação aos campos do Alentejo, voltará a correr sangue.

Enfim se está vendo quem mais força tem, diz Norberto a Clariberto, se lhes não dermos trabalho, é só deixar passar o tempo devagarinho e tornará o dia em que virão comer-nos à mão, são palavras de desprezo e rancor de quem por grande susto passara e durante algum tempo se mantivera fechado e manso em sua concha doméstica, buziando com mulher e parentes sobre as pavorosas notícias de revolução que de Lisboa vinham, todo o gentio nas ruas, manifestações por tudo e nada, bandeiras, e logo no primeiro dia a polícia intimada a entregar as armas, coitados, tão grave ofensa aos brios duma corporação que tantos serviços prestara e poderia vir a prestar, mas isto é como a onda do mar, não a enfrentes com rijeza de corpo, pareceria coragem e é tonteira, baixa-te o mais que puderes, e ela passa sem quase dar por ti, deslizou, não achou por onde te pegar, e agora sim, ultrapassaste a faixa de rebentação, a espuma e a corrente, são termos de pescador, mas quantas vezes será preciso dizer que o latifúndio é um mar interior, com as suas barracudas, piranhas, gigantescos polvos, e se tens trabalhadores despede-os, fica só com o homem que anda com os porcos e as ovelhas, e o guarda da herdade para que não se perca o respeito.

Já se sabe o destino das searas, está tudo ali no chão, e não tardando agora o tempo das sementeiras, que fará Gilberto, vamos a casa dele perguntar, vivemos em país livre e todos temos de dar contas, Diga ao seu patrão que estão aqui umas pessoas que vêm saber o que é que ele faz, já caíram as primeiras águas, é tempo de semear, e tendo a criada ido saber a resposta ficamos à porta, que a nós não nos mandam entrar e nisto volta a criada de mau modo, oxalá não seja esta a Amélia Mau-Tempo de quem neste relato se falou, e diz, O patrão manda dizer que não têm nada com isso, a terra é dele, e se tornam a aparecer cá manda chamar a guarda, mal acaba de dizer fecha-nos a porta na cara, nem a malteses isto se faria porque de malteses e navalha escondida têm estes medo que se pelam. Não vale a pena perguntar mais, Gilberto não semeia, Norberto não semeia, e se algum de outro nome semeia é por ainda temer que venham por aí as tropas a perguntar, Então que é lá isso, mas há outras maneiras de matar estas moscas, fazer de conta, mostrar sorrisos e aparências de boa vontade, ora essa, com certeza, e proceder ao contrário, afiar a intriga, ao dinheiro do banco levanta-se e manda-se para o estrangeiro, não falta aí quem disso se encarregue em troca duma comissão razoável, ou então dispõem-se uns esconderijos no automóvel, a fronteira fecha os olhos, coitados, iam lá perder tempo a rastejar debaixo do carro, não são nenhuns garotos, ou a desmontar os guarda-lamas, são funcionários merecedores, têm de manter a farda limpa, e assim vão cinco mil contos, ou dez, ou vinte, ou as jóias da família, as pratas e os ouros, o que quiser, não faça cerimónia. Brutos conformados foram aqueles trabalhadores que vendo o olival carregado de azeitona, negra e madurinha, a luzir, como se já o azeite estivesse escorrendo, foram apanhá-la de caso pensado e discutido, como é, como faremos, tiraram a jorna que lhes competia segundo os salários da época e foram entregar o resto ao patrão, Quem é que lhes deu licença, foi pena não passar por lá o guarda, levavam um tiro para aprenderem a não se meter onde não são chamados, Patrão, o olival estava em condições de se apanhar, esperar mais tempo era perder-se tudo, está aí a azeitona que sobejou do nosso salário, mais essa é do que aquela que tirámos para nós, as contas são boas de fazer, Mas eu não dei autorização nem daria se ma pedissem, Tomámo-la nós. Foi um caso, sinal de mudança nos ventos, porém como se havia de salvar o fruto da terra se Adalberto mandou passar com as máquinas por cima da seara, se Angilberto lançou searas ao gado, se Ansberto puxou fogo ao trigo, tanto pão perdido, tanta fome agravada.

Do alto da torre de menagem, apoiando nos merlões suas mãos de guerreiro e conquistador, calejadas pelo punho da espada, Norberto contemplou a sua obra e achou que estava bem, e como se perdera na contagem dos dias não descansou, Podem os demónios de Lisboa devastar a herança que nossos avós nos deixaram, aqui no latifúndio temos outro respeito pela sagrada pátria e sagrada fé, manda entrar o sargento Armamento, As coisas estão a caminhar melhor, manda entrar o padre Agamedes, Padre Agamedes, está com muito bom parecer, parece que rejuvenesceu, Será por tanto ter rezado pela saúde de vossa excelência e conservação da nossa terra, Da minha terra, senhor padre Agamedes, Sim senhor, da terra de vossa excelência, é o que diz também aqui o senhor sargento da guarda, Assim é, foram as ordens que recebi do senhor dom João o primeiro, e intactas as tenho transmitido a todas as gerações de sargentos, e enquanto isto se está dizendo no prédio, veio o Inverno e mordeu os trabalhadores, nem por estarem habituados o sentiram menos, Que havemos de fazer, é a mesma miséria de antigamente, Os patrões são os donos da terra e de quem trabalha nela, Somos ainda menos do que os cães do prédio e dos prédios, esses comem todos os dias, levam-lhes o tacho cheio, ninguém seria capaz de deixar um animal passar fome, Quem não souber tratar de animais, vale mais que os não tenha, Mas com os homens é diferente, cão não sou eu e não como há dois dias, e este rancho de homens que veio aqui falar é uma canzoada, andamos a ladrar há tanto tempo, um dia destes calamo-nos e mordemos, como fazem as formigas de cabeça vermelha, aprendamos com elas, são estas que levantam a cabeça como cães, repara nas tenazes, não tivesse eu a pele tão dura, calejada do punho da foice, já estaria a sangrar.

É um dizer da boca para fora, se alivia, não remedeia, agora tanto me faz estar desempregado como não, por exemplo, estes andam a trabalhar e de que lhes serve, chega-se o feitor, com ar de manhoso que não se importa de mostrar a manha que tem, e diz, Esta semana não há dinheiro, paciência, paciência, vamos a ver se para a outra, mas no bolso dele fazem dueto dona Maria a primeira e dom João o segundo, e daí a uma semana a conversa não se modificou, e tal, e coisa, e quem diz uma semana, diz duas e três e quatro e seis, de dinheiro nem a sombra nem o cheiro, O patrão está sem capitais, o governo não autoriza que os bancos, ninguém pode acreditar neste feitor, são séculos de mentira que não precisa de ser imaginativa, mas o governo devia vir aqui explicar, não vale a pena pôr nos jornais que a gente não os entende, na televisão passa tudo tão depressa, ainda não percebemos uma palavra já vieram outras cem, que é que eles disseram, e na rádio não vemos as caras das pessoas, não posso acreditar em nada que tu digas se não estiver a ver a tua cara.

E então num sítio qualquer do latifúndio, a história lembrar-se-á de dizer qual, os trabalhadores ocuparam uma terra. Para terem trabalho, nada mais, cubra-se de lepra a minha mão direita se não é verdade. E depois numa outra herdade os trabalhadores entraram e disseram, Vimos trabalhar. E isto que aconteceu aqui, aconteceu além, é como na Primavera, abre-se um malmequer do campo, e se não vai logo Maria Adelaide colhê-lo, milhares de seus iguais nascem em um dia só, onde estará o primeiro, todos brancos e voltados ao sol, é assim como o noivado desta terra. Porém, estas brancuras não são, é gente escura, formigueiro que se espalha pelo latifúndio, a terra está cheia de açúcar, nunca se viu tanta formiga de cabeça levantada, Más notícias me vêm de meus primos e outros parentes, senhor padre Agamedes, afinal não ouviu Deus as suas orações, cheguei eu a esta idade para assistir a tão grande desgraça, estava-me reservada esta provação, ver a terra de meus avós nas mãos destes ladrões, é o fim do mundo quando se ataca a propriedade, alicerce divino e profano da nossa civilização material e espiritual, Laico quer vossa excelência dizer, é mais rigoroso do que profano, perdoe vossa excelência se a emendei, Seja então profano, a profanar andam eles, vai ver como ainda acontece o mesmo que em Santiago do Escoural, crime que um dia terão de pagar, Ainda no outro dia falámos disso, que vai ser de nós, Temos de ter paciência, senhora dona Clemência, uma infinita paciência, quem somos para penetrar os desígnios do Senhor e os seus desviados caminhos, só ele sabe escrever direito por linhas tortas, quem sabe se nos estará rebaixando para mais nos levantar amanhã, se depois desta punição não virá o prémio terrestre e celeste, cada um em seu tempo e lugar, Amen.

Por diferentes palavras mas igual sentido se explicava Lamberto com o cabo Tacabo, sombra da marcial figura conhecida, Parece impossível, a guarda a assistir a estes acontecimentos apocalípticos, a deixar invadir as propriedades que é seu dever defender para mim, e não mexe um dedo, não dá um tiro, um pontapé, um soco, uma coronhada, não açula um cão aos fundilhos desses vadios, para que é que lhes servem uns cães tão caros, importados, é para isto que pagamos as nossas contribuições, que eu por mim deixei de pagar, há-de ir tudo à ruína, vou-me já daqui para o estrangeiro, para o Brasil, para Espanha, para a Suíça que tem uma neutralidade agradável, para longe deste país que me envergonha, Tem toda a razão, senhor Lamberto, mas a guarda de que sou cabo está com as mãos atadas, sem ordens que poderemos nós fazer, fomos habituados às ordens e agora não vêm daquelas a que estávamos habituados, e com vossa excelência posso eu falar, que é de confiança, o general-comandante está feito com os inimigos, bem sei que quebro a disciplina falando assim, talvez um dia até me promovam a sargento por distinção, e então pagá-las-ão todas juntas e com juros, juro a vossa excelência. São ameaças da boca para fora, não remedeiam, mas aliviam, entretanto não esqueçamos a ginástica matinal, o manejo de arma, Como é que achou o meu coração, senhor doutor, Defeituoso, Ainda bem.

No mar interior do latifúndio, não pára a circulação das ondas. Manuel Espada foi um dia falar a Sigismundo Canastro, os dois procuraram António Mau-Tempo, os três, Justo Canelas, precisamos de ter uma conversa, e depois foi a vez de José Medronho, e quando estiveram seis estava Pedro Calção, e este foi o primeiro falar de todos. No segundo falar juntaram-se mais quatro vozes, duas de homem, Joaquim Caroço e Manuel Martelo, e duas de mulher, Emília Profeta e Maria Adelaide Espada, que é o nome da sua preferência, e todos em segredo falaram, e sendo preciso quem respondesse pelo grupo, foi escolhido Manuel Espada. Nas duas semanas seguintes deram os homens, com ar de nenhum caso, as precisas voltas pelas herdades, e, consoante os conhecidos métodos, aqui deixavam uma palavra, além outra, discutiram e assentaram o plano, tem cada qual suas guerras, não lhes levemos a mal o vocabulário, posto o que passaram à fase segunda, cuja foi convocar os manajeiros das herdades onde ainda se trabalhava e dizer, noite era daquele ardente Verão, Amanhã, às oito horas, todos os trabalhadores, estejam eles onde estiverem, montam-se nos atrelados e dirigem-se à herdade das Mantas, vamos ocupar, e assentindo os manajeiros, já um por um falados, e prevenidos muitos dos que iriam de soldados principais nesta batalha, foi cada qual dormir seu último sono de prisão.

Este sol é de justiça. Queima e inflama a grande secura dos restolhos, este amarelo de osso lavado ou curtimenta de seara velha e requeimada de calores excessivos e águas destemperadas. De todos os lugares de trabalho confluem as máquinas, o grande avanço dos blindados, ai esta linguagem guerreira, quem a pudesse esquecer, são tractores que avançam, vão devagar, é preciso ligar com os que vêm dos outros sítios, estes já chegaram, grita-se de um lado para outro, e a coluna engrossou, torna-se ainda mais forte lá adiante, vão carregados os atrelados, já há quem caminhe a pé, são os mais novos, para eles é uma festa, e então chegam à herdade das Mantas, andam aqui cento e cinquenta homens a tirar cortiça, juntam-se todos com todos, e em cada herdade que ocuparem ficará um grupo de responsáveis, a coluna já leva mais de quinhentos homens e mulheres, seiscentos, não tarda que sejam mil, é uma romaria, uma peregrinação que refaz as vias do martírio, os passos desta cruz.

Depois das Mantas vão ao Vale da Canseira, às Relvas, ao Monte da Areia, à Fonte Pouca, à Serralha, à Pedra Grande, em todos os montes e herdades são tomadas as chaves e escritos os inventários, somos trabalhadores, não viemos roubar, afinal nem há aqui ninguém para afirmar o contrário, porque de todos estes lugares percorridos e ocupados, montes, salas, adegas, estábulos, cavalariças, palheiros, malhadas, cantos, cantinhos e escaninhos, pocilgas e capoeiras, cisternas e tanques de rega, nem falando nem cantando, nem calando nem chorando, estão Norbertos e Gilbertos ausentes, para onde foram, sabe-se lá. A guarda não sai do posto, os anjos varrem o céu, é dia de revolução, quantos são.

Vai o milhano passando e contando, um milheiro, sem falar nos invisíveis, que é sina a cegueira dos homens vivos não darem a conta certa de quantos fizeram o feito, mil vivos e cem mil mortos, ou dois milhões de suspiros que se ergueram do chão, qualquer número servirá, e todos serão pequenos se de longe somarmos, pendurados dos taipais vão os mortos, olham para dentro à procura de quem conheçam, dos mais chegados de corpo e coração, e se não encontram quem buscam juntam-se aos que vêm a pé, meu irmão, minha mãe, minha mulher e meu homem, por isso é tão natural reconhecermos Sara da Conceição, aquela que ali vai, com uma garrafa de vinho e um trapo, e Domingos Mau-Tempo, com o vinco da sua corda no pescoço, e agora passa Joaquim Carranca que morreu sentado à porta de casa, e Tomás Espada de mãos dadas enfim com sua mulher Flor Martinha, tanto tardaste, como é que estes vivos não dão por nada, cuidam que estão sozinhos, que andam no seu trabalho de gente viva, quem morreu, enterra-se, é o que julgam, os mortos vêm muitas vezes, ora uns, ora outros, mas há dias, é certo que raros, em que saem todos, e hoje quem é que seria capaz de os segurar nas suas covas conformados quando os tractores atroam o latifúndio e as palavras não se calam, Mantas e Pedra Grande, Vale da Canseira, Monte da Areia, Fonte Pouca, muita fome, Serralha, não há quem valha, por sobre colina e vale, e aqui neste virar do caminho está João Mau-Tempo a sorrir, estará à espera de alguém, ou não se pode mexer, morreu com as pernas tolhidas, será disso, levamos para a nossa morte todos os males e também os últimos, mas foi engano nosso pensar assim, voltam a João Mau-Tempo as suas pernas de rapaz, e agora salta, é um bailarino a voar, e vai sentar-se ao lado duma velha surda muito velha, Faustina minha mulher que comigo comeste pão com chouriço numa noite de Inverno e ficaste com a saia molhada, tantas saudades.

Põe João Mau-Tempo o seu braço de invisível fumo por cima do ombro de Faustina, que não ouve nada nem sente, mas começa a cantar, hesitante, uma moda de baile antigo, é a sua parte no coro, lembra-se do tempo em que dançava com seu marido João, falecido há três anos, em descanso esteja, é este o errado voto de Faustina, como há-de ela saber. E olhando nós de mais longe, de mais alto, da altura do milhano, podemos ver Augusto Pintéu, o que morreu com as mulas na noite do temporal, e atrás dele, quase a agarrá-lo, sua mulher Cipriana, e também o guarda José Calmedo, vindo doutras terras e vestido à paisana, e outros de quem não sabemos os nomes, mas conhecemos as vidas. Vão todos, os vivos e os mortos. E à frente, dando os saltos e as corridas da sua condição, vai o cão Constante, podia lá faltar, neste dia levantado e principal.

1ª EDIÇÃO [2013]
2ª EDIÇÃO [2020] 2 reimpressões

ESTA OBRA FOI COMPOSTA PELA SPRESS EM TIMES E IMPRESSA
EM OFSETE PELA LIS GRÁFICA SOBRE PAPEL PÓLEN DA SUZANO S.A.
PARA A EDITORA SCHWARCZ EM MAIO DE 2024